中公文庫

サド侯爵の生涯

新版

澁澤龍彦

中央公論新社

目次

サド侯爵の生涯　新版

20歳頃のサドの肖像
（ヴァン・ロー画）

第一章　誕生より結婚まで　（一七四〇―一七六三年）

ペトラルカの追憶

西暦一三二七年のアヴィニョンといえば、教皇クレメンス五世が法王庁をこの南仏の古都に移してから、およそ十八年たったころのことである。静かに流れるローヌ河のほとりで、フランス王家の支配下に置かれた法王庁はとみに腐敗し、吟遊詩人の奏でる歌のしらべに乗って、各地に神秘的な異端諸派の信仰運動がひろがり、中世世界はまさに没落の一歩手前であった。

この年、――すなわち一三二七年四月六日金曜日の朝、アヴィニョンのサント・クレール教会は、信徒たちの群をあつめて大いに賑《にぎ》わっていた。折しも復活祭前の聖週間がはじまったのである。

身廊の左手の柱の近くに、浅黒く日に焼けた一人の若い男が立っていた。男は悩ましげな顔と、落ちくぼんだ頬《ほお》と、情熱をひそめた南欧人特有の眼をもっていた。二十歳を少し過ぎたかと思われるこの青年は、もとイタリアのアレッツォに生まれ、父とともにアヴィニョンの法王庁にきたのであった。父は青年が医者になることを希望し、彼をモンペリエおよびボロニヤの各大学に送ったが、青年は四年間の遊学期間中、解剖学の講義などよりもむしろウェルギリウスやホラティウスを耽読《たんどく》することを好んだ。父の死とともにアヴィニョンにもどり、今ではこの町の低位聖職者として、どうしても諦《あきら》めきれない古典の研究に日を送っていた。この青年の名前は、フランチェスコ・ペトラルカである。

――柱のかげで、彼は合唱隊の歌うミサ曲を聴いていた。やがて儀式が終り、善男善女はそれぞれ会堂の出口の方へ足を運んだ。彼も群衆に混《まじ》って歩いていた。歩きながら、ふと周囲に視線をやった。すると突然、五体のしびれるようなふしぎな衝撃に打たれた。いわゆる coup de foudre（一目惚れ）というやつである。つい彼の近く、会堂のポーチの下を、一人のうら若い貴婦人が、立派な身なりをした良人とおぼしい男に付き添われて、今しも通り過ぎたのを見たのである。重々しい金髪の束に縁《ふち》どられた婦人の小さな顔は、やや蒼ざめ、類《たぐ》いまれな純潔と美貌に輝いていた。……しかし婦人は長いスカートの裾《すそ》をひるがえして、足速《あしばや》に会堂の階段を下り、茫然としてたたずむ青年の視野から、たちまちその姿を消した。

この婦人こそ、ダンテの『神曲』と並ぶ十四世紀最高の詩篇たる、ペトラルカの絶唱『カンツォニエレ』中に歌われて、後世に不滅の名を残すことになった、ルネサンスの名花ロール・ド・ノーヴ（イタリア名ラウラ・デ・ノヴェス）である。教会でペトラルカと初めて会ったとき、彼女は十九歳にも満たなかった。彼女のそばに付き添っていた男は、二年前に彼女と結婚した良人であり、アヴィニョンに大きな采邑《さいゆう》をもつ封建領主であった。これが聖侯爵サドの直系の先祖の一人、ユーグ・ド・サド（通称老ユーグ）である。つまり、サド家には、詩聖ペトラルカの一生を魅惑した美女マドンナ・ラウラの血が流れていたのである。

サド家は古く、その起原は十二世紀にさかのぼり、代々南フランスのアヴィニョンに住む名家であった。ノストラダムスの『プロヴァンス史』にも、ベルトラン・ド・サドという者の名が出てくる。古記録によると、Sado, Sadone, Sazo あるいは Sauza とも呼ばれていたというから、イタリア系かとも思われる。

サド家にはユーグという名を名乗る者が何人もいるが、ラウラの良人であった老ユーグの祖父もまた、ユーグの名であり、彼は聖王ルイの第六次十字軍（一二四九年）に参加して、エジプトのダミエッタにまで遠征している。その子のポールは、何度もアヴィニョンの市長に選任された名望家であった。

ポールの長男が老ユーグである。彼は一三二五年一月十六日、前述のごとくラウラと結婚し、その後、彼女とのあいだに十一人の子供をもうけた。

人妻ラウラは果して死ぬまで詩人の求愛を拒みつづけたのであろうか。伝説によれば、詩人と彼女との愛は純粋にプラトニックであり、ペトラルカ自身も、多くの作品のなかで愛人の心の頑《かたくな》さを歎《なげ》いているのは周知の通りだ。が、逆に彼の詩のなかの幾つかには、あたかもラウラによって官能の歓びを知ったかのような、詠嘆の言葉の出てくる部分もあるので、彼女がある時期、詩人の情婦であったということも決して考えられないことではない。実際、ヨーロッパ中の称讃の的であったこの桂冠詩人に、二十年間も熱烈に恋されて、多感な若い女が、どうしてその貞潔を守り通せたであろうか。それに、十四世紀のアヴィニョンといえば、修道院のなかでさえ色恋沙汰が行われていたほど、淫蕩な気風が町中にみなぎっていたのである。良人であるユーグ・ド・サド自身も、詩人と妻とのあいだの交渉を疑いの目で見ており、しばしば嫉妬の発作に駆られて妻を打ったりしたことがあったらしく、この間の経緯《いきさつ》は、詩人のソネットにも報告されている。

ともあれ、わたしたちは伝説によって理想化されたラウラの冷たい肖像よりも、むしろ詩人の愛を恥じらいつつ嘉納した人間的なラウラの肖像に、はるかにサドの先祖たる女人にふさわしい、真実に近いものを発見し得るのではあるまいか。

当時この地方に猖獗《しょうけつ》をきわめた悪疫ペストによって、ラウラが突然この世を去ったのは一三四八年四月六日、——すなわち、奇しくも二十年前、詩人が初めて彼女を見染めた日と同じ日であった。サド家の墓所のあるアヴィニョンのコルドリエ教会に、ラウラは埋葬された。妻の死後、老ユーグは再婚し、さらに六人の子供をもうけている。

老ユーグの次の代は、やはりこれもユーグで、とくに小ユーグと呼ばれる。老ユーグを中心として、三代同じ名前がつづいたことになる。小ユーグは一三六〇年、アプトの町に学校建設の許可を得るため、町から選ばれて教皇インノケンチウス六世のもとに赴いた。アヴィニョンの町の役員をしたこともある。その子は七人いて、長男がジャン、次男がエルゼアルであった。

ジャンは著名な法学博士であり、アンジュー伯ルイ二世の顧問官であって、一四一五年エックス高等法院が設立されたとき、推されてその初代院長に就任した。一四一六年には、アンジュー伯によりエギュイエールの領地をあたえられた。

その弟のエルゼアルは、法王ベネディクトゥス十三世の側近であったが、一四一六年、神聖ローマ皇帝シギスムントは多年にわたるサド家の帝室につくした功績を賞して、彼に帝室の鷲《わし》の紋章を佩用《はいよう》する特権をあたえた。以来、サド家は「八本の光芒《こうぼう》を放つ黄金の星の地《じ》に、嘴《くちばし》と爪の赤い、王冠をいただいた双頭の黒鷲を配した」紋章を家紋とすることになった。この鷲の紋章こそ、マドンナ・ラウラの血とともに、永くサド家の誇りとなったものである。

ジャン・ド・サドの長男がジラールであり、その跡継ぎがピエールである。このピエールの代から、サド家は三つの分家に分れる。すなわち、マザンの領主ピエール、エギュイエールおよびタラスコンの領主バルタザール、ソーマーヌの領主ジョアシャン（ピエールの次男）である。

一六二七年に、ソーマーヌおよびマザンの領主ジャン・バティスト・ド・サドは、プロヴァンスのラ・コストの領主であったシミアーヌ家の娘ディアーヌと結婚する。この縁組により、聖侯爵の生涯にあれほど大きな役割を果たすことになったラ・コストの城が、サド家の所有になった。

このジャン・バティストの曽孫に当るひとが、聖侯爵の父親ジャン・バティスト・ジョゼフ・フランソワ・ド・サド伯爵である。いま、ようやくわたしたちは、数百年にわたるサド家の系図をたどってきた末に、聖侯爵の父親について語る時がきた。

父と母

父サド伯爵は一七〇二年アヴィニョンに生まれた。先祖から受け継いだソーマーヌ、ラ・コスト、マザンの領主であったが、その生涯を軍人として、あるいは外交官として、ほとんど外国で過《す》ごした。二十八歳当時、ロシアの大使に任命されて聖ペテルスブルグに赴き、すでに並々ならぬ外交的手腕を発揮している。また秘かな使命をおびてロンドンの宮廷に出かけたこともある。一七四〇年オーストリアのカルル六世が死ぬと、全権公使としてケルンの選挙侯のもとに赴き、新皇帝を擁立して、フランスとスペインのあいだに同盟条約を結ばせることに成功してもいる。後にはその功により、陸軍少将の位を授けられた。

父伯爵の肖像は画家ナッチエの筆によって描かれ、現在、サド家の末裔《まつえい》であるグザヴィエ・ド・サド侯爵の手もとに所蔵されているが、――サド研究家の故モーリス・エーヌによると、「この五十五歳ばかりに見える男（サド伯爵）は、白粉をつけた髪をルイ十五世風に小さな捲束《ロール》にし、大きなマントに覆われた胸甲《きょうこう》を着ている。やや鷲鼻《わしばな》気味の長い鼻、形のよい口、卵形の顔、それに明るい色をたたえた眼。全体的に、どちらかといえば我がままで、かなり貴族的な印象をあたえる。」

父サド伯爵の肖像

一方、サド侯爵の書簡集を編んだポール・ブールダンによれば、父伯爵は「几帳面な、やや陰気くさい男で、非情なまでに冷たい大貴族であり、態度や言葉使いまで仰々《ぎょうぎょう》しく、召使に対するように家族に対しても尊大で、おのれの権利をあくまで大事にし、狭量なまでに厳格で、しかもはなはだしい浪費家である。何の道楽があったわけでもないのに、つつましやかに、ひっ

そりと身代をつぶして行った。」(『サド侯爵の未発表書簡』の序)

一七三三年、当時三十一歳のサド伯爵は、フランス最高の貴族たる大コンデ家の親類筋にあたっていたマイエ・ド・カルマン家の娘、マリー・エレオノールと結婚している。(コンデ公爵夫人はマイエ家の出であり、マリー・エレオノールとは従姉妹《いとこ》同士だった。)すなわち、この結婚によって、サド家は単なる南仏の地方貴族から、ブルボン王家につながる宮廷貴族の身分に昇格したのである。

こうしてみると、サドの父親たるひとは、およそ文学や自由思想には縁のない、実利主義的な外交官、名誉や家柄を気にかける、小心翼々たる出世主義者といった印象をあたえる。

結婚後四年たって、サド伯爵夫妻のあいだには娘が生まれたが、彼女はわずか二歳で死んだ。

長女が死んでから一年後、一七四〇年六月二日に、サド伯爵夫人は初めて男の児《こ》を産んだ。これがドナチアン・アルフォンス・フランソワ、すなわち後のサド侯爵である。

その後さらに六年たって、伯爵夫人はふたたび女の児を産んだが、彼女もまた、出生後一、二週間のうちに、長女と同じく息を引きとった。したがって、幼いサド侯爵には夭折《ようせつ》した姉妹があるのみで、事実上は一人息子にひとしい立場にあったわけである。

結婚以来、母伯爵夫人は命ぜられてコンデ公爵夫人の侍女を勤めていたが、一七四一年に公爵夫人が死んでからも、彼女はパリのコンデ館を離れず、コンデ公爵夫妻の遺児ルイ・ジョゼフ・ド・ブルボンの教育係を任せられた。サド侯爵がこの王子の遊び相手として、幼年期を宏壮《こうそう》なコンデ館で過すことになったのは、以上のような理由による。

少年サドが五、六歳のころ、母はしばしば外交官である良人にしたがって外地に赴き、家庭を留守にすることが多かった。少年サドは一人息子であったにもかかわらず、父母の慈愛を一身にあつめて育ったのではなかったようだ。

母伯爵夫人に関する伝記的な資料は、今日にいたるまで全く空白のままになっているので、彼女がいかなる容貌、いかなる性格の女性であったかは、ほとんど窺い知ることができない。しかし、一七六〇年ごろアンフェル街のカルメル派修道院に引き籠《こも》ったきり、一七七七年に他界するまで、ついに一度もそこを出なかったというから、彼女が良人や息子との家庭生活を楽しむことを知らぬ、ひたすら信仰に凝り固まった女性であったということは、ほぼ間違いないように思われる。ピエール・クロソウスキーは、息子に対するこのような母親の冷淡さに、将来のサドの精神生理的傾向を決定した、エディプス・コンプレックスとは反対の母性憎悪の動機を認めている。

コンデ館の少年

サド侯爵の生まれたコンデ館は、現在パリに残っていないが、往時はコンデ街、ヴォジラール街、ムシュー・ル・プランス街、オデオン広場をふくめた広大な地所を領する大邸宅であった。シャルル九世の時代、館の持主は王の寵臣アルベール・ド・ゴンディであったが、カトリーヌ・ド・メディチに一時譲渡されたこともある。ゴンディ家が破産すると、館は差し押えられ、マリー・ド・メディチがこれをコンデ公爵に贈与した。このとき、建物も大改築をほどこされ、以後コンデ館と呼ばれるようになった。コンデ館には、美しいフランス風の大庭園、豪奢《ごうしゃ》な家具調度、壁を彩る巨匠の名画、綴織《つづれおり》のタペストリー、それに、稀覯書《きこうしょ》や珍籍奇書をあつめた立派な図書室もあった。

若いサド伯爵夫人は、従妹のコンデ公爵夫人の侍女として、この宏壮なコンデ館内にいくつかの部屋をあたえられていた。一七四〇年六月二日、ドナチアン・アルフォンスが呱々《ここ》の声をあげたのも、このコンデ館内の母の部屋においてである。息子が誕生したとき、父親はケルンの選挙侯の宮廷に出かけていて不在であり、また代父の祖父や、代母の祖母もパリにはいなかったので、赤ん坊は二人の召使に抱かれて、近くの聖シュルピス教会の洗礼式に連れて行かれた。

この形ばかりの洗礼式で、赤ん坊に「ドナチアン・アルフォンス・フランソワ」という洗礼名が与えられたのであるが、母の伯爵夫人は最初、「ルイ・アルドンス・ドナチアン」という名をつけるつもりだったらしい。アルドンスはプロヴァンス地方の古い名前であるが、パリでは非常に耳慣れない名前である。母の代理で洗礼式にのぞんだ召使が間違えたのか、それとも教会の司祭が聞き違えたのか、とにかくサド侯爵の名前は、生まれおちると同時に、教会で間違えられて、不本意ながらも「ドナチアン・アルフォンス・フランソワ」に決められてしまったのである。

少年サドが母とともにコンデ館に住み、四歳年長の王子ルイ・ジョゼフと遊んでいたころの記録は、サド自身の書いた書簡体小説『アリーヌとヴァルクール』のなかの、自伝的要素を多分にふくんだ箇所以外には、ほとんど見当らないといってよい。『アリーヌとヴァルクール』の最初のほうの部分に、次のような興味ぶかい記述がある。

母方の縁から偉大な王家と関係を結び、父方の縁からラングドック地方の名流の血を享《う》けて、わたしはパリに生まれ、なに不自由なく、ありあまる豪奢のうちに育てられたので、物心つくころからすでに、自然も富もすべて自分のためにあるものだと信じるようになった。この笑止な特権意識が、わたしを傲慢《ごうまん》な、横暴な、怒りっぽい子供にした。すべての者がわたしに服従し、全宇宙がわたしの気まぐれに奉仕しなければならぬと思った。……

母方の関係から、わたしはさる高貴な王子の館で育てられることになったが、その王子というのが、わたしとほぼ同じ年だったので、ひとびとは何とかしてわたしを彼の友達にさせようとした。子供のころから知り合っておけば、一生涯何かにつけて王子を頼りとすることもできよう、というわけである。ところが、わたしはまだそんな計算のできる年ごろではなく、己惚《うぬぼ》れだけは人一倍強いほうだったから、ある日、子供らしい遊びごとから言い争いになり、相手が身分を笠に着て、横柄な態度に出るというと、つい嚇《かっ》となって、相手をさんざん撲《なぐ》りつけ、仕返しをしなければおさまらなかった。

しかし、サドは膂力《りょりょく》すぐれた、粗暴な子供ではなかったと思われる。むしろ神経質な、片意地な、己惚れの強い、負けず嫌いな、好き嫌いのはげしい、癇《かん》の強い少年であったにちがいない。

コンデ館には女官が多かった。当時はロココ趣味の全盛期である。女の子のように色の白い、金髪の美しい少年サドは、女官たちに愛され甘やかされ、香水や脂粉《しふん》や、絹のハンカチやスカートのあいだで、ぬくぬくとおのれの倨傲《きょごう》な精神を太らせていったものと思われる。自分の気まぐれを満たしてもらえない時には、地団駄ふんで口惜しがるような我がままな子供だったろう。

やはり『アリーヌとヴァルクール』のなかに、次のような作者の述懐がある。「ちょうどそのころ、わたしの父は外交上の仕事に忙がしく、母も父と同行したため、わたしはラングドックの祖母の家にあずけられたが、この祖母の盲目的なやさしさが、わたしのなかのさまざまな欠点を育てることになった」と。

アヴィニョンの田舎には、祖母ばかりでなく、少年の叔母たちも大勢いた。パリからやってきた金髪の美しい少年、本家のたった一人の跡取り息子を、彼女たちが競って大事にし、猫可愛がりに可愛がったであろうことは想像するに難《かた》くない。

父伯爵には四人の弟と、五人の妹がいた。この五人の妹のうち、四人までが修道女で、他家に嫁いだのは末娘一人だけである。四人の弟のうちでは、三男のジャック・フランソワ・ポール・アルドンスが、少年サドの生活にかなり重大な影響をおよぼすことになる。一七四五年の終りか四六年のはじめに、五歳になった少年サドは、当時エブルイユの僧院長だった叔父のポール・アルドンス神父のもとに引きとられたのである。

この叔父ポール・アルドンスは、一七〇五年生まれ、二十八歳までパリで気ままな生活をした後、一七三三年に聖職者になった。ヴォルテールの友人で、いかにも十八世紀の聖職者らしい文人気質の自由思想家だった。兄とは正反対の気質をもった一種のディレッタントで、古代文学や歴史を愛していた。プロヴァンス地方に散在するサド家の所有地や城を管理しつつ、文学上の著述や、気ままな情事に日を送っていたのだから、まず結構な身分といえよう。

実際、十八世紀当時の聖職者といえば、貴族の次男、三男が軍人になる代りに選ぶ特権的な職業にすぎず、彼らは教会から年金を受けて、しばしば自堕落な悠々自適の生活を送っていたのである。このポール・アルドンスにしても、法衣を着る身でありながら、実はかなりの道楽者であったらしく、パリ時代には、サックス元帥の情人ラ・ポプリニエール夫人との関係が知られており、一七六二年には、パリの女衒《ぜげん》の家で娼婦と一緒にいるところを発見され、数日間拘禁されたという経験もある。

一七六四年から六七年にかけて世に出た彼の畢生《ひっせい》の大作『フランチェスコ・ペトラルカの生涯のための覚書』全三巻は、かつてペトラルカとラウラが生きたと同じプロヴァンス地方の空の下で、熱烈な思慕をこめて書かれたものであり、後に獄中の侯爵の孤独を慰める心の糧となった書物である。ペトラルカの研究にかけては、サド神父は当代一流のひとだったと思われる。

修道院、中学、軍隊

パリのコンデ館とはまったく違った環境で、少年サドは、この文学者の叔父から何を教えられ、いかなる精神的な贈与を受けたであろうか。

「ソーマーヌの暗い城や、エブルイユの頽廃《たいはい》的な僧院における生活が、彼（少年サド）の想像力に何らかの影響をおよぼさなかったはずはない」とシモーヌ・ド・ボーヴォワール女史が述べているが（『サドは有罪か』）、たしかに、この南フランスの僧院における叔父との生活は、はじめて少年の心に文学や、書物に対する愛着や、歴史への憧れを育んだにちがいない。

サド神父は単に文学者であったばかりでなく、古銭学や博物学にも趣味のあったひとで、その書斎には、ガラス箱に入った古代の貨幣や昆虫標本などがいくつも飾ってあった。少年サドは叔父の目をぬすんでは書斎に入り、ガラス箱の前で何時間も時を過したにちがいない。パリでは見たこともない奇妙な小動物の形や色は、少年の想像力をいたく刺戟《しげき》した。

ある日、神父は書斎に入りかけて、つと足をとめた。少年が小さな手に一匹の蟬《せみ》をもって、ガラス箱のなかに同じ種類の虫はいないかと、一心に眼をこらして探しているところを見たのである。少年のひたむきな様子が、神父を感動させた。彼は足音をしのばせて、少年の背後にまわり、その肩にそっと手をおいた。少年はびくっとして振り向き、叱られはしないかと、おびえた顔つきになった。書斎に入ることは固く禁じられていたからである。しかし神父は、少年の利発そうな顔を見て満足そうに笑い、ついに叱責の言葉を口にしなかった。……

――以上の描写は、むろん、ロマネスクな空想であるけれども、子供嫌いの神父が少年サドに興味をもつようになったのは、こんなことからであると想像しても大して間違ってはいまい。神父は少年にラテン語を教え、プリニウスの博物誌を読んで聞かせ、さらにペトラルカとラウラの美しい恋物語を語って聞かせた。まだ五歳の子供の小さな頭に、あふれるばかりの人文主義的教養を注ぎ込んだのである。

三十五も年齢の違う叔父と甥《おい》のあいだに、いつしか親密な関係ができあがっていた。文学を語る者同士、秘密を頒《わ》かち合う者同士の親しい関係である。(この関係は後々までつづき、サド侯爵がラ・コストの城内で放蕩にふけっていた時も、この叔父は共犯者のようにその場に立ち会っている。)少年の父親が神父に期待したのは、おそらく息子に対する厳格な宗教教育でもあったろう。しかしパリを遠く離れた南仏の頽廃的な僧院で、五歳から十歳までの五年間、息子の精神は宗教とはまるで縁のない領域に遊んでいた。

十歳になると、少年ドナチアンは呼びもどされてパリに帰り、イエズス会の中学ルイ・ル・グラン校に入学することになり、かたわら家庭教師アンブレ師につくことになった。しかしサドの四年間の学校生活については、まったく何も知られていない。家族とのあいだに取り交わした書簡も、この時代のものは一通も残っていない。イエズス会の記録保管所に、あるいは何らかの資料が残っているかとも思われるが、残念ながら、この記録保管所は一般には公開禁止である。

ともあれ、サドが四年間在籍したルイ・ル・グラン校は、当時富裕な階級の子弟を多くあつめていた、パリで一流の伝統を誇る学校であった。イエズス会の創立者イグナティウス・ロヨラの高弟ギョーム・デュ・プラによって、一五六三年に建てられたこの学校は、もとクレルモン校といったが、その後、パリの文教地区である聖ジャック街の中心に移され、十八世紀の中ごろにはその生徒数三千に達したといわれる。十八世紀から十九世紀初頭にかけて、この学校を出た著名人のなかには、ヴォルテール、クレビヨン・フィス、モリエール、ロベスピエール、カミーユ・デムーラン、デュピュイトラン、ドラクロワ、ジュール・ジャナン、ヴィクトル・ユゴーなどがあり、まことに多士済々の趣きがある。イエズス会の修道士のきびしい監督下に置かれたルイ・ル・グラン校は、また厳格な宗教教育をもって鳴っていた。大部分の生徒は寄宿舎に入れられ、ほとんど修道院と変らぬ日常生活を要求される。ときには苛酷な懲戒を課せられることもある。富裕な家庭の息子には個室があたえられ、下男や家庭教師が特別に付けられた。

もっとも、少年サドは寄宿舎のつらい生活は経験せず、校外から通学していたものと思われる。当時サド家は財政状態が思わしくなく、息子を個室に住まわせるほどの経済的余裕はなかったと考えられるし、また、寄宿舎で共同生活を送っていたのだとすれば、家庭教師アンブレ師の役割が不明になるからである。たぶんコンデ館の母の部屋か、あるいはフォッセ・ムシュー・ル・プランス街の家庭教師の家に住み、そこから学校へ通っていたのであろう。

一七五四年から、青年サドの軍隊生活がはじまる。しかしこの期間のサドの生活には、ほとんどわたしたちの興味を惹くに足るものがない。年代記風に簡単に述べれば、――

一七五四年、ルイ・ル・グラン校を退学した十四歳のサドは、当時著名な貴族の子弟のみ入学を許された近衛軽騎兵聯隊《れんたい》付属の士官学校に入った。この学校はヴェルサイユにあって、生徒はきびしい軍事教練に従事し、しばしば王の閲兵を受ける。ここで二十カ月におよぶ訓練を受けた後、サドは翌年の一七五五年、はじめて無給の陸軍少尉に任官した。

さらに翌々年の一七五七年には、サン・タンドレ旅団の重騎兵聯隊旗手に任命され、プロシアとの七年戦争に従軍した。この従軍の回想を、後にサドは自伝小説『アリーヌとヴァルクール』のなかに書いているが、それによると、聯隊旗手サド少尉は「生まれつきの気性の烈《はげ》しさと、燃えるような情熱とをもって」勇敢に戦場を斯けめぐった、ということである。しかし、この手前味噌ともいうべき文章を、わたしたちはそのまま信用する気にはなれない。

一七五九年には、サドはブルゴーニュ騎兵聯隊の大尉に昇進している。時に十九歳。金髪、碧眼《へきがん》、豊頬の青年士官である。この時期のサドの容姿ならびに性格を伝える興味ある記録として、彼の軍隊での友人が父伯爵に宛てて書いた手紙の一節を、次に引用しておこう。「息子さんは至って元気です。親切で、すなおで、愉快な男です……出陣してから、彼は少し肥《ふと》り、顔色もよくなりました。パリで遊んでいた時分は、顔色も悪かったものですが……彼は駐屯するごとに、何かしら情事の悔恨を残して行きます。彼の若い心、いや、肉体は、じつに燃えやすいのです。ドイツ女に御用心！　わたしは、彼が馬鹿なことをしないように、できるだけの注意をしております。」

一七六三年三月、七年戦争の終結に伴い、サドは軍務から退いた。十四歳で士官学校に入ってから、すでに足かけ十年の歳月が流れていた。

最初の放蕩

軍隊から帰ったサドは、今や二十三歳の立派な青年貴族である。物腰にやや柔弱なところがあるとはいえ、一メートル六十八の背丈は人並であり、ことに容貌はすぐれている。器用にマドリガルの韻《いん》を合せたり、歌ったりして、社交界の女たちの喝采を博することにも長じている。要するに、当時のいわゆる伊達者《プチ・メートル》を想像すれば足りたであろう。――しかるに、この立派な息子が、父サド伯爵にとっては深刻な悩みの種であった。その理由をこれから語ろう。

すでにサドがルイ・ル・グラン校にいた当時から、サド家の財政状態は危機に瀕していた。プロヴァンスに広大な領地を有していたにもかかわらず、その収益は大勢の小作人や召使を養うのに、ともすれば不足勝ちであった。ポール・ブールダンが指摘しているように、サド伯爵は経済的手腕に欠け、しかも「はなはだしい浪費家」であったのかもしれない。加うるに、彼はこのころから健康を害し、妻とも別居して、ひとりル・バック街の外国伝道会館に孤独の生活を送っていたのである。妻はアンフェル街のカルメル派修道院に引きこもったきり、完全に俗世間の生活を遮断してしまっていた。冷淡な、奇妙な夫婦というべきである。

孤独の老人は、極端に厭世的になり、愚痴っぽくなった。永年にわたる外交官としての業績も、王家にはそれほど認められず、酬《むく》いられるところが少なかった。彼は弟への手紙に、くどくどと世間に対する忿懣《ふんまん》を書きつらね、財産の窮乏を訴えている。経済的逼迫《ひっぱく》は一七六二年に特にひどくなったようである。

しかし、父伯爵の不安をいやが上にも煽《あお》り立てた、別の原因があった。すなわち、息子の香ばしからぬ風評と浪費である。すでに軍隊にいた当時から、サドが父の不興を買っていたことを明白に証拠立てる手紙がいくつかある。次に引用する、叔父宛ての書簡を見られたい。

わたしがパリ滞在中に犯した多くの過ちを伝え聞いて、父上は、パリにわたしを呼び寄せたことを後悔しておられるそうです。でも、父上の機嫌を損ねてしまったという悔恨の念に、どれだけわたしは責め苛《さいな》まれましたことやら！　今や、かつてわたしが大事と思っていた快楽の魅力は、すでに色褪《いろあ》せ、やさしい父上を怒らせてしまったという、この上なく悲しい苦しみがあるばかりです。……自分の行動を反省すればするほど、わたしにはそれが奇妙なものに思われてなりません。わたしを極楽蜻蛉《とんぼ》ときめつけなさる父上の態度は、まことに尤《もっと》もだと思います。ああ、もしわたしが本当の快楽だけしか選ばない男だったとしたら、これほどの苦痛を嘗《な》めずにも済んだことでしょうし、こんなにたびたび父上の感情を傷つけることにもならなかったでしょう。いったい、わたしが相手にするような娘たちが、本当の快楽を得させてくれるなんて、考えられたものでしょうか？　金で買うような幸福が、楽しいものといえましょうか？　たぶん、わたしが少しばかり金離れがよかったがために、女たちに愛されたにすぎないということを考えると、わたしの自尊心は今さらながら苦痛をおぼえます。（一七五九年四月二十五日、サン・ディジエにて）

この手紙は、長い休暇を終えて軍隊に帰った直後のサドが、駐屯地から叔父の神父に宛てて書いたものであり、現在までに知られたサドの手紙の、最も古い日付のものである。同時にまた、この手紙は、サドの放蕩生活がいつごろから始まったかを示す、貴重な資料でもある。

手紙のなかで、サドはことさらに殊勝らしく、大げさな悔悛の言葉をならべ立てているが、これを額面通り受けとる必要はあるまい。行間には、この十九歳の遊び好きな青年貴族の、軽薄さや不誠実がありありと露《あら》われているからだ。果して、サドはその後も放蕩生活を一向にやめた様子がない。息子が「舞踏会にも芝居にも欠かさず出かけるのが忿懣に耐えない」と、一七六三年二月の手紙に父は書いている。

青年サドのこのころの生活は、しかし、かくべつ常規を逸したものとは思われない。父の非難にしても、この当時の貴族階級の子弟ならだれでも、同じ非難を受けるに値するような行動をしていたのであって、娼家へ通ったり、女優を追いまわしたり、賭事《かけごと》に興じたりするのは、ごく普通の青年の気晴らしだった。むしろ「几帳面で、やや陰気くさい」性格の父親が、息子の罪を不当に重大視していると見られないこともない。息子が将来のことを少しも考えず、足しげく宮廷に伺候《しこう》しないからといって、弟への手紙のなかで、あれほどはげしく我が子を極道者呼ばわりする必要はなかろう、とも思われる。

苦労性の父親は、息子の悪い噂《うわさ》から遠ざかるために、パリを離れることさえ真剣に考えたという。が、自分がパリを離れれば、息子の乱行がさらに募《つの》ることは知れている。すると、極道者の息子を厄介払いする手段は、ただ一つしかない。早いところ彼を結婚させてしまうことだ。結婚してしまえば、息子はもう父親の扶養を受けるわけにはいかないし、もう道楽をしているわけにもいかなくなる。——この父親の論理には、厭世的な老人の醜い利己主義と吝嗇《りんしょく》とが、はっきりと見てとれる。

アヴィニョンの恋人

このような父の打算的な意図に、青年サドはあからさまな敵意を示したわけでは決してない。少なくとも結婚するまで、彼は反抗的な青年ではなかった。が、彼は以前から、自分の気に入った女性とでなければ結婚したくないと、その意志を父親に表明してもいたのである。すでに軍隊時代に、彼は北仏エダンの町のある娘とみずから婚約を取りかわしているし、さらにその後、やはり田舎に住むカンビ嬢という娘に意中を通じてもいる。

しかし父の老伯爵が目をつけたのは、こんな片々《へんぺん》たる田舎貴族の娘ではなく、パリの富裕な終身税裁判所名誉長官モントルイユの長女、ルネ・ペラジー・コルディエ・ド・ローネー嬢であった。法曹界に隠然たる勢力をもつ、この成金貴族の娘と縁組すれば、サド家の財政的危機はかなり楽になるはずであった。

一方、プロヴァンス地方に代々の領地を有し、大コンデ家と血縁のあるサド家と親類になることは、モントルイユ家にとっても望ましかった。門地の低い法服貴族であるモントルイユ家にとって、この縁組は、王家に近づくための絶好のチャンスであった。サド家にとっては財産が目当てであり、モントルイユ家にとっては家名が目当てである。親同士がきめたこの縁組は、両家の利害関係からのみ成立したものといえる。愛情の問題はおろか、結婚の約束がきまる前に、サドが一度でも婚約者と会っていたかどうかさえ、はなはだ疑わしい。それというのが、サドはその時分アヴィニョン近在に住む一女性に切々たる恋情を寄せていて、彼女と結婚することを真剣に考えていたからである。

この女性、――おそらくサドの恋愛生活中の最も光彩陸離《こうさいりくり》たる恋人であるべき、ロール・ヴィクトワル・アドリーヌ・ド・ロリス嬢は、しかし、ごく最近までその存在をまったく知られていなかった。従来の伝記にはその名前すら出てこない。一九四八年に、サド研究家のジルベール・レリーが、パリ国立図書館に集められたサド家の未発表書簡のなかから、この女性に宛てたサドの熱烈な恋文を発見するまでは、チーリス・エーヌといえども彼女の存在については何一つ知らなかったのである。

いま、神秘のヴェールをぬいで過去の闇から浮かびあがってきた、このプロヴァンス生まれの貴族の娘とサドとの短い関係について、ごく簡単にふれておこう。ロリス嬢は、十三世紀にその起源をさかのぼる南仏の名家、ロリス侯爵家の娘で、一七四一年の生まれであるから、青年サドと交渉をもった当時二十二歳であったはずである。二人がどういう機縁で知り合い、どうして別れなければならなくなったかについては、正確なところは一切不明である。わたしたちが知り得るのは、ただ一七六三年三月、サドがモントルイユ家の娘とロリス嬢との二人に対して同時に婚約をしているということ、サド自身の気持はむしろ後者に傾いていたのに、父はあくまで前者との有利な縁組を望みつつ、息子の心の動きを苦々しい思いで見ていたということ、そして結局、ロリス嬢との縁談は、彼女の父親の側から破棄されたということ、——それだけである。

一七六三年四月の終り、つまり、すでに決まったモントルイユ家の娘との婚礼のつい半月ばかり前、サドはまだアヴィニョンに滞在していて、破談になったロリス嬢との仲を回復しようと懸命になっていた。これより先、捨てられたと知ったとき、サドの怒りと嫉妬ははげしかった。四月六日の日付のある次の手紙を見られたい。

裏切り者、恩知らず。一生わたしを愛すると誓ったあなたの心は、どうなってしまったのです？　だれがあなたを心変りさせたのです？　だれに命ぜられて、あなたは、永久にわたしたち二人を結びつけるはずだった絆を、みずから引き裂いてしまったのです？　あなたはわたしの出発を、あなたから逃げるためとでも思ったのですか。わたしがあなたから逃げて、一人で生きて行けるとでも思ったのですか。あなたはたぶん自分の感情によって、わたしの心の中を忖度《そんたく》したのでしょう。……行ってしまえ、わたしの人生の不幸のために生まれてきた人非人よ！

しかし、サドは怒りにまかせて相手を罵倒しながらも、彼女への未練を断ち切ることができず、次第に語調は弱まり、ついには痛々しい哀願の言葉によって、相手の同情を惹こうとさえ試みる。

ああ、わたしの親しい君よ、神聖な友よ。わたしの心の唯一の慰めよ。わたしの人生の唯一の歓びよ。絶望のあまり、ついわたしはかっとなってしまった。あわれな男の暴言を許してください。思わず我を忘れたのです。愛する者を失ったら、もう死ぬことにしか救いはありません。嫌悪すべき人生から解放してくれる死の時を、わたしは待っています。今やわたしの唯一の願いは、死の時の到来です。あなただけが人生の歓びであったのに、あなたを失った今、どうして人生に執着していられましょう？……言ってください、あなたはわたしをどう思っているのです？　あなたの行為を、どのように弁明するつもりなのです？　ああ、もしあなたが以前と変りなくわたしを愛していてくれたら、どうかわたしの不幸を憐《あわ》れんでください。つらい運命のめぐり合わせを嘆いてください。わたしに手紙を書いて、身の証《あか》しを立てようという気になってください。

次いでサドは、「もう一度自分と二人だけで会ってくれ、自分を捨てないでくれ」と絶え入らんばかりの調子で訴え、媾曳《あいびき》の約束を迫る。が、こんな綿々たる哀訴にみちた恋文も、ついにロリス嬢の気持を動かすには至らなかったものと見える。

いったい、ロリス嬢の両親がこの結婚申し込みを謝絶した真の理由は、何であったか。たぶん、父サド伯爵の妹宛ての手紙にもあるごとく、破談の理由は、サドがロリス嬢を「病気にした」ということにあったらしい。「病気」とは淋疾《りんしつ》にちがいあるまい。いま引用したサドの手紙のなかにも、「健康に注意してください。わたしも回復に心がけます。でも、たとえあなたの身体がどんな具合であろうと、わたしの愛の証拠をお見せするのに差し障りは少しもありません」とある通りだ。サドが軍人として各地に駐留するあいだ、放蕩のおかげで悪い病気に感染したということは、大いにあり得ることである。

ともあれ、このロリス嬢に対して、サドは初めてその青春の情熱を燃えたぎらせたのであり、彼女によって、初めて深刻な愛の苦悩を知ったのであった。手紙の文句に嘘や偽りがあろうとは思われぬ。短い期間の交渉であったとはいえ、この女性によって知った愛の歓びと幻滅が、それ以後のサドの心に、いつまでも消えない深い傷を残さなかったはずはない。

一七六三年五月十七日、彼が気のすすまぬ結婚式にのぞんだ時も、つい半月ばかり前の幻滅の記憶が、まだ生ま生ましく息づいていはしなかったろうか。彼が父の強制する結婚を承諾した心状は、わたしたちには測りかねるが、その胸の奥には、おそらく言葉にはならない暗澹《あんたん》たる絶望と憤怒が渦巻いていたであろう。

結　婚

結婚は奇妙な空気のうちに着々と準備された。アヴィニョンから呼びもどされたばかりのサドの心には、まだ失恋の痛手が生ま生ましく残っていた。自分自身の結婚に、彼はまったく他人のように無関心だったにちがいない。一方、吝嗇家のくせに見栄っぱりな父親は、婚礼の費用の捻出に頭をかかえていた。嬉々として準備を進めていたのは、実のところ、花嫁の母親モントルイユ夫人だけだったろう。この縁組を、彼女ははなはだしく固執していたと思われるふしがある。サド家の頼りない経済状態も、花婿の香ばしくない評判も、さらに彼女を躊躇《ちゅうちょ》させはしなかった。婚礼のためにサド家が必要としていた借金を、すすんで提供したのもモントルイユ夫人である。

終身税裁判所長官の地位をすでに退き、いまは名誉長官という肩書のみを有していたモントルイユ夫人の夫、すなわちクロード・ルネ・モントルイユ氏は、サドの生涯にほとんど重要な役割を演ぜぬ、いわば影のごとき存在である。家庭の実権を握っていたのは夫人であり、縁談の交渉がなされたのも、もっぱら彼女とサド伯爵との間でだった。

娘の結婚によってブルボン王家と血縁になるということに、虚栄心の強いモントルイユ夫人は夢中だったらしい。そのため、いろいろと耳に入ってくる婿の悪評にも、甘んじて眼をつぶり、とかく耽《ふけ》りがちな若い者の放埒《ほうらつ》に、理解ありげな寛大な態度をとることで満足していた。じつのところ、青年サドがこれまで多くの縁談に失敗しているのも、すべてこの悪評のためである。父伯爵は息子の素行上の汚点を包みかくすのに精いっぱいの努力をした。

結婚式の少し前、サド伯爵は妹のサン・ローラン尼僧院長に宛てて、次のように書いている。

アヴィニョンからの最近の手紙によって、モントルイユ夫人はすべてを知ったと思います。それやこれやで、わたしの息子に対する彼女の信用は、がたんと落ちてしまったはずです。でも、もう後へ退くわけにはいきません。息子がどんな不機嫌な顔をしようと、わたしはわたしの一存で事を最後まで進めるつもりです。……考えてみれば、モントルイユ家の人たちもぼろ買いをしたものだと、つくづく同情せざるを得ません。だましてお婿さんを押しつけたようなものですから、わたしとしても大いに気が咎《とが》めます。神父（弟）も最近の手紙で、あの子くらい優しいところのないやつはない、と書いてきました。今までわたしがそれを言うと、彼はいつも反対していたのですが、今度ばかりは骨身にしみたのでしょう。あの子の優しいところと言えば素振りだけです。これは矯正不可能の問題です。息子がパリへやってきたら、わたしは急いで逃げ出そうと思っています。

これによっても分る通り、この父子のあいだには、およそ血のつながる者同士の情愛というものが欠けていた。理解し合おうという努力すら見られない。頑《かたくな》な父は、ほとんどペシミスティックな諦念とともに、息子を厄介払いすることばかり考えている。

しかしサド家のエゴイズムや吝嗇は、父ばかりの性格ではなかったようだ。修道院にいた母の伯爵夫人は、息子の結婚資金として、自分のダイヤモンドを売ることをどうしても承知しなかったそうである。この問題で、一時、モントルイユ家とのあいだに悶着があったが、結局、モントルイユ夫人がサド家のために資金を提供することになって、けりがついた。「おそろしい女だ。息子も彼女に似たんだろう」と父が洩らしている。

結婚式は一七六三年五月十七日、王家の認可を得て、パリのサン・ロック教会で華々しく挙行された。新郎のドナチアン・アルフォンス・フランソワは二十三歳、新婦のルネ・ペラジー・コルディエ・ド・ローネー・ド・モントルイユは一つ歳下の二十二歳であった。サドの生涯の第一幕、独身時代は、かくて幕を閉じたのである。

結婚式後まもなく、若夫婦はモントルイユ家の所有地であるノルマンディー地方の小都会、エショフールに向って出発した。ドナチアンの最初の新婚生活が、この田舎町で送られることになる。

第二章　リベルタンの出発　（一七六三―一七六七年）

義母と妻の家庭

結婚を機としてサドの生活に割り込んできた女性は、第一に妻のルネ・ペラジー、第二に妻の妹アンヌ・プロスペル・ド・ローネー（後に詳述する）、第三に義母のモントルイユ夫人であるが、そのなかでも、ある意味で妻以上に重大な影響を彼の精神におよぼしたのが、三番目の女性モントルイユ夫人である。サドの結婚をめぐって彼女がいかなる働きを示したかについては、すでに述べたが、家庭の夫となってから後も、サドは陰に陽に義母の圧迫を蒙《こうむ》らねばならなくなる。

ありていにいって、サドが気のすすまぬ結婚を承諾したのは、それによって自己の独立（経済的な意味をも含めた）を得るためであったと思われる。が、この虫のよい予想はくつがえされて、ふたたびモントルイユ夫人の専制主義に手もなく翻弄される身となった。夫人のほうはこの取引に不満はなかった。婿の悪評など眼中になかった。当時の一般的風潮として青年の放蕩は当然であり、それらとドナチアンのそれとが本質的に違っていると は、まだこのころの彼女には理解し得べくもなかったからである。また、周囲の者すべてを自分の策略で手なずけていたように、青年サドをも手なずけられないはずはないと、彼女は確信していたからでもある。

結婚式の前日、モントルイユ夫人がドナチアンの叔父に宛てた手紙には、「甥御《おいご》さんは打ち見たところ、思慮ぶかく優しげな御様子、聟殿《むこどの》としてこの上なく好ましい方と思われます。あなたさまの御教育の賜物《たまもの》と拝察いたします」とある。

モントルイユ夫人の風貌は、後に下獄中のサドと親しく文通することになったルーセ嬢（第五章、第六章に詳述）の筆によって、次のようにヴィヴィッドに描き出されている。すなわち、彼女は「魅力的な美人で、まだ大そう若々しく、どちらかといえば小柄で、愛嬌のある顔と、華やかな笑いと、婀娜《あだ》っぽい目つきと、いたずらっぽい精神と、天使のような才気と無邪気さにあふれており、また狐のようにしたたか者でしたが、それなりに愛すべき女性でした」と。（一七七八年十一月二十七日、差配人ゴーフリディ宛て）

王家と縁続きになることをあれほど熱心に望んだように、モントルイユ夫人は、虚栄心の強い野心家であったから、サドが宮廷で羽振りのよい地位に栄達してくれることを心から期待していた。宮仕えさえ立派に果してくれれば、少しぐらいの女道楽には目をつぶってもよい気でいた。ところが、ドナチアンには出世する気など毛頭なく、相変らず将来のことを少しも考えない。

ドナチアンにしてみれば、この義母の差出がましい干渉は我慢のならないものだった。後年、自分は「悪魔の手中に陥《おちい》っていた」と怒りをこめて語っている。そういっても、結婚した当座は、おそらく若い妻に対するよりもむしろ義母に対して、一層の慇懃《いんぎん》をつくしていた。妻に対しては、最初からそんな必要がなかったのだ。彼女は一目見た時からドナチアンに眩惑《げんわく》され、後には彼のあらゆる横暴を許し、すすんでその共犯者になったほどの女性である。二十七年間、ルネ・ペラジーは我がままな夫に対して従順と貞淑の美徳を守りつづけるであろう。ボーヴォワール女史のいうように、「ルネ・ペラジーがサドの最も得意満面の成功だとすれば、モントルイユ夫人は彼の失敗のすがたである。夫人は抽象的、普遍的正義の化身であって、これに対しては個人は歯が立たない。サドが最もはげしく妻との同盟を求めたのも、この彼女に対抗してであった。」

最初の新婚生活が営まれたエショフールの城で、サドは自分の文学的才能を見せびらかすためのように、自作の芝居を演出し、妻やモントルイユ夫人にまで役を振り当てている。なごやかな家族の団欒《だんらん》である。こうして妻の実家で気ままな暮らしができるようになると、サドはしばしばパリに赴き、ヴェルサイユやアルクイユの郊外に別宅を構えるようになった。

そのころ、モントルイユ夫人がエブルイユ在住の僧院長（ドナチアンの叔父）に宛てた手紙の一節を、次に掲げてみよう。

まあ何て面白い子なんでしょう、あなたの甥御さんは！　ときどき、ずけずけと小言をいってやりますの。で、あたしたちは喧嘩をしますが、またすぐ仲よくなってしまいます。ごく些細な、ほんの短い喧嘩ですからね……軽はずみな子ですけれど、まあまあ、結婚してからは落着いたようです。あるいはあたしの思い違いかもしれませんが、あなたも彼にお会いになったら、その進歩をお認めになることでしょう。あなたの姪《めい》についてて申せば、彼女はお婿さんに不平なんぞ一つもありますまい。心ゆくまで愛してゆくでしょう。それもそのはず、なぜって、お婿さんは今のところやさしいし、彼女を大そう愛してもいるし、下にも置かない扱いぶりなんですから……

同じころの手紙を、もう一通だけ引用してみよう。

あたしたちは八月の初めから田舎にいます。あたしの婿は供託金登記手続のため、数日パリにとどまり、八日遅れて、妻と一緒にここへ来ました。それまで彼女は彼の手に預けられていたわけです。歴《れっき》とした夫が妻を預かるという言い方は、おかしく思われるかもしれません。でも彼は、まだとてもとても若いので、ふだんは妻をあたしに任せておかねばならないのです。静かな田舎に暮らすうち、彼の健康は目に見えて良くなりました。まあまあいくらか肥ってもきました。でも田舎にいて、彼の精神と趣味とが二つながら満足されるかどうかは、あたしにも分りません。なにしろ旺盛な精神と趣味の持主ですからね。栄養物がいつも必要なのです。幸いなことに、確実な手段が二つあります。読書と睡眠です。彼がこの二つを大いに好むことを、あなたもよく御存じでしょう。

（一七六三年九月十四日）

やがて一七六三年十月二十九日、パリの「妾宅《しょうたく》における度はずれな乱行」の廉《かど》で、サドがヴァンセンヌの牢獄に収監されるのは、この手紙からほぼ一月半の後である。結婚後半年もたたぬうちに、この「思慮ぶかく優しげな様子」の婿は、その本当の素顔をひとびとに見せはじめるのである。義母はこの時はじめて、婿が結婚の翌月からたびたびパリに赴いては、ひそかに娼婦たちと乱行にふけっていたという事実を知らされる。久しく家庭のよき夫として、義母の監督下にあった彼が、ついにその隷属的な安逸《あんいつ》に堪え切れず、苦しげな叫びを洩らしたかのごとくであった。

最初の入獄

しかし、「度はずれな乱行」とは、具体的にどういうことを指すのか。わたしたちには分らない。国務大臣サン・フロランタンが警視総監サルティーヌに送った文書にも、「特別な処置をとらねばならないほど重大な理由」と書いてあるのみである。サド伯爵が弟の僧院長に宛てた手紙の断片が、やや具体的に事件の内容を明かしてくれる。それによると、ドナチアンはパリ郊外に小さな家を借り、掛《かけ》で買った家具を揃《そろ》え、そこに娼婦たちを引っぱり込んで、「神をも怖《おそ》れぬ忌《いま》わしい乱行」にふけっていた。ドナチアンの監視を命ぜられていた司法警察官に訊問《じんもん》されて、供述書にこれらの真相を告白したのは、そのときドナチアンの相手を勤めていた娼婦たちであった。息子がヴァンセンヌに収監されると、伯爵は驚いてフォンテーヌブローに駆けつけ、保釈を歎願した。「旅費その他の費用に十ルイ使ってしまった。これだけあれば二カ月も暮らせたのに」と父は不平を鳴らしている。心労のあまり、彼はその後熱を出して寝込んでしまったそうである（一七六三年十一月十六日付の手紙）。なお、この部分については補遺(3)を参照されたい。

一方、獄中のサドは悲歎に打ちのめされた。おびただしく手紙を書いた。手紙の内容は、できるだけ早く自分の立場を妻と義母に知らせて、二人を安心させてほしいというのが大部分であり、その他は綿々たる悔悟と反省の言葉である。二十三歳で初めて獄に下ったサド、それまで犯罪人たることはおろか、他人から嘲罵《ちょうば》や侮蔑すら受けたことのなかったサドは、ここで初めて、自分の秘密がうしろ暗いものであること、自分の最も好む快楽が、社会から悪徳の名で呼ばれ、罪の名で指弾されるべきものであることを知って、愕然とするのである。幼年時あれほど己惚れの強い、自我意識のはげしい子供であったはずのサドが、この獄中からの手紙では、あたかも哀願と卑下と恥辱の塊《かたま》りのようになる。

たとえ獄中の身のいかに辛かろうと、わたしの運命について不満を述べる気はさらさらありませぬ。わたしは神の懲罰に値する身でありました。たしかにそうだったと思います。自分の犯した過ちを嘆き、自分の犯した罪を憎むことが、現在のわたしの為すべき唯一《ただひと》つのことです。ああ、神は悔悟の時をあたえずに、わたしを破滅させることもできたのです。本心に立ち帰り得たことを、神に対していかに感謝したらよいでしょう。その方法をお教えください、お願いです……（警視総監サルティーヌ宛て。十一月二日付）

十一月十三日、新たな命令が発せられて、サドは拘留期間十五日の末にふたたび自由の身となる。ただし、エショフールの城館を離れないことを条件とされた。モントルイユ夫人が僧院長に宛てた手紙によれば、あなたの甥御さんは将来における申し分ない行為によって、過去の罪をそそぐ以外に道はありますまい。彼が家にもどって以来、あたしたちは彼に満足しております。でも、ここは後悔のための場所ではありません。どんな態度、どんな反省の色が見えたにせよ、あたしを納得させせるのは実績だけですからね。あたしとモントルイユ氏とは、あたしたちの婿のために出来るだけのことをし、彼の名誉を傷つけるようなあらゆる噂を揉《も》み消すために、適当と思われる処置をすべて講じました。こうしたやり方が、育ちのよい魂に深い感銘をあたえないはずはないと、心ひそかに期待しております。あたしの娘について申せば、彼女の苦しみのいかばかりであったか、お察しのことでございましょう。彼女は貞女たるべき決心をしております。……それに、あたしの見るところでは、彼女は三カ月の身重なのです。悪阻《つわり》にもよく耐えております。(一七六四年一月二十一日)

手紙のなかで「三カ月の身重」だったルネ・ペラジーは、のちに流産したので、サドはこのとき父親になることを免れた。

夫の不行跡を知らされる前から、ルネは「貞女たるべき決心」をしていたのである。この彼女の決意は、一七九〇年ついにサドと離別するまで、一貫して変らない。彼女は母親に似ず、夫によって定められた犠牲者という妻の役割に、みずから進んで没入した。もっとも、当時サドが妻を愛していなかったという証拠はない。彼が貞淑な妻のベッドにおいて、美徳の味気なさというものを身にしみて知ったにもせよ、家庭の幸福と自己の快楽とは、少なくともこのころのサドには、和解させ得る性質のものだった。

少年ジャン・ジュネがある日盗みの現場を見つけられ、「お前は泥棒だぞ」という社会からの宣告を受けて、はじめて自分のなかに在った邪悪な原理に目ざめたように、サドもまた、自分の犯した行為の怖ろしさに仰天し、恥辱にまみれ、やがて自分が客観的にはいかなる存在であるかについて、つぶさに知ることになるのである。それまではもっぱら快楽の源泉であった、無邪気な自然の行為が、今や罪に値する行為となり、やさしい若者はこの日を境として、社会の除け者《もの》に変ってしまったのである。彼はこの日から、自分が一生社会の除け者、犯罪人として過さねばならないだろうという予感をいだいたにちがいない。というのは、彼にとって秘密の快楽は至上の価値を有するものだったので、これを断念することは最初から彼の頭になかったと思われるからである。その点から見るならば、たしかに彼は一個の性的異常者であり、一個の卑しいサディストでもあろう。しかし、自己の社会的生活と個人的快楽とのあいだに妥協は不可能だと見てとったとき、彼は翻然としてリベルタンたるべく決意した。換言すれば、彼がリベルタンとして成長し得た所以《ゆえん》のものは、彼が性的異常者だったという所与の事実ではなく、なぜ自分が性的異常者であるかをとことんまで知りつくそうとした、その弛《たゆ》まぬ意志である。ここから、いわばサドの愛欲における修業時代がはじまる。

リベルタンの決意

実際、青少年時代のサドには、反抗精神といったものがほとんどなかった。子供のころ遊び相手の王子をなぐったのは、ただの幼い我がままな癇癖《かんぺき》の発作にすぎまい。父の言いなりに気のすすまぬ結婚を承諾したように、彼にはあるがままの社会を甘んじて受け容れる用意があったらしい。衰頽《すいたい》した貴族社会の枠のなかで、金で買える快楽をあさりながら、軍職につき、夫となり、父となり、侯爵となることに、青年期の彼はいささかも疑問をもっていなかったろう。みずから小説のなかで回顧しているように、彼は幼時から、「自然も富もすべて自分のためにあるものだと信じて」いたし、特権意識の上にぬくぬくと惰眠をむさぼっていた。そのような彼にとって、十月二十九日の事件は、まさしく一つの思いがけない衝撃であった。

茫然自失から覚めてみると、彼は、自分が今まで何ものにも心から満足していなかったことに気がつく。自分が将来のことを少しも考えず、いくら義母に勧められても王宮に伺候する気にならなかったのは、結局、これらの世俗的な名誉やら野心やらに、自分自身がほとんど魅力らしいものを感じていなかったからではないか。では自分にとって、情熱に我を忘れる瞬間、自分自身の全存在を押し揺るがすような歓喜の瞬間というものは、あり得ないものだろうか？　あり得るとすれば、それはどこにあるか？——答えるまでもなく、彼はそれを以前から知っている。彼が自己の生きた全存在を確認し得るような場所は、ただ一つ、彼が易々《いい》として自己の夢想を解き放つ至上の権利を購《あがな》い得る、あの娼家にほかならない。そこのみが、日常の世界を超越し得る場所なのである。いかなる犠牲をはらっても、——たとえ社会の除け者としての烙印《らくいん》をその額に捺《お》されようとも、彼はこの秘密の場所で、自己の存在の最小限の証しをつかむため、自己の夢想に至上の価値をあたえるために、娼婦を鞭打《むちう》つという卑しい行為の陶酔に耽溺《たんでき》しなければならない。宿命に忠実たれ！——サドが一個のリベルタンとして社会に対立した契機は、じつにここにあった。

ラシェーヴル氏によると、リベルタンとは「十七世紀においては、独立精神および伝統への敵意を意味し、したがって、信仰および宗教的行為に従うことを拒否する者を意味していた。十八世紀において、その意味は道徳上の放埒にまで拡大された」のである。すでにルイ十四世時代にマントノン夫人が、この言葉を遊蕩児の意味に用いた例も見られる通り、リベルタンの意義は、宗教的戒律に対する不服従から、性的束縛に対する不服従へと徐々に転化したのである。愛欲の行為において、リベルタンは種族維持の自然法則に従うことを拒否し（カトリックでは、トマス・アクィナス以来出産を性交の第一目的としている）、恋愛の熱狂に身をまかせることを厳にいましめる。すなわち、リベルタンの目的はただひたすら快楽である。したがって、彼は愛欲の世界においても極端に知的になり、脳髄作用的になる。肉欲を洗練させ、肉欲の対象たる女性を、単に一つの快楽の目的として眺める。

行動的なリベルタンは、騎士道時代のヒロイズムを失った十八世紀当時の若い貴族たちの、共通の夢の一つであった。封建時代の権力に郷愁をいだき、蹂躙《じゅうりん》された神話をふたたび想像の世界に生きようと願う彼らは、かつて至上の権力を握っていた専制君主の社会的身分を、愛欲の秘儀のうちに象徴的に復活させようと試みたのである。それはむろん、十六世紀の輝かしい傭兵隊長《コンドティエーレ》や僭主《せんしゅ》たちの栄光にくらべれば、あまりにも卑小な試みというべきである。が、彼らのいかがわしい享楽生活の水準にあっては、カザノヴァやドン・ジュアンとならんで、あの血みどろの狂宴を主宰したシャロレー公爵のごとき人物までが、失われた理想に取って代る典型となったのだ。

サドもまた、この至上の権力の幻影に飢えていたことは事実であるが、しかし、彼のうちには、およそ現世の権力へ向う何らの意志も見当らないことは、注目されてよい。すなわち、彼はあくまで作家であり、知識人であり、彼の探求はもっぱら知的領域に限られていたのである。自己の弱さの補償を空想的世界に求める、社会的弱者の範疇《はんちゅう》にサドを分類しても、誤りではなかろう。退屈で、しかもつねに自分をおびやかすこの世界に、彼は徹底的に無関心だった。密室の秘儀、脳髄作用的なエロティシズムのみに、彼は執着した。彼は彼を行動家のチェーザレ・ボルジアなどと比較してはいけない。「わたしは、こうした種類のことで考えられることはすべて考えた。しかし、わたしは考えたことのすべてを実行に移したわけではなかったし、これからも実行しないだろうことは、もちろんだ。要するにわたしは犯罪者でもなければ人殺しでもなく、一個のリベルタンにすぎない」（一七八一年二月二十日）と、サドは自分自身を明快に割り切っている。

しかし、彼がこの明快な自己診断に達し、作家としてのサドが誕生するまでには、なお幾多の試練が必要であった。

女優コレット

ドナチアン・ド・サドは今や注意人物となった。警察はこの事件以後監視の目を一層きびしくし、彼のまわりには、忌わしい評判が立ちはじめた。ようやく謹慎の身を解かれ、ふたたびパリに出没し出したサドの背後に、蛇のようにしつこくつきまとう黒い影があった。司法警察官マレーである。彼は上司の命により、サドの行動を逐一しらべあげ、その結果を次々に報告書に記載した。

一年前国王ノ命ニヨリ本官ガヴァンセンヌ監獄ニ連行シタ侯爵サド氏ハ、コノ夏フタタビパリニ行ク許可ヲ得テ、現在ナオ同地ニ滞在中デアルガ、彼ハ、イタリア座ノ女優コレット嬢ニ一カ月二十五ルイ与エテ楽シンデイル模様デアル。コレット嬢ハリニュレ侯爵ナル男ト同棲シテイルガ、彼ハサド氏ト同嬢トノ情事ヲ最初カラ知ッテイル。シカシサド氏ガ同嬢ニ瞞《だま》サレテイタコトニ気ヅイタノハ、ゴク最近デアル。今週ニイタッテ、サド氏ハ女衒《ぜげん》ラ・ブリソノ家ニ行キ、彼女ニ対シテ、本官ヲ知ッテイルカ否カ再三シツコク質問シタ。彼女ハ否ト答エタ。本官ハ彼女ニ身分ヲ明カサズ、タダサド氏ニハ絶対ニ女ヲ取リ持タナイヨウニト強ク勧告シテオイタ。(一七六四年十二月七日)

ラ・ブリソと呼ばれる当時の有名な売淫取持ち業者が、このマレーの勧告に従ったかどうかは疑問であろう。というのは、彼女にとってサドは最上の顧客の一人だったと思われるからだ。彼女の経営しているような贅沢な上流人士相手の娼家は、そのころのパリに無数にあった。一七六六年一月、サドが一カ月十ルイの報酬で関係を結んだドルヴィル嬢は、やはりラ・ユゲという女衒の経営する妓楼に抱えられた商売女であった。その他にも、サドと取引を結んだ妓楼主は数多くあったにちがいない。

一七六四年夏、エショフールに謹慎中のサドは許可を得てパリに赴き、そこでイタリア座の女優コレットに初めて紹介された。芝居がはねてから、彼は女優の家にそのまま同行し、翌日、求愛の手紙を下男に持たせて彼女のところへ送った。このコレットという十八歳の娘に、サドは一目見た時から、かなり惚れこんでしまったようである。

当時の証人の筆によると、コレットは「すらりとした格好のよい娘で、まだ豊満の魅力には乏しかったが、その徴候はすでに現われていた。眼は小さいが表情に富み、きらきら光っていた。歌がうまく、ヴィオラを巧みに弾いた」そうである。一七六二年の中ごろ、彼女はフェルテ公爵という劇場支配人の情婦になり、この男から性病をうつされた。そして病気の治療の際、病院に連れて行ってもらったロゼッティ某という男とも関係し、さらにその後、サブランという男とも情事を重ねた。翌年にはサブランを捨てて、リニュレ侯爵と同棲し、同時にロシュフォール伯爵にも毎月金を出させて、彼の情婦のような身分になっていた。ロシュフォール伯爵は気前のよい大金持で、六千リーヴルにのぼる彼女の負債を払ってやったり、四千リーヴルのダイヤの耳輪を買ってやったりした。このように数々の男たちから莫大な金を絞りとっていた彼女は、豪華な四輪馬車で得意然と劇場に出入りしていたという。

サドが目をつけた女は、こんな途方もない半職業的な浮かれ女であった。彼がコレットに初めて紹介された日の翌日、彼女に送った手紙の冒頭の部分を、次に引用してみよう。

あなたを見て、あなたを愛さずにいるのはむずかしい。あなたを愛しつつ、あなたに愛を打ち明けずにいるのは、もっとむずかしい。わたしは長いあいだ、黙ってあなたを見てきたが、もうこれ以上黙っているわけにはいきません。わたしは気違いのように、あなたに恋い焦《こが》れています。あなたと一緒に人生を送り、あなたと楽しみを共にしなければ、もうわたしにとって、この世に幸福はないも同然です。お願いです、一言でいいから、色よい御返事をください。……わたしの名前を、あなたはおぼえていらっしゃらないかもしれませんね。わたしは月曜日、芝居がはねてから、あなたをお宅までお送り申しあげた男です。

芝居好きのサドは、前から舞台の上の若い女優のすがたを嘆賞しつつ、ひそかに胸の思いを燃やしていたのであろう。しかし、この藪《やぶ》から棒の愛の告白を、コレットは侮辱と受けとって、つむじを曲げ、なかなか媾曳《あいびき》の約束をあたえなかったらしい。サドはその後、何度も恋文を召使にとどけさせている。コレットがさんざん待たせた挙句、最後にサドの情熱に負けたのかどうかは不明であるが、前に引用した警察官マレーの報告書によれば、少なくとも金銭的な代償を受けて、いつからか彼女がサドに身を売ったことは間違いなかろう。しかしリニュレ侯爵という競争相手が彼女から手をひくと、サドは一人でこの浪費家の女優を養ってゆくことが困難になった。それに、男出入りの多い彼女のこととて、しばしば嫉妬に苦しめられる羽目にもぶつかった。この女の度重なる裏切りをサドの前に暴露し、彼の心を情婦から引き離そうと懸命に努力したのは、義母のモントルイユ夫人である。

モントルイユ夫人のあからさまな告げ口にもかかわらず、サドには、この不実な女と容易に手を切る決心がつかなかった。十二月の半ばごろまで、まだ一週間に三度も彼女と逢瀬を重ねている。次に掲げる彼女宛ての手紙は、しかし、ようやく彼に別れる決心がついた時期のものである。

もしあなたに幾分でも良心と人間らしさが残っているならば、あなたはわたしを欺《あざむ》いたことを恥じるべきです。さようなら。不幸にもわたしの心からはまだあなたの面影が消えていないので、この言葉を口にするのは辛《つら》い。早くこんな状態が去ってくれればよいと思います。今度の例に懲りて、二度とこんな不吉な情熱に悩まされることのないように、神に祈るばかりです。

この手紙のあと、二人は完全に手を切ったろうか。これまた疑問と申さねばならぬ。なぜなら、サドはコレットの刺戟的な肉体の魅力に、はなはだしく執着していたと思われるふしがあるからである。おそらく、金や贈物で御機嫌を取り結んで、その後も彼女の情けを受けずにはいられないような弱みがあったにちがいない。ともあれ、一七六四年十二月以後、コレットの名前はサド関係の記録からまったく消える。別の資料によって、わずかに知り得るのは、ただ彼女が一七六六年、二十歳そこそこの若さで死んだということだけである。このイタリア座の美人女優の死を惜しむ人も少なくなかったろう。

ボーヴォワザンその他の情婦

コレットとの関係は一年にも満たずして終るが、サドが結婚後まもなく知り合って、何度も別れたり一緒になったりした、ボーヴォワザンという名代《なだい》の悪女との関係は、一年どころではなく、少なくとも二、三年は続いたようである。一説によると、ボーヴォワザンとの関係は結婚以前から続いていたというが、モントルイユ家の婿になる以前の青年サドの乏しい所持金では、彼女のような贅沢な女を情婦にすることは困難だったろうと思われる。二人が知り合った正確な時日は今のところ定めがたく、今後の研究調査に俟《ま》つほかない。

リベルタン生活に第一歩を踏み出したサドは、彼女のうちに単なる情婦以上のもの、快楽を共にすることのできる友人、変態的な情欲の共犯者を見出したのである。ボーヴォワザンとの関係こそ、修業時代のサドにとって必要不可欠なものだった。

当時の世相を記録したバショーモンの『回想秘録』によると、このボーヴォワザンという女は「小作りな美貌の持主だったが、上背がなく、ずんぐりしていた」ので、オペラ座の踊り子をやめねばならなかった。踊り子をやめてから上流人士相手の賭博場をひらいたが、いかさま賭博がそこで頻々《ひんぴん》と行われたので、警察ににらまれ、警視総監サルティーヌから懲戒処分を受けたこともある。また彼女の賭博場は、腐敗した貴族の子弟の淫蕩の巣窟のような観を呈していたので、彼女は捕えられて一時サント・ペラジー牢獄に送られたこともある。

彼女が死んだのは一七八四年であるが、その時の財産売立《うりたて》はパリの社交界で大評判になった。彼女の最後の恋人だった海軍省財務官サン・ジャム氏は、まことに気前のよい男で、一年に二万エキュの扶助料のほかに、ほぼ百八十万フランの宝石その他を彼女にあたえ、豪勢な家に彼女を住まわせていた。財産目録の記載によると、指環が二百個、美しい衣裳が八十着もあり、台座に嵌《は》め込まれていないダイヤは幾つあるか知れなかった。

サドと関係をもったころの彼女は、しかし、これほどの贅沢を享受し得る身分ではなかった。すでに男から男へ渡り歩く生活をはじめてはいたが、まだ二十二歳の若さで、その色香も衰えていなかった。一七六五年五月、サドは彼女を伴って、プロヴァンス地方のラ・コストの居城に赴いた。

ラ・コストの居城で、サドはボーヴォワザンを妻と称し、近隣の貴族たちを招いて、自作自演の芝居を見せたり、舞踏会や宴会を催したりしたという。これがたちまちスキャンダルの種になった。地味な暮らしをしている田舎貴族たちにとって、パリからやってきた若い侯爵とその派手好みの「妻」とは、平和な生活をみだす異様な闖入者《ちんにゅうしゃ》であったにちがいない。叔父の僧院長も、宴会の席につらなり、主人役をつとめ、八日間ラ・コストの城に滞在した。後になって、このことをモントルイユ夫人に詰問されると、気の弱いサド神父は弁明に困り、すべての責任を甥に押しつけてしまう。幼年期のサドに自由主義的な教育をあたえたのは、ほかならぬこの遊び人の神父であるのに、今や主客転倒して、かえって叔父のほうが、若い甥に引きずりまわされる羽目に立ちいたってしまった。

このスキャンダラスな事件は、すでにリベルタンとしてしか生きる道を見出し得なくなっていたサドの、社会と良識に対する最初の挑戦である。自己の屈辱感を振りはらうために、彼は故意に醜聞を掻《か》き立てるような行為を選ぶのである。アルクイユ事件からマルセイユ事件にいたる、クレシェンドのように高まる醜聞の連続のうちに、わたしたちは、社会に対するサドの深い怨恨《ルサンチマン》の根を認めることができる。

修道女の叔母が、ラ・コストにいる甥のもとに非難の手紙を寄せる。これに答えて書かれたサドの手紙は、まことに痛烈な皮肉にみちた、揶揄《やゆ》的な、挑戦的な調子のものである。相手は宗教と美徳の代表者たる修道女である。サドははっきり自分の立場を意識している。

あなたの非難はあまり筋が通りませんね、叔母さん。正直な話、わたしは聖女ぶった尼僧の口から、そんな強い言葉が飛び出すものとは思いもよりませんでしたよ。わたしは、自分の家にいる女を妻だと言いふらしたわけでもなし、だれかが勝手に妻だと思うことを許したわけでもありません。わたしはだれに向っても、そんなことは言いもしませんでした。……しかしまあ、そう言いたい人には言わせておけばよろしい。あなたはまさかそんなことは仰言《おっしゃ》いますまいがね。ところで、わたしと同じく結婚しているあなたの妹さんの一人が、ラ・コストで恋人と一緒に公然と暮らしているのを、あなたはどうごらんになります？　いったい、ラ・コストは悪徳の町なのでしょうか？　わたしは、彼女ほど悪いことはしていないつもりですよ。あなたにわたしのことを告げ口した人物（サド神父）について申せば、その人物は聖職者でありながら、いつも自宅にやくざ女を二人も置いています。失礼、わたしはあなたが使った言葉をそのまま使わせていただいたのです。いったい、聖職者の家は淫売宿なのでしょうか？（一七六五年六月あるいは七月）

パリにあって、モントルイユ夫人の不安は極度に達した。彼女はひたすらスキャンダルを怖れている。僧院長に宛てた次の手紙を引用しよう。

彼から目を放さないでください、一瞬間も放さないようにしなければ、とても成功は期待し得ません。去年コレットと手を切らせることに成功したのも、あたしがそんな風にしたからでした。女に瞞されていることを説き聞かせて、あの子の目をひらいてやったのはあたしです……どうか強い言葉であの子を叱ってやってください。そしてあなたに対する尊敬の気持から、あの子がもう少し身を慎しむよう、無駄な金を使わないよう、どこか人目に立たない場所でひっそりと暮らす気になるよう、導いてやってください。あの子が馬鹿な真似をしている以上、パリよりもプロヴァンスにいるほうがまだしも幸いです、そのほうが人目に立たないで済むでしょうからね。パリに来られた日にゃ、あたしは心配でたまりません。あの子は少なくとも体面上、妻と一緒に暮らそうとするでしょう、そして債権者に悩まされるでしょう……情婦に愛想をつかされれば、またぞろ新しい女を手に入れるでしょう。プロヴァンスであの女と一緒にいるほうが、まだしも幸いです。あの子は女のそばで、結構楽しい思いをしているのでしょうし、それに、あいう女は囲い者になる娘ほど危険ではありませんからね……あたしの娘については、何も申しあげることはありません。彼女は何も知らないのです。うすうす感づいてはいるようですが……（一七六五年八月八日）

これに対する僧院長の返事には、微妙な含みがあって、なかなかに興味ぶかい。

彼に対して多少とも信用があるのは、奥さま、私と貴女だけです。しかし私たちにどうすることができましょう？　現在の状態では、多くを期待することはできません。若気の過ちはだれにでもあることです。正道に連れもどすには、やさしい思いやり、寛大な精神、理性が必要です。この点で貴女は実に立派に振舞われた。彼は貴女に多大の尊敬と信頼を寄せております。晩《おそ》かれ早かれ、貴女の望む通りに事が運ぶでしょう……私は彼に若奥さまの話をどっさり聞かせてやりました。彼女のすぐれた美質を彼は十分承知しております。言葉をきわめて讃《ほ》めちぎるのでした。彼女に対して友情と敬意をいだいておるそうです。もし彼女に嫌われたら、彼は絶望してしまうことでしょう。けれども彼女はあまりに冷たく、あまりに信心ぶかいと彼は申します。だから彼は他処に楽しみを求めに行くのでしょう。血気さかんな年齢を過ぎたとき、はじめて若奥さまの真価を知るでしょう。けれどもこの年齢は、私どもが考えているよりはるかに永く続くもののようです。（一七六六年六月一日）

サドが不満とするのは、「あまりに冷たく、あまりに信心ぶかい」妻であった。「貞女たるべく決心をした」妻であった。そのために、彼は快楽を他処に求めに行くのであった。しかし、これは虫のよい口実である。サドにとって、彼の放蕩の犠牲者たるべき美徳の化身、妻の存在は、必要だったのである。美徳と悪徳は手をたずさえて、彼の快楽に奉仕しなければならない。どちらか一方が欠ければ、その歓びは半減するだろう。サドは妻に対して「友情と敬意をいだいている」と、はっきり言明している。その通りにちがいない。貞淑な妻のおかげで、彼は夫としての、父としての、侯爵としての社会的役割と、自己の個人的快楽とを和解させることができたのであるし、それればかりか、さらに妻の善意、献身、信心ぶかさの上に、悪徳の輝かしい優位性を打ち立てることさえできたのである。妻の役割は、いわば彼の哲学を完成させるための、重要不可欠な一つの環であったともいえる。

サドがいつごろボーヴォワザンと別れたのかは、はっきりしない。警察官マレーの報告書によると、一七六五年の終りか一七六六年の初めであるが、その後一年半ばかりして、サドは彼女に会いにリヨンに出かけている。一度別れて、ふたたび縒《よ》りをもどしたのだろうか。ともあれ、彼女に宛てた絶縁状（日付がない）が残っているので、その主要な部分を以下に掲げておこう。

とうとう化けの皮が剝がれたな、怪物め！　お前の腹黒さは最高だよ。やり方がじつに下卑《げび》ている。匿名の手紙は何のためだ？　お前はただ、わたしと別れたくなったと言えばそれでよかったんだ。何も無理してお前とつき合う気なんかありやしない。わたしだって、下卑たやり方でお前に復讐しようと思えばできないことはない。しかし、あんな卑しい手段を選ぶのは真っ平《まっぴら》だ。それはお前にふさわしいよ、いやらしい怪物め！　お前のおかげで、わたしは目がさめた。一生涯、お前を呪ってやる、お前とお前の同類をな。わたしは復讐なんかしない。わざわざ復讐するにも及ばない。お前に対して感じるのは、ただ最大の軽蔑だけだからな。さようなら。お前は新しい獲物に食らいつくがよい。

一七六七年一月二十四日、わずかな遺産を息子に残して、ヴェルサイユ近郊にて父サド伯爵が死んだ。享年六十五歳。父の突然の死を歎き悲しむサドのすがたに、モントルイユ夫人は心を動かされ、一時的に彼と仲直りしたという。

そうこうするうち、サドの所属する騎兵聯隊から彼に召集令がきた。同年四月、彼は第一中隊長として、ふたたび軍職につくことになった。「これで当分安心できるでしょう」とモントルイユ夫人が書いている、「まったく残念なことです。まわりの人たちを幸福にしてやろうと思えば、自分も幸福になれるのに。ただ道理をわきまえ、身を慎しんでくれさえすれば……」（四月二十日）

しかしサドは聯隊長に召集猶予を願い出て、その間、前述のごとくひそかにボーヴォワザンと会うべくリヨンに行っていたらしい。パリでは、ルネ夫人が妊娠五カ月の身重であった。

同年八月二十七日、ルネ夫人は初めての男の子を生んだ。最初の妊娠は流産したので、これが長男ルイ・マリーである。

十月、サドは長男誕生の喜びをよそに、パリ郊外アルクイユに小さな家を借りた。警察

官マレーの報告書によれば、

ヤガテ侯爵サド氏ノ忌ワシイ噂ガ巷《ちまた》ニ流レルダロウ。彼ハオペラ座ノ女優リヴィエール嬢ヲ同棲サセヨウトシ、月々二十五ルイノ報酬デ、芝居ノナイ時ハアルクイユノ別宅ニ泊リニ来ルコトヲ要求シタ。同嬢ハオカール・ド・クーブロン氏カラ扶助ヲ受ケテイルトイウ理由デ、コノ申シ出ヲ拒絶シタガ、サド氏ハナオモ彼女ヲ追イマワシ、差シ当ッテ彼女ガ折レル日マデ、アルクイユノ別宅デ夕食スルタメ何人カノ娘ヲ差シ向ケテホシイト、女衒ラ・ブリソニ頼ンダ。同女ハ例ニヨッテ拒絶シタガ、オソラク彼ハ、モット下等ナ別ノ娼家ニ頼ミニ行クコトト思ワレル。日ナラズシテ、噂ハ確実ニ流レルダロウ。（十月十六日）

子供が生まれても、ドナチアン・ド・サドの放蕩は一向にやむ気配がなかった。リヴィエール嬢以外にも、オペラ座の踊り子ルクレール嬢、ルロワ嬢としばしば交渉を重ね、さらにD＊＊嬢、M＊＊嬢などの女優にも恋文を送っている。結婚以来五年、たしかに彼は、貞淑な夫人のベッドのなかでよりも、妾宅や曖昧宿《あいまいやど》の不潔なベッドのなかで、より多くの夜を過していたにちがいない。サドの放埒は次第に鬱勃《うつぼつ》たる狂躁《きょうそう》、いらいらした絶望のテンポに変る。夜となく昼となく、別宅に男や女を連れこんでは、鞭打ったり鞭打たれたりする乱行がつづく。下男は街々をうろついては、行きずりの乞食女や醜業婦を主人のために伴ってくる。しかし金で買う快楽の限界に、少しずつ彼は飽きはじめる。そして幻滅を感じれば感じるほど、彼の想像力は滾《たぎ》り立つのである。彼は、現在、今までの快楽とは少しばかり違った、ある実験を試みることを夢みている。勇気がなければ、――あえて破廉恥漢に身を落す勇気がなければ、この実験を試みることはできない。彼には勇気があったろうか。有名なアルクイユ事件の顚末《てんまつ》が、この実験の解答である。

次に、サドの生涯における最初の大きなスキャンダルとして名高いアルクイユ事件のあらましを、裁判所での被害者の陳述をもとにして、できるだけ客観的に再構成してみよう。

従来幾多の伝説によって歪《ゆが》め伝えられた、このアルクイユ事件の真相を多少なりとも正確に知り得るようになったのは、ようやく最近二十年来のことである。熱心な資料蒐集家モーリス・エーヌによって発見された完全な訴訟記録の転写を、現在、わたしたちは自由に読むことができる。

第三章 アルクイユ事件の周辺（一七六八—一七七二年）

一七六八年復活祭

一七六八年四月三日、復活祭の日曜日——。午前九時ごろ、パリ市中央のヴィクトワル広場で、サド侯爵は灰色のフロックコートと、白いマフと、狩猟用の短剣と、ステッキとを身につけて、ルイ十四世の銅像の前の柵にもたれて立っていた。遠からぬ場所に、三十六歳の女乞食ローズ・ケレルが、道行く人に物乞いをしていた。彼女はドイツ風なアクセントで、フランス語がうまく喋《しゃべ》れない。菓子店の職人の未亡人で、紡績業者の仕事場ではたらいていたが、一月ほど前から失業中であった。侯爵は合図をして彼女をそばへ呼び、自分についてくれば一エキュの金をやると言った。「あたしはそんな卑しい素姓の女ではございません」と女は抗弁した。が、侯爵が「それはお前の思い違いだ。わたしはただ女中が一人ほしいのだ」と説明したので、女はようやく安心して、同行することに決めた。サドは女を近くの建物の一室にみちびき入れ、しばらく待つように命じた。

まもなく辻馬車を連れてもどってきた侯爵は、馬車に女を乗せると、自分もその隣りに坐り、窓の鎧戸《よろいど》をぴったり閉めた。馬車がパリの町を出るまで、侯爵は一言も喋らなかったが、アンフェル門を過ぎるころ、女を安心させるためか、「心配するにはおよばない。家ではたっぷり食事をとらせ、寛大な扱いをしてやるから」と約束した。それからふたたび黙りこくって、眠ってしまった。あるいは眠ったふりをしていたのかもしれない。

馬車は牧場のあいだの道を、車輪を軋《きし》ませて永いこと走った。やがてアルクイユの村に着くと、村の入口で車をとめ、侯爵は女と一緒に馬車を降りた。時刻は十二時半ごろだった。少し歩いてラルドネ街という通りに出ると、そこにサドの別荘があった。サドは女にしばらく待てと言って、正面玄関から中に入り、内側から小さな潜り戸《くぐど》をあけて、女を迎え入れた。小さい中庭を横ぎって、女は二階の一室に通された。かなり広い部屋で、閉ざされた鎧戸から一条の光が差しこみ、天蓋《てんがい》のついた二つのベッドを闇のなかに浮きあがらせている。

サドは女に「ここで待っていなさい。パンと飲物を持ってくるから。さびしがってはいけないよ」と言って、彼女をひとり部屋に残し、厳重に鍵をしめて出て行った。一時間ほどすると、火をともした蠟燭《ろうそく》を手にしてふたたびあらわれ、「いい子だから、下へおいで」と言って、階下の小さな部屋へ彼女を連れて行った。この部屋も、さきほどの広間と同じくらい暗かった。

小部屋にくるとすぐ、サドは衣服を脱げと命令した。女が理由を問うと、遊ぶためだと答える。それでは約束が違うと抗議すると、サドは言うことをきかなければ、殺して庭に埋めてしまうぞと脅迫し、部屋を出て行った。女は怖くなって衣服を脱いだが、最後のシュミーズだけは脱がなかったので、ふたたび男がもどってきたとき、全裸になれと命じられた。「いっそ死んでしまいます」と女が言うのに、サドは構わず自分の手で女の下着を剝ぎとり、隣室に彼女を押しこめた。この部屋には、赤と白の印度更紗《インドサラサ》の長椅子が置いてあった。

サドはこの長椅子に、女を腹ばいに押し倒すと、麻縄で彼女の手脚を長椅子にくくりつけ、彼女の頭に長枕と毛皮のマフをかぶせてしまった。それから自分も上着とシャツを脱ぎ棄《す》て、裸体の上に袖なしのチョッキを引っかけて、頭にハンカチを巻きつけた。そして笞《むち》をとって、女をはげしく打ちはじめたのである。女が叫ぶと、サドは短刀を見せて、黙らなければ殺してしまう、庭に穴を掘って埋めてしまうと脅した。女はうめき声をこらえた。木の笞で五、六度打ちすえると、今度は革の結び玉のついた房の鞭《むち》で打つ。ときどき手を休めて、擦《す》り傷に軟膏を塗ってくれるが、すぐまた力いっぱい打ちはじめる。女が「お慈悲です。殺さないでください。復活祭の聖体も受けずに死にたくありません」と哀訴すると、サドは「そんなことはどうでもよい。何ならおれがお前の懺悔《ざんげ》を聞いてやろう」と答える。そのうち、鞭がだんだん烈しく、だんだん速くなったかと思うと、突然、サドは甲高《かんだか》い絶叫とともに射精したのである。

こうして拷問は終った。縄を解かれた犠牲者は、隣りの小部屋に入れられ、そこで下着を着た。しばらく女を一人で待たせておいてから、侯爵が手拭《てぬぐい》と、水差しと、洗面器とを持ってきたので、ローズ・ケレルはそれで体を洗った。彼女の下着にも血の染みがついていたので、サドはそれを洗い落すように命じた。それからコニャックの小瓶を持ってきて、「これを傷口に擦り込んでおけ」と言い、「一時間もすれば、そんな傷は消えてなくなるだろう」と言った。女は言われた通りにしたが、傷の痛みはかえって激しくなった。

すっかり服を着たローズ・ケレルに、侯爵はパンとゆで卵と葡萄酒《ぶどうしゅ》とをあたえて、さきほど通された二階の部屋で待つように命じた。部屋の鍵をしめて出て行くとき、侯爵はふたたび、窓に近づいたり音を立てたりしないようにと注意した。「今晩中に帰らせてやるから心配するな」とも言った。女は「金もないし野宿するのはいやだから、どうか早く帰らせてくれ」としきりに頼んだが、サドは「そんなことを心配する必要はない」と答えた。

部屋にひとり残されると、ローズ・ケレルは扉の掛金を内側から下ろし、寝台のカバーを二枚結び合わせ、短刀で鎧戸の隙間をこじあけて窓を開いた。それから、繋《つな》ぎ合わせたベッド・カバーを窓枠に結びつけ、これを伝って庭にすべり降りた。庭は家のうしろにあった。彼女は葡萄棚を足場にして塀を乗り越え、裏の空地に飛びおりた。飛びおりるとき、左の腕と手に擦り傷を負った。

フォンテーヌ街という通りに出ると、サドの召使が追いかけてきて、まだ話があるから家にもどるようにと言った。ローズが断わると、召使は財布を出して金を払おうとする。が、ローズは金を受けとらず、どんどん行ってしまった。召使はあきらめて帰ったらしい。

手の傷はひりひり痛み、破れた下着は足にからまって歩きにくかったが、彼女はこらえて歩きつづけた。途中で、マルグリット・シスドニエという村の女に出遭うと、ローズは泣きながら事件の顚末を話した。さらに二人の女が近づいてきて、話を聞くと大騒ぎになった。村人たちは仰天し、気の毒な女を物かげに伴って傷をたしかめ、村の収税吏の家まで彼女をつれて行った。さらにそこからローズは公証人シャルル・ランベールという者の邸に伴われ、ランベール夫人の前で、ふたたび事件のあらましを語った。ランベール夫人はショックのあまり、ほとんど彼女の話を聞いていることができなかった。ランベール夫人から憲兵隊に通知され、外科医が呼ばれて、ローズ・ケレルは診察を受けた。その晩、彼女はランベールの邸の隣りの、ヴェルムーレという者の家の牛小屋に寝かせてもらった。

一方、サドはこの日の六時ごろ、アルクイユを出てパリのヌーヴ・デュ・リュクサンブール街の自宅にもどっていた。

以上が有名なアルクイユ事件のあらましであるが、これは先にも述べたごとく、裁判所における被害者の陳述をもとに、できるだけ公正に事件を再構成したものであって、サド自身の供述の内容は、これとはいくらか違っているのである。

たとえば、ローズはヴィクトワル広場で侯爵から「女中として雇いたいから来るように」と言われたと申し立てているが、サドのほうでは、はじめから「放蕩の遊びのため」とはっきり断わっておいたと主張している。また、ローズが「手足をベッドに縛りつけられた」と訴えているのに対し、侯爵は「そんなおぼえはない」と言っている。さらにローズが「木の笞と棒で打たれた」と言明しているのに、サドは「笞も棒も使わない。ただ革の鞭で打っただけだ」と反駁《はんばく》している。しかし両者の供述の異同の点で何より重大なのは、ローズが「短刀もしくはナイフで身体中を滅多切りにされ、その傷口に熱い蠟を流し込まれた」と訴えていることである。これに対してサドは「自分はナイフも蠟も用いなかった。ただ傷が早く癒るように、蠟で出来た軟膏《なんこう》を塗ってやっただけだ」と答えている。

わたしたちとしては、このように食い違った両者の陳述の、いずれが果たして真実であるかを決定することはできない。サドの陳述にも、疑わしい点は大いにある。常識的に考えても、彼が遊蕩の目的を明示して、乞食女を自宅へ誘ったとは思えない。犠牲者の手足をベッドに縛りつけるぐらいのことも、サドのような男ならやりかねないだろう。が、サドがナイフや蠟で女の身体に切疵《きりきず》もしくは火傷《やけど》を負わせたというのは、多くの者の証言からみて、いささか信憑《しんぴょう》性を欠く供述のようである。外科医の証言にも、「熱い蠟の跡、火傷の傷の跡は一箇所も認められない。背中に蠟状のものを塗った傷痕が認められるが、火傷の跡とは思われない」とある通りだ。そうしてみると、わたしたちとしては、ローズの陳述をも全面的に信ずる気にはなれなくなる。

伝説とスキャンダル

ともあれ、当時パリに急速にひろまった伝説は、伝説というものがすべてそうであるように、事件の真相をはなはだしく歪《ゆが》めてしまった。この事件が当時のフランスの民衆にあたえたショックは、もっぱら、こうした歪められた伝説によるものと称してよい。二十数年たって、レチフ・ド・ラ・ブルトンヌという作家が次のような文章を書いたが、おそらく当時の風評も、こんな種類の無責任な流言に基礎を置いたものではなかったかと思われる。すなわち、「……乞食女はテーブルに縛りつけられた。侯爵は解剖学者よろしく、女の身体のあらゆる部分を仔細にしらべながら、解剖学の実験がいかなる利益を生ずるものであるかについて、声高に説明するのだった。女は恐怖の叫びをあげた。仲間たちは解剖に取りかかる前に、召使を遠ざけようとして部屋を出て行った。その隙に女は縄を断ち切り、窓から逃げたのである。彼女が語ったところによると、その部屋には人間の屍体が三箇あったそうだ……」(『パリの夜あるいは夜の目撃者』一七八八―一七九四年)

十九世紀のあいだ、多くの年代記作者によって語り伝えられた伝説も、このレチフやミラボーの悪意ある中傷、あるいは興味本位の噂話から、だんだんと尾鰭《おひれ》がついて発展していったものと考えてよい。なかでも、サドを目のかたきにした劇評家ジュール・ジャナンは、一八三四年『パリ評論』誌上に、サドに関する四十ページにわたる駄文を書きならべて、彼を非人間的な怪物扱いするために大童《おおわら》わになっている。こうして、二十世紀にいたるまで、アルクイユ事件の真実は蔽《おお》いかくされ、「生体解剖家」というあられもない渾名《あだな》がサドに冠されることになったのである。

実際にサドが犯した犯罪は、それほど大したものではなかったのに、なぜこのようにスキャンダルばかりが、不当に大きく取沙汰されたのか。

その理由は、いくつか考えられる。まず第一に、ブルジョワジーの蜂起を前にした当時の世論が、貴族の犯罪に対してきわめて厳しくなっていたということである。十八世紀も末になると、世論は裁判所の手ぬるい処置に反感をいだくようになっていた。サド以前に、多くの貴族たちが同じような、あるいはもっと大きな犯罪を犯していたのに、王家と結びついた司法権力は、彼らに対して何らきびしい処置をとらなかった。王を取り巻く宮廷人の司法上の特権は、ほとんど彼らに何をしてもよいという錯覚をいだかせた。実際、彼らの犯罪はすべて形式的な罰のみによって済んでいたのである。これに対して、そのころとみに勢力を増してきた王制反対派の拠点である高等法院は、宮廷派の貴族たちに対して不寛容をもって臨むべく、露骨な闘争を展開しつつあった。王家と高等法院とは、ことごとに反目していた。不幸にして、サドはこの新旧勢力の闘争の渦中に捲《ま》きこまれたのである。

第二の理由は、サドの事件を審理したトゥールネル刑事部（パリ高等法院に属する）の院長モープーが、同じく司法畑にあったモントルイユ家の年来の政敵だったということである。モープーは後に大法官となった有名な政治家であるが、日ごろから仲のよくないモントルイユの婿が不名誉な事件を起したと知るや、好餌《こうじ》とばかりに裁判所を動かして、訴訟にまで持って行こうと躍起《やっき》になった。多くの証人が裁判所に呼ばれて、噂はますます広まった。しかしモントルイユ家の反撃によって、王の名による勅命拘引状《こういんじょう》が発せられ、さらに免刑状が認可されて、審理はついにうやむやのうちに葬り去られてしまった。免刑状とは、王の名による司法上の至高命令で、進行中の訴訟をすべて中断させてしまう力がある。いわば最後の切札で、これには高等法院といえども歯が立たなかったのである。

スキャンダルを大きくした第三の理由は、忌わしい事件の起きた日が、ちょうどキリスト教徒の最も神聖視する祭礼の日に当っていたということだ。四月三日は復活祭の日曜日である。サドがこの日を故意に選んで、あのような行為を実践したのかどうか、わたしたちには知るよしもない。が、世人はこれをキリストの笞刑《ちけい》に対する愚弄、悔悛の秘蹟に対する侮辱と見たのである。瀆神《とくしん》的な行為は、当時の最も大きな罪であった。「民衆の憎悪は言葉につくせないほど高まっています。彼らはあの馬鹿げた鞭打をキリスト受難の愚弄と解しているようです。あほらしくてお話にもなりませんわ。半月以来、この馬鹿馬鹿しい事件の噂でもちきりなんです……あの子は狂暴な民衆の犠牲者ですわ」と、サドを子供の時分からよく知っていたサン・ジェルマン夫人が、神父に宛てた手紙のなかで語っている通りである。

終始サドに対して好意的な親類のサン・ジェルマン夫人は、世間の誤解を一笑に付しているが、——しかし、最初の入獄以来、社会と良識に対する挑戦的な姿勢をあらわにしはじめたサドが、神聖な宗教的祭礼の日をわざと選んで、乞食女を鞭打ったということも考えられないことではない。『悪徳の栄え』のなかにも、とくに復活祭の祝日を選んで、ジュリエットらが淫《みだ》らな饗宴を行おうとする件《くだり》がある。作中人物クレアウィルは次のように言う、「あたしたちが不敬なことをやらかすのに、この日よりも都合のよい日はないわ。だれが何と言おうとも、あたしはキリスト教の最も神聖な儀式を瀆《けが》してやることに、心底からの快楽を感じるのよ。一年のこの日を、キリスト教はいちばん大事なお祭と見なしているのですからね」と。小説家の空想は、若き日の現実の体験を土台としたものであったろうか。いずれにせよ、瀆聖的な快楽がサディズムの重要な因子をなすということを、いつのころからかサドは理解していたもののようである。

鞭打の病理学

アルクイユ事件は、サドが初めて自分の異常な性的嗜好を、世人の目にあからさまに暴露することになった事件である。鞭で女を打って快楽を得るという嗜好。——これは、のちにクラフト・エビングがサド侯爵の名にちなんで「サディズム」と命名した性的倒錯の一つにほかならない。たしかに、この事件の前にも、サドの性的享楽が反社会的な性格をもっているらしいことを、薄々ながらわたしたちに感づかしめるようないくつかの徴候がなかったというわけではない。たとえば最初の入獄後、ふたたびパリにもどったサドを監視していた警察官のマレーが、娼家の女主人に「今後サド氏には女を取り持たないように」と警告を発しているのを、わたしたちは知っている。しかし、今まで曖昧な疑惑の雲に包まれていた侯爵の「度はずれな乱行」なるものが、このアルクイユ事件のスキャンダルによって、一挙にその性格を明るみに出してしまったことは否めないだろう。あえて奇妙な冗辞法を用いれば、サドはついにサディストたることを天下に暴露したのである。

注意すべきは、この事件によって明らかになったサドのサディズムが、性病理学的にはかなり初歩的な段階にとどまるものでしかなかったということである。のみならず、それはきわめて脳髄作用的な、表象愛 Erotic Symbolism の一種ですらあった。犠牲者の恐怖、涙、叫び声、縄、鞭、それに血のにじんだ臀《しり》などが、この感覚過敏な男にとっての、必要にして十分なオルガスムの条件だったのである。ローズ・ケレルの陳述によると、侯爵は「彼女の縛《いま》しめを解く前に、おそろしい（オルガスムの）叫び声をあげた」という。つまり、彼はサディスティックな情況をつくり出すことだけで満足し、実際に性的な交渉は行わなかったのだ。

ローズ・ケレルという三十六歳の乞食女は、無知な、素朴な、かなり信仰心のあつい女性であったにちがいない。貧乏と労働にやつれてはいるものの、その肉体には、まだ若さと美しさが名残《なご》りをとどめていたにちがいない。サドが今まで知ってきた娼婦や女優とは、まったく違った種類の相手である。そして、こういう愚かな信じやすい相手に対してこそ、サディストの精神的拷問が効果を発揮するのである。アルクイユ事件においては、犠牲者に対して加えられた精神的拷問が、快楽の補足的な役割を果たしていることに注目すべきであろう。ローズが叫ぶと、サドは短刀を見せて「黙らなければ殺して庭に埋めてしまうぞ」と脅迫した。「復活祭の聖体も受けずに死にたくない」とローズが涙ながらに訴えると、「おれがお前の懺悔を聞いてやろう」とサドは冷笑的に答えたのである。

サドに関する精神病理学的論文（一九三七年）を発表したアンドレ・ジャヴリエ博士は、このアルクイユ事件において示されたサドの行動を「反社会的抵抗《レアクション》による初歩のサディズム」と規定した。その通りであろう。サドが復活祭の日を故意に選んだと推定すれば、このジャヴリエ博士の診断はますます強い裏づけを得ることになる。実際、それは初歩的な段階のサディズムにすぎないのであって、近代のいかがわしいナイト・クラブの拷問部屋にも、こんな種類の残酷趣味を満たすための娘がいくらも飼われていたことであるし（ゴンクールの『日記』やプルーストの小説を見よ）、また彼女たちにしてからが、乳房に針を刺されたぐらいで客を訴えたりはしなかったものである。能動的サディズムの段階は多様であって、法律を犯してまでも、その反社会的欲望をとげようとする者もあれば、また法律の枠内で、何らかの表象的な補助手段に頼って、その欲望を完全に充足させ得る者もある。サドはおそらく、この第二の範疇に属する神経症者であった。後年、その作品中に思う存分倒錯的欲望を行使した彼は、文筆活動によって反社会的なリビドーを昇華させていた、とも考えられよう。要するに、彼のサディズムは伝説が語るほど酸鼻をきわめたものではなかった、ということだ。

事件後の経過

ここで、事件後の経過をたどってみよう。

事件が起ってから四日目の四月七日、モントルイユ夫人は早くも醜聞のもみ消しに取りかかっている。ヌーヴ・デュ・リュクサンブール街の自宅に、サドのかつての家庭教師アンブレ師と、裁判所代理人のクロード・アントワヌ・ゾイエ氏とを招き、事件の内容を二人に知らせて、彼らの善処を懇請しているのである。二人はさっそくアルクイユに赴き、ローズ・ケレルが身を寄せている公証人ランベールの邸を訪れた。

モントルイユ夫人の使者に向って、ローズ・ケレルは、自分が「ひどい虐待を受け」たので、今後「暮らしを立てて行くことができなくなった」と訴え、千エキュの慰藉料《いしゃりょう》を要求した。二人の使者は、それではあまりに高すぎると言ったが、ローズは頑《がん》として要求を変えない。アンブレ師とゾイエは引きさがって協議した結果、千八百リーヴルで話をつけようとした。が、ローズは二千四百リーヴル以下では、どうしても駄目だと言って譲らない。仕方なく二人はパリに帰り、モントルイユ夫人に事情を報告した。ところが、夫人は噂を一刻も早くもみ消すため、どんな条件でもいいから受諾せよと言う。そこで二人の使者がふたたびアルクイユに行くと、ローズは寝床の上に起きあがって、村のおかみさん連中とお喋りをしている最中である。「暮らしを立てて行くことができない」ほど、ひどい怪我をしている身だとは、とても思えない。二人は白けた苦々しい気持を味わいながら、告訴取下げの証書に署名をさせ、要求された通り、二千四百リーヴルと治療費七ルイを彼女にはらって、パリに帰った。

翌四月八日、宮内大臣からサドに対する逮捕令状が出され、彼はソーミュールの城塞に留置されることになった。警察の手で護送されるのを好まなかったので、とくに許可を得て、旧師アンブレ師ただ一人につき添われて同地に向った。実はこれは、高等法院の追及をまぬがれるための、窮余の策だったのであり、サドはみずからすすんで、安全な場所に逃げこんだわけなのである。

にもかかわらず、四月半ばごろから高等法院に事件がとりあげられ、同時にパリの街の噂も、次第にやかましくなってきた。モントルイユ夫人の懸命の努力をもってしても、事態の進展を食いとめることはできなかったのである。高等法院は調査に乗り出し、公訴提起の手続は着々と進められた。四月二十日には、サドの家が家宅捜索を受け、不在のサドに対し、十五日以内に出頭するよう召喚状が発せられた。その後、多くの証人が呼ばれて、当時の事情を聴取された。

四月二十三日、四人をソーミュールからピエール・アンシーズの城塞に移すべく、宮内大臣の命令が発せられ、サドは司法警察官マレーに伴われて同地に出発した。これは王の直接の下命によるものだから、高等法院の意図とは関係がない。モントルイユ夫人が王家に直接懇願して、高等法院の執拗《しつよう》な追及を逃れるために採った措置である。考えてみれば、おかしな話である。すでに王の命により獄に下ったサドに対して、高等法院は召喚状を発しているのである。

十五日以内という期限が切れてもサドが出頭しないので、五月から六月にかけて、高等法院の態度は硬化した。やむなく六月八日に、サドは警察官マレーにつき添われて、ピエール・アンシーズからパリにもどってきた。そして二日後の六月十日に、法廷で訊問を受け、調書をとられた。しかしこのとき、サドはすでに王の名による免刑状を手に入れていたので、これを裁判所に見せさえすれば、事実上、トゥールネル刑事部は訴訟を続けることが不可能になるはずだったのである。

同日、高等法院は王の免刑状を確認せざるを得なかった。その結果、被告サドに対する最終的な判決は、「裁判所付属監獄の囚人のため百リーヴルの金を喜捨すべし」という軽微なもので済んだ。これで一切の訴訟が打ち切られてしまったわけである。サドとモントルイユ家にとっては、まことに幸いであった。

こうしてサドは、翌日ふたたびピエール・アンシーズ城塞に送られ、以後十一月十六日まで、宮内大臣の管轄下に、そこで服役することを余儀なくされた。

八月のはじめに、サド侯爵夫人が夫の希望により、ピエール・アンシーズに近いリヨンの町にやってきた。旅行の費用をつくるために、彼女は自分の最後のダイヤモンドを手離さねばならなかったそうである。「貞女たるべき決心」をしていた妻は、リヨンの町にそのまま留まり、夫の牢獄をたびたび訪ねては、いらいらしながら釈放の時を待っている彼を慰めた。

一七六八年十一月十六日、ラ・コストの領地を離れないことを条件として、ようやくサドに自由が返還された。七カ月におよぶ獄中生活に終止符が打たれた。

そのころ、モントルイユ夫人がサド神父に宛てた手紙の断片を、次に引用しておこう。

　娘はありとあらゆる愛情のしるしを示して、夫のためにはたらきました。ですから、彼女は少なくともサド家の親族から大事にされる値打ちがありましょうし、あなたさまの御好意を受ける資格もあるというものです。彼女自身も、それを望んでおります。二人はたぶんラ・コストに行って暮らすことになるでしょう。あなたの甥御さんも、これで十分まじめに反省したはずです。今後は妻を悲しませたり、家族に不安をあたえたりするようなことはありますまい。でも、どうかお願いですから、彼の行動を注意ぶかく監視していてくださいませ。そして、わたくしには一切隠しごとをしないと約束してくださいませ。(一七六八年十一月十九日)

ラ・コストの生活

「二人はたぶんラ・コストに行って暮らすことになるでしょう」とモントルイユ夫人は手紙に書いたが、その通りにはならなかった。釈放されたサドは単身ラ・コストへ向い、ルネ夫人は夫と別れてパリに帰ったのである。彼女がパリに帰った理由は、たぶん三カ月の妊娠であろう。(それより三カ月以前といえば、まだ侯爵が獄中にいた時分であるから、夫婦は短い面会のあいだに愛の営みを行っていたということになる。)リヨンにきて夫の釈放の時を待っていたルネ夫人は、この町で数日間、出獄した侯爵と水入らずの生活をした後、ふたたび別れて泣く泣くパリにもどったのであろう。

パリでは、モントルイユ夫人が事件の後始末に忙殺されていた。今度の事件のために、莫大な額の借金を背負いこんでしまったのである。妊娠三カ月のルネ夫人も、母親とともに、債権者をなだめる役にまわっていた。

一方、ラ・コストの城では、義母や妻の苦労をよそに、サドが独り暮らしを大いに楽しんでいた。時にパリが恋しくなると、謹慎中の身にもかかわらず無断で帰ってこようとして、たえず周囲の者をはらはらさせた。彼が何人かの女優をあつめて、ラ・コストの城で舞踏会や芝居を催したという噂が、パリのモントルイユ夫人の耳にまで伝わってきた時には、彼女は激怒して、ラ・コストの「大広間に火をつけてやりたい気持です」(サド神父に宛てた手紙)と書いたほどである。

一七六九年五月にいたって、ようやくパリに帰ってくることが公然と許されるようになった。それから一ヵ月後の六月二十七日に、次子ドナチアン・クロード・アルマンが誕生した。サドはよき家庭の父となり、夫人のそばで楽しげに子供の世話をしたり、庭の手入れをしたりするようになった。モントルイユ夫人も満足そうに、このことを手紙に報告している。しかし、この見せかけの美徳の期間は、永いことは続くまいと思われた。

同じ年の九月二十五日から十月二十三日まで、サドはネーデルランド地方に旅行をした。ブリュッセル、アントワープ、ロッテルダム、ヘーグ、アムステルダムなどの町々を歴訪している。(後にサドは『オランダ紀行』と題する文章を獄中でまとめるが、これは、この時の旅行の見聞を手紙のかたちで叙したものである。)

一七七〇年八月のはじめ、サドはブルゴーニュ騎兵聯隊大尉の資格で、ふたたび軍職につくことになった。聯隊は当時ポワトゥ地方のフォントネ・ル・コントにあった。ところで、彼が同地に着任すると、たちまち不祥なことが起った。上官が彼の指揮権を剝奪し、サド大尉に対する服従拒否を下士官に命じたのである。アルクイユ事件のスキャンダルの余燼《よじん》は、まだ世人の記憶にくすぶりつづけていた。ひとたび汚辱の烙印を捺された者は、容易にこれを消し去ることができない。サドは上官に抗議をし、さらに聯隊長に直訴した。聯隊長は彼に好意的だったようである。が、この直訴の結果、サドに対する隊内の空気が好転したかどうかは不明である。おそらく冷たい嘲笑と蔭口《かげぐち》が、最後まで彼の背中に浴びせられつづけていたことであろう。

一七七一年三月十三日に、サドは騎兵聯隊長（大佐）の官位を陸軍省に請願して、一週間後に許可されている。しかし三ヵ月後の六月一日には、パリに帰り、この官位を一万リーヴルでオスモン伯爵という者に譲渡することを認められているので、そのころには、すでに彼も軍隊を退いていたものと思われる。

一七七一年四月十七日に、長女マドレーヌ・ロールが誕生した。サドが三人の子供と妻を連れて南仏の領地ラ・コストに赴いたのは、この同じ年の九月である。やや遅れて、妻の妹アンヌ・プロスペル・ド・ローネーが到着し、義兄の家族と起居を共にするようになった。なぜローネー嬢が義兄の一家の仲間入りをするようになったかは、今もって不明である。しかし、ラ・コストで一緒に暮らすようになってから、この義妹の存在は、にわかにサドの生活に大きな場所を占めるようになってくる。見たところ平穏な、この三年来の家庭生活のあいだ、サドはひそかに妻や義母を裏切る一連の行動を準備していたのであった。

ローネー嬢との恋愛

アンヌ・プロスペル・ド・ローネー嬢はルネより五つか六つ歳下の妹である。正確な出生年は分らない。幼いころから彼女は修道院に入れられて育った。だから公式の記録には「尼僧会員《シャノワネス》」という肩書がついている。修道院といっても、当時のそれは上流家庭の娘を多く擁した、いわば花嫁学校のごときものであったらしく、院内の規律も極度に弛緩《しかん》していた。昔のような厳格なものでは決してなかった。修道女たちの生活ぶりも、ほとんど俗世間のそれと変りなく、唯一の禁止は院外へ出ることであった。これらの修道院のなかには、かなり風紀の悪いのもあって、たとえばサドが『ジュリエット物語』のなかに描いているパリのパンテモン修道院のごときは、幾多の醜聞をまいた実在の修道院であり、ゴンクールの『十八世紀の女性』にもその名が見えているほどである。ともあれ、姉の夫と係りをもつようになるころには、すでにローネー嬢は修道院を出て、俗世間の生活にもどっていたようである。

侯爵が一七六九年以前に、義妹に対して特別な関心をはらっていたとは考えられない。ひろく流布した伝説によると、サドは初めてモントルイユ家を訪問した日、姉よりも男好きのするローネー嬢のすがたを見て、たちまち彼女に恋心を燃やし、むしろ彼女を嫁にほ夫人が、このサドの要求をしりぞけ、まず姉のほうを最初に縁づかせたいと考えていたモントルイユ夫人が、このサドの要求をしりぞけ、無理やり彼に姉を押しつけてしまったのだそうである。しかし、この説にはまったく根拠がない。無責任な伝説の作者はポール・ラクロワで、わが国でも式場隆三郎氏の伝記がこれに依拠しているが、近年フランスでとみに盛んになった考証的研究は、このような愚劣な三文小説的臆説《おくせつ》を断固として否定しているのである。

といっても、ローネー嬢に関する資料は極端に少なく、彼女がいつからサドの情婦になったかを正確に知ることは、今日では不可能に近い。彼女と義兄とのあいだに交わされた書簡は、一通も残っていない。家族の名誉を傷つける惧《おそ》れのある証拠物件を残すまいとして、モントルイユ夫人が手紙の類をことごとく焼き捨ててしまったらしいのだ。むろん、ルネ夫人はかなり以前から、二人の親密さに気づいていたにちがいない。一七七一年秋にローネー嬢がラ・コストにきて、姉夫婦と一つ屋根の下に暮らすようになった経緯《いきさつ》は、わたしたちには測りかねるが、諦めに徹した従順なルネ夫人が、夫と妹とのあいだの不倫な感情の動きを黙認していたのではないか、ということも考えられる。

それにしても、二人のあいだに決定的関係、肉体的な交渉が生じたのは、たぶん、予期せざる怖ろしい結果となって拡がったマルセイユ事件のおかげであったろう。事件そのものについては次章にくわしく述べるが、サドはこの事件の直後、身の危険を感じて義妹とともにイタリアへ逃亡するのである。二人の恋人同士は一七七二年七月から九月の終りまで、ジェノヴァ、ヴェニスを中心に、イタリア北部を夫婦気どりで泊り歩く。実際、旅行中サドは義妹を妻と称していた。

この逃亡計画も、ルネ夫人の暗黙の諒解なくしては成功しなかったかもしれぬ。夫人がラ・コストにとどまっていたのは、明らかに警察の注意をここに惹きつけておくためだった。ローネー嬢は伊仏国境まで義兄を送って行くという口実のもとに、姉を偽って出発した。妹にだまされたことを知ったとき、ルネ夫人は煮湯《にえゆ》を呑まされた思いをしたであろう。やがてサドがローネー嬢を誘拐したという噂が流れたが、前から二人のひそかな関係に気づいていたルネ夫人にとっては、彼らが示し合わせて出奔したことを疑うわけにはいかなかったにちがいない。

若いローネー嬢は姉と違って、大胆なはげしい性格と、ロマンティックな夢想的な気質の持主だったようである。洗練されたリベルタンとして一家をなしていた義兄に、彼女は早熟な娘らしい好奇心と憧れをいだいて近づいた。サド自身も、この溌溂《はつらつ》とした魅力的な娘に、短期間のうちにぐんぐん惹きつけられていったものと思われる。「彼女は恋をするために生まれてきたことを、その若い心にしみじみ感じはじめる幸福な年齢にいるのです」とサドが語っている、「触れなば落ちんばかりの逸楽の表情にみちた、彼女の可愛らしい眼を見れば、そのことはすぐ分ります。男心をそそるような彼女の蒼白さは、欲望のすがたそのものです。……彼女の口は小さく、愛らしく、彼女の吐く息は、西風のそよぎ

より も清らかです。身体つきはすらりと、きびきびしていて、物腰は上品で、態度は自然のままで、しかも優雅な美しさにあふれています。」（未発表原稿、ジルベール・レリー『サド侯爵の生涯』より）

若い恋人を讃美するこのサドの熱っぽい文章は、たぶん二人の恋愛のごく初期に書かれたものであったろう。イタリアへの逃避行は、人目をしのぶ恋人同士が初めてだれにも邪魔されずに、完全な自由を満喫し得た旅行であった。南欧の秋。ジェノヴァから水の都ヴェニスまで、二人は手を取り合い子供のように嬉々として、名所めぐりや美術館めぐりに毎日を楽しく過ごしつつ、夢のような旅をつづけて行ったにちがいない。警察に追われているという気分などは、二人とも忘れていたことであろう。時にサドは三十二歳、その恋人は二十三、四歳であった。――サドがイタリアの風景や古典美術をとりわけ愛していたことは、『ジュリエット物語』のなかのいくつかのエピソードを読めば、ただちに理解される。また、『アリーヌとヴァルクール』の第二巻「サンヴィルの物語」（邦訳名『食人国旅行記』）には、駈落ちした若い恋人同士がヴェニスに遊ぶエピソードがあって、作者自身の若き日の体験を髣髴《ほうふつ》とさせる。……

評伝家ジルベール・レリーの言葉を借りれば、このアンヌ・プロスペル・ド・ローネー嬢は、サドの青春の恋愛生活を彩る三人の重要な女性のうちの一人である。他の二人の名をあげれば、アヴィニョンにおける初恋の相手ロリス嬢と、パリのイタリア座の女優コレット嬢とであって、いずれも、青年サドが燃えるような情熱をもって愛した女性たちであった。

なおまた、ローネー嬢に対するこのサドの恋愛が、ある見地からすると、彼の生涯における決定的な事件になったということを記憶しておいてもよかろう。マルセイユ事件の罪がいかに重かろうと、本来ならば、ヴァンセンヌとバスティユの牢獄に十三年間も呻吟《しんぎん》しなければならない必要は、彼にはまったくなかったと言ってよいのである。一七七二年の逮捕令が破毀《はき》されているにもかかわらず、勅命拘引状をもって一七七七年二月、ふたたびサドを牢獄に追いやったのは、ほかならぬ義母のモントルイユ夫人であった。いったい、今までサドのために幾度となく醜聞をもみ消す努力をしたり、仕官の道を探してくれたりしていたはずのモントルイユ夫人が、どうしてこのころから、彼に対して打って変った苛酷な態度に出るようになったのか。その理由こそ、まさにローネー嬢とサドとの不倫な関係なのである。二人の道ならぬ恋愛が世間の噂になっているかぎり、ローネー嬢は結婚の相手を見つけることもできないだろう。娘を早く良家に縁づかせてやるためには、この不埒な婿を、できるだけ永いあいだ牢獄のなかに閉じこめておいて、家庭の名誉が今後ふたたび傷つけられることのないようにしてしまわなければならない。――これがモントルイユ夫人の、偽善的な家庭第一主義の論理であった。あくまで個人の自由の側に立っていたサドは、この偽善的な家庭第一主義の犠牲となって苦しまなければならなかったのである。

それは、十三年間の獄中生活という犠牲であった。

サドが獄に下るとともに、二人の恋は終らねばならなかった。厚い獄舎の壁が、進行中のロマンスを無理やり中断したのである。後にローネー嬢がサド神父に宛てた、日付のない手紙が残っているので、次にその一節を引用してみよう。

御自分の孤独に浸って暮らしていらっしゃる叔父さまは、ほんとうにお仕合《しあわ》せですわ。あたしだって、そうしたいのは山々なのですけれど。パリは退屈で、社交界には厭《あ》き厭《あ》きします。自分の部屋にいる時だけが幸福なので、できるだけ自室に閉じこもるようにしておりますの。お稽古だけが、あたしの人生の悲しみを紛らせてくれます。時がたてば、あたしの気持も変って、すべてのものに興味が湧くようになるのかもしれませんけれど……

サド神父の孤独をうらやむローネー嬢の心には、失われた恋の甘美な思い出が、まだ生ま生ましく刻印されていたのであろう。義兄とのイタリア旅行の思い出は、あまりに美しく、あまりに短い夢であった。夢が去ってみると、彼女にはこの世の中が何とも退屈でやり切れない。……しかし、二人のあいだを引き裂いたのが自分の母親であることを、彼女は果たして知っていたのだろうか。いや、そもそも、義兄の生涯の不幸に関する責任の一端が自分にあることを、彼女は意識していたろうか。

一方、サドもまた、永いこと義妹の面影を忘れかねていたようである。諸所を転々と逃げまわっている時や、ラ・コストで乱痴気さわぎをしている時には忘れていても、暗い獄中で、心の鬱屈しているとき、ふと、彼女のまぼろしが鮮明によみがえってくることがあった。ローネー嬢と最後に別れてから数年目の冬、ヴァンセンヌの獄中で、たまたま彼女に縁談があったらしいことを聞き知ったサドは、心おだやかならず、手紙のなかでしきりにその真偽を夫人に問いただしている。それ以外にも、ローネー嬢の近況を知らせてくれという手紙を、夫人は獄中から何度も受けとっている。サドが質問を箇条書にして送ってきた時には、夫人は真相を告げることを躊躇したらしい。永いあいだ返事を書かなかったが、ついに黙っているわけにいかなくなって、次のような用心ぶかい控え目な手紙を書いた。

妹について私が口を緘《かん》していたのは、それ相当に理由があったからです。あなたを満足させてあげるために、とうとうこの沈黙を破らねばなりませんが、こんなことを書くのも、一つにはあなたに誤解されたくないと思うからです。彼女について喋るのも、もうこれが最後です。あなたは、私が質問に答えてあげさえすれば、もう彼女について喋ってくれとは要求しない、と約束なさいましたね。それさえ聞けば落着くのだ、と仰言《おっしゃ》いましたね。ですから、私はあなたを落着かせて差しあげるために、ひとつひとつ質問にお答えすることにいたします。

なぜ妹は母の家から出たのか。——これは、あなたにはまったく関係のないことです。

彼女の恥になるようなことがあったわけでもありません。

妹は私と仲がわるいのか。——いいえ。

彼女はどんな所に住んでいるのか。——町や区をお教えするわけにはまいりません。

いずれにせよ、あなたの邪魔にはなりようがありません。お答えするだけ無駄なのです。

ルネ夫人がくわしい情報をあたえなかったのは、むろん、心の古疵《ふるきず》にふれるのを好まなかった気持もあろうが、それよりも、絶望のあまり極端に感情の激しやすくなっていたサドに、刺戟になるような外界のニュースはなるべくあたえないほうがよい、と考えたためであろう。そうでなくても、彼は獄中の生活で神経をすりへらし、気違いじみた嫉妬や怒りの発作につねに責め苛《さいな》まれていたのである。それに、かつてのサドの愛すべき恋人ローネー嬢は、今や、彼を獄中に繋ぎとめておくための、一種の無責任な道具として、モントルイユ夫人の家族主義のために利用されているのである。この皮肉な事実をサドが知ったら、どういうことになるか。母親の偽善的な処置が厭《いと》わしかっただけに、ルネ夫人には、真実を夫に告げる勇気を持つこともできなかったわけなのであろう。

獄中のサドと同じく、現在のわたしたちにも、一七七五年から一七八〇年までローネー嬢がフランスのどこにいたか、正確に知ることはできない。たぶん、ある時はラ・コストに、ある時はパリに、そしてある時は、クレルモンその他の地方の修道院に身を寄せていたのであろう。縁談はあったが、結局、結婚生活はしなかったらしい。

彼女が死んだのは、一七八一年五月十三日午後一時である。三日前から天然痘の発疹があらわれ、同時に腹膜炎らしい腹部の炎症も併発した。むろん、まだ死ぬような年齢ではなかった。

当時パリにきてルネ夫人と一緒に暮らしていた、サドの幼友達マリー・ドロテ・ド・ルーセ嬢（後に詳述する）の手紙によると——「あまりに突然の死ですから、サド夫人がお驚きになるのも無理はありません。夫人は泣き悲しんでおられます。それも当然だと思うので、わたしは夫人を泣くに任せておきます。木曜日の夕方、天然痘の発疹があらわれました。下腹部の炎症も併発しました。彼女が昇天したのは十三日午後一時です。モントルイユ夫人も悲歎に暮れていらっしゃるそうです。お歎きのあまり病気になりはしないかと、サド夫人が心配しておられます。明日、サド夫人は喪中のお宅へ伺って、御家族の方々と悲しみを共になさるおつもりのようです。」（ゴーフリディ宛て）

若くして死んだ薄倖《はっこう》な娘との、夢のような一時期の恋愛は、サドの生涯で最も美しい牧歌である。

第四章　マルセイユ事件の周辺　（一七七二—一七七三年）

一七七二年六月二十七日

マルセイユ事件は、一七七一年秋ラ・コストに居を移したサドが、妻の目をはばかりながらローネー嬢と慇懃《いんぎん》を通じはじめたころ、思いがけなくも世間に大きな反響を呼んだところの事件である。ローネー嬢もこれを知った時は大いに驚き、取り乱して、サド夫人の前に、義兄に対する内心の感情をすっかり暴露してしまったということである。サドが義妹とのロマンティックな恋愛を楽しみながら、同時にこのような、娼婦や下男を相手とした、肉の饗宴をもプログラムのなかに組んでいたという事実には、わたしたちとしても、驚きの念を禁じ得ない。リベルタンとしてのサドが、ようやく確固たる足どりで歩き出した証拠であろう。

まず事件の概略を述べる。（記述は、一九三二年モーリス・エーヌによって初めて発表された訴訟記録に依拠することをお断わりしておく。）

一七七二年六月半ばごろ、サドはラ・コストの城から、通称ラトゥールと呼ばれる下男のアルマンを伴って、手形を現金に替えるためマルセイユの町にやってきた。ラ・コストからマルセイユまでは、わずかの距離である。この町で、サドは「十三番区」館という宿屋に泊った。六月二十五日には、聖フェレオル・ル・ヴィユー街に住む十九歳の私娼ジャンヌ・ニクーを訪れ、宿まで来るようにと誘ったが、断わられた。その後もたびたび彼女を誘ったらしい。

同日、下男のラトゥールは、街でマリアンヌ・ラヴェルヌという十八歳の娼婦に会い、彼女に話しかけた。「うちの主人が女の子と遊ぶために、マルセイユにきてるんだが、ぐっと若い子はいないかね。今夜は主人が俳優の連中と夕食をつきあうので、遊ぶわけにはいかないが、明日になったら、おれがお前さんを迎えにくるからな」と。娘はオーバーニュ街の私娼窟にある「ニコラ」楼という家に住んでいることを、下男に告げた。

翌日（二十六日）、サドとラトゥールが「ニコラ」楼に行ってみると、マリアンヌは前日の約束を忘れたのか、海に遊びに出かけていて不在である。その翌朝（二十七日）八時ごろ、ラトゥールがふたたび「ニコラ」楼に行ってみると、ようやく彼女は帰ってきていた。ラトゥールは彼女に向って、「主人の考えでは、この家はあんまり目立ちすぎる。会合場所を他に変更しよう。若い娘を大勢あつめて遊ぶんだ」と言い、「午前十時になったら、カピュサン街の隅の、マリエット・ボレリという女の家に来て待っていろ」と約束させた。

このマリエット・ボレリの住んでいた家は、現在でも残っており、「マルセイユ市オーバーニュ街十五番地の乙」という呼び方になっている。会合場所は、この家の四階の一室であった。指定された時間に、娘たちは集まって待っていた。四人の娘のうち、部屋の主であるマリエット・ボレリはいちばん年長で二十三歳、マリアンヌ・ラヴェルヌは十八歳、マリアネット・ロージェは二十歳、そしてローズ・コストも同じく二十歳であった。

サド侯爵は、青い裏地のついた灰色の燕尾服を着、橙《だいだい》色の絹のチョッキと、同じ色の半ズボンをはき、羽根飾りのついた帽子をかぶり、長剣を腰に吊り、金の丸い握りのついたステッキを手にして、下男のラトゥールとともに指定の場所にあらわれた。いかにも金持の道楽者らしい、大へんな伊達男ぶりである。裁判記録によると、侯爵は中肉中背、金髪で、「丸々とした端麗な顔」であったという。ラトゥールは主人よりも背が高く、髪の毛が垂れさがり、顔にあばたのある男で、青と黄色の縞《しま》のあるマドロス風のジャケツを着ていたという。こちらはいかにも金持の主人の腰巾着をつとめる、与太者めいた風体である。

さて、四人の娘の待っている部屋に入ると、サドはまずポケットから一握りの金貨をつかみ出して、金貨の数を当てた者と最初に寝ようと言った。当てたのはマリアンヌであっ

マリエット・ボレリの住んでいた家

た。彼女と下男だけを残して、他の娘を部屋の外へ追い出すと、サドはドアに鍵をかけた。それから二人を寝台に寝かせ、一方の手で娘を鞭打ちながら、もう一方の手で下男を「そそり立」てた。そのとき、サドはまるで自分が召使のように、ラトゥールを「侯爵さま」と呼び、逆に自分を「ラフルール」（花という意味）と呼ばせた。

次いでラトゥールを室外へ出て行かせると、サドは金の縁取りのついた水晶のボンボン容《い》れをとり出して、中に入っている茴香《ういきょう》の味のするボンボンを娘に差し出し、これはおならの出る薬だから、たくさん食べろと言った。じつは、この錠剤はカンタリス（青斑《あおはん》猫《みょう》という甲虫を乾燥した刺戟性薬品）を混ぜた媚薬で、昔から催淫剤として調製されているものだった。マリアンヌは七、八粒食べた。サドはもっと食べろと言ったが、彼女はもう結構だと言った。食べ終ると、今度はサドは、娘に「うしろから」交わらせれば一ルイやると言ったが、彼女はこれも断わった。

（もっとも、彼女は法廷でそのように証言しただけのことで、実際は、サドの気に入るような姿勢で身をまかせたのかもしれない。法廷で証言した六人の娘たちのうち、五人までがサドに「うしろから」交わることを要求され、五人ともこれを拒否したと答えているのである。金ばなれのよい客の機嫌を損ねてまで、商売女が潔癖に鶏姦を拒否するとは考えられない。しかし、嘘であれ真実であれ、彼女たちが裁判官を前にして「絶対に鶏姦を行わなかった」と証言したことには、それ相当の理由があった。この時代には、受動的能動的を問わず、すべて鶏姦を行う者は死をもって罰せられねばならなかったからである。当時の著名な刑法学者でパリ高等法院弁護士だったミュヤール・ド・ヴーグランの法律書にも、「この罪に陥った者は成年法第三十一条により、生きながら火刑に処せられねばならぬ。わが国の法律解釈学によって採択されたこの刑罰は、男にも女にも同様に適用される」とある通りだ。したがって、マルセイユの娼婦たちが火あぶりになることを怖れて、法廷で嘘の証言をしたということは、十分考えられてよいのである。むろん、これは一つの推測にすぎない。しかし確実と言ってよいほどの、大きな蓋然性のある推測ではあるまいか。――話をもどそう。）

やがてサドはポケットから、羊皮紙の総《ふさ》のついた一本の鞭を取り出した。総の一つ一つの尖端には、それぞれ鉤針《かぎばり》がついていて、全体が赤く血に染まっている。奇怪な道具を用意してきたものである。しかも彼は、この鞭で自分を打ってくれとマリアンヌに頼んだのである。娘は三つばかり打ったが、勇気がくじけて止めてしまった。もっと続けてくれとサドが言う。娘が断わると、今度は草箒《くさぼうき》を買ってきてくれと頼んだ。マリアンヌは部屋を出て、台所ではたらいていた女中ジャンヌ・フランソワズ・ルメールに、この買物を言いつけた。女中は数分して草箒を買ってくると、これをマリアンヌに渡す。鞭よりも草箒で打つほうが気が楽だったから、娘は言われた通り、侯爵の尻をこれで強く打った。そのとき、娘は急に胃が痛くなって、台所へ駈け込み、女中に水をもらって飲んだ。……

次はマリエットの番である。サドはまず彼女を裸にすると、寝台の脚もとに膝《ひざ》まずかせ、箒で打ちはじめた。それから今度は自分を打ってくれと頼み、マリエットが打ちつづけているあいだ、自分の受けた打擲《ちょうちゃく》の数を煖炉の煙突にナイフできざみつけた。後に警察がしらべたところによると、その数は二一五、一七九、二二五、一四〇であった。合計すると、八五九回も打たれたことになる。次いで彼はベッドに娘を仰向《あおむ》けに倒すと、彼女と交わりながら、同時にラトゥールに自分を鶏姦させた。……

マリエットの次は、ローズ・コストの番であった。彼女は裸になってベッドに寝ると、ラトゥールと愛戯を行うよう命じられた。ラトゥールは正常のやり方で彼女と交わった。それからマリアンヌの場合と同じく、サドは娘を鞭で打ちながら、片方の手で同時に下男を「そそり立」てた。鞭打がすむと、一ルイやるから下男と一緒に鶏姦せよ、と言った。しかし彼女はこれを断わった。……

ローズに続いて、マリアネットが部屋に入ってきた。サドは彼女を愛撫し、次いで鞭打とうとした。しかし彼女は、寝台の上にころがった血まみれの鞭を見るや、恐怖の叫びをあげて部屋の外へ逃げ出そうとした。侯爵は彼女を引きとめ、さきほどから台所で苦しんでいるマリアンヌを部屋に呼び、女中に命じて、彼女のためにコーヒーを運ばせた。こうして二人の娘と、下男と、侯爵と、都合四人が部屋に閉じこもることになった。侯爵はふたたびドアに鍵をかけた。

それからボンボンの箱をまた出して、二人の娘に食べるように勧めた。マリアンヌはさすがに手を出さなかったが、マリアネットは口に入れて、すぐさま吐き出した。（床の上にころがった二、三粒のボンボンを、後に警察は証拠として押収した。）それからサドはいきなりマリアンヌを寝台に押し倒すと、すばやく娘の裾をからげて、彼女の尻に鼻を近づけた。駆風剤の効き目をたしかめるつもりだったのである。次いで鞭打の用意をすると、マリアネットを近くへ呼び、仲間が打たれているところを見ているように命じた。侯爵はたぶんマリアネットの見ている前で、マリアンヌを鶏姦したのであろう。ラトゥールも主人に対して同じ行為におよんだらしい。マリアネットはこの光景を見るに堪えず、窓のところへ行って、かたく眼をつぶっていたという。ラトゥールを「そそり立」てよと命じられたが、彼女は断わって、逃げ出そうとした。一方、鶏姦されたマリアンヌは泣いていた。ここで、サドは娘たちをどやしつけた挙句、ようやく二人に部屋を出て行くことを許したのである。そして四人の娘にそれぞれ六リーヴルの銀貨をあたえ、今晩一緒に海に行けば、さらに十リーヴルの銀貨をやろうと約束した。――これで午前中の乱行は終ったわけである。

次は午後の部だ。夕方になると、ふたたび下男がオーバーニュ街にあらわれ、海へ行こうと娘たちを誘ったが、さすがにだれも承諾する者はなかった。断わられたラトゥールは、聖フェレオル・ル・ヴィユー街で、今度は一人の街娼を見つけ、さっそく彼女に近づいて話しかけた。彼女は二十五歳で、マルグリット・コストと名乗った。ラトゥールは心おぼえとして彼女に一枚のハンカチを渡し、後ほど会う約束をして別れた。

サドはその晩、デ・ロジエールという役者の訪問を受け、宿屋で夕食を共にしていたが、帰ってきた下男が主人の耳に何事かささやくと、早々に客を追い返し、またしても下男と二人で女の家に赴いたのである。しかし今回は、下男は女の家に主人を案内すると、主人ひとりを残して引き上げた。

サドは部屋に入ると、ステッキと長剣をかたわらへ置き、身軽になって寝台に腰かけた。そして椅子に坐っているマルグリットに、さっそく水晶のボンボン容れを差し出して、食べろと言う。彼女は五、六粒つまんだ。もっと食べろとサドが言う。もう結構だと言っても承知しない。しつこく勧められるので、娘は仕方なしにたくさん食べた。やがて侯爵は、腹工合はどうだと娘に訊いた。それから例によって「うしろから」交わらせてくれと頼み、さらに「もっといやらしい行為」をたくさん要求した。が、マルグリットは正常のやり方以外はいやだと言って、要求をすべて断わった。結局、サドはテーブルの上に六フラン置いて帰ったという。

翌日（二十八日）朝まだき、サドは三頭立ての駅馬車を駆って、マルセイユの宿屋をたち、一路ラ・コストの城をめざして帰って行った。前の晩に楽しんだ娘が、二日後に検事の前で重大な証言をし、やがて彼をして由々しき苦境に陥らしめることになろうとは、神ならぬ身の知るよしもなく、帰れば久しぶりで愛する義妹の顔が見られるという幸福に、ただ彼は浮き浮きしていた。馬車の窓から、魚くさいマルセイユの港の臭いが、初夏の朝風にのって吹き込んできたことでもあろう。

性病理学的観察

マルセイユ事件の最も興味ぶかい点は、アルクイユ事件以後のサドのエロティシズムの洗練の跡が、そこに明瞭に見てとれるということだ。のちにサドは『ソドム百二十日』(一七八五年)のなかで、あらゆる性病理学的倒錯の実例を系統的に分類整理することになるが、人間の性欲を科学的とも称すべき冷静綿密な態度で観察するという、文学者としてのサド侯爵の一貫した方法は、すでに実生活の面でも現われていたのである。クラフト・エビングやハヴェロック・エリスの性病理学入門書を読むように、わたしたちはマルセイユ事件の奇妙な世界のなかに入って行くことができる。しかも、人間の性欲が科学的研究の対象になりはじめた十九世紀末よりも、サドが生きていた時代は一世紀も前なのである。この意味から、サドがフロイトの先駆者と目されるのも理由のないことではなかろう。

ここで、マルセイユ事件において示されたサドの倒錯症を、ひとつひとつ項目別にして掲げてみよう。

一　サド＝マゾヒズム

アルクイユ事件においては、ただサディズムの衝動のみが一方的に認められるにすぎなかったが、今度の事件にいたって、サディズムとマゾヒズムの共存が認められるようになった。マリアンヌの場合もマリエットの場合も、サドは彼女たちを鞭打つと同時に、みずからもまた、好んで彼女たちによって鞭打たれている。ローズ・コストの場合だけ、サドはみずから鞭打たれていないが、これはおそらく彼女の外観が、サディスト的（能動的）な役割にふさわしくないと感じられたためでもあろう。

元来、サディズムとマゾヒズムは臨床的に対極をなすものであるが、それが同一の個人のうちに、分ちがたい傾向として共存しているということも決して珍しくないのである。図式的に言えば、サディズムにおいてもマゾヒズムにおいても、問題になるのは苦痛と快楽とのあいだの相互関係である。ところで、フロイトによれば、「残虐性を行使する立場も受ける立場も、これを期待する主体の側から見れば、まったく同一の効果をあらわすものである。その差異は、いわば純粋に技術的な問題であって、能動から受動への心理的な移行にすぎない」のだ。フロイトはさらにマゾヒズムを、裏返しになったサディズム、「内部に向けられたサディズムの部分衝動」であると考えた。またドイツの神経科医シュレンク・ノツィングは、性的快楽と苦痛との結びつきを、能動あるいは受動の区別なく表現するために「アルゴラグニア」Algolagnia なる新語を考え出した。algos はギリシア語で苦痛を意味し、lagneia は快楽を意味する。この言葉は、個々の症例に対する定義上の不便があるとはいえ、心理学的にはまったく支障なく使用され得る便利な言葉である。

ただ、ここで注意すべきは、サドが言葉の真の意味でのマゾヒストではないということだ。真正のマゾヒストは、中世的な世界、魔術的な世界に浸っている。彼は受苦によって恍惚《こうこつ》に達し、神あるいは物神《フェティシュ》を媒介として、一種の涅槃《ねはん》に引きずりこまれることを歓びとする。マゾヒストの世界の特徴は、完全な受動性、静止性、冷たい不動の秩序である。しかるにサドの世界は、否定のエネルギーが万象の限界を吹き飛ばしてしまう熱っぽい合理的世界、快楽という人間至上主義的な目的に向って邁進《まいしん》する実践的な世界である。たしかに、彼は十八世紀において中世的な残酷芝居を演出したといえるが、啓蒙思想と人権宣言の時代に生まれた不幸なこの演出家は、その奔騰《ほんとう》する否定のエネルギーによって、万象の神秘を残らず剝ぎとってしまった。舞台には書割がなくなり、神秘の光を剝奪された物自体が、ごろごろしているにすぎなくなってしまった。サドは自己をも他者をも、何ら神秘の光に眩惑されない眼で観察しつづける。物によって眩惑されまいとすることが、サドの生涯の念願であり意志であった。これほどマゾヒストたることから遠い態度はない。マルセイユの娼家で、彼はマリエットに鞭打たれながら、自分の受けた鞭打の数を、煖炉の煙突にナイフで丹念にきざみつけた。打たれている自分を観察している自分。——彼のサド＝マゾヒズムは、融通無碍《むげ》な精神の自己運動として、受動と能動のあいだ、屈辱と傲慢のあいだを絶えず揺れ動いていたのである。「ある種の放蕩行為における屈辱は、傲慢にになるための口実として役に立つのだよ」とサン・フォン（『ジュリエット物語』の登場人物）も言っている。

二　コプロフィリア

一般にマゾヒズムあるいはフェティシズムの一つの発現と見なされているコプロフィリア（糞便愛。性的満足が排泄行為または排泄物と結びついたもの）は、サドの作品、たとえば『ソドム百二十日』などでは、作者によって非常に大きな比重をあたえられて描かれているが、実生活では、ごく初歩的な段階でしか現われていない。なぜ彼が空想世界で、あれほど異常な執着をもってコプロフィリアの種々相を描き出したかは、今後の研究に俟つべき一つの謎と申さねばならないが、少なくとも、このマルセイユ事件においては、それは子供っぽい悪ふざけとしか受けとれないような段階にとどまっていた。茴香《ういきょう》の味のするボンボンは、古来、腸管内に溜ったガスを排出させる作用があると信じられていた。サドはこれを娼婦たちに食べさせて、駆風剤の効果を実験しようと思ったのである。ところが、期待した成果が得られなかったので、彼は大いに失望したようである。

三　肛門愛あるいは鶏姦

コプロフィリアと関連して、一言しておかなければならないのが肛門愛である。マルセイユ事件に関するかぎり、ほとんどつねに彼は娘たちに対して『うしろから』交わることと

（「逆ウェヌス」Aversa Venus と称する）を要求している。また下男のラトゥールと鶏姦を行い、みずから受動的な立場に身を置いたらしいことも、娘たちによって証言されている。小説の世界でも、サドの登場人物たちがほとんどすべて、女性の「前の部分」に深い嫌悪の情を表明し、むしろ女性を「少年のように」扱うことを好んでいるのは、周知の通りだ。たしかに、サドは生涯に多くの商売女を知り、ボーヴォワザンその他の情婦を囲い、義妹を誘惑し、ラ・コストの城に若い娘たちをたくさん集めたが、しかし、いったい彼は、これらの女たちと日常生活において、どんな性的関係を結んでいたのだろうか。むろん、彼はルネ夫人に四人の子供（一人は流産した）を生ませ、ラ・コストの城で、女中ナノンを孕《はら》ませたという噂を立てられたほどの男であったから、正常な性的交渉にまったく縁がなかったとは言い切れまい。

しかし、ボーヴォワール夫人も指摘しているように、彼の性本能が本質的に肛門愛的であったことは、疑い得ないことのようである。サドがラ・コストに謹慎していたころのモントルイユ夫人の手紙（サド神父宛て。一七六九年三月四日付）に、侯爵が「相変らず身辺に下男を侍《はべ》らせているのかどうか……相変らず痔で苦しみ、馬にも乗れないような状態でいるのかどうか」を問いただした箇所があるが、――このモントルイユ夫人の二つの質問は、そこに微妙な関聯があって、暗示的といわざるを得ない。考えようによっては、ずいぶん露骨な失礼な当てこすりとも受けとれるだろう。事実、サドはこのころから十年ほど経った一七七七年にも、ヴァンセンヌの獄中で相変らず痔に悩まされているのである。マルセイユの娼婦たちの証言によっても、ラトゥールは主人に対して、肛門愛的な奉仕をすることにきわめて習熟していたらしい。フロイトによると、リビドーが肛門愛期に固着した人間の性格的特徴は、吝嗇、強情、丹念の三つであって、この三つの性格が同一の個人のうちにあらわれているとき、心的構造における肛門愛的な要素は、大きいと見て差支えないのだそうである。この原則は、サドの場合にぴったり当てはまるように思われる。彼の金銭に対する執着ぶりは、たとえば父や叔父の遺産相続に際して見せた異常な熱意によっても知り得るし、またその作品中に、しばしば異常なけちんぼう（たとえば『美徳の不運』のなかの高利貸デュ・アルパンのごとき）を登場させたことによっても、窺い知れるというものだ。最もサド的な人物は、すべて一様にエゴイストであり吝嗇である。その他の二つの性格、強情および丹念にいたっては、彼の生涯と文筆活動が、そのまま これを具体的に示してくれるだろう。（サドの肛門愛的傾向については、後にふたたび触れる予定である。）

四　覗見《のぞきみ》＝露出症

この二つの対立的な性的傾向もまた、サド＝マゾヒズムと同様、同一の個人にほとんどつねに共存している。サドもその例に洩れない。彼が下男に命じて娼婦を鶏姦させようとしたのは、みずからその行為の目撃者になるためだった。下男がローズ・コストと正常のやり方で交わった時も、サドはその有様を眺めていた。一方、サドはみずから楽しむ時も、好んでその場に他人を列席させたがる。苦しんでいるマリアンヌをわざわざ部屋に連れてきて、彼女を鞭打ったり鶏姦したりしようとしたのは、もう一人の娘マリアネットにこれを見せるためであった。

このような複数の参加者による集団的な性の饗宴は、とくにサドの場合、エロティシズムの社会化として、見逃すことのできない重要性をおびるだろう。社会化とは、自己の欲望を他に押し拡げるということではなく、見る者と見られる者との関係をつくる、というほどの意味である。むろん、密室における二人きりの快楽でも、社会はすでに成立しているといえよう。しかし、見る自己と見られる自己とを同時に所有する関係は、三人以上の集団による覗見＝露出症的なエロティシズムによって、初めて可能になる関係だ。マルセイユの娼家で、サドはまるで自分が下男であるかのように、ラトゥールを「侯爵さま」と呼び、この「侯爵さま」をそそり立て、この「侯爵さま」が娘を鶏姦するのを眺めて楽しんだ。すなわち、彼は演出によって、見る自己と見られる自己とを設定したわけである。犠牲者を辱《はずか》しめている（見ている）下男の「侯爵さま」は、サドである「下男ラフルール」によって見られている（辱しめられている）のだ。下男の立場に身を落すマゾヒスティックな自己卑下は、相手を眺めるという優越者のサディズムによって、ただちに自尊に変り得る。このように、さながら向き合った二枚の鏡の中心に自己を置くかのような、永遠のいたちごっこ、対自と対他との混淆《こんこう》を意識的につくり出すことが、覗見＝露出症的エロティシズムの深い社会的な意味だったのである。

ふたたびスキャンダル

マルセイユ事件のスキャンダルは、前のアルクイユ事件のそれを凌《しの》ぐほど大きかった。事件はその異常さで、いやが上にも人々の好奇心をそそった。一七七二年七月、風評は巷に荒れ狂っていた。マルセイユからパリまで、人の口から口へ伝えられるたびに、噂はだんだん大きくふくれあがっていった。十八世紀の貴重な風俗資料として知られる『回想秘録』の作者バショーモンは、次のように書いている。

マルセイユからの手紙によると、四年前に噂をまいたサド伯爵は、またもや最近、この町で、恐ろしい猟奇的な事件を惹き起したそうである。彼は舞踏会を主宰し多くの人を招待して、食後にチョコレート・ボンボンを振舞った。おいしいボンボンだったから、大勢の人が食べた。ところが、このボンボンにはカンタリスが混ぜてあったのである。御承知の通り、カンタリスを食べると、だれでも淫乱な気持になって、はげしい色情的な昂奮に駆られ、ありとあらゆる放埒にふけるものである。舞踏会はたちまち、あのローマの狂宴のような有様に一変した。どんなに慎しみ深い女も、薬の効果による子宮の疼《うず》きには堪えられなかった。こうしてサド氏は、その義妹を楽しんだ後、彼女とともに逃亡し、司法の追及を免れてしまった。怖ろしい持続性勃起状態においてふけった淫楽のために、多くの人が死亡したり、身体の不調に悩んだりしている。（『回想秘録』第六巻）

舞文曲筆《ぶぶんきょくひつ》とはこのことであろう。読者はすでに、訴訟記録にもとづくマルセイユ事件の真相を御承知のはずである。真相は、バショーモンの得々として語る「舞踏会」や「ローマの狂宴」などとは、何の関係もなかった。もちろん、死亡した者など一人もいない。バショーモンの記述は、あまりにも無責任な流言の類というべきであろう。もうひとつ、同じような種類の当時の噂を書き残した人間に、日記作者のシメオン・プロスペル・アルディがいる。

サド伯爵は下男と共謀して妻を毒殺したため、先月、エックス高等法院で斬首の刑を宣告された。彼は修道女の義妹に道ならぬ恋をし、この義妹と不倫な関係を結んでいたのである。しかし刑が執行されるより早く、二人はオランダへ逃げのびたらしい。（『わが閑日録』第一巻）

噂はついに、妻の毒殺にまで発展してしまった。このほかにも、異説は無数にある。たとえば、フランス革命当時活躍した歴史家のJ・A・デュロールは、『貴族人名録』というパンフレットのなかで、サドが若い娼婦を集めて昂奮剤を飲ませ、乱痴気さわぎの果てに、彼女たちの幾人かを殺したと、まことしやかに述べている。この本は革命の最中に出たものだが、デュロールは、サドに対して怨《うら》みでもあったのか、革命によりようやく自由を取りもどした市民サドを、ふたたび失脚せしめようとでもするかのごとくに、しきりに非難中傷の言葉を口にしている。毒殺者、生体解剖家という渾名は、こうして十九世紀にまで受け継がれることになった。ジュール・ジャナンもポール・ラクロワも、マルセイユ事件に関するその記述中に、それぞれ二名の死亡者を数え上げている。

二十世紀にいたって初めてわたしたちは、モーリス・エーヌの努力により、記録保管所にある訴訟記録のすべてのコピーを自由に読むことができるようになったのである。真実は、たわいない子供のような放蕩にすぎなかった。

逮捕まで

事件についてはすでに述べたから、次に、事件後の経過をたどってみよう。

事件が起ってから三日目の六月三十日、マルセイユ地方裁判所がようやく動き出した。ボンボンを食べた街娼マルグリット・コストが、二十七日以来「胃に燃えるような痛みをおぼえ、黒い血の混じった液体を何度も吐いた」ことを訴え出たからである。マルグリット」は召喚され、彼女の吐瀉物は裁判官の前で分析された。翌日から、マリエットをはじめ他の四人の娘も取調べを受けた。マルグリットのほかには、ボンボンを食べた娘はマリアンヌだけであるが、彼女もまた腹痛を訴えた。しかし医学的分析の結果、吐瀉物には砒素《ひそ》も昇汞《しょうこう》も含まれていないことが明らかになり、毒殺未遂説は根拠がなくなった。

腹痛および吐瀉の原因は、おそらく、カンタリスの原料である甲虫がよく磨《す》りつぶされていなかったことによるであろう。八月八日および十七日には、慰藉料によって二人の娘が告訴を取り下げた。にもかかわらず、訴訟手続は驚くほど速く進行し、七月四日には、サドとラトゥールに逮捕令状が発せられ、七月十一日には、ラ・コストの居城が家宅捜索を受け、九月三日には、マルセイユの地方裁判所で欠席裁判が開かれ、さらに同月十一日には、早くもエックス高等法院で審理の最終判決が下されていたのである。判決によれば、「毒殺未遂と鶏姦の罪により、有罪と認められたサドおよび下男ラトゥールは、まず首に縄をかけられ、教会堂の門前に跣足で膝まずき、一斤の重さの燃える蠟燭を手にもって、神と国王と法律とに謝罪しなければならない。次いでサン・ルイ広場に建てられた処刑台に導かれ、サドは斬首刑、ラトゥールは絞首刑にそれぞれ処せられた末、屍体は火中に投ぜられ、焼け残った灰は風に散らされる」ことになった。

翌十二日には、サドとラトゥールの肖像がエックスの町の広場で火刑に処せられた。欠席裁判で死罪の宣告を受けた者は、本人の代りに、その肖像画を焼かれる仕来《しきた》りになっていたのである。すでに述べたように、身の危険を知ったサドと下男は、ひそかに七月の初め、義妹を伴ってラ・コストの居城を抜け出し、国境を越えてイタリアに逃亡していたので、裁判は彼らの不在のあいだに行われていたのである。

彼らのイタリア旅行は、七月から九月の終りまで続く。十月二日になると、どういう理由によってか、ローネー嬢だけが姉の残っているラ・コストの城に帰ってくる。三カ月の不在の後ひょっこり一人で帰ってきた不実な妹を迎えて、ルネ夫人の気持はどんなであったろう。二人は手をとり合って泣いたかもしれない。しかし、妹は姉の顔がまともに見られず、姉は妹に真実を問いただす勇気もなかったにちがいない。今や恋敵となった二人の女のあいだには、ただ冷たい沈黙の空気しか流れようがなかったろう。その重苦しい雰囲気に堪え切れなくなってか、旬日《じゅんじつ》ならずしてローネー嬢はふたたび義兄と落ち合うべく、イタリア国境に近い海岸の町ニースに出かけてしまうのである。

ニースで落ち合ったサドとローネー嬢は、ふたたび国境を越えて、十月二十七日にはシャンベリー（サヴォワ州。当時のサルデニア王国領）に着き、二人の下僕とともに「金の林檎《りんご》」亭という宿屋に投宿する。サドは「マザン伯爵」という偽名を用い、相変らずローネー嬢とは夫婦の名目であった。二人の下僕はラトゥールおよびカルトロン（通称を「青春」という）である。やがて十一月の上旬に、ローネー嬢がラトゥールに付き添われてラ・コストの姉のもとに帰ると、サドはカルトロンとともに、シャンベリーの町のはずれの田舎家に住むことになる。

この目立たない家でサドは、およそ一月ほど、用心ぶかくだれにも会わず、ひっそりと閉じこもって暮らしていたのであるが、十二月八日の夜九時、突如、サルデニア王国の警官数人に隠れ家を取り巻かれ、家のなかに踏みこまれて、身柄を捕縛されてしまった。警官の隊長は、サルデニア王の署名のある逮捕状をもっている。これはサドにとって寝耳に水の驚きであった。

翌日の朝七時、駅馬車に乗せられたサドは、四人の警官の護衛のもとに、サヴォワ州のミオラン要塞に運ばれた。やや遅れて、ラトゥールもここに収監される。彼は自分から進んで主人の許へ来たのである。

ミオランの要塞隊長はド・ローネーという。彼は新しい囚人を厳重な監視のもとに置くよう、きつく上司から命ぜられていた。散歩も監視人の目から逃れられぬよう、塔の上の狭い城壁のあいだだけに限られた。むろん、面会は一切禁止で、手紙を書くことも許されなかった。下男のラトゥールは、主人と同じ部屋に寝ることだけは許されたが、主人の脱走を助けては困るというので、塔の門を自由に出入りすることは禁じられた。——こうして、四カ月と二十日におよぶ不自由なミオラン城の幽囚生活がはじまるのである。

それにしても、サルデニア王国領内のシャンベリーにサド侯爵がひそかに隠れ住んでいるということを、いったい、だれが当局に明かしたのだろうか。モントルイユ夫人である。不覚にも、サドは隠れ家から義母に宛てて、援助を乞う手紙を書き送ったのだ。外国にひとりで暮らす淋しさに耐えられなくなったのだろうか。それとも金銭的な不自由に我慢できなくなったのだろうか。いずれにせよ、かつての有力な後見人が、今や最も恐るべき敵となっているという事態の進展に、彼は気がつかなかった。前にも述べたように、婿と妹娘ローネー嬢との不倫な関係を知った時から、モントルイユ夫人の彼に対する態度は、一変していたのである。家のためにならない婿は、永久に獄中に繋ぎとめておかなければならない。こんな怖ろしい決意を、すでに彼女は固めていたのである。むろん、彼女とて、婿の不名誉な罪状が明らかになることによって、サド家の家名が汚されるのは本意ではなかった。だからエックス高等法院の判決が下されるまでは、ルネ夫人とともに、司法大臣にたびたび運動もした。しかし、ひとたび有罪ときまってしまえば、むしろ法の保護のもとに彼を監禁しておいたほうが、家のため娘のためには、どれだけ安心していられるか分らない。こうして、モントルイユ夫人の策謀により、パリ駐劄《ちゅうさつ》サルデニア王国大使フェレロ・デラ・マルモラ伯爵を通じて、サルデニア警察にサドの身柄を逮捕する権限があたえられたのであった。サドは義母の罠《わな》に落ちたのである。

この時から、サドとモントルイユ夫人とは決定的な利害の対立者となる。一方が家庭、国家、秩序を代表すれば、他方は必然的に反家庭、反国家、反秩序を代表することになって、ここに、親子の対立を軸とする明瞭な図式ができあがるのだ。サドがフランス革命に加担した理由も、遠くさかのぼれば、ここに胚胎したといってよいだろう。サドにとって、フランス革命とは、親に反抗した子供の権利要求のごときものであったかもしれない。

ミオラン城からの脱出

ミオランの獄に下ったサドは、最初、どうして自分が逮捕されることになったのか、まったく解らなかった。家族の要請によると説明されても、半信半疑であった。いかに仲がよくなかったとはいえ、まさか自分の妻の母親が、当局に訴えて自分を逮捕せしめるのに一役買っていようとは、夢にも思っていなかったからである。

獄中の監視はまことにきびしく、要塞隊長ド・ローネーの報告によれば、「サド氏が塔の下を散歩している時は、歩哨《ほしょう》の知らせによって警備軍曹が見張りに当り、塔のなかを歩いている時は、歩哨自身が見張りを受け持ち、夜になると、サド氏の部屋には鍵をしめた」そうである。囚人はこのきびしい監視に堪えかねて、せめて手紙を自由にやり取りさせてくれるよう、また、生活必需品を揃えるために、召使を外へ使いに出させてくれるよう、再三、サヴォワ州知事に嘆願の手紙を書く。その結果、取り扱いのきびしさはいくらか緩和されたが、外部への連絡は、依然、禁止されたままだった。

獄中で、サドはしばしば狂暴な発作に襲われ、要塞隊長に食ってかかったり、罵詈《ばり》雑言《ぞうごん》を浴びせかけたりしたらしい。「サド氏はきわめて危険であります」とド・ローネーが報告している、「気まぐれで、怒りっぽくて、すぐ癇癪《かんしゃく》を起します。そうかと思うと、逃亡するために、だれかを買収しようなどと考えます。すでに私にも話をもちかけました。城のなかを一日中歩きまわっている囚人に、とても私は責任を負うことができかねます。自暴自棄になったら、何をしでかすか知れたものではありません……」下獄後、一月ばかりすると、サドは極度の落胆と絶望から、ひどい不眠症におちいり、頭痛に苦しむようになった。そのため医者が呼ばれたこともある。

脱走と買収の望みを決して棄てない「危険な」囚人サドに対して、要塞隊長ド・ローネーもほとほと困り抜いたらしいが、しかし、サドに言わせれば、ド・ローネーごとき粗野な男に「馬鹿」とか「野郎」とか口汚ない言葉で呼ばれる待遇には、とても我慢がならないのであった。二人は顔を合わせるたびに喧嘩をした。ド・ローネーはついに音《ね》をあげて、何とか囚人を別の場所へ移すように取りはからってほしいと、上司に要望している。

監視の目はきびしかったが、獄中の生活はかなり安楽なものであった。牢屋の中にまでついてきた下男が、身のまわりの世話をしてくれるし、註文に応じて作られる酒保《しゅほ》の料理は、なかなか贅沢なものであった。むろん、代金はあとで本人が支払うのである。時には囚人仲間を晩餐に招待して歓談したり、チョコレートやお菓子を食卓に出させたりもした。ラレ・ド・ソンジ男爵という男が、囚人仲間にいて、この男や下男のラトゥールと一緒に、夜がふけるまで、よくトランプの賭《かけ》をやることもあった。ソンジ男爵はいかさま賭博の専門家だったから、サドと下男はいつも金を捲き上げられ、それが因《もと》で大喧嘩をしたこともある。要するに、日常生活は自堕落な、のんきなものであった。

捕縛される前、ニースからシャンベリーへ居を移すとき、サドは身まわり品の詰まった旅行鞄《かばん》をニースの宿所に置いてきていた。この鞄は、下男のカルトロンがニースへ取りに出かけて、ミオランのサドの許まで持って帰ってくる予定になっていた。ところで、モントルイユ夫人は、しばしば手紙のなかで、この鞄の中身を非常に気にしているのである。もしその鞄のなかに、サドの書いた原稿とか書類とか手紙とかいったものが入っていたら、囚人の手へは絶対に渡さず、パリの自分のところにまで送りとどけてほしい、と、パリ在住のサルデニア大使を通じて、何度も繰り返して申し入れを行っているのである。これは何を意味するか。一つは、すでにサドがこのころから、たえず身辺に原稿紙を置いて、物を書く習慣を養っていたにちがいないということである。そしてもう一つは、心に疾《やま》しいところのあるモントルイユ夫人が、サドの文筆活動によって、今回の逮捕に関する真実を暴露されることを極端に怖れていたらしいということだ。サドが鞄のなかに大事に持っていた手紙は、義妹から寄せられた恋文であったにちがいない。そしてこれこそ、モントルイユ夫人が何とかして湮滅《いんめつ》したいと願っている、怖ろしい不倫の証拠物件なのだ。

サドのほうでも、投獄されて後、徐々に自分の置かれた立場というものが明確になってくるにつれて、義母に対する猛烈な敵意と憎悪が頭をもたげてくるのを感じはじめる。筆の力で反撃を試みようと考える。サヴォワ州知事ラ・トゥール伯爵に宛てて、「伯爵殿」と呼びかける、「貴殿の御説明によれば、わたしをこんな場所へ押しこめたのは、わたしの家族だそうですね。その同じ家族が、わたしの弁護をしているというのだから、おかしいじゃありませんか。まったく辻褄《つじつま》の合わない話です。もうこうなったら、わたしとしては、自分の立場を手記にでも書いて、友達や仲間に配る以外に手がありません。いずれ貴殿にお渡ししますから、その時は、どうか方々へばらまいて下さるようお願いします」（一七七二年十二月三十一日付）――この囚人の無謀な計画をサルデニア大使から知らされると、さすがのモントルイユ夫人も、青くなって驚いた。大使に宛てて、こう書いている、「もしその手記に嘘が書いてあったり、妻の実家を誹謗するようなことが書いてあったりしたら大変です。無分別なことを書き散らされて、この上さらに世間の物笑いの種にされては、たまったものではありません。ジュネーヴあたりで、義母を脅迫するような手記を出版されでもしたら、迷惑この上なしです。」（一七七三年一月十日付）

二月十四日には、サドはラ・トゥール知事を通じて、サルデニア王に宛てた一通の請願書を書き送った。その一部を引用すれば、次のごとくである。

最も醜い打算的な目的から、義母はわたしの破滅を望み、わたしの不幸を利用して、わたしにきびしい法的制裁を加え、永久にわたしを闇に葬ってしまおうと企んでおります。わたしが法廷に出て、判事たちの前で事実（マルセイユ事件のこと）を喋り、身の証しを立てるのを彼女は怖れています。……陛下よ、わたしの破滅を望むあの不正な女が、もしもわたしの訴えを怖れていないなら、どうして正当な刑罰をわたしに加えようとせず、このような狡猾《こうかつ》な手段に頼る必要があるのでしょう。どうしてわたしをフランスの牢獄に入れないのでしょう。フランス王が、そんなことを許可するはずもないことを、彼女はよく承知しているのです。……陛下よ、どうか事件の真相をお問合せになって下さい。陛下をだまそうとしている者がいることにお気づきになって、一刻も早く、わたしに自由を返還して下さい。あの女の課した軛《くびき》からわたしを救って、わたしに自分の行為を弁明させて下さい。今、わたしは弁明することもできない立場にいるのです。

こうして、次々と嘆願書や親書をその筋に送りながらも、サドはひそかに外部の友人たちと連絡をとる手段をも探していた。それは、必ずしも不可能ではなかった。ジョゼフ・ヴィオロンという若い男が、商店の御用聞きを装って、しばしば獄中のサドの部屋を訪れ、外部の者に手紙をとどける役目を果たしたのである。ジョゼフ・ヴィオロンは手紙をもって、シャンベリーの町の宿屋「金の林檎」亭に行く。「金の林檎」亭には、前にサドがここに泊っていたとき、知り合って親交を結んだヴォーという男がいる。彼はサドのために、危険な連絡係を引き受けてくれた。もう一人、買収されてサドの味方になった男がいる。ミオラン要塞副官のデュクロである。もっとも、彼はあまりに囚人と親しくなりすぎ、ほとんど毎晩のように同じ部屋で食事をするほどになったので、やがて要塞隊長に怪しまれ、免職されることになる。

しかしサドにとって、最も力強い、最も信頼すべき、最も愛情深い援助の手は、夫人ルネのそれであった。彼女は夫の監禁について黙っていられず、ミオランの要塞隊長に幾度か手紙を送ったりもしたが、懇願も脅迫も愁訴も、さらに効き目がないと知ると、やがて、みずからの意志で、母親モントルイユ夫人の意志に反する直接行動を開始し出したのである。自分の手で夫を救い出そうという、夢のような計画に真剣に熱中し出したのである。それはモントルイユ夫人に敵対する立場に身を置くことであった。忍従的で引込み思案な彼女に、これだけ雄々しい実行力と、緻密な計画性があることをだれが想像し得たろう。もとより、彼女には何の後楯《うしろだて》もなかった。二月の終りに、彼女は駅馬車に乗って、ひとりでパリを出発した。表向きはプロヴァンスに行くということになっていたが、じつは一路リヨンからサルデニアに向ったのである。

ルネ夫人がシャンベリーに着いたのは、三月六日の夕刻であった。ここで彼女は男に変装し、忠実な従者アルバレただ一人を伴って、名前を秘し、兄弟と偽って宿屋に泊った。

翌日、二人はモンメリアンという村に達した。この村から、彼女は手紙をアルバレに託し、ミオランの要塞隊長にとどけるように命じた。「この手紙持参の者に、せめて十五分間だけ夫との面会を許していただきたい」という内容の手紙である。が、すでに三月の初めから上司の警告を受けていたド・ローネーは、この申し出をすげなく拒絶した。アルバレは四人と会えずに、モンメリアンに帰った。

ルネ夫人は、そのまま三月十四日までモンメリアンにとどまって、各方面に同じ要求の手紙をとどけさせるが、いずれの場合も許可をあたえられず、やむなく、夫との面会を断念して、一時ラ・コストに退く。三月十八日には同地から、サルデニア王に宛てて次のような嘆願書を書く。「わたしの夫は、地上から抹殺されねばならない大悪人とは種類が違います。あまりにも激しい想像力が、一種の軽犯罪を犯させたというにすぎません。偏見が彼を犯罪人に仕立ててしまったのです。人を殺したわけでもなく、名誉を傷つけたわけでもなく、ただ単に若気の過ちを犯しただけのことです。それなのに、どうして裁判所がやかましく騒ぐのでしょう……」

しかし、ルネ夫人は計画を諦めたわけではなかった。彼女の筋書によって、いかに困難なミオラン城の脱出が、奇蹟的な成功をおさめたかを次に述べよう。

御用聞きのジョゼフ・ヴィオロンは、注意人物として城内に入ることを禁じられていたが、四月二十九日、ついに庭から城の内部に忍びこみ、ひそかにサド侯爵と脱出計画の打ち合せをすることに成功した。翌日、彼はサン・ピエール・ダルビニー村の居酒屋で、休養をとるため午後四時までぐっすり眠り、夜を待って城の付近に出かけた。

一方、サド侯爵は同囚のラレ・ド・ソンジ男爵とともに、午後七時、夕食のために酒保へ行った。――しばらく前から夕食は自室でとらず、酒保へ行ってとる習慣になっていた。部屋まで料理を運ばせると、料理が冷めてしまうから、食事は酒保へ行ってとらせてくれと要求して、すでに要塞隊長ド・ローネーの許可を得ていたのである。酒保の隣りには空き部屋があって、食料の置き場になっていたが、この部屋の隅にある便所の窓枠《まどわく》が外れていて、人間一人が自由に出入りし得るくらいの広さになっていることに、サドは前から気がついていたらしい。しかも、この窓の外は城の裏側で、山にのぞみ、窓から地面までの高さは約四メートルしかなかった。

給仕役のラトゥールは、台所番人の隙を窺って食料品置場に忍びこみ、この部屋の鍵を盗んだ。それから主人の部屋へ行って、蠟燭をともし、ド・ローネー宛ての二通の手紙をテーブルの上に置いてきた。

八時半に、侯爵、ソンジ男爵、ラトゥールの三人は、便所の窓を乗り越え、城壁の下で待っていたジョゼフ・ヴィオロンに助けられて、地面におりた。ルネ夫人の筋書により、ヴィオロンが縄梯子《なわばしご》を用意してきたのかもしれない。四人は夜陰にまぎれて、そのままフランス国境に向って逃走したのである。

九時に、牢番が夕食をすませて勤務にもどろうとすると、サドの部屋の鍵穴から明りが洩れているのに気がついた。たぶん侯爵とソンジ男爵が将棋をさしているのだろうと思い、牢番は咎《とが》めもせずに、そのまま寝てしまった。本当は、ソンジ男爵を彼の部屋に連れて行かなければいけないのであるが、疲れていたので、つい朝まで眠ってしまった。

明け方の三時ごろ、牢番が眼をさますと、まだサドの部屋から灯が洩れている。こいつは怪しいと思って、急いで隊長に知らせに走った。ド・ローネーが飛び起きて駈けつけると、侯爵の部屋は鍵がしまっている。扉を破って入ると、部屋は空っぽで、ただ二本の蠟燭が今にも消えようとしているばかりであった。テーブルの上には、隊長宛ての二通の手紙がのっている。一通はサドの書いたもの、もう一通はソンジ男爵の書いたもの。

「鎖を断ってわが身を解放するのは実に欣快《きんかい》に堪えないが、一抹の懸念がないでもない。それは」とサドが皮肉たっぷりに書いている、「私の逃亡の責任を君が負うことになるんじゃないか、ということだ。君の正直、君の礼儀正しさを十分に知っている私としては、そのことを考えただけでも胸が苦しくなる……」それからサドは、追跡の無駄なことを思い知らせようとして、次のように書く、「私の妻が領地から送ってよこした援軍のおかげで、私は逃亡し得たのである。この援軍は十五人の武装した、馬に乗った男たちから成り、城の下で私を待っている。いずれも一身を犠牲にして、私を救い出そうと覚悟をきめた連中である。」もちろん、これは威《おど》しであって、実際に十五人の部隊がいたわけではない。さらにサドは「私には妻があり、子供がある。もし私が死にでもしたら、彼らは地獄の果てまでも君を追いかけて行くだろう」と自慢そうに書いている。

手紙とともに、牢屋に残して行く自分の財産の目録をも、サドはきちんと書いて置いて行った。こういう整理癖は、いかにもサドらしい。部屋に残して行く旅行鞄、家具、食器などを一まとめにして、ラ・コストのサド夫人宛てに送ってほしい、と書いている。とくに「部屋の壁に貼ってある六枚の地図」と、「まだ新しい青色のフロックコート」と、「自分によく馴れた二匹の猟犬」を忘れずに送ることを頼んでいる。どうやら獄中で犬を飼っていた模様である。ずいぶん贅沢な囚人もあればあるものだが、当時の特権階級にはこんな贅沢も許されたのであろう。

さて、ミオラン城を脱出した三人は、ジョゼフ・ヴィオロンに案内されて一晩中歩き、翌日の未明にシャパレイアン村に到着した。この村で、サドはサヴォワ州知事に手紙を書く。朝になって、要塞隊長の差し向けた捜索隊がフランス国境まで追いかけてきたけれども、すでにサドの一行は国境を越え、グルノーブルに近づきつつあった。――ルネ夫人の仕組んだ逃亡計画は、かくて見事に成功したのである。

第五章　ラ・コストの城にて（一七七三—一七七八年）

夫人の請願運動

ミオラン城の脱出に成功した一七七三年五月から翌年の終りごろまで、サドはラ・コストの城に引きこもって、夫人とともにひっそりと暮らしていたらしい。むろん、脱走してすぐ領地に帰るのは危険だから、ある期間は、方々の町に転々と隠れ家を求めたであろうし、また、しばしば必要に迫られて旅行もしたことと思われるが、とにかくラ・コストの城を中心に、できるだけ目立たないようにして一年ばかりを過ごしたらしい。

その間、目立つような活躍をしたのは、むしろルネ夫人のほうだった。エックス高等法院の判決により、夫がいわゆる「準死」（死刑、無期懲役あるいは流刑などに処せられた者は、自己の市民としての一切の権利を剥奪されるので、あたかも死者と同一に取り扱われる。これを法律用語で準死と称する）という法的制裁を受けているので、まず、これを正当な手続によって破棄させることが問題であった。そのため、彼女はアヴィニョンやエックスに赴いたり、また後にはパリまで一人で旅行をしたりして、夫のための再審理要求を繰り返した。もはや家族のだれ一人として、すすんで行う気のなかった請願運動を、一手に引き受けて行ったのがルネ夫人であった。この彼女の熱心な働きぶりを、母モントルイユ夫人は恐怖の目で眺めた。この母親には、極道者の夫に貞節をつくす娘の心事が不可解だったのであろう。それればかりではない、モントルイユ夫人は当時の警視総監サルティーヌに働きかけて、一七七三年十二月十六日、ラ・コストの居城を家宅捜索し、併せて侯爵の身柄を逮捕するための令状を発せしめることに成功したのである。娘と母親とは、おのおの独自の観点から、ぜんぜん反対の行動をしていたのである。

この処置にもとづいて、翌年(一七七四年)の一月六日夜、パリ警察のグーピー検察官は、四人の巡査とマルセイユ憲兵隊の騎兵隊を伴って、不意にラ・コストの城館を襲ったが、侯爵のすがたはどこにも発見されなかった。城館に残っていたのはルネ夫人だけだった。「夫は不在です」とルネ夫人が答えると、警官隊はただちに二手に分れて、城中を残る隈なく探しまわり、侯爵の書斎を荒らして火をつけ、原稿や手紙の類を押収し、口汚い言葉を夫人に浴びせて去って行った。(たぶん、侯爵はグーピーの一隊のやってくる前に、村の住民の注進により城を出、知り合いの家を転々と逃げまわっていたものと思われる。)

この不意打ちの乱暴狼藉を目の前にして、サド侯爵夫人は怒りに打ち震えた。同年三月、公証人ゴーフリディに命じて、彼の名でモントルイユ夫人に対する抗議文を作成させ、これをパリ裁判所に送りつけたのも彼女である。「警官は書斎の机や戸棚をこじあけ、発見された手紙や原稿のことごとくを押収し、その一部に火をつけ、残りはすっかり持ち去りました。しかも、国民の権利と人間の権利を二つながら侵害する、このような強盗にもひとしい行為を、なぜモントルイユ夫人が行わせねばならなかったかについては、一言半句の説明もありません……」しかし、この抗議文に対して、裁判所側からの回答はついに得られなかった。

同年四月から五月にかけて、サドはラ・コストを離れ、ボルドーやグルノーブルに逃亡の旅をつづけている。逮捕令が出ている以上、ラ・コスト付近にとどまっているのは危険だったのだ。同時にこのころから、サド家の経済状態がいちじるしく逼迫《ひっぱく》してくる。父伯爵の残した負債は大きく、土地もかなり抵当に入っていた。ルネ夫人は債権者におびやかされながら、請願運動のために東奔西走しなければならなかった。サド神父に手紙で助力を求めたが、御都合主義者の神父は、モントルイユ夫人に気がねしてか、ルネ夫人のために力を貸そうという気にはならなかった。

六月には、サドもラ・コストに帰ってきた模様である。彼はルネ夫人をせき立てて、彼女を早くパリへ行かせようとする。抗議文に対する裁判所からの返答は一向に得られないし、エックス高等法院の判決に対する破棄の請願も、まだ何らの実をも結んでいないのである。ぐずぐず遅延するばかりで少しも軌道に乗らないお役所仕事に対して、サドは苛立《いらだ》たしさを感じる。彼は裁判所に呈出する意見陳述書をみずから書いて、これをルネ夫人に直接持って行かせようと考えた。〔公証人ゴーフリディ宛ての手紙のなかで、「願わくは」と書いている、「妻が大胆に的確に行動し、すべての事件にけりをつけてくれますように。どうか彼女が事をうまく運んでくれて、これからはもう、こんな落着かない放浪生活から早く足を洗うことができますように。わたしは自分が活動家として生まれたのではないことを知っています。それなのに、活動家の役割を演じなければならないということは、わたしの最大の苦しみの一つです」と。

七月十四日に、ルネ夫人はラ・コストを発ってパリに赴く。パリ滞在中も、母親のいる実家には立ち寄らず、もっぱらホテルに泊っていたらしい。連日のように裁判所に通って、面倒な法律上の手続に忙殺されていたのであろう。（奇妙に思われるのは、この時のパリ旅行に、彼女が妹のローネー嬢を同伴していたという事実である。ローネー嬢がサド神父に宛てた手紙に、そのような事実が報告されている。いったい、いつからローネー嬢はラ・コストにふたたび滞在するようになったのか。そして彼女と義兄との関係は、このころどうなっていたのか。その辺の事情は、資料が不足しているのでまったく解らない。想像し得るのは、彼女がパリの母の家をふたたび飛び出して、ラ・コストの義兄の城か、さもなければプロヴァンス地方の修道院かに一時身を寄せていたらしいということ、そしてサドをめぐる二人の姉妹のあいだに、何となく和解の気分が成立していたにちがいない、ということだけである。）

ルネ夫人がラ・コストに帰ったのは、十一月の中ごろであった。結局、請願運動は大した成果をもたらさず、疲れ果てて戻ってきたのであろう。（ローネー嬢はそのままパリに残ったものと思われる。ポール・ブールダンの推測では、リヨンでサド夫妻が落ち合って、夫婦揃ってラ・コストに帰ってきたことになっている。）こうして一七七四年は諸事多端のうちに暮れた。

この年の生活は、しかし、サド夫妻にとってまったく暗澹《あんたん》たるものであった。法律上の訴えはすべて裏切られ通しで、いつになっても埒があかない。権力という大きな壁の前で、個人がいかに無力であるかをつくづくと思い知らされた。夫妻はラ・コストにもどると、その年の冬を城館にひきこもって、ほとんどだれにも会わずに過ごした。三時の夕食以後、サドは書斎に閉じこもり、夫人は隣室で女中たちとともに寝るまで時を過ごす。夜になると城館は灯を消して、重い扉をぴったり閉めた。プロヴァンス地方特有の名高い北風《ミストラル》の吹き荒れる、長い冬の夜のあいだ、暗く静まり返ったサド家の城は、まるで不気味な廃屋のように見えた。……しかし、厚い城壁の内部の、赤々と燃える煖炉のかたわらには、新たに雇い入れた侯爵の享楽の対象たる、五人の若い娘がいたのである。

娘たちの事件

サド侯爵の生涯におけるいくつかのスキャンダルのなかでも、一七七四年十二月から翌年一月にかけて、ひそかにラ・コストの城の内部で展開されたスキャンダルは、まだあまり知られていない。従来の伝記では、ほとんど採り上げられたことがなかったのである。それというのも、ごく最近にいたって新資料が発見されたからである。ポール・ブールダンの編集したサドの家族の未発表書簡集と、モーリス・エーヌの伝記と、ジルベール・レリーの公刊した侯爵の書簡集(『お嬢さん、鷲という鳥は……』一九四九年)によって、わたしたちは、ようやく事件の輪郭をおぼろげに知り得るようになった。以下に、事件のあらましを述べる。

一七七四年の十一月、サド夫妻はリヨンで落ち合ってラ・コストに帰る際、同地で五人の娘と一人の少年を雇い入れて、領地の城へ連れてきた。娘たちは女中として、少年は秘書として使うつもりであった。あれほど財政が逼迫しているのに新たに召使を殖《ふ》やすとは、解せない話のようにも思われるが、吝嗇のくせに経済観念のまるきり欠けているところに、サド家の遺伝ともいうべき浪費癖があったのであろう。当時、侯爵の軍人としての収入は寄託に付され、ルネ夫人は銀器を質に入れたりして家計の足しにしていた。モントルイユ夫人にも、たびたび無心の手紙を出している。

そんな状態のところに、新たに五人の若い女中を雇い入れた侯爵の真意は、どこにあったのか。もちろん、あのアルクイユやマルセイユの饗宴をふたたび繰り返すためにほかならない。厚い壁にさえぎられた一七七四年の降誕祭の夜は、そのまま淫靡《いんび》な魔宴《サバト》の夜に一変したことでもあろう。女中たちはいずれも十五歳前後の若さであった。当時ようやく三十四歳になっていたルネ夫人も、この乱痴気さわぎに進んで加わったと信ずべきふしがある。何事によらず夫の意のままに服従するのが彼女の信条であった。カーテンを張りめぐらした城中の奥深い密室で、煖炉の火に照り映える蒼白い裸体が、鞭打ったり鞭打たれたりする光景をわたしたちは想像すれば足りる。

やがて娘の親たちの訴えにより、リヨンの裁判所で調査がはじまった。サドは最初、リヨンで娘たちを女中として雇うとき、自分の素姓を秘していたのであるが、彼こそあの悪名高いマルセイユ事件の犯人であることが暴露されるに及んで、娘の親たちが騒ぎ出したのである。ルネ夫人は醜聞を揉み消すために、何度となく母に助力を求めたが、モントルイユ夫人は終始その女婿への敵意を露骨にするばかりであった。娘たちの体には、城中の饗宴で受けた鞭打の痣《あざ》が残っていたので、それが消えるまでの間、どこか安全な場所に隠しておく必要があった。いちばんひどい傷を受けた娘は、ひそかにソーマーヌのサド神父の僧院に運ばれたが、神父はこの預かり物を迷惑がった。もう一人の娘マリー・テュッサンは、カドルッスの修道院に移されたが、彼女は数カ月後にそこを脱走した。この娘たちの事件は一応、堪《たま》りかねてリヨン裁判所に強い手を打ち出したモントルイユ夫人の圧力によって、無事に落着するかに見えた。

ところが、また別のスキャンダルが持ちあがったのである。同年五月十一日、二十四歳になる城の女中アンヌ・サブロニエール（通称ナノン）が、クールテゾンで女児を出産したところ、これがサドの胤《たね》であるという噂がひろまり出したのだ。ナノンはオーヴェルニュ地方の百姓の娘で、城中の饗宴にも参加していたらしいのであるが、子供を生んで一月ばかりした後、ルネ夫人と大喧嘩をして、ひどい言葉をわめき散らしながら気違いのように城を飛び出して行った。喧嘩の原因は不明である。ともあれサド夫妻は、醜聞のますます拡がるのを防ぐために、銀器を盗んだという疑いによって彼女を逆に告訴した。もとよりこれは事実無根であるが、何とかして彼女の言動を封じるためには手段を選んでいられなかったのだ。もしナノンがリヨン裁判所に出かけて行って、ふたたび事件を蒸し返しでもしたら厄介である。やがて七月五日に、パリからモントルイユ夫人の配慮により、ナノンをアルルの監獄に押しこめるための勅命拘引状がとどく。ジュミエージュの修道院にひそんでいたナノンは、気の毒に逮捕されて、ただちに監獄にぶちこまれる。生まれた女児は二カ月で、母乳の不足のために死んだ。悲惨な話であるが、サド家にとっては不幸中の幸運であった。

いつものらりくらりと言を左右にするばかりで、モントルイユ夫人をいらいらさせていたサド神父さえ、この打ち続くスキャンダルには、さすがに呆れたもののごとく、「甥は頭が狂っているから監禁してほしい」（五月十八日）と、その筋に依頼しているほどである。この神父は、だんだん齢をとってくるとともに、かつて自分が教育した甥の存在を、煩わしく思いはじめたようである。

イタリア旅行と著作の計画

ナノンの事件はどうやら片がついたものの、サドの身辺は依然として危険であった。ラ・コスト付近には警官隊が張りこんでいて、彼自身、いつ逮捕されるか知れなかった。城の屋根裏に小さな箱のようなものを取りつけて、そのなかに隠れて住んでいたこともある。

一七七五年七月二十六日、下男のカルトロンを伴って、彼が急遽イタリアに向けて逃亡の旅に出かけたのも、迫りくる危険を察知したためであろう。かつてマルセイユ事件の後、義妹と手をたずさえて逃亡した時のように、サドはふたたび「マザン伯爵」という偽名を用い、八月にはフィレンツェ、九月にはローマ、翌年一月の末にはナポリへと足をのばす。

旅行中、たびたび妻に手紙を書く。ローマからの手紙には、「わたしのシャツを作っておいて下さい。襟の裁《た》ち方に十分気をつけてね……」（九月二十二日）とある。

ナポリでは、古美術品を大量に買いこんだ。そのためか、彼はフランス代理公使ベランジェ氏から、リヨンで八万リーヴルを着服して逃げた公金横領犯人と間違えられる羽目におちいった。マザン伯爵の偽名で旅行していたサドは、最初、真実の身分を明かすことを躊躇する。しかし同地に滞在中のフランス将校から、そんな人物はいないと断言され、ついに本名を名乗らざるを得なくなる。挙句には、フランス大佐の制服で法廷に出頭しなければならなくなった。ごたごたが続いているあいだ、ずっとナポリ警察の警官に監視されていたので、その気苦労は大変なものであったろう。とんだ醜態を演じたものである。

五月には、ナポリを出発して帰途についた。六月一日にローマに着き、同十三日にボロニヤに着き、同十八日にはトリノに達した。そして六月の末にグルノーブルに着き、この町から下男のカルトロンを斥候《せっこう》にやって、ラ・コストの受入れ態勢を探らせた。ようやくサドがラ・コストに帰ってきたのは、七月の初めであったと思われる。

前にも述べた通り、このイタリア旅行で、サドはおびただしい美術骨董品を買いあつめては、大きな箱に詰めて、次々とラ・コストの城に送らせていた。留守番をしていた差配人のレイノーは、箱がとどくたびに肝をつぶした。家では侯爵夫人が金策に頭を悩ませているというのに、主人は外国で馬鹿馬鹿しい無駄使いをしている……箱のなかから出てくる品物は、レイノーにとっては、すべて何の役にも立たない珍妙ながらくたばかりであった。すなわち、大理石の像、化石、珊瑚《さんご》の細工品、葡萄酒入れの壺、古代のランプ、ローマ時代の涙壺、古銭、人形、鉱石、ヴェスヴィオ大理石、遺骨壺、エトルリアの壺、蛇木《スネーク・ウッド》の彫刻、硝石《しょうせき》、海綿、貝殻のコレクション、小さな男女両性像、花瓶、トスカナの雪花石膏《アラバスター》、精巧な手匣《てばこ》、サラセン焼の茶碗、ナポリ風の小刀、木版画などである。それに哲学書、神学書、演劇年鑑、史書、辞典などを含む書物もたくさんあった。

これらの品物を、いったい、何のためにサドは苦心して買いあつめたのであろうか。それは、ある種の傾向の人間に特有な、やみがたい蒐集癖とでもいうほかあるまい。ハプスブルグ家のルドルフ二世などの気質に顕著に見られるこの傾向は、私見によれば、いわば「物体愛」とでも称すべきエロティックの一形式でもあるのであって、一般に分裂病的性格をそなえた芸術家的資質の人間にしばしば認め得る性癖である。自然に対する一種の百科全書的な、旺盛な好奇心といってもよかろう。ありとあらゆるものを蒐集網羅して、そこに一つの世界の雛形、小宇宙をつくろうとする執念である。後の『ソドム百二十日』の作者が、このような執念に憑《つ》かれていたとしても不思議はあるまい。幼児のころ、すでにサドは叔父の神父から、博物学や古銭学に対する愛好心を植えつけられていた。今ようやく、イタリア旅行を契機として、サドの精神に内的世界への欲求が目ざめたのである。

次第にサドは、書物や原稿用紙と離れて生きることが不可能となってゆきつつあった。現実に裏切られれば裏切られるほど、内的世界の確立が喫緊の問題となってきた。現実への有効な闘いよりも、鎖《と》ざされた場所で、おのれの夢に賭けることが、はるかに重要な課題となったのだ。

事実、イタリアを旅しながら、サドは著作の計画を胸にあたためていたのである。いくつかの町に立ち寄って、幾人かの学者と親交をむすび、著作のための資料の提供を依頼している。結局実現しなかったけれども、彼がまとめ上げるつもりでいた書物は、どうやらフィレンツェ、ローマなどといったイタリアの古い町に関する歴史的、哲学的批評の書であったようである。と同時に、――これはいやが上にも興味をそそらずには措《お》かない事実であるが、――サドはローマに隠棲するジュゼッペ・オベルティなる篤学の士と友人になり、この人物の手をわずらわせて、当地のヴァティカン図書館にある尨大《ぼうだい》なエロティックの文献からの抄録を作ってもらおうと考えたらしいのである。古代の書物ばかりでなく、同時代作家の好色本もその対象であった。このオベルティなる人物とサドとは、古代のエロティシズムや拷問や犯罪学などに対する共通の関心から、非常に親しく結ばれ合ったようである。お互いに知識を交換したり、いろいろな秘密の問題について討論したりするほどの親しい仲だった。こういう奇特な人物を友人として得たことは、サドの作家的情熱を掻き立てるのに少なからず役立ったにちがいない。不幸にして、オベルティはサドに依頼された危険な仕事をつづけている最中、ローマ法王庁内の異端糺《きゅうもん》問所の忌諱《きい》にふれ、家宅捜索を受けて逮捕され、四カ月のあいだ獄に投ぜられる憂目《うきめ》にあった。カトリックが禁書とするような種類の本に興味を示したりすることは、当時は非常な危険が伴ったのである。オベルティが異端糺問所の獄から出てきた直後、サドに宛てて書いた、自分の窮境を綿々と訴えた手紙（一七七六年終りか一七七七年初め）が残っている。

人間の情念の暗黒な衝動に、サドが当時から、いかに科学的な冷静な観察の目を注いでいたかということは、たとえば、一七八一年二月二十日に書かれたヴァンセンヌからの妻宛ての手紙の一節を見れば、ただちに納得されることである。この手紙は、自分が犯罪者や殺人者ではなく、単なるリベルタンにすぎないということを妻に諄々《じゅんじゅん》と説明した、きわめて長い手紙であって、そのなかには、サドが覚え書として旅行のあいだ肌身離さず利用していた手帖（のちに義母の奸計により奪われた）のことも出てくるし、オベルティとおぼしき学者のことにも触れられている。次に、その一部を引用してみよう。

わたしの手帖のなかに、ひとは非難すべき三つの点を見つけたという。いま、その一つ一つを説明しよう。まず第一の点は、妊婦をして胎児を排出せしめるための方法である。もちろん、こんなことを手帖に書きつけておいたのは軽率であり、わたしの落度ではあろう。それはそうにちがいない。しかし、わたしはそれを実行したわけではないし、実行する意図も毛頭なかった。ただ、わたしはこれまでに、恋人と一緒にふけった道ならぬ行為をかくすために、こうした罪に落ちて行く人妻や娘を何人か見たことがあるのである。彼女たちの告白するところを聞くと、その方法には非常な苦痛が伴い、生命の危険さえあるようであった。ところがイタリアで行われている方法を聞くと、それはまったく痛みもなければ危険もないのだ。そこでわたしは興味をおぼえて、その方法を手帖に書きとめておいた。べつにそれが非難されねばならないことだとは、少しも思っていない。——第二の点は、ローマの学者（註。たぶんオベルティを指すのであろう）と交わした議論のことである。彼は古代人が武器に毒を塗る方法について、かくかくしかじかと自説を述べた。わたしはそれに対して異説を主張した。確か前に何かの本で、そういうやり方を読んだ記憶があったからだ。もとはといえば、こんな議論になったのは、二人で一緒にサン・タンジェロ城塞の武器庫を見学したからであった。そこには毒を塗った古代の剣がたくさんあった。わたしはローマのことを書くに当って、これらのことに一言触れておきたかったので、彼の意見を手帖に書きとめ、もしその典拠が見つかったら、わたしの意見も、手紙に書いて彼に送ろうと約束した。要するにそれだけのことである。どんな微罪を犯したというのだ。（以下省略）

サドがイタリア旅行で味わった強烈な印象、なかんずくヴァティカンの美術館や、フィレンツェのレオポルド大公の美術陳列室や、ナポリのヴェスヴィオ火山や、ポンペイの廃墟や、ボロニヤの尼僧院などの印象は、やがて彼の畢生《ひっせい》の大作『ジュリエット物語』のなかで、見事に再生せしめられる。

ピストル事件

イタリア旅行から戻ったサドの身辺に、奇妙な噂が立ちはじめたのは、一七七六年の夏のころからであった。滑稽にもサドが信仰生活に入ったというのである。しかし少なくとも、これは悪い噂ではない。ルネ夫人は進んでこの噂を肯定し、サドがローマで法王に謁見してきた、などと、まことしやかに吹聴したりもした。しかし敬虔な信仰生活に入ったはずのサドが、旅行から帰ると半年もたたないうちに、若い娘たちを何人も城へ集め、またしても新たな放蕩事件を惹き起したのである。

十月の半ばごろ、サドはラ・コストを離れてモンペリエへ小旅行を企てた。そしてこの町で、彼は前年まで城で働いていたロゼットという女中に再会したのである。以前からサドと関係のあったロゼットは、ここでふたたび、もとの主人と縒《より》をもどし、また新たにアデライドという若い女を侯爵に紹介した。アデライドはラ・コストの城で働く気はないかと誘われて、これに同意した。

たぶん、サドはモンペリエに女中探しに行ったのだろう。十月の終りには同地のフランシスコ派修道士デュラン神父が、やはりサドの依頼により、ラ・コストで働く料理女を求めている。その結果、カトリーヌ・トリレという二十二歳の織工の娘が探し出され、紹介者に付き添われて、「赤帽子」館という宿屋に滞在中のサドをたずねてきた。カトリーヌは、モンペリエでは四十エキュの稼ぎがあると称して、五十エキュの給料をサドに要求した。サドはこれを受諾し、奉公ぶりさえ気に入ったら、もっと出してもよいと約束した。デュラン神父は、心配するカトリーヌの父親をなだめて、サド家は「修道院のように真面目な家庭」だから、何も心配することはないと言った。こうして娘はデュラン神父に連れられて、馬車でラ・コストの城にやってきたのである。やや遅れて、サドもモンペリエから領地へ帰った。

十二月になると、このデュラン神父は、さらに四人の召使を集めてほしいという手紙をサドから受けとっている。ただちに神父に伴われて、ある晩、四人の男女が馬車でラ・コストにやってきた。秘書と、理髪師と、女中と、料理番見習とである。彼らが到着した晩、食事がすむと、サドは四人をそれぞれ別の部屋に閉じこめ、深夜にいたって、彼らの部屋に侵入し、金をやるから身をまかせろと誘いかけた。驚いた召使たちは、翌朝四時になると早速、来た時と同じ馬車に乗って、デュラン神父とともに逃げ帰ってしまった。料理番の少女だけが城に残った。（もっとも、この記述はカトリーヌ・トリレの父親の供述に基づくものであって、サド自身は、デュラン神父に手紙を書いたおぼえもないし、夜中に召使たちに挑んだおぼえもない、と断言している。）

三人の召使たちはモンペリエに帰ると、カトリーヌ・トリレの父親に昨夜の出来事を告げた。二カ月前に娘をラ・コストへ奉公に出した父親トリレは、話を聞くと、またもや不安で堪らなくなり、斡旋者のデュラン神父をきびしく追及したが、神父は空とぼけた返事ばかりしている。サド侯の不品行の噂はかねて聞きおよんでいたが、しばらく前から直ったものとばかり思っていた、などと言うのである。トリレは何とかして娘を取り返したいと言うのに、神父はその考えを思い止《とど》まらせようとする。しかし愚直な父親はあきらめない。とうとう神父は彼の気を鎮めてやるために、侯爵に宛てて手紙を書くことにした。ところがトリレは文盲だったので、せっかく書いてもらった手紙が読めない。修道院長に頼んで、読んでもらったのである。すると、その手紙の内容は、彼が期待した内容とは大違いであることが分った。デュランは彼をだましたのであった。まもなくデュラン神父は、売春斡旋の廉《かど》で修道院を追われた。

それから約一カ月後の一七七七年一月十七日、この一本気な織工のトリレは、ついに我慢できなくなって、ラ・コストの城へ娘を返してほしいと怒鳴りこむのである。（娘カトリーヌは、城ではジュスティーヌと呼ばれていた。）サドの手紙によると、「金曜日の午前中、正午に近くなって、扉をたたく音がしました。知らせによると、料理女のジュスティーヌの父親が来たと言うのです。男は横柄な様子で、ずかずか入ってくると、娘を連れもどしにきたのだと言い、例によって例のごとき悪口雑言《あっこうぞうごん》を並べ立てはじめました。男の横柄な様子に、わたしは多少むっとしておりました。わたしは黙って聞いてから、わたしは『きみ』と言ってやりました、『もしきみが娘さんに会いにきたのなら、さあ、彼女はここにいるから、お好きなだけ話をして行くがいい。なにも悪口を言うことはない。もしきみが娘さんを連れもどしにきたのなら、いやだとは言わぬが、代りの女中が見つかるまで待ってくれてもよかろう』と。しかし男は娘の腕をつかんで、力ずくで彼女を扉口の方に引きずって行くのでした。わたしも男をつかまえて、おだやかに、少しも乱暴せず（書斎から降りてきたわたしは、そのときステッキも、帽子も、何も手に持っていなかったものですから）、玄関の方へ彼を引っぱって行きつつ、そんな風なやり方はよくない、何なら村へ行って解決をつけようじゃないか、と言ってやりました。その言葉が終らないうちに、男は物も言わず、いきなりわたしの目の前でピストルをぶっ放《ぱな》したのです。幸いなことに、ピストルは火を噴きましたが、弾丸は当りませんでした。わたしの恐怖のいかばかりであったか、御推察ください。」（差配人ゴーフリディ宛て。一月二十二日）

そのあと、トリレは村へ逃げて、村中にサドの悪口を言いふらして歩いた。午後五時ごろ、カトリーヌが父親を探しに村へ人をやった。彼女は父親を落着かせて、もう一度よく話をしようと思ったのである。が、トリレは四人の村人に付き添われて城へもどると、ふたたび狂暴な怒りに駆られ、城の中庭に向ってピストルの第二弾を放った。サドがそこに隠れていると思ったのである。村人たちも怖れをなして、散り散りに逃げた。トリレはそのまま村の居酒屋へ身をひそめた。裁判所の書記が村の有力者とともに、この居酒屋を臨検しにやってきたが、どうしたわけか、トリレは逮捕されることを免れた。

その後二日ばかり、トリレはラ・コスト付近にぐずぐずしていたが、一月二十日の朝早く、ようやく怒りもおさまったと見えて、モンペリエに引きあげて行った。

再度の逮捕

サドがイタリア旅行から戻った直後、一七七六年の末ごろから、ラ・コストの城の経済状態は、ますます悪化するばかりであった。先祖代々の城を維持してゆくのも、容易ではなくなった。薪を買う金もなくなり、城の窓も鎧扉が壊れて、外れたままだった。寒い冬には着るものもなくて、侯爵夫人はベッドにもぐって煖をとったという。債権者が毎日のようにやってくるので、さすがのサドも音をあげた。彼の官吏としての四万リーヴルの収入は、当時、寄託に付されていたのである。だから、生活の足しにならない骨董品を買いあつめたり、書物に贅沢な装釘《そうてい》をさせたりする余裕は、とても無かったはずなのだ。それでもサドは、衣食に事欠きながら、趣味的な文人風の生活を続けてゆくことをやめられなかった。困るのは、家計をあずかっている侯爵夫人のほうだった。

ルネ夫人のたびたびの訴えにより、モントルイユ夫人が金を送ってよこしたこともあった。ただし、その金は、城の修復のため以外には使ってはならないという名目で、サド家の経済を管理していた差配人ゴーフリディの手に渡された。サド夫妻は、この義母のやり方にいたく腹を立て、おとなしいゴーフリディに対してさえ八ツ当りするほどであった。

——ここで、サドの後半生に重要な役割を演ずることになる、この差配人のゴーフリディ(ガスパール・フランソワ・グザヴィエ)という男について、ちょっと触れておこう。彼は父親の代からラ・コストのサド家に仕えている、いわば子飼いの使用人で、サドとほぼ同年輩であったらしく、幼いころにはよくサドと一緒に遊んだこともあったらしい。一家中の信頼をあつめ、忠実にその職務を果たしていたが、必ずしもサドの味方ではなかった。モントルイユ夫人の言いなりになって、サドに対して不利になるような計画に加担したこともある。サドはこれに気づいていながら、皮肉を言うくらいで、強い態度に出たことはなかった。しかしこのゴーフリディは、ルネ夫人に対してはつねに同情の気持をもっていたようである。職務に忠実ではあったが、気が弱く、臆病で、だれに対しても如才ない、いわば八方美人的な小人物であった。齢とともに怠け者になり、強欲になって、よくサドをいらいらさせるようになる顛末は、後に本稿中にふたたび触れる予定である。

ピストル事件の起った一七七七年一月の上旬に、叔父のサド神父が重い流行性感冒にかかった。侯爵夫人が早速、関係筋に手紙を送り、もし万一叔父が死ぬようなことがあったら、遺産の分配にあずかりたいと頼んでいる。いかに彼らが金策に困っていたかということは、これによっても分るであろう。結局、このとき叔父は死ななかった。

ちょうど同じころに病気になって死んだのは、叔父ではなくて、サドの母親マリー・エレオノール・ド・マイエ・ド・カルマン伯爵未亡人であった。一月十四日、パリのアンフェル街のカルメル会修道院で、六十五歳の生涯を閉じたのである。サド夫妻はこの悲報を、三週間後にパリにきて初めて知った。

しかし、サド夫妻の今回のパリ旅行の目的は、はっきりしていないのである。もしかしたら、母の死亡（あるいは危篤）の知らせを受けて、急遽パリ旅行を決意したのかもしれないし、あるいはまた、ルネ夫人がモントルイユ夫人と緊急に話し合わねばならない用件があって、それにサドが同行したのかもしれないのである。当時、モントルイユ夫人はピストル事件のごたごたに関して、娘から「十ページにある侮辱的な手紙」を受けとったと言って、ゴーフリディ宛ての手紙のなかで、かんかんに怒っていた。夫人の意見によると、その手紙は「娘の書いたものにはちがいないが、明らかに婿に命じられて書かされたもの」であった。そして彼女は、こんな怪《け》しからぬ手紙を送ってくるようでは、今後一切サドの事件から手を引くより仕方がない、自分たちのことは勝手にやったらよいだろう、と突っ放すような調子で結んでいたのである。ピストル事件の裁判とサド家の経済とが、きわめて憂慮すべき状態にきているところへ、こんな母親からの冷淡な手紙を受けとって、困り果てたルネ夫人は、どうしても母親に直接会って寛恕《かんじょ》を乞わねばならない、と思ったのかもしれない。いずれにせよ、二人はパリに向って出発したのである。

二人は別々に出発した。サドは下男のカルトロンを連れて、夫人は女中のカトリーヌ・トリレを連れて、それぞれ長い困難な道中をつづけた。別々に出発した理由は、むろん、サドが人目を忍ぶ身であったからであろう。カトリーヌ・トリレは、例のピストル事件の主人公であるが、彼女は父のいるモンペリエに帰ることを望まず、女主人と一緒にパリに行くことを希望したらしいのである。二月八日、夫妻はパリに着き、ルネ夫人は母親の家に、サドは昔の家庭教師アンブレ師の家にそれぞれ落着いた。

パリに着いてから以後は、少なくともサドは母の死を知っていたようである。アンブレ師の家に落着くとすぐ、昔の悪友の一人であった某神父に手紙を送り、喪中であるにもかかわらず、遊びの計画を持ちかけている。「母が死んだので、パリにやってきました。ついこのあいだ、プロヴァンスにいるとお知らせしたばかりなのに、もうパリにきていると は、意外に思われるかもしれませんね。いろいろ事情があって、親類の者とも、まだ完全に仲直りしていないので、しばらくはお忍びの滞在というわけです。わたしがここにいることは、だれにも言わないでください。しかし、とにかく会いたいですな。わたしの情事の話もしたいし、あなたの話も伺いたい。また一緒に新しい遊びをやってもみたい。正直申して、あなたくらい役に立ってくれる人はいないんだから、ぜひともあなたが必要なわけです。もちろん、お望みなら、いずれお返しはいたしますよ。どこか人目につかない場所を指示してください。あなたの家でも結構。日が暮れたら、必ず参上しますから。一緒に女を漁《あさ》りに行こうじゃありませんか。この手紙持参の者に、返事をお渡しくださればよろしい。ただし、わたしのことについて質問したり、くわしい話に触れたりしてもらっては困ります。その理由はいずれ申しあげますがね。では、よろしく……」

しかし、いくら用心ぶかく潜伏していても、ひとたびサドがパリにいることが知れてしまえば、もう駄目であった。母の家に落着いたルネ夫人が、まことに不用意にも、この事実を母に洩らしてしまったのである。

こうして、パリに着いてから五日目の二月十三日、サドはジャコブ街のダヌマルク旅館で、ふたたびマレー刑事に捕縛される身となった。そして同じ日の午後九時半には、早くもパリ郊外のヴァンセンヌの牢獄に収容されていたのである。

ヴァンセンヌの囚人

この逮捕のかげに、モントルイユ夫人の手が働いていたことは先《ま》ず疑い得ないところであろうが、前にも述べた通り、果たしてサド夫妻が、モントルイユ夫人の張った罠《わな》にかかって、まんまとパリにまでおびき寄せられてきたのかどうかという点になると、確かな証拠がないのである。母の死がちょうど重なっていたという事情もあった。モントルイユ夫人は、サド夫妻をパリに呼び寄せるために、伯爵夫人の病気を口実に使ったのだろうか。それは近親者の死を冒瀆するに似た残酷な話であるが、あり得ないことではなかろう。あるいはゴーフリディやサド神父が夫人と気脈を通じて、夫妻にパリ行きを勧めたのかもしれない。とにかく今回のサド夫妻のパリ滞在は、その名目が何であれ、陰謀家モントルイユ夫人が事を謀るのに非常に有利な状況であった、ということだけは確かであったようである。

サドの逮捕の知らせを聞いて喜んだのは、だから、モントルイユ家の人たちばかりではなかった。生命を危ぶまれた重病からすでにほとんど回復していた叔父のサド神父も、ゴーフリディに宛てた手紙のなかで、「これでわたしも安心しました。だれもが満足していることと思います」（二月二十三日）と書いている通り、この二人もまた、サドの監禁をひそかに期待していたらしいのである。

突然の不幸に茫然自失したのは、おそらくルネ夫人だけであったろう。ルネ夫人だけが聾桟敷にいたわけである。そして彼女のふと洩らした一言で、ただちにパリ警察が動き出したのだ。彼女は自分の不注意を、どんなに悔やんだことか。母の陰謀により夫が逮捕されたにちがいないことは、彼女にもよく解っていた。しかし、このことを母に問いただすと、モントルイユ夫人は断乎とした冷静な調子で、自分は今度の逮捕にはまったく関係がない、と答えるばかりなのである。のみならず、ルネ夫人には夫の居所さえ知らされていなかった。バスティユ要塞に監禁されているのではないかと思って、彼女はその付近に行ってもみたが、もとより要塞のなかへ許可なしに立ち入ることはできなかったし、衛兵に訊いても満足な答は得られなかった。夫に関する消息は、ただ当局から規定のルートを経て伝わってくるものだけであった。それによれば、夫はきわめて健康で、何不自由なく暮らしている、というのである。こんなことを聞かされても、彼女が安心できる謂《い》われはなかった。

一方、ヴァンセンヌの牢獄で、サドは十一号室という独房に収容されていた。この部屋は、城壁よりも一きわ高い望楼に付属していて、それだけ監視が容易なのである。囚人は窓から外の景色がよく見えた。

一七七七年二月の末、囚人から初めて妻宛ての手紙がきた。「こんな残酷な状態に、これ以上長く耐えていることは、自分にはとてもできないような気がする。わたしは絶望に捉えられている。もう自分で自分が分らなくなってしまうような時さえある。こんな怖ろしい苦しみに堪えるには、わたしの血はあまりに煮え滾《たぎ》っているのだ。何とかして自分の怒りを忘れていたいものだ。もし四日のうちに外へ出られなかったら、わたしが壁に頭をぶつけて死んでしまわないとは、だれにも保証できないだろう……」そしてサドはさらに、大臣に直訴してほしい、もし必要ならば、王の足もとに身を投げて、ふたたび自分に自由を返還してくれるよう要求してほしい、と妻に懇願するのである。

同じ日に、モントルイユ夫人に宛ててサドは別の一通を書く。この怒りにみちた手紙は、がらりと調子が変っている。

復讐と残酷とが選び得るすべての手段のうちで、奥様、あなたはいちばん陋劣《ろうれつ》な手段をお選びになりましたね。わたしは、もしまだ母が生きているならば、もう一度彼女に会って接吻し、もしすでに母が死んでいるならば、彼女のために涙を流す以外には、何の目的もなく、ひたすら母の死目に会いにパリにやってきたのですよ。その時を、事もあろうに、あなたは実にうまく利用して、またしてもわたしに煮湯を呑ませましたね！　何ということでしょう！　わたしは前に、あなたへの手紙のなかで、あなたがわたしの義理の母であるのか、それとも家庭の暴君であるのか、問いただしたことがありましたが、今や、疑問の余地はなくなりました。あなたが最愛の父親を亡くされたとき、わたしはあなたの涙を拭いてあげませんでしたか。まるで自分の本当の父親を亡くした時のように、わたしがあなたの悲しみに心から同情しているのに、お気が付かれませんでしたか。わたしは何も、あなたの邪魔をするためにパリにきたわけではありません。それどころか、母への務めが済んだら、あなたの前に膝を屈して、あなたの年来のお怒りを和らげ、あなたと親しくお話して、わたしの事件に決着をつけるため、あなたの御意見を伺うつもりでさえおりました。このことは、先に手紙でも申しあげたつもりですが、それ以外にも、アンブレ師からあなたのほうにお伝えしてあるはずです。でも、あの当てにならない男は、あなたと気脈を通じて、わたしをだまし、わたしを裏切り、かくてあなた方二人はまんまと成功をおさめました。護送される途中、わたしが聞いたところによりますと、事件に決着をつけるために、わたしの拘禁はどうしても必要なのだそうです。しかし、そんなことが今さら真面目に信じられますか。サルデニアでも、あなたは同じ手段を用いませんでしたか。あのとき以来、わたしは二年間も家を留守にしましたが、それがいくらかでも事件を進展させることに役立ちましたか。あなたが狙っているのは、わたしの有罪宣告の破棄ではなく、むしろ、わたしの完全な破滅ではないのでしょうか。

このあと、サドは自殺すると言って脅かしたり、せめて子供に一目だけでも会わせてくれと、泣き落しの手を用いたり、手紙のなかで義母の心を動かすために、いろいろな術策を弄している。彼女に対する怒りはいかに大きくても、彼女以外に現在の自分の苦境を救い得る者のいないことを、よく承知しているからである。

引きつづき、サドは三月六日にも妻宛ての悲痛な手紙を書く。「おお、いとしい友よ、このわたしの怖ろしい境遇は、いつ終りを告げるのだろう。生きながら埋められたこの墓場から、神さま、わたしはいつ出られるのだろう。わたしの運命は、たとえようもなく怖ろしい。わたしの苦しみは、筆舌につくしがたい。わたしの心を苛《さいな》む不安は、何とも表現しようのないものだ。この場所で、わたしにできることと言ったら、泣くことと叫ぶことだけだ。しかし泣いても叫んでも、聞いてくれる者はだれもいない。かつて愛する友と悲しみを頒《わか》ち合っていたのは、あれはいつの昔だったのか。今では、わたしは一人ぼっちだ。

わたしにとっては、世界中が死んだも同然だ！　お前がわたしの手紙を受けとったのかどうかさえ、まったく分らない。この前書いた手紙にも、ぜんぜん返事がないところを見ると、きっとお前の手には渡っていないのにちがいない。それなのに、人々がわたしに手紙を書くことを許しているのは、わたしの不安を楽しむためか、それとも、わたしの心のうちを覗き見るためでもあろう。わたしを苦しめる気違いどもが考え出した、たぶん、これが新手《あらて》の拷問なのかもしれない。」

しかし三月ごろには、ルネ夫人の手紙は、どうにか夫の手に渡るようになっていた模様である。四月十八日付の妻宛ての手紙は、サドが彼女の手紙を見た上で書いたものである。それは打って変った皮肉な調子で、妻の折角の善意を踏みにじるような、意地のわるい文章の連続である。四人の絶望から発する気まぐれな情緒が、かかる猜疑《さいぎ》や揣摩《しま》臆測を生むのであろう。

わたしのような立場にある者が考えることは、要するに砂上の楼閣にすぎず、心のなかに築き上げる希望の一切は、たちまちにして崩れ去る幻影にすぎないといっても過言ではあるまい。わたしは心中ひそかに六つの可能性を数えあげ、そこに近い将来の釈放の希望を賭けていたのだが、もう、そのうちの一つしか残ってはいなくなった。四月十四日付のお前の手紙が、その他の希望をことごとく消し去ってしまったからだ。ちょうど太陽の光が朝の露を消し去るようにな。もっとも、お前の手紙にも、慰めになるような言葉がないわけではなかったよ。『時節がくれば、もうそこに長くいらっしゃる必要はございません』とお前は言う。これほど心強い表現が世の中にあるだろうか。六ヵ月とどまっていなければならないなら、六ヵ月とどまっていればよい、というだけの話だからな。素敵な文句だよ。実際、お前に文章を教えた先生は、お前が不幸な人間の傷口に毒を塗りたくる技術に、これほどの進歩を見せたことに、満足を感じて然るべきだろう。実際、お前以上に出来のよい生徒はあるまいからな。しかし、お断わりしておくがね、わたしの精神は、こんな残酷な生活にこれ以上長くは耐えられそうもない。そうとも、わたしには分っているんだ。あらかじめ言っておくが、わたしに対して、こんな不相応な、こんな不当な苛酷さを課したことを、いずれ人々は後悔しなければならなくなるだろう。それもみんなわたしのためだ、と言うのか。立派な大義名分だよ。ひとを気違いにするのも、ひとの健康を台なしにするのも、ひとに涙と絶望の種をあたえるのも、みんなみんな、そのひとのためだと言うんだからな！　正直申して、そんな他人のくれる恩恵を有難がっていられるほど、わたしはお人好しじゃないんだ……それに、お前は馬鹿げたことを実に大げさに言うやつだな。『それも反省のための機会になるでしょう』だと？　なるほど、たしかにわたしも反省ぐらいはしたよ。しかし、こんな汚らわしい野蛮な扱いを受けて、ただ一つ、わたしの胸に浮かんだ反省というのは、どんな種類の反省だったろうか。お分りかね。分らなければ教えてやろう。わたしの心に刻みこまれた唯一の反省は、ただ一時《いっとき》の過ちをいかにしても償い得ないような国、軽率な行いが罪として罰せられるような国、そして腹黒いぺてん師のごとき女が、勝手気ままに無実の者を圧迫しているような国を、一刻も早く逃げ出して、どこか自由の国に、安息の場所と正義とを求めに行きたい、というような反省さ。

このあと、さらに手紙の文章は延々とつづくが、その怨恨にみちたシニシズムの調子は、まさにサドの小説にしばしばあらわれる人物の、人間を怨み、社会を呪い、世界全体を憎悪する烈しい語調と、符節を合わせたかのように一致する。「おれが悪人になったのは、社会が悪いからだ。世間の人間どもの恩知らず、猫かぶり、厳格主義が、結局、おれを悪の道に走らすことになったのだ」という、サド特有の間接証明法とも呼ぶべき論理は、まさしく囚人の怨恨の論理である。しかし、大勢の聴衆(その多くは犠牲者であるが)に向って演舌するサドの作中人物と違って、この囚人が忿懣《ふんまん》をぶちまけるべき唯一の相手は、忠実な妻のみであった。ルネ夫人は、夫の解放のために働くことが「自分の唯一の目的であり、それ以外のことは自分の眼中にない」と、そのころの手紙のなかでも、はっきり言明している。彼女は、囚人サドにとって、いよいよ無くてはならない人物となった。

六月ごろには、すでにルネ夫人も、夫がヴァンセンヌの獄に収容されていることを知っていた。しかし面会は依然として許されず、やり取りする手紙も、すべて当局の手で開封され、検閲されていた。

八月、獄中のサドは痔にひどく苦しめられた。ルネ夫人はゴーフリディへの手紙のなかで、このサドの病気のことに触れ、「叔父さま（サド神父）にお伝えして下さい。きっとまた寿命が延びたと言って、お喜びになるでしょう」と皮肉っている。サド神父が甥の逮捕の知らせを聞いて喜んだことへの、これは当てつけであろう。

しかし、その神父にも寿命がきて、同じ年の十二月三十一日、ついにソーマーヌの修道院で死んでいった。七十二歳の高齢であった。——ポール・ブールダンの記述によると、彼は大そう負債を残したので、その遺産相続が面倒であったそうである。親族が名も知らないような債権者があらわれて、自分の権利を主張するからである。甥のサド侯爵にも、土地や動産や、蔵書や古銭の蒐集や、陳列棚に集められた動植物の標本などが、遺産として贈与されるはずであった。

一七七八年三月、このころ、獄中の夫からの音信がふっつり途切れ、侯爵夫人はひどく心配する。彼女の手紙を次に掲げよう。

あなたのお手紙はまだ来ません、いとしい方。あたしを死ぬほど苦しめるこの沈黙は、いつまで続くのでしょう。現在のあたしは、まるでもう地獄にいるような気持です。今度の事件のことも心配ですけれど、それより、一瞬一瞬の状態の変化が、あたしには身を切られるように辛いのです。長いあいだお手紙が来ないと、あたしはとても悲しくなります。あなたもやっぱり心配したり、悲しくなったりしていらっしゃるのでしょう。そして、いろんなことを考え、ありもせぬことを頭の中で想像していらっしゃるのでしょう。でもそれは、世間の人があなたに対して、今まであんまり厳しすぎたからですわ。常識はずれの、薄情な人たち。こんな人たちは、いくら憎んでも憎み切れるものではありません。いとしい方、お願いですから、こんな人たちとあたしとを一緒にしないでくださいましね。勇気をもってください。どんなに悲しくても挫《くじ》けないで。辛抱づよく、すべてが終る日を待っていてください。不幸にも負けない強い人のように。でも、だからといって、こんな状態が早急には変らないものと決めこんでしまう必要はありませんわ。とにかく、あたしは現在のことだけをお話したいのです。月日が流れれば流れるほど、終りに近づくわけですし、それだけ心配しなくてもよいということになるわけですからね。これは、あたしたちの将来のための、辛い試錬なのかもしれません。あなたもあたしと一緒に、世の人の判断がいかに間違っていたかを証明するように、努力してくださいませ。あなたが出ていらしったら、きっと実行してくださるような計画を一つ、あたしは考えております。いとしい方、あなたを待ちつつ、心をこめて接吻を送ります。

(三月三十日)

この手紙に、余計な註釈は不要であろう。彼女のひたむきな愛情は、そのまま信じる以外に手があるまい。「あたしの健康は上々です」と、彼女は、同年四月十五日付の手紙にも書いている、「あたしのことを心配してくださって、こんな嬉しいことはございません。あなたのどんな些細な愛情のしるしでも、あたしには、それが何物にも替えがたい宝だからです。現在でもそうですし、あたしが生きているかぎり、永久にそうでしょう。それこそ永久に、あたしの魂のすべての目的でしょう。あたしの幸福は、あなたとあなたの幸福なしには存在し得ないのです。あたしたちがふたたび一緒になれる日に、あたしは嬉しさのあまり死んでしまうかもしれません。早くその日が来てくれますように。心からの愛情をこめて……」

マルセイユ事件の再審理

ここで、サドがヴァンセンヌの獄にいるあいだに始まった、マルセイユ事件判決の再審理要求運動の経過を説明しよう。

この一七七二年の判決の破棄を要求する請願運動は、すでに述べたように、一時期ルネ夫人によって熱心に続けられたのであるが、見るべき実をあげ得なかった。その理由は、お役所仕事の遅延もさることながら、モントルイユ夫人がこれに積極的に加担しなかったからである。いくらサドが苛立たしげに歎願書を書き送っても、ルネ夫人ひとりの力では、厚い法律の壁は破れなかった。

モントルイユ夫人がようやく積極的に動き出したのは、一七七七年夏のころからである。獄中からの侯爵の度重なる訴えに、彼女の心が動かされたのかどうかは分らない。実のところ、モントルイユ夫人とて、不名誉な罪状がいつまでもサド家の家名の上にへばりついていたのでは、やり切れないと思い出したのかもしれない。ともあれ、この九月に、マルセイユ事件の弁護士ジョゼフ・ジェローム・シメオンの起草する請願書が、その筋の審理官に提出され、それと同時に、モントルイユ夫人とルネ夫人とは、司法大臣ベルジェンヌ伯に宛てて手紙を送ったのである。この手紙のなかでは、さすがにモントルイユ夫人も筆をきわめてサド家の家柄を讃美している。すなわち、

この一族の家名は、あなた様もよく御存じでいらっしゃいましょう。同じ名前の提督が、あなた様を船でコンスタンティノープルへお運び申しあげたことがございます。その弟は、現在、マルセイユの聖ヴィクトール教会参事会の会長をしております。両名とも、わたくし同様、この痛ましい事件に対して、あなた様の善処を要望しているはずでございます。二人は唯今《ただいま》当地におりませんので、わたくしが代りまして、サド家のため、また、わたくしの娘のため孫のために、とくにお願い申しあげる次第なのです。娘や孫

の不幸を悲しみ、この不幸をできるだけ早く終らせたいと願う気持の切なること、母におよぶ者がありましょうか。その年齢といい、無邪気さといい、王家との血の繫がりといい、一切が彼らのための有利な条件とはなっております。彼らの父に対して下された判決の不正については、申すまでもございません。

　モントルイユ夫人の陳情が功を奏したためか、同年の十月十六日には、警視総監ル・ノワールがみずからヴァンセンヌの囚人を訪ねてきた。ところが、サドは妻宛ての手紙で、この時の会見に大いに失望したと語っている。釈放への希望が湧くどころか、かえってますます不安が増大したそうである。というのも、警視総監は釈放の時期をはっきり彼の前に明かさず、曖昧なことばかり言っていたからである。警視総監は、モントルイユ夫人が最近、再審理要求の運動をはじめたことを囚人に告げたが、サドの妻宛ての手紙には、「そんなことはとても信じられない」と書いてある。

　年が明けて、一七七八年一月五日、サドはモントルイユ夫人に宛てて血書を送った。獄中生活の苦しさに結末をつけてもらいたい、と哀願したのである。これに対して、モントルイユ夫人の示した提案は、裁判になった場合、精神錯乱者を装うならば法廷に出頭しないでも済むし、また、その方が審理のためにも有効であろう、というのであった。この提案を受け容れるよう、彼女は娘を通じて前年七月ごろから再三、囚人に話をもちかけていたらしい。しかしサドは声を荒らげて、その都度、この勧告を蹴ったという。モントルイユ夫人の意見によると、風俗壊乱の罪を弁明し得るものは狂気のみであって、鶏姦の罪の嫌疑を晴らすためにも、狂人を装うことが必要とされるのであった。サドがこれを拒絶したのは、自尊心のためであろうか。

五月になると、さらにモントルイユ夫人の紹介状をもったボントゥーという男が、ヴァンセンヌの囚人の部屋を訪ねてきて、ふたたび、精神錯乱者として裁判を欠席するか、それとも法廷に出頭して審理を受けるか、二つに一つを択《えら》べと迫ってきた。ボントゥーは法律家という触れこみであったが、サドは、この「陰気な獣みたいな男」に会ったとたん、非常な嫌悪の情と疑念をおぼえたらしく、いろいろと難癖をつけて即答を避けている。

サドが疑念をいだいた点は、まず第一に、ルネ夫人にボントゥーの話の内容が少しも知らされていないらしい点であった。彼女の口から直接聞いた話ならば、自分はすぐ信用したろうに、なぜボントゥーごとき男を使者に立てる必要があるのか。エックスの裁判所へ連れて行くという話は、ひょっとすると罠ではないか。それに、裁判所へ行かなければならないとしても、なぜ警官隊に護送される必要があるのか。仰々《ぎょうぎょう》しく警官に護られて、自分の故郷へ見世物になりに行くのは不愉快だ。もしどうしても護送が必要なら、マレー刑事と、その部下と、わたしの下男と、せめて三人だけの少数にしぼってもらいたい。それから、裁判所へ出頭するのに適当な服がない。また、子供に別れを告げないで出発するのは大へん辛い。その点も、何とか考慮してほしい。etc——こんな苦情やら注文やらを並べ立てては見たものの、数日後に、ふたたびボントゥーがやってきて、二者択一を迫られると、サドとしては、どうしても意を決して法廷に立つことを選ばないわけにはいかなかったようである。狂人扱いされることに、よほど我慢のならないものを感じていたのだろう。

こうして一七七八年五月二十七日に、マルセイユ事件判決の破棄を申し入れるべくエックスの法廷に出頭することを許可する旨の金印書状が、王からサドの手もとに届けられたのである。書状には、毒殺および鶏姦の罪の証拠が薄弱であること、訴訟記録に無効な部分の多くあることが、再審を認める理由として挙げられていた。

六月十四日、いよいよ裁判所に出頭の日が迫り、サドはマレー刑事に伴われてヴァンセンヌの城を出た。（結局、今回のヴァンセンヌにおける拘留期間は一年と四カ月であった。）

六月二十日夕刻、サドはマレー刑事とともにエックス・アン・プロヴァンスに着き、その晩「聖ジャック」旅館に泊る。翌二十一日の午後には、エックスの町の王立監獄に収容される。

マレー刑事の報告書によると、このエックスの町の監獄に収容されているあいだ、サドは貴族として十分な待遇を受けているにもかかわらず、わがままいっぱいに振舞い、警察官を大いに手古《てこ》ずらせたそうである。おまけに鷹揚なところを見せようとして、囚人一同に酒保で椀飯振舞《おうばんぶるまい》した。なかに美人の女囚がいて、サドは彼女にしきりに言い寄ろうとした。……

ついにサドがエックスの監獄から引き出されて、初めて法廷に出頭した日は、一七七八年六月三十日であった。すでに金印書状は裁判所で認可され、一七七二年の判決は破棄されて、訴訟は新しい段階に入っていた。

その日の朝、サドは監獄から出されると、幕《とばり》を引きめぐらした轎《かご》にのせられて、ジャコバン修道院に連れてこられた。ここで裁判が開かれることになっていたのである。法廷に入ると、囚人は判事席の雛壇の前に膝を屈めたが、裁判長の合図によって立つことを許された。まず最初に、弁護士ジョゼフ・ジェローム・シメオンと、土室控訴院検事長エマール・ド・モンメイヤンの口頭弁論が行われた。それが終って、次に判事たちの合議の末に、マルセイユ事件判決によって推定された毒殺の罪は、無効として完全に破棄されることに決定した。ただ、鶏姦および風俗壊乱の事実については、ふたたび証人を喚問して審理を行うことになった。裁判は二時間もつづき、二百人の弥次馬がサド侯爵の顔を見るために、ジャコバン修道院の門前に群がり集まった。しかし轎には幕が垂れていたので、修道院の門を入る時も出る時も、サドの顔は見えず、群衆の期待は裏切られたはずである。

証人および被告人に対する訊問は、七月二日、七日に行われ、証人にはマルセイユ事件の被害者マリエット・ボレリが出廷した。――それより以前、弁護士の命を受けたゴーフリディは、マルセイユに急行し、証人として喚問される予定の女たちに金品をあたえて、証言の際の手筈《てはず》をきめておいた。七月十日には、証人と被告との対決が行われた。

判決が下されたのは、七月十四日である。まず午前中、プロヴァンス高等法院でサドに対する最後の公開訊問が行われた。それからすぐ判決文が読み上げられた。それによると、鶏姦および風俗壊乱の罪により、被告サドは訓戒処分を受け、罰金五十リーヴルを科せられ、さらに向う三カ年マルセイユ滞在を禁じられる。罰金を支払ったら、四人名簿から彼の名前は抹殺される。もはや身柄を収容される必要はなくなったのである。

こうして、六年の長きにわたったマルセイユ事件も、ようやく解決した。無罪にはならなかったけれども、意外に軽い判決であり、実質的にはほとんど無罪と変らない。サドは天下晴れて、自由になった我が身を喜んでもよいはずだった。

しかし、エックス高等法院から出てきても、依然として彼の身は警官隊に取り囲まれていた。一七七七年二月十三日、母の死とともにモントルイユ夫人が申請した勅命拘引状の効力が、まだ切れていなかったのである。前にも述べたように、裁判所の権力と王の権力とは、別系統であって、勅命拘引状は王の署名さえあれば、裁判所側の意向とは無関係に、その効力を発揮し得たのである。思わざる結果に、サドは啞然とした。これでは、何のためにわざわざ裁判をやりにエックスまで出て来たのか分らない。泥沼におちいっていた法律問題からやっと脱《のが》れ出たと思ったのに、まだ彼の身には、もう一つ別の重い鎖が繋がっていたのだ。怒りと絶望に、彼は抗議の声を発する気力も失せた。いや、抗議しても無駄なのである。相手は、ただ上司の命を実行に移す警官にすぎないのだから。

獄中でサドが疑念をいだいたように、果たして、エックスの裁判所へ連れて行くという提案は、罠であった。娘の嫁ぎ先であるサド家の名誉を回復し、しかも、婿であるサドの身柄を永遠に法の監視のもとに置いておきたいという、モントルイユ夫人の望みは、二つながら見事な成功をおさめたのである。注目すべきことは、モントルイユ夫人の厳重な勧告により、ルネ夫人に今度の裁判の成行《なりゆき》が、最初から一切知らされていなかったことである。モントルイユ夫人は、向う見ずな娘の予期せざる干渉を怖れたのであろう。六月二十二日、また音信がふっつり途切れた夫の身を気づかって、ルネ夫人は、不在の獄舎へ切々たる手紙を送っている。そのころ、サドはすでにエックスにきていたのであるが、彼女はこれをまったく知らず、夫がヴァンセンヌの獄で病気にでもなったのではないかと心配しているのである。

再度の脱走および三度目の逮捕

サドはマレー刑事と三人の警官に付き添われて、七月十五日、ふたたびヴァンセンヌの牢獄にもどることになった。自由の気分を味わったのは、文字通り、ほんの一瞬であった。一行は馬車に乗って、山間の道をローヌ河沿いに進んだ。アヴィニョンの町はわざと避け、タラスコン寄りに左に迂回して進んだ。アヴィニョンには、サドの知合いが大勢いたからである。

翌十六日、ローヌ河の岸のヴァランスという町に着き、その日の夕刻九時半、「ルーヴル」館と呼ばれる宿場の旅館に落着いた。

指定された部屋に入ると、サドは道路に面した窓に寄りかかり、マレー刑事が食事の仕度のできたことを告げにくるまで、そのままの姿勢でいた。サドは食欲がないのを理由に、食事を断った。そこで、マレー刑事とその弟アントワヌ・トマの二人は、サドの部屋に食卓を運び、彼の見ている前で食べはじめた。サドは部屋のなかをうろうろ歩きまわっていたが、十時ごろ、急に便意を催したと訴えた。弟のアントワヌ・トマが立ちあがって、サドを長い廊下のはずれの便所に連れて行った。サドは燭台を手にして、便所のなかへ入った。アントワヌ・トマは廊下につづく階段の降り口のところで、彼が出てくるのを待っていた。この階段が、外部への唯一の通路だったのである。五、六分もすると、侯爵は出てきたが、わざと燭台を便所のなかに置き忘れ、忍び足で廊下を伝ってきたので、監視人は、すぐそばに来るまで彼のすがたに気がつかなかった。そのとき、サドは暗がりで足を踏みちがえた振りをして、尻もちをついたのである。アントワヌ・トマがびっくりして駈けより、彼を助け起そうとして、自分も一緒に倒れそうになった。すると、その機を利用してサドは「飛鳥のごとく」身を起し、アントワヌ・トマの腕の下をすり抜け、石の階段を四段ずつ跳んで駈け降り、中庭の暗がりへとすがたを消してしまったのである。(以上の記述は、バスティユ記録保管所に残っているマレー刑事の報告書に基づくものである。以下も同様。)

アントワヌ・トマは、ただちに四人のあとを追った。物音に気がついて、兄のマレー刑事も二人の部下も、どやどやと階段を降りてきた。四人は手分けして、中庭につづく馬小屋、馬車置場、地下倉、乾草置場、その他ありとあらゆる隅々を探しまわった。それでも逃亡者のすがたは発見されない。たぶん、通用門をくぐり抜けて外へ逃げたのだろうと推断された。宿屋の近所の家々も、庭から屋根裏まで、残る隈なく探索された。マレー刑事は、すぐ騎馬憲兵隊に知らせに行きたいから馬車を出してくれ、と宿屋の主人に頼んだが、この時刻では、市の城門は閉ざされているので、それは無理だろうという返事であった。そこで、とりあえず警官を二手に分けて、モンテリマール方面とタン方面とに通じる街道を、しらみつぶしに探索させた。しかし、その結果も空しかった。

翌朝、町の城門が開かれると同時に、マレー刑事はサドの人相書を示して、十二人の警官を町の近在、付近の畑などへ向わせ、潜伏の可能性のある一切の家屋、茅屋などを次々に探索させた。さらに別の一隊は、ローヌ河の渡船場にいたる街道へ向った。こうして、百方手をつくして町の近辺を探しまわったが、依然として逃走犯人のすがたは発見されず、何の手がかりも得られなかった。マレー刑事は諦めて、ドーフィネ州騎馬憲兵隊所属の判事を旅館に呼び、サドが一時間ばかり滞在した旅館の部屋を改めて点検した。そこには、侯爵の残して行ったいくつかの所持品があった。まず、ズックの雑嚢《ざつのう》一箇。その中には、黄色い革のスリッパ、白い木綿のズボン、同じくチョッキ、袖つきガウン、シャツ、四枚のハンカチ、三足の靴下、髪粉の袋、カラー、ネクタイなどが入っていた。さらに緑色の布製の雑嚢があり、その中には、小さな香料の詰め合わせ、軟膏の入ったファエンツァ焼の小壺、あまり上等でない銀の匙とフォーク、二本の蠟燭、敷布、毛皮の裏のついた服、二着のイギリス風フロックコート、メルトンの部屋着、イギリス風の飾紐《かざりひも》のついた黒い帽子、銅製の化粧道具入、石鹼《せっけん》箱などが入っていた。もう一つ、トランクがあったが、これは点検した判事の手によって封印された。……

さて、サドは警察の目をくらませて、どこへ逃げたのか。後に彼自身が当時を回想して書いた『わが俘虜記』（一七七八―一七八四年）という文章があるので、これを次に引用しよう。

余は午後十一時ごろ旅館から抜け出し、町から約一キロばかり離れた麦打ち場の近くの、百姓の建てた小屋に身をひそめた。まず二人の百姓が余をモンテリマールに案内してくれた。が、一里ばかり行ってから計画を変え、ローヌ河の岸に沿って進み、舟に乗ることにした。ところが舟が見つからないのである。とうとう明け方近くなって、ヴィヴァレという村で舟を発見、これに便乗して、アヴィニョンまで渡った。舟を漕いでくれた百姓には、一ルイ払った。こうして十七日の夕刻、アヴィニョンに着くと、余はキノーという者の家に寄せてもらい、そこの夫婦と一緒に夕食をした。キノーは余のために馬車を一台用意してくれ、余はこれに乗って同日夕刻、アヴィニョンを出発、十八日の午前九時には、ラ・コストの自宅にもどっていた。

家にたどりつくと、彼はくたくたに疲れていたにもかかわらず、眠るよりも食べるよりも先に、まずゴーフリディに宛てて手紙を書いた。「飢えと疲れで死なんばかりになって、いま、もどってきた。何から何まで君に話したい。まるで小説だよ。お願いだから、できるだけ早く会いに来てくれ。それから使いの者に、レモンと有るだけの鍵を全部、届けさせるように手配してくれ。君はこっちへ来るついでに、前に保管を頼んでおいた手紙の束を二つ、持ってきてくれるとありがたい。これから何か食べて、ぐっすり寝るつもりだ。明日は君と一緒に食事をしたい。レモンと鍵、忘れないでくれよ。」

脱走して自由を取りもどしたサドは、有頂天になって喜んだ。それから約一ヵ月、ラ・コストの城で平穏無事な日がつづく。

城には、サド夫人はいなかったが、家政婦として住みこんでいたマリー・ドロテ・ド・ルーセ嬢と呼ばれる、サドの幼友達の女性がいた。疲労困憊《こんぱい》して城にもどったサドを、彼女はやさしく迎え、身のまわりの世話から食事の仕度まで、母親のように献身的にまめまめしく立ち働いた。後にも彼女の名前はたびたび出てくるはずであるが、ここで、このルーセ嬢について簡単に紹介しておこう。――彼女は一七四四年一月六日、ラ・コストの近くのサン・サテュルナン・ダプトに生まれている。サドよりも四つ年下であるから、この当時、三十四歳になっていた。公証人の娘で、かつてサドがソーマーヌの叔父の僧院に預けられていたとき、一緒に遊んだこともある幼友達である。次章で触れる予定であるが、一七七八年十一月六日、すなわちサドがふたたびヴァンセンヌに送られてから八週間後、彼女はパリにやってきて、ルネ夫人とともに二年半、サドの釈放運動のために挺身《ていしん》する。一七八一年六月プロヴァンスに帰ってからは、三年後の一月に結核で死ぬまで、ラ・コストの城でサド家の財産を忠実に管理する。サド夫妻にとっては、この上ない親身な友であり、この上ない良き家政婦であった。のみならず、彼女はサドがプラトニックに愛したおそらく唯一の女性であり、彼女が獄中のサドと交わした数々の書簡を見れば、この生涯結婚しなかった「聖女」（サドの表現）が、文学的才能にも恵まれていたことを知り得るのである。

この優しいルーセ嬢とほぼ一カ月、水入らずで暮らすことができたサドは、幸福であったといえるかもしれない。それがすぐ後に来る暗い日々のための、又とない楽しい想い出となったであろうからである。サドは、ゴーフリディのような裏表のある男には少しも信頼の念を寄せなかったが、彼女には全幅の信頼を寄せていた。妻のいないラ・コストの城に、もしルーセ嬢すらもいなかったら、あの幽囚の十一年間にただちに続く、この短い幕間ともいうべき平穏の日々は、すべて暗黒に塗りつぶされてしまわねばならなかったであろう。平穏の日々、と書いたが、必ずしも、そうではなかったのである。危機は目前に迫っていたし、不安な予感は、脱走囚サドの胸に休みなく去来していたのである。

パリでは、そのころ、ルネ夫人と母とのあいだに、はげしい諍《いさか》いが起っていた。母の口から、初めて最近の裁判の経緯《いきさつ》、ふたたび夫がヴァンセンヌに護送されることになった経緯を聞き知ったルネ夫人は、怒りに蒼ざめた。二カ月近くものあいだ、母は娘の眼から真相を隠していたのだ。やがて夫が脱走して、ラ・コストに無事にもどってきていることを知らされると、ルネ夫人は、すぐ自分もラ・コストに行こうと思う、と母の前に宣言する。これに対して、モントルイユ夫人は「牝獅子のように激怒し、そんなことをする気なら監禁してしまう、と言って脅迫」(ルネ夫人の手紙)した。この母の剣幕に、娘も逆らってはかえって損だと思い、ラ・コスト行きはしばらく諦めて、時節を待つことにする。もし自分が強引にラ・コスト行きを決行すれば、母はきっと警察を動かすことも躊躇しないだろう、と彼女は冷静な判断をめぐらしたのである。遠く離れていても、ルネ夫人の胸にはサドと同じように、不安な予感があったのかもしれない。

八月十九日、サドがルーセ嬢や村の司祭と一緒に庭を散歩していると、庭番のサンビュックという者が、心配そうな表情を顔いっぱいに泛《うか》べて、「村の居酒屋に怪しい男たちが大勢集まっている」と告げにきた。ルーセ嬢が確かめに村へ下りて行ってみると、居酒屋にいる連中は絹物商であった。これで一応安心はしたけれども、まだ不安を払拭《ふっしょく》し切れなかったサドは、その日から、ひそかに近くのオペド村へ避難して、親しいヴィダルという修道士の家に厄介になることにした。そしてルーセ嬢に頼んで、一日に二回、城の様子を知らせるために、使いの者をよこしてもらうことにした。

しかし、その後ルーセ嬢から受けとった手紙は、いよいよ事態の緊迫を告げていたので、もうオペド村でも安心していられなくなり、二十一日、二十二日の夜は、村から一里ばかり離れた、道ばたの荒れはてた納屋のなかに、付添いの男と一緒に隠れて寝た。

翌二十三日、サドは納屋のなかで、はげしい興奮状態を呈し出した。そわそわして落着きがない。一緒にいた男が心配して、急いでオペド村のヴィダルを呼んできた。「どうしたのだ」とヴィダルが訊く。「どうもしない。ここを出たいのだ」とサドが答える。「気分でも悪いか」「いや。ただ、ここを出たいのだ」「どこへ行くつもりだね」「家へ帰るんだ」「馬鹿な。おれは一緒に行ってやらないよ」「一緒に来てくれと頼んでやしない。ひとりで帰る」「よく考えてみろ」「考えたよ。家へ帰りたいんだ」「危険なのが分らないのか」「もう結構だよ。そんなことはみんな作り話だ。危険なんてあるものか。さあ出かけよう」「でも、せめて四日だけ待ってくれ」「いやだよ。おれは行くよ」――ヴィダルは仕方なしにサドを送って行った。城に着くと、みな気の毒そうに顔を見合わせ、サドをあまり興奮させるような話題は努めて避けた。彼には休息が必要だった。しかし、実際は危険が目前に迫っていたのである。

二十四日、オペド村の修道士は前日から城に泊っていた。みながサドに逃げることを勧めるが、彼は聞き入れない。

二十五日、差配人ゴーフリディのところに、モントルイユ夫人とルネ夫人の手紙がとどく。ゴーフリディは二通の手紙をもって、サドの城に見せにくる。モントルイユ夫人が、ぜひサドに見せてやってほしい、と書いてきたのである。その手紙の文面によって、ブレッス地方の国王代理官の役目がサドから別の者に引き継がれたことを、サドは初めて知って、大きなショックを受ける。しかし、いくらモントルイユ夫人でも、こんな悪い知らせをとどけた直後に、追討ちをかけるように警官隊をさし向けるようなことは先ずあるまい、と判断して、やや安心する。ルネ夫人の手紙にも、彼を安心させるようなことが書いてあった。（じつは、これもモントルイユ夫人の巧妙な罠であったことが、すぐ翌日に分るのである。）

二十六日、午前四時、女中のゴトンが取りみだした半裸のすがたで、サドの寝ていた部屋に駈けこんできて、「旦那さま、早くお逃げになって！」と叫ぶ。サドは飛び起きて、寝巻のまま物置部屋にかくれた。階下で、はげしい物音がする。やがて物置部屋の戸が打ち破られて、サドは十人の男に引きずり出された。一人はサドの腹に抜身の剣を突きつけ、一人はサドの顔にピストルの筒先を突きつける。彼らはマレー刑事に指揮されたパリの警官隊と、サロンの町の騎馬憲兵隊とであった。（「せめて四日だけ待ってくれ」と修道士ヴィダルは言ったが、彼の言うことを聞いていればよかったのである。）

マレー刑事はサドを見て、さんざん悪態をつき、暴言を吐いた。何度も裏をかかれているので、恨みが積《つも》っていたのであろう。サドを「お前」と呼び、鼻先に拳を突きつけて、「ざまあみろ、ちび。お前はな、今後死ぬまで牢に閉じこめられるんだぞ。この上の部屋で、さんざっぱら悪いことをした報いさ。その部屋に、白骨が見つかってるんだ……」と言った。

（以上の記述は、サドの妻宛ての手紙と、この場面を目撃した修道士ヴィダルやルーセ嬢や、村の司祭や、庭番サンビュックたちの、裁判所における調書に基づいたものである。彼らはいずれも警官の横暴に憤激している。ルーセ嬢は後にモントルイユ夫人宛ての手紙で、この時の模様を逐一報告している。マレー刑事の「白骨云々……」という言葉は、少しく説明を要する。以前、サドはたわむれに人骨を手に入れて、書斎に飾っておいたことがあった。その人骨は、一七七五年ごろ、情婦として一時ラ・コストの城に住んでいたマルセイユの踊り子のデュ・プランが、マルセイユから持ってきたものであった。どういう事情によるかは分らぬ。あるいは彼女の贈物かもしれない。ちょうどそのころは、ナノンやジュスティーヌとの関係を初めとして、サドの女出入りの非常にはげしかった時代である。繁雑になるから今まで書かなかったけれど、デュ・プラン以外にも、城に住んでいた情婦として、ロゼット、アデライドなどといった名前が伝わっている。サドが好んで人骨を部屋に飾っておいたという事実から、彼の屍体愛好症《ネクロフィリア》的傾向を指摘する研究家――たとえばジルベール・レリーのごとき――もいるが、わたしには、むしろそこに彼の博物学愛好の精神が読みとれるような気がする。ともあれ、彼はこの人骨に飽きると、それを庭にほうり出しておいたらしい。そういうことから、サドの城で白骨が発見されたという不吉な噂は、近隣の村々からパリにまで拡がって行ったらしいのである。――話を本筋にもどそう。）

……サドは縄をかけられて、城の外へ引き出された。ルーセ嬢もヴィダルもこれを見ていたが、どうすることもできなかった。そのまま警官隊に引き立てられ、馬車に乗せられて、カヴァイヨンを過ぎ、アヴィニョンに向った。どこの町でも、縄をかけられた囚人のすがたは人目を惹いた。とくにアヴィニョンの町には、名門サド家の親類縁者が多いのである。ここを通り過ぎるとき、サドはいかに恥ずかしい辛い思いをしたことであろう。サドの手紙によると、「ヴァランスまでは悪口雑言の言われ通し、虐待のされ通し」だったそうである。

九月一日には、アヴィニョンからローヌ河沿いに北上して、フランス中部のリヨンに達した。この町からサドはゴーフリディに手紙を書いて、いろいろな細かい指示をあたえた。とくに領地の管理と、叔父の遺産相続の問題について強く要望している。蔵書と博物の標本を譲り受けることを忘れないように、と言っているのだ。また、ルーセ嬢は信頼すべき立派な女性であるから、万事彼女と相談して善処するように、とも言っている。

そのルーセ嬢も、九月五日にはゴーフリディに手紙を書いている。気の毒なサドのためモントルイユ夫人に執《と》り成《な》してくれるように、と懇請しているのだ。「彼はあなたの友達です。あなたを心から愛しています。あなたは彼を援《たす》けて、彼の贖罪の期間を短くしてやることがおできになります。そうしてあげてください、お願いします……」と。

リヨンで二日ほど休憩し、駅伝馬車を乗り換えて、サド侯爵の一行がようやくパリ郊外ヴァンセンヌに到着したのは、九月七日、午後八時半であった。二週間に近い旅をつづけたわけである。サドの所持していた荷物のなかには、緑色のフロックコート、白い上着、サージの半ズボン、黒い靴下、ナイトキャップ、スリッパ、二枚のシャツ、二枚のハンカチ、二枚のタオルしかなく、金も宝石も身につけていなかった。そのまま、彼は六号室という独房に閉じこめられた。この部屋は、かつての十一号室と違って、外の景色も一切見えず、風通しの悪い、湿気の多い、冬は非常に寒い部屋であった。

かくて幽囚の十一年がはじまる。最初の五年半はヴァンセンヌに、後の五年半はバスティユに……

牢獄の外では、サドの知っている旧制度下の世界が、年ごとに様相を変え、解体への危機を深めてゆく。王制を揺るがす政治的、社会的激動は、しかし、獄中の囚人の耳にまでは達しない。いかかる現実の危機にも、囚人は目をふさがれたまま、おのれの内心の声に耳傾けているよりほかはない。おのれの孤独を嚙みしめているよりほかはない。それは、この稀有《けう》な牢獄文学者の精神を育成し鍛《きた》えるために、恵まれた状況であったといえるだろうか。彼自身の内心の声が、無意識のうちに、このような孤独と監禁状態を永《なが》びかせる動機をつくり出していたのだろうか。それを、これから調べてゆかねばならないであろう。いずれにせよ、サドが一人の作家として生まれ変り、ふたたび現実の世界に復帰してゆくためには、あのフランス大革命までの猶予期間が必要だったのである。あの歴史的な一七八九年の激発まで、十一年間の苦しい忍耐が必要だったのである。

と同時に、作家として現実世界に復帰したとき、彼の生涯はすでに半ば終っていたのだ、ともいえる。牢獄の孤独のさなかで、すべての作家の窮極目標である自由の火を、最も熾《し》烈《れつ》に燃やしつくしてしまったドナチアン・アルフォンスは、もはやサドではない別の人間になって、ふたたび革命後のパリの舗道に出て行ったのである。「文学は自分の廃墟の上に建てられる。この逆説は、われわれには当り前のことである」(『文学と死ぬ権利』)とモーリス・ブランショが書いている通りだ。したがって、これから調べてゆくサドの獄中の十一年間こそ、この天才の生涯のうちで最も重要な時期となるはずであろう。この牢獄文学者の生命まで賭けた逆説の秘密が、ここに、レントゲン写真のように透けて見えなければならないはずであろう。

第六章　ヴァンセンヌの鐘楽（一七七八―一七八四年）

神経衰弱

「ひとも知るごとく、ヴァンセンヌの城の建造は、ヴァロワ朝のフィリップ王によって着手され、シャルル五世によって完成された」とミラボーが書いている。それは、十四世紀の最も典型的な城砦建築であった。国家の監獄として使用され出したのは、ルイ十一世の時代からである。ミラボーの記述をさらに引用すれば、この城は「まことに堅固に建てられているので、まだ少しも老朽の徴を見せていない。これを破壊するには大口径砲を必要とするであろう。周囲には石材で補強した、深さ約四十尺の堀がめぐらしてある。その切り立った石垣の上方には、内部から張り出した一種の軒蛇腹《のきじゃばら》が突き出ているので、たとえ堀のなかに達し得た人間でも、これを越えて塔のなかに侵入することは先ず不可能であろう。城壁には入口が一つしかなく、二人の歩哨が番をしている。三つの城門はいつもぴったり閉ざされている。四つの塔の内部に区切られたすべての部屋は、囚人の獄房である。

ヴァンセンヌの塔

それは二重の鉄扉で閉ざされている。壁の厚さは十六尺で、天井は三十尺以上の高さである。この暗い部屋には、太陽の光の差しこむ窓すらないので、つねに永遠の夜が支配している。鉄の格子戸は、狭い明り取りを遠ざけている。中庭のほうに向っては窓もあるが、堀の胸牆《きょうしょう》の頂きに突き出た城壁の内部の部屋には、それさえない。言うまでもないが、囚人の部屋には夜でも昼でも錠が下ろされ、閂《かんぬき》がかけられている。」（『拘引状と国家監獄論』一七八二年）

　この怖ろしいヴァンセンヌの牢獄の、第六号室という部屋にサドが収監されたことは、すでに前章に述べた。九月七日、夫が入獄した日と同じ日に、サド夫人はこの事実を知って、落胆の極におちいり、ルーセ嬢に宛てて次のように書いている、「ああ、何という打撃でしょう。何という苦しみの淵に、あたしは沈められたのでしょう。どうしたら出られるのです。だれに頼ったらよいのです。何を信じたらよいのです。……この事件以来、あたしは母に会っておりません。もし三日のうちに、どこかの場所へ夫を移し、そこであたしと会わせてくれなければ、あたしは母を永遠に憎み、呪ってやると手紙に書いてやりました。十八ヵ月以来、すべての人にだまされつづけて、あたしはほとほと疲れました。あなたの御意見が伺いたい。あなたの御意見を聞いて、このあたしの混乱した気持を整理したい。もし夫に手紙を書くことが許されたら、あなたがここへ来ると伝えておきます。そうすれば夫も安心するでしょう……」やがて二カ月後の十一月六日、ルーセ嬢はサド夫人の懇望によってパリへやってくる。しかしモントルイユ夫人は、彼女が娘と近づくのを喜ばなかった。「あの婦人は侯爵と別れるとき、サド夫人への伝言を依頼されたにちがいありません。娘の心を鎮める代りに、逆上させることになるのが落ちでしょう」とゴーフリディ宛てに洩らしている。

一方、ヴァンセンヌにおけるサドの生活は、今までよりも一層苛酷なものであった。入獄以来九日目に、やっと下着を取り替えてもらい、やっと髯《ひげ》を剃ってもらった。九月二十二日に、初めて本が差入れられ、二十八日に、初めて妻からの手紙がとどいた。

わずかな自由の期間を享受する間もなく、ふたたび獄に繋がれる身となったサドは、絶望のあまり、妻からの手紙にいちいち猜疑心を起した。妻の誠実を疑い、彼女がモントルイユ夫人の策謀に加担しているのではないかと詰《なじ》り、もし自分に対する誠意を示したいと思うなら、この監禁状態がいつまで続くのか、正確な期日を明示してほしいと迫った。四人の空想から生まれたかかる猜疑心は、すでにこれより以前の入獄中からもたびたび見られたが、拘留期間の永びくにつれて、それがいよいよはなはだしくなって、一七八九年の解放まで続くことになるのである。そして、その被害者はもっぱらルネ夫人であった。「あなたが出ていらしったら、あなたの解釈がいかに間違っていたか、あなたの空想がいかに突拍子《とっぴょうし》もないものであったかを証明してあげるために、あたしは、いただいたお手紙を大事に取っておきます。あなたがそれを一つ一つ読んで、『やっぱりお前が正しかったよ』と仰言《おっしゃ》るまで、あたしは部屋からあなたを出してあげないつもりです」とルネ夫人は、後に怨みがましく抗議した。

妻宛ての最初の手紙（十月四日付）で、さらに侯爵は、散歩も許されず紙もあたえられない生活の苦痛を綿々と訴えている。「冬になっても、火も焚けないだろう。そればかりか鼠に嚙まれるかもしれない。鼠のおかげで、わたしは一睡もできないのだ。猫を飼いたいと頼んだが、ここでは動物は禁止されていると断わられた。わたしは言ってやったよ、『動物が禁止なら、鼠だって禁止すべきだろう』とね。」

実際、入獄してから最初の冬は、寒さと乏しい物資のため、どんなに辛い生活だったかと想像される。初めてペンと紙が差入れられて、好きな時に好きなことが書けるようになったのは、入獄後ちょうど三ヵ月目の十二月七日である。同時に一週間に二回、散歩も許されるようになった。

この囚人の散歩について、ミラボーは次のように記している、「一日に一時間、庭のなかを散歩することができるのは、最も優遇されている者（非常に少数だが）のみである。庭は三十歩ほどの広さで、鍵をもった獄吏が見張っている。その前を、囚人は牢番とならんで黙々と歩くのである。囚人が話しかけても、牢番は返事をしてはいけないことになっている。鐘が鳴ると、穴倉のような部屋にふたたび帰る。この見張っている獄吏の存在が、いかに鬱陶しいものであるか諸君にもお分りだろう」と。言い忘れたが、ミラボー自身、サドと同じ時期にヴァンセンヌの牢獄に収容されていたのである。

囚人の食事も、ひどいものであったらしい。一日に二回、朝の十一時と夕方の五時だけなので、夕食のあとは十八時間も空腹をかかえていなければならない。朝はシチューと添え物、晩は焼肉と添え物で、それに少量のパンと葡萄酒がつく。木曜日の朝食にはお菓子、木曜日と日曜日の夕食には林檎が二つで、あとは何も出ない。大抵の時は皿がひどく不潔で、肉も固くなって冷えていることが多かった。ミラボーは、こんな粗末なものを囚人に食わせているところを見ると、典獄が国費の一部を横領しているのにちがいない、と書いている。

ミラボーの非難は正しく、事実、典獄シャルル・ド・ルージュモンは不正な利得を貪《むさぼ》っていたのであった。後にこれが発覚して、罷免されることになる。サドもミラボーに劣らず、この権勢欲の強い官僚主義者を毛嫌いし、その手紙のなかで「股引《ももひき》と胴着を着た極道者」と呼んで卑しめ、「目腐れ金をかせぐために、囚人を飢えで死なんばかりの思いにさせている」と攻撃している。サドは前にもミオラン城の要塞隊長ド・ローネーとたびた び喧嘩をしたが、このヴァンセンヌの典獄ルージュモンに対しては、一層の憎悪と敵意をいだいたようである。

出獄の許される正確な日を明示せよ、と夫人に対して要求したように、サドは最初、まさか十一年もこのまま牢獄のなかで呻吟しなければならなくなるだろうとは、夢想だにしていなかったらしい。少なくとも年が明ければ娑婆《しゃば》に出られるものと考えていたようである。十一月六日パリにやってきて、アンフェル街のカルメル会修道院にサド夫人とともに住むことになったルーセ嬢も、サドに宛てた手紙で、「遅くとも明年の春までには」釈放されるだろうと断言しているのである。これは囚人を慰め勇気づけるための、彼女の希望的観測だったかもしれないが、後にサドは、こんな根拠のない気休めのようなことを言ったルーセ嬢を怨み、それが因で二人のあいだに一時、文通が途切れたこともある。

不安と絶望とに絶えず責め苛まれながら暮らしている囚人が、理由なく他人を怨んだり、激しやすくなったり、次第に一種の神経衰弱のような症状を呈して行く過程は、このサドの場合に、はっきりと見てとれる。たとえば、彼がふしぎな数字の偏執に取り憑かれ出したのも、このヴァンセンヌの最初の冬からである。サドの獄中からの手紙の多数に、しばしば意味不明な数字に関する言及があるのに、わたしたちは気がつくのであるが、これはサドがみずから「符号」と呼んでいるものであって、神秘的な一種の占いなのである。彼は自分の監禁状態がいつまで続くのかまったく知らず、だれに問いただしても、正確に答えてくれる者は一人としていなかった。そこで、何とかしてこれを自分ひとりで諜知《ちょうち》せんものと、計算に基づいた独得の演繹《えんえき》法をみずから編み出したのである。つまり、手紙の行数や、手紙のなかに出てくる同じ単語の数や、語尾が同音で終る単語の数などを計算することによって、自分の出獄の日をあれこれと推論するのである。出獄の日ばかりでなく、後には獄中生活のさまざまな事件——禁止された散歩がいつまた許されるか、とか、ルネ夫人がいつ自分を訪ねてくるか、とか——まで、この計算によって割り出そうとした。そして、その一定のシステムから割り出された結論が自分にとって思わしくない場合、彼はこれをモントルイユ夫人の策謀によるものだと判断した。モントルイユ夫人もしくは彼女の手先が、自分を意気沮喪《そそう》させ混乱に陥れんものと、そのような数をわざとルネ夫人に指示して書かせたのだ、と考えた。また同様に、彼の目にふれる獄吏や典獄のいろんな身ぶり、いろんな言葉なども、モントルイユ家の陰謀によって作り出された「符号」ではなかろうか、と考えた。要するに、自分を取り巻くすべての事物が、不吉な暗号のように見え出したのであり、その不吉な暗号はすべて陰険なモントルイユ夫人の策謀によって、彼を絶望に陥れるために作り出されたものと判断されたのである。

だから、その計算による結果が思わしくないと、彼はあからさまに妻を罵《ののし》り、「お前の想像力は貧困だ」とか、「お前は真剣に『符号』をつくろうと努力していない」とか、いろいろ難癖をつけて彼女を困らせるのである。彼女にしてみれば、自分はサドと違って符号のシステムに通じていないのだから、彼を喜ばすような数字の配置は、どんなに努力したところで、うまく作れるはずがない。彼女は、ただおろおろするばかりである。

こういう精神の不安定な状態は、明らかに狂気と紙一重の神経衰弱症状であろう。いわば完全な被害妄想である。サドは牢獄の孤独のなかで、ついに発狂寸前にまで追いこまれたのであろうか。

しかし、このサドの奇妙な数と計算に対する信仰は、迷信と言ってしまえばそれまでであろうが、一種の心的なメカニズムによる防禦《ぼうぎょ》本能のあらわれ、とも解釈し得るのである。信仰に頼らなくては理性が崩壊してしまいそうな状況における、一種の無意識的な自我の抵抗のあらわれである。彼の自我は、まだ抵抗している。外界からの傷《トラウマ》を近づけまいとして、必死に抵抗している。やがて、彼がこの自我から心的なアクセントを引き上げて、これを超自我のほうへ移したとき、初めてサドはユーモア的精神態度を獲得し得るであろう。フロイトの洞察によれば、ユーモアの機能とは、「自分を苦しめる現実をわが身に近づけないようにする」ことなのである。自分の身に課せられた苦痛を逃れるために、人間精神が編み出したもろもろの方法には、神経症にはじまり、精神錯乱にきわまる系列もある。ユーモアもまた、この系列に属しているのであって、ただ、それが明らかに前者と異なるところは、ちょうど父親が子供を取り扱うように、大きく膨脹した超自我が、小さな無力な自我を保護し、慰め、外界からのあらゆる傷《トラウマ》から彼を免れしめてやることができる、ということなのである。サドの超自我は、まだ活躍しはじめていない。したがって、彼の自我は父親を求める子供のように、あてどもなく苦しんでいるのであり、もっぱら無意味な数字の信仰に、唯一の助けを求めているのである。それがなければ、彼の理性は崩壊してしまうだろう。やがてサドがいかに超自我を大きく膨らませ、客観的精神を獲得し、傷ついた自我をうしろに引っこめて、ユーモアの機能を存分に発揮させることになるか、わたしたちは調べてゆきたいと思う。それは、あえて言えば英雄的な闘いであり、その闘いの末に、サドは、おのれの自我が現実世界によっては征服され得ないことを堂々と誇示するのだ。ナルシシズムの勝利を歌うのだ。

ルーセ嬢とのプラトニックな恋

一七七九年二月、――年が明けても、厳しい冬はまだ終っていない。春の訪れは、まだ気配すらもない。サドは妻に宛てて、「城中のいちばん湿っぽい部屋で、火を使えないのが実に辛い」と書き送っている。その同じ手紙の末尾に、まことに哀切な感動を誘う文章があるので、次に引用しておこう。彼は火の気のない獄中で、死んだ叔父サド神父の書いた『ペトラルカの生涯』に読みふけっていたのだ。

ここで、わたしの慰めといえば、すべてペトラルカです。わたしはこの本を、比類なき歓びをもって、むさぼり読んでいます。といっても、セヴィニェ夫人がその娘への手紙に書いたように、「早く読み終ってしまうのが心配なので、ゆっくり読んでいる」わけです。何とよく出来た作品だろう！　わたしの頭は、ラウラで夢中です。わたしはまるで子供みたいに、昼間は一日中ラウラのことを読み、夜は彼女のすがたを夢にまで見ています。昨日見た夢の話を聴いてください。……それは真夜中ごろでした。わたしは本を手にして、眠りに落ちたところでした。突然、彼女がわたしの前に現われたのです……わたしはラウラのすがたをはっきり見ました。墓場から出てきたはずなのに、彼女の美しさは少しも変っていませんでした。その眼は、ペトラルカが称《たた》えた昔と同じように、まだ熱っぽく輝いていました。黒い喪服が身体全体をつつみ、美しい金髪がその上にすずろに波打っておりました。愛の女神が彼女をふたたび美しくして、その服装からくる悲しげな感じを和らげているようにも思われました。「なぜ地上で苦しんでいるのです」と彼女はわたしに問いかけました、「あたしのところへいらっしゃい。あたしの住んでいる無窮の空間には、不幸も、悲しみも、不安もございません。さ、勇気を出して、あたしに蹤《つ》いていらっしゃい。」この言葉を聞くと、わたしは彼女の足もとにひれ伏して、「おお、わたしの母よ！」と叫びましたが、嗚咽《おえつ》で声が出なくなりました。彼女はわたしに手をさしのべ、わたしはその手を涙でしとど濡らしました。彼女もやはり涙を流してくれました。「あたしも昔、あなたの嫌いなこの世に住んでいたころ」と彼女は続けて言いました、「好んで未来に眼を向けていたものです。あなたはあたしの子孫ですが、そのあなたが、こんな不幸な目に遭おうとは、思いもよりませんでした。」わたしは絶望と愛情に我を忘れ、彼女の首のまわりに腕をのばして、彼女を抱きとめようとしました。けれど、そのとたん、幻影は消えていたのです。あとには苦しみが残っているばかりでした。……さようなら、いとしい友よ、心からお前に接吻します。どうかわたしを憐れんで下さい。お前が考えているよりも、わたしはずっと不幸なのです。わたしがどんなに悩んでいるか御推察ください。あらゆることを想像しているわたしの心は、暗澹たる色に塗りつぶされています。でも、わたしに白い眼を向ける人にも、接吻を送りましょう。わたしは、その人たちの罪だけを憎んでいるのですから。二月十七日。

同年三月二十二日、サドは夫人に宛てて、ルーセ嬢に描いてもらった自分の肖像画がとどいたことを報じている。それはオランダの画家ヴァン・ローの構図を模したものであったらしい。「聖女（ルーセ嬢のこと）のこの作品は、じつに天下一品だ」とサドは手放しで喜んでいる、「デッサンもなしに仕上げるとは、大したものだ。ラ・コストにいるとき、ぜひ描いてくれと頼んでいたのに、その時は彼女は描いてくれなかった。わたしはこれを一生涯、大事に取っておくつもりだよ。」（残念ながら、この肖像画は紛失して現在に伝わっていない。）

三月二十九日には、庭の散歩が許されて一週間に二度できるようになった。ルーセ嬢との手紙のやり取りが頻繁になったのも、このころからである。二人は手紙のなかで文学を語り、詩を語り、リチャードソンの『クラリッサ・ハーロウ』を論じ、押韻の遊戯にふけり、しきりに機智をひけらかして、恋人ごっこに打ち興じる。少なくとも妻を相手には満たすことのできない知的な虚栄心や、ギャラントリーや、きわどい冗談や、軽妙洒脱な会話の楽しさを、彼はルーセ嬢との手紙のやり取りにおいて満喫していたのであろう。このころの彼女宛ての手紙の一節を、次に引用する。

　昔はあなたの条理にかなったお話を、わたしが二時間以上も黙って聴いていたとおっしゃるんですね。たしかにその通り、この上ない楽しさで聴いていたと言ってもいいくらいです。けれど、あのころのわたしは自由でした、自由な人間でした。ところが現在のわたしは「ヴァンセンヌの檻《おり》の中の一匹の獣」なのです。筋道立てて話もできないような状態にきてしまっているのです。たぶん、そのうち、まったく口がきけなくなってしまうかもしれません……わたしの「檻」にきて住みたいのですって？　いやいや、聖女ルーセよ、とんでもない、あなたはここに住むにはあまりに年寄りです。ここに住むためには、十歳から十五歳までの子供でなければなりません。ところでわたしは、御存じのように十二歳そこそこです。だからまあ、何とか暮らしてゆけるのです。――時に、包み隠さずありのままを言っていただきたい……あなたはわたしの部屋をまるでごらんになったことがあるかのように、よく知っていらっしゃいますが、実を申せば、毎日ここへ来ていらっしゃるのではありませんか？　わたしと毎晩のように格闘しているあの魔性の鼠こそ、実はあなたなのではありませんか？　きっとそうにちがいない、そうでしょう？　もしそうだとおっしゃるなら、もうわたしは棒で叩いて追っぱらったりなんぞ致しません！　鼠捕りの代りに、わたしのベッドにあなたをお迎えしますよ……

この手紙の文章は、もちろん冗談であることがすぐ分るが、時にはサドも、まるで本気かとも思われるような恋の告白を麗々しく書き送っている。それに対して、ルーセ嬢のほうも、かなり大胆なことを書いていたようだ。定形詩のシラブルの問題について長々と論じた末に、「あたしのいとしいサド、あたしの魂の喜びよ」と彼女は語りかける、「あなたに会えないで死にそうです。いつになったら、あなたの膝に腰をかけ、あなたの首にすがりつき、好きなだけ接吻し、あなたの耳に口を寄せて、数々の愛の言葉をささやくことができるでしょうか」（四月二十四日付）――しかし、このあまりにも情熱的な文章は、その部分だけ、わざとプロヴァンス語で書いてあるのである。どうも真面目に書いたものとは受けとれない。しかも、このルーセ嬢の手紙の余白には、ルネ夫人の筆蹟で、こんなことが書き加えてある。

ここに、「聖女」があなたに語ったささやかな恋の告白がございます。これらの言葉を読んで、あたしは地獄の責苦《せめく》を味わっております。いったい、あなたは彼女の聖性についで、どうお考えになりますの。彼女は一生懸命になって、あなたの御機嫌をとろうとしていますわ。これでは、まるであたしの立場がないじゃありませんか。まあ、お二人とも、あんまり熱を上げないで。あたしは全力をつくして反対しますよ。お二人が、あたしの望むより以上に遠くへも近くへも行けないように、足枷《あしかせ》をはめてあげましょう。あたしは、あなたの最近のお手紙もすっかり読みました。ほんとにお見事で、笑ってしまいましたわ。いつもそんな風に、お二人でお楽しみ遊ばせ。でも、それ以上はいけません。さようなら。

このルネ夫人の傍註の次に、さらにルーセ嬢の追伸が次のごとく書き加えられている。すなわち、

奥様のお言葉には、たしかに嫉妬があります。これについて、どうお考えになります

か。それでもあたしの恋人になるおつもりですか。あなたの優しい忠実な奥様が、お許しにならないと仰言《おっしゃ》る以上、採るべき手段はもはやありませんわね。あたしたちは結局、どうしたらよいのでしょう。二人で奥様を裏切りましょうか。でも、あたしたちには二人とも、思いやりがありすぎますわ。怨みっこなしに、手を結ばなければなりません。結局、あたしはそうすることにきめました。いとしいサド、あたしはすべて、あなたのものです。あなたの最良のお友達だと信じてくださいませ。

二人の女が手紙を見せ合って、こんな冗談とも真実ともつかぬ内心の告白を、同じ紙の上に交互に書きならべているのである。この事態をどう判断するか。ジャン・デボルドやポール・ジニスティのような従来の評伝家は、これをもってルーセ嬢の真実の恋の告白と認めているが、ジルベール・レリーは、四月二十四日のこの手紙も、他の多くの二人の往復書簡と同様、しゃれた恋愛ごっこの域を出るものではないと断定しているのである。しかし、ここで私見を述べれば、おそらく、ルーセ嬢の気持もルネ夫人の気持も、半分は真実なのではあるまいか。二人は共通の男を愛しながら、お互いの友情を傷つけ合うことを怖れているのだ。

ことに、ルーセ嬢は情熱よりも理知に勝った女性である。ルネ夫人の良き相談役として、法律上の問題にも首を突っこんでいる。三十五歳まで独身を守ってきた彼女にとっても、冗談めかして書くよりほかに、このあまりにも非現実的な囚人との手紙のロマンスに深入りすることは、自分の気持が許さなかったのであろう。それは彼女の自尊心の問題である。彼女が不美人であったかどうかは、この際、問題としない。しかし、いずれにしても三十五歳の老嬢が「聖女」として美化され理想化されたのは、サドが牢獄の中に閉じこめられていたればこその話であろう。そのくらいのことが、頭のよいルーセ嬢に解らなかったはずはない。もしサドが自由の身であったら、彼はもっと若い娘の尻を追いまわしているはずであって、この三人の関係はそもそも成立しなかったのだから。——結局、牢屋の中にいてさえ、サドはわがままいっぱいに振舞って、二人の女の愛情に甘えたことになる。その二人の女は、またよくも見事に協力して、こんな気むずかしい男にまめまめしく仕えたものである。……

すでに外界は春であった。オペド村の修道士ヴィダルから、四月二十二日、ラ・コストの村の便りがサドのもとに届く。城の果樹園は花盛り。林檎の樹も梨の樹も、競って伸びている。さくらんぼうの花は、主人の不在を嘆くかのよう。女中のゴトンは小亭《あずまや》を綺麗に修理させて、やはり主人の帰りを待っているとか。やがて葡萄の蔓《つる》が緑の小亭をつくるだろう。

それでもサドのいるヴァンセンヌの城には、まるで春など永遠に来ないかのようであった。獄房には「極端に湿気がこもり、不健康で、満足に空を眺めることもできない。囚人の脱走を防ぐために、空気の通り路がすべて塞《ふさ》がれている」ので、息苦しいばかりである。せめて冬のあいだ、火の焚ける部屋に移してくれと、何度も要求を出したのに、一向に聴き入れてはくれない。――五月十六日、サドは相変らず夫人に向けて、このように獄中生活の不満を訴えている。

五月十九日には、庭の散歩が一週間に四回までできるようになる。

このころ、年が明ければ釈放されるものと期待していたサドは、だんだん苛立たしい思いを抑え切れなくなる。「遅くとも明年の春までに」と約束してくれたのは、ルーセ嬢ではなかったか。ちょうどそのころ、彼女が身体の調子が思わしくなく、ラ・コストに帰る気でいるらしいことを知って、サドは彼女に手紙を書き、なぜこんな無責任な放言をしたのかと詰問する。古い手紙の文句をわざわざいくつも引用して、はげしく責め立てる。「あなたは、ひどい嘘をついたばかりでなく、わたしに対して残酷な仕打ちをしたのです。それに、あの卑しい二枚舌！　わたしはそこに、わたしを苦しめてやろうという、醜い卑劣な陰謀の手がはたらいていたことを認めざるを得ません……」しかし、はげしい非難の調子は途中から一転して、ラ・コストにおける彼女との短い生活を想い出す、ノスタルジックな懐古的な調子に変る。「あなたはラ・コストに行くと仰言るのですね。それならぜひ八月にお行きなさい。あなたはベンチにお坐りになる……あのベンチをおぼえていますかね？　そう……そこにあなたは坐るのです、そして、こう考える……一年前、あの人はここに坐っていた、あたしと並んで……あの人は、あたしに対しては、いつも率直に胸襟を披《ひら》いてくれた……それから、あなたは小さな緑の部屋に行くのです。そして、こう考える……ここにあたしのテーブルがあったのだ、あたしがあの人の手紙を書いてあげたのも、このテーブルの上でだった。あの人は、あたしには何も隠し立てをしなかった……ここの肱掛《ひじかけ》椅子に、あの人が坐っていたこともあった……あの肱掛椅子をおぼえていますね？……」

しかし、一度こじれてしまった二人の仲は、容易に回復されそうもなかった。サドは必ずしもルーセ嬢と文通を絶とうという、強い意志はもっていなかったようである。最後まで、彼女が折れてくるのを期待していたようなふしもある。しかし幾度かの手紙の往復の後、二人の感情はますます棘々《とげとげ》しくなり、もうこれ以上文通をつづけて行くことは不可能になった。二人はほとんど同時に、互いに決裂の最後通牒を送った。「いいですか、侯爵さま、もうお手紙のやり取りはやめましょう。お互いに冷酷な言葉を言い合っても仕方がありませんわ。心が痛むばかりですもの。あたしはだれをも憎みたくありません。あなたはすぐお忘れになるでしょう。そうじゃございません？　あたしのほうでも、あなたを乗り超えるようにしたいと思います……」

ルーセ嬢はこのとき、すでに肺を侵されていた。その年の十二月には、血を吐き、腕に刺賂《しらく》をしてもらった。そのまま寝たり起きたりの身となったらしい。

その後の彼女のことにも、ここで触れておこう。

翌年の十月、ふとしたことから侯爵の裁判記録を目にし、彼の逮捕および監禁の真の理由を初めて知って、ルーセ嬢は愕然とする。それまでは曖昧なかたちでしか知らされていなかった模様である。「生やさしいことではなかったのですね」と彼女は、ゴーフリディ宛てにしみじみ書いている、「あれほどの無謀なことをした人が、懲役船か終身禁錮かを宣告されなかったのは、まだしも幸いだったというべきかもしれません。モントルイユ夫人も、あたしたちが考えていたほど悪い人ではなかったのですね。侯爵には、じつはもっと強い敵がいるはずです。その敵が死ぬか忘れるかしないうちは、とても望みはないようです……」

侯爵の真の罪状を知って、彼女は憑きものが落ちたように、本来の自分に立返ったようである。もう「あたしのいとしいサド」は、どこにもいなかった。もうルネ夫人に協力して、望みのない釈放運動のために走りまわる気にはとてもなれなかった。それより、プロヴァンスの静かな田舎へ帰って、ゆっくり我が身を養生したい。一七八〇年十一月、彼女はゴーフリディに宛てた手紙で、パリの生活が味気なくなったこと、早く田舎へ帰って落着いた生活が送りたくなったことを洩らしている。

もっとも、彼女とサドとのあいだの文通は一七八一年四月にいたって、ふたたび復活する。サドはそのころ、自分がモンテリマールの監獄に移される計画が進められていることを知って、彼女に国外亡命の決意を明かし、彼女の知合いの外交官に紹介してほしいと頼むのだ。ルーセ嬢はこれに対して、皮肉な返事をする。すなわち、「十五カ月か十八カ月ぶりに、あたしがまだパリにいるかどうか、お訊ねくださいました御親切に感謝します」と書いて、自分がこれからプロヴァンスに帰るつもりであることを告げる。そして、「もしラ・コストに何か御用事でもございましたら、何なりとお申しつけくださいませ」と結ぶのだ。サドの頼みについては、やんわりと拒絶している。

事実、この手紙を書いた直後に、彼女は馬車でプロヴァンスに向って出発している。病気もかなり進行していたのであろう、長い旅に疲れ果てて、アヴィニョンで数日休み、立つこともできないような状態でラ・コストに帰りついたらしい。

彼女がラ・コストに帰ってからも、サドとの文通はつづいた。むろん、それはすでにかつての浮わついた恋愛ごっこではなかった。獄中のサドも、このころには、唯一の楽しみを執筆活動に見出すようになっていた。二人のあいだには、時の経過によって洗い清められた穏やかな友情が残った。一七八二年一月二十六日、サドは獄中からルーセ嬢に宛てて、『哲学的贈物』と題された書簡形式の哲学論文を送っている。この辛辣な小論文には、すでにサドの後年の思想の片鱗が窺える。

同年五月、ルーセ嬢はふたたびラ・コストのサドの城に移り住み、サド家の財産を管理することになる。それまでは近所の司祭の家に住んでいたのである。ゴーフリディに命じて、荒れた城の修理など積極的に行わせた。しかし、この怠け者の差配人については、その行状をありのままサド夫人に書き送っていたので、彼女はゴーフリディからは煙たがられることになった。実際、サド家の城は主人の留守にしているうちに、手入れ不足のためか、ずいぶん荒れていたもののようで、ルーセ嬢は同年の秋ごろ、いつ城が崩壊するかと絶えずびくびく心配していた。壁には亀裂が走って、ひっきりなしに漆喰《しっくい》が落ちてくる。煖炉も崩れているし、北風《ミストラル》が吹けば窓も外れて吹き飛ばされる。ルーセ嬢は恐怖のあまり夜中に起きあがって、台所に蒲団を運んで寝たこともあったという。

彼女の肺患は、一七八三年七月ごろから急に悪化した。死んだのはその翌年の一月二十五日である。享年四十歳。彼女が死ぬと、ラ・コストの城の経済はふたたびゴーフリディの手に委ねられ、ふたたび乱脈になった。

獄中の怒り

一七七九年七月十五日、庭の散歩が一週間に五回となる。ルーセ嬢と文通を絶ってから二ヵ月後のことである。

同年九月、サドは下男のカルトロンに命じて、ヴェスヴィオ火山の噴火に関する資料を筆写させ、手紙と一緒に自分のもとに送らせている。彼は天災、地災、怪異な自然現象などに特別の興味をもっていた。（小説『ジュスティーヌ』のなかに、発射した自分の精液で、奔騰するエトナ火山の熔岩を消しとめてしまう化学者アルマニの挿話が語られているのを、おぼえておられる読者もあろう。また『悪徳の栄え』のなかに、ジュリエットとクレアウィルが共謀して、ヴェスヴィオ火山の火口のなかに犠牲者を投げこんでしまう挿話もある。ジルベール・レリーは噴火山と性病理学との関係を暗示しているが、わたしはむしろ、何度も述べたように、サドの百科全書的な博物学愛好、自然に対する好奇心を認めたい。「わたしの考えは、いささかビュフォン氏のそれに似ています」とサドは一七八二年一月の手紙（アンブレ師宛て）に書いている、「愛の楽しみは、享楽にしかないと思います。形而上学は、わたしには最も退屈な、最も大げさなものとしか思われません」と。むろん、自然の破壊行為は、ディオニュソス的なエネルギーの解放を象徴している。この理由から、子供たちは火事や、洪水となった河川や、火山の噴煙などを眺めて、大人よりも一層大きな快楽を得るのである。サディスティックな快楽というよりも、小児性欲的なものといえるかもしれない。）

同年十二月、サドははげしい咳《せき》に悩まされるようになる。医者を呼んでくれるように頼んだが、翌日になっても、医者は来ない。牢番に訊くと、手続が間違っているから駄目だと言う。サドは医者に直接手紙を書いたのであった。しかし規則では、典獄を通さなければいけないのだと言う。典獄ルージュモンは、自分が無視されたのに気を悪くして、わざと手紙をサドに突き返したのである。役人の形式主義にサドは憤激して、この経緯《いきさつ》を手紙で夫人に知らせている。「何という男だろう。じつに唾棄すべきやつだ。心ある人たちが、いかにやつを腹の底から嫌っているか、やつは知らないのだ。今にすっかりぶちまけて喋ってやろう。その期待だけで、わたしは生きているのだ」（十二月二日）と。

二年目の冬も、最初の冬と同じく、つらい日々の連続であった。寒さのため、散歩にも出られない日がある。神経衰弱ばかりでなく、サドの肉体の諸処にも故障があらわれてきた。

一七八〇年四月、囚人は運動不足と胸の痛み（おそらく咳が原因だろう）のため、何にも物が食べられなくなった。それに眩暈《めまい》がして、鼻血が出る。時候の変り目には、獄中生活は大そう身体にこたえるのである。

四月二十一日、警視総監ル・ノワールがヴァンセンヌを訪問した。彼はとくにサドに会い、近い将来に夫人との面会を許可するだろうと約束した。この政府の役人は、慈善病院を改善したり、拷問を廃止したりしたほどの男だったから、囚人には同情が厚く、世間の評判もよかった。

この警視総監の訪問の日から四日後に、サドは毎日の散歩が許されるようになった。総監の口添えがあったことは明らかである。

しかし、このころサドの数字に対する偏執はますます嵩《こう》じていた。六月になると、この数字による判断から、自分が絶海の孤島に送られようとしているのではないかと信じるにいたり、その恐怖で、夜もおちおち眠れなくなった。妻への手紙に、「わたしは昔から海がこわいのだ。大嫌いなのだ。わたしと一緒に海を見たことのあるカルトロンに聞けばよく分るが、わたしはどうやら生まれつき、海に対して反撥をおぼえる性質らしいのだ。たとえわたしを島の王さまにしてくれると言っても、わたしは断わるだろう。船に乗せられるよりは死んだほうがましだ……」と書いている。そうして彼は、この怖るべき計画の真偽をしつこく妻に問いただすのである。この計画もまた、サドによれば、モントルイユ夫人とその手先が彼を苦しめようとして企てた陰謀なのであった。

六月二十六日、サドは獄吏と大喧嘩をした。よほど神経が苛立っていたのであろう。サドは相手が「我慢のならない失礼な真似」をしたのだと言っているが、獄吏の言葉によると、彼がちょっと殴るふりをしたら、サドがいきなり殴りかかってきたのだそうである。はげしい興奮のあまりサドは気絶して、しばらく意識を失っていた。そして翌朝まで血の混った唾を吐きつづけたという。この喧嘩のため、彼は貴重な散歩も禁止されてしまった。

さらに翌々日、看守長のヴァラージュが散歩の禁止命令を伝えにくると、囚人は彼に向って、彼と典獄ルージュモンの悪口をさんざんわめき散らした。ありとあらゆる卑猥な言葉、乱暴な言葉を吐き散らした。のみならず、大声をはりあげて他の囚人たちに「おれは虐待されている」と呼びかけ、自分を支持してくれと訴えた。「おれはサド侯爵だ、騎兵隊の聯隊長だ」と何度も叫び、それから義母と大臣の悪口を言い出した。この騒ぎの最中、たまたま同囚のミラボーが庭を散歩していると、サドは窓からミラボーのすがたを見つけて、「お前のせいで、おれは散歩ができなくなったんだ。お前は典獄のお稚児《ちご》さんだろう。やつの尻でも接吻しに行くがいい」と怒鳴った。さらに「やい、おかま、言えるものならお前の名を言ってみろ。娑婆へ出たら耳を切り取ってやるから」と言った。ミラボーも、黙って引き下がるような男ではない。負けずにやり返した、「はばかりながら、おれはまっとうな人間だ。女を解剖したり毒殺したりしたことなんぞ一度もない男だ。おれの名前が知りたけりゃ、喜んでお前の肩にナイフで刻みつけてやろうぜ。ただし、それまでにお前が車裂きの刑に処せられていなければの話だがね」と。

オノレ・ガブリエル・ド・ミラボー伯爵は、申すまでもなく後にジャコバン党の領袖《りょうしゅう》として活躍したフランス革命の中心人物である。あばた面で、狂犬と渾名《あだな》されて恐れられもしたが、天性の雄弁家で、血の気が多く、若いころは人妻をかどわかしたり、借金で首がまわらなくなったり、放蕩三昧な生活を送った。ヴァンセンヌに下獄したのも、負債のため彼の父が勅命拘引状を発せしめたからである。彼はここで『拘引状と国家監獄論』二巻を書き、ラテン語の翻訳をやった。退屈をまぎらすためにポルノグラフィックな作品も書いた。このヴァンセンヌにおけるサドとの言い争いは、よほど彼としても腹に据えかねるものがあったのだろう、同年十二月十三日、許されて牢獄を出るときに、彼はサドの囚人名簿の裏に、その日の事件の一切を書き込んで行ったのである。ミラボーが第三身分の議員として、ルイ十六世に向って「われわれは人民の意志でここに来たのである」という、あまりにも有名な言葉を吐いたのは、この事件から九年後のことであった。時代は革命に向って進みつつあった。

「女を解剖したり毒殺したり」とミラボーは言ったが、むろん、これはアルクイユ事件およびマルセイユ事件を指したものであろう。それがまったく根拠のない伝説にすぎないことは、すでに第三章および第四章でくわしく述べた。

典獄ルージュモンが警視総監に提出した報告書によると、サドはこの事件より以前にも、一度ならず囚人を煽動しようと試みたことがあるそうだ。ある囚人の部屋の前を通り過ぎるとき、大きな声で、「友よ、きみの食べものに注意せよ、毒が入っているかもしらんぞ！」と叫んだというのである。

いずれにせよ、この事件以後、サドは身体の健康のために必要な散歩を全面的に禁止されて、大いに苦しまねばならないことになる。「わたしは空気が吸えなくて、おそろしく苦しい。あらゆる動物に必要なものを取り上げるとは、卑劣なやり方ではないか」と彼は妻に訴えている。この散歩の禁止は翌年の三月まで、八カ月以上もの長きにわたって解かれなかった。また、この同じ手紙のなかで、彼は「髪の手入れをしなくなってから、髪の毛が抜けるようになった」とも語っている。「今まで、そのことは黙っていたが、もう見栄を張っている時でもなかろう。出獄したら、一大決心をして鬘《かつら》をかぶることにするよ。まさに一大決心だ。しかし、わたしももう齢ではないかね。幻想は捨てよう。四十の坂にさしかかったところだ。」（七月二十七日）

サドは一七四〇年生まれであるから、この年（一七八〇年）には、手紙にもある通り、ちょうど四十歳になっている勘定である。ところで、四十歳まで彼はほとんど何ひとつ、まとまった文学作品を書いていない。書いたのは、ノートのような断片ばかりである。こういう作家も、珍しいのではなかろうか。ラクロでさえ、『危険な関係』を書き上げたのは四十歳の時である。サドの前半生は、いわば実践的リベルタンの生活であった。遊ぶことに忙しかった。次いで警察に追われ、転々と逃げまわらねばならない時期がつづいた。彼自身が告白している通り、「活動家として生まれたわけではないのに、活動家の役割を演じなければならない」のは、そのころの彼の最大の不幸であった。四十の坂を越して、ようやく彼の作家的精神が成熟する。それは強いられた環境による結果かもしれなかった。ミラボーのように、「時間を殺し、肉体を慰め、敵意をもった社会をくつがえす」（ボーヴォワール）必要があったのかもしれなかった。しかし、いずれにしても牢屋のなかでは「活動家の役割を演ずる」必要はなかったのである。彼は瞑《めい》すべきであったかもしれない。

一七八〇年の最後の手紙を引用しよう。十二月三十日、彼の四十歳が今や過ぎ去ろうとするとき、サドは手紙のなかで怒り狂っている。空しい釈放の希望をあたえつづけた妻に対して、また、その蔭で糸を引いている（と彼の信じている）義母に対して。

お前の憎むべき嘘の見本が、ここにある。お前は、いつも責任のがれのために、自分もだまされていたのだと言う。それなら、最初から何も言わなければよかったではないか。さもなければ、確かなことだけを喋っていればよい。これを要するに、お前は鼻面をつかまれて、思いのままに引きずりまわされている阿呆にすぎない。そしてお前を引きずりまわしている連中は、絞首台に値する極悪人だ。烏《からす》に屍体を突つかれるまで、絞首台に縛りつけておくほうがよい。お前の卑しいお袋の、悪臭を放つ黒い膿汁《うみ》が、わたしの身体に一滴ずつ、ぽたぽた垂れているのはやり切れない。彼女の身体は膿汁でいっぱいだ。よくまあ今まで、身体がはち切れなかったものだ。わたしは彼女の絵を描いてみたよ。出獄したら、すっかり仕上げるつもりだがね。その絵のなかのモントルイユ夫人は、裸で、仰向けに寝ているのだ。ちょうど海岸に打ち上げられた海の怪魚のように。警視総監ル・ノワール氏が、彼女の脈をとりながら、「奥さま、切開手術が必要です。さもないと、膿汁がいっぱいで息がつまってしまいます」と言っている。そこで、男妾のアルバレ（註。モントルイユ夫人の秘書で、法律顧問をしていた男）が、やさしい女主人の身体に針を刺すのだ。マレー刑事が燭台をもって、そばに立ち、ときどき流れ出る膿汁を嘗《な》めては、うまいかどうか味わってみている。それから小男の典獄ルージュモンは、皿を捧げもち、例の裏声を出して、「しっかり、しっかり！ わたしの監獄の三ヵ月分の食料にも足りませんよ」と言っている。どうだね、きっと面白い絵が出来上るよ。

もしこの絵が実際に出来上ったら、それこそゴヤの幻想のようにグロテスクなものになったにちがいない。モントルイユ夫人に対する憎悪は、このころようやく、彼の想像力を刺戟する一つの強力なモメントとなりつつあった。さらにこの手紙の末尾に、次のような激烈な呪詛《じゅそ》の言葉がつけ加えられているのを見るがよい。すなわち、「お前とお前の忌わしい家族と、その卑しい追従者どもをすべて袋に入れて、水の底に投げこむことができたら……わたしは神に誓って言うが、その時こそ、わたしの生涯の最も幸福な瞬間なのだ。これがわたしの年頭の挨拶だよ」と。

嫉妬の時期

三年目の冬が過ぎた。一七八一年が始まろうとしている。

ルネ夫人は相変らず、夫の釈放のためにあらゆることを試みていた。ラ・コストに近い南仏のモンテリマール城塞に夫を移せば、それだけ事情が好転するかもしれない、と彼女は思って、王家に近い関係をもつソラン侯爵夫人に働きかけ、三月の終りごろ、囚人を同地に移す許可を得たのである。これは彼女だけの独自の判断から進められた計画であった。

モントルイユ夫人には秘密にしていたので、娘の計画が成功したのを知ったとき、彼女は機嫌を悪くさえした。しかし獄中のサドは、ルネ夫人の手紙によってモンテリマール移転の話を聞き知ると、これもまた義母の策謀にちがいないと考え、この計画に頑強に反対した。「わたしは南仏方面の事情に明るいが、そんな城塞はモンテリマールの町には存在しない」とまで主張するのであった。事実、これはサド夫人の勘違いで、囚人の移される予定の場所は、モンテリマールに近いクレストの牢獄であった。そしてクレストの城塞は、ヴァンセンヌよりもはるかに設備の悪い、じめじめした不健康な場所なのであった。四月十二日、サドは警視総監に書状を送って、無条件に釈放されるのでなければ、今さらどんな場所にも移されたくはない、もし自分の意志を無視して無理に護送するならば、必ず途中で脱走してみせるだろう、と決意を披瀝《ひれき》する。同時にルーセ嬢にも手紙を出して、彼女の知合いの北アフリカの領事にぜひ紹介してほしい、と頼む。サドはこの領事を頼って、あわよくば国外に亡命する気だったらしい。しかし結局、この移転の話は沙汰止《さたや》みになった。

同年七月十三日、初めてサド夫人に、幽閉中の夫を訪問することが許される。ただし、サドが望んだように二人だけの差向いではなく、監視つきの対面であった。囚人は城内の会議室に導かれて、そこで妻と面会したのである。四年五カ月ぶりの対面であった。

この夫人の最初のヴァンセンヌ訪問から以後、三カ月ばかりのあいだは、いわば、サドの「嫉妬の時期」とも呼ばれるべき時期である。妻にとってはまことに理不尽な、嵐のように鬱勃《うつぼつ》たる嫉妬の発作が、何度も彼を襲った。

七月二十七日（最初の面会から二週間後）に、ルネ夫人はラ・コストのルーセ嬢に宛てて、次のような手紙を送っている。

初めて面会して以来、夫はありもせぬことを頭の中にいっぱい空想して、あたしを困らせます。もうどうしていいかわからなくて、嫉妬しているらしいのです。ここからでも、あなたの笑っているのが目に見えるようですわ。いったい、だれに嫉妬しているとお思いになって？　それがルフェーヴルなのよ。（そう言えば、ルフェーヴルは確かにあたしにいろんなことをしてくれるわね？）夫に渡すようにと、彼が何冊かの本をあたしに買ってくれたのが、嫉妬の原因なんです。それから夫はヴィレット夫人にも嫉妬しています。これは彼女があたしに、自分の家にきて一緒に住まないかと誘ったためなんです。

さて、ここで話題になっている二人の人物について、果してサドが嫉妬するだけの理由があったのかどうか、しらべてみよう。

まずヴィレット夫人を採りあげるが、彼女の名前は、ややくわしい十八世紀のフランス文学史を読めば必ず出てくる名前である。才色兼備の女性で、ごく若いころからヴォルテールに非常に可愛がられ、彼の仲立で、二十歳以上も年上の富豪ヴィレット侯爵と結婚した。この侯爵は詩人としても知られるが、少年愛の実践者として一層有名であり、そのため一時、夫人と不和になったこともある。後にフランス革命が勃発すると、彼はさかんな言論活動を行うようになる。要するに、夫婦揃った進歩的なインテリ貴族だったわけで、若い美貌のヴィレット夫人が主宰するサロンは、パリの知的な有閑階級を多く集めていた。サド夫人が交際していた当時、ヴィレット夫人はまだ二十四歳だったはずである。彼女は、母と不和になりルーセ嬢とも別れて一人で暮らしているルネ夫人を、気の毒に思ったのだろう、自分の家へきて住むように親切にすすめた。パリのヴィレット館は、豪壮な広い邸宅であった。しかし、サドが手紙のなかで疑いをかけているように、このヴィレット夫人が「サッポーの信者」（女性同性愛者）であったかどうかについては確証がない。そういう倒錯の例も、十八世紀には多かったかもしれない。もっとも、どちらかといえばサド自身は、彼女のサロンに出入りする多くの男たちに、妻が誘惑されはしないかと気に病んだようである。

次は、もう一人のルフェーヴルという男である。彼は一七七一年から一七七二年までサドの秘書をやっていた。プロヴァンス地方の下層階級から出た青年で、最初はサド神父の家の下男をつとめ、神父から読み書きを教わったという。田舎から野心をいだいてパリに出てきた青年らしく、フランス革命当時は情勢の変化に応じて、ジャコバン派になったり穏健派になったりした。後には、悪名高い残忍な革命家フレロンの副官となり、さらに革命終結後は、ヴェルダンの郡長となって、『雄弁術研究』などという著述までしているのである。（そのころサドは尾羽打枯《おはうちか》らしてシャラントン精神病院にいた。革命による階級的秩序の解体が、こんなところにもよく現われている。）

サドは妻に対して嫉妬するにも、この男の「生まれの卑しさ」をつねに問題にしていた。「お前はわたしを裏切って、こんな下司野郎に、わたしの領地の土百姓に身をまかせたのか！　何ということだ、こんな恥辱に堪えて生きて行かねばならぬのか！」と。

興味ぶかいのは、サドが妻の恋人と信じた若い男を呪い殺そうとして、伝統的な一種の人形《ひとがた》の呪法を用いたことである。それはかつてルーセ嬢が描いてサド夫人に贈った、一枚のルフェーヴルの肖像画であった。ルーセ嬢の献辞として、紙の余白に「ずいぶん丸々と肥っています。あなたの恋人も、こんな風に肥ればよいのに」と書かれてあるのを見れば、この肖像画がパリ滞在中、彼女の戯れの手なぐさみに描かれたものであることは、すぐ分る。サドはルネ夫人に要求して、この肖像画をヴァンセンヌに送らせたのであろう。紙にはサドの血が染みついており、ぶすぶすナイフで孔《あな》をあけられた形跡がある。紙の大きさは縦四十六センチ、横三十六センチ。描かれた男の顔は、十八世紀風に髪の毛を円筒状に捲いた、三十歳くらいの青年の顔。眉毛の濃い、頬のふっくらとした、なかなかの美青年である。ナイフであけた孔は、ぜんぶで十三箇所あり、そのうちの八箇所は、孔のまわりに褐色に変色した血の痕がある。

人形《ひとがた》を用いる呪いの術は、中世以来、いろんな例が知られている。なるべく敵のすがたに似せて人形をつくることは申すまでもない。しかし紙に描かれた画像でも、蠟をこねあげた人形でも、方法は多く似ていて、針や釘で人形の身体をぶすぶす突き刺し、最後に心臓を一撃して火のなかへ投げこんでしまう。蠟人形の身体がすっかり熔《と》け切った瞬間に、呪われた者もまた死ぬのである。人形を焼いてしまわずに、呪いの言葉を吹きかけてから、どこか秘密の場所に埋めておくという方法もある。埋めておいたものが発見されると、魔法の効力は切れる。人形の代りに、昔は動物の心臓を用いたという。

十七世紀のパリには、ルイ十四世の愛妾であるモンテスパン夫人がひそかに参加した、有名な「黒ミサ事件」に類する妖術事件が頻々と起っているほどだから、迷信的雰囲気はきわめて濃厚であった。サドの生きていた十八世紀においても、カリオストロ、サン・ジェルマン伯などの神秘な伝説が語っているように、不可思議なものに心を惹かれる大衆はつねに存在していた。中世には妖術は田舎のものであったが、十七世紀以後、それはパリやリヨンのような都市に入りこんだのである。なるほど、十八世紀はヴォルテールの時代、理性信仰の時代ではある。しかし、「パリでは、大革命に先立つ十五年間、悪魔の召喚は上流社会にかなり広く行われた気晴らしの一つとなった」とH・ダルメラスが書いている。サドの作品にも、しばしば妖術使や魔術師や、秘密結社や悪魔礼拝などといった、当時の風俗を反映した神秘思想の断片のようなものが見てとれる。サドのような時代の合理主義に徹した精神にも、そういうものに惹かれる面があったのである。したがって、彼が妻の恋人と信じた青年を、古い中世の迷信的な手段によって呪い殺そうとしたことには、それ自体、驚くべきことはないかもしれない。べつに彼が本気で呪法の効果を信じていた、と考える必要もなさそうである。ただ時代の趣向に無意識にしたがったまでの話なのだ。

ルネ夫人の弁明を聞いて、サドは一応「安心した」と手紙に書いたが、すぐそのあとで、服装や化粧に関するやかましい要求を並べ立てなければ気が済まなかった。本当の嫉妬というよりも、弱い者を苦しめ抜きたい欲望、肉体的にそれが不可能ならば精神的に虐待したいという、やみくもな欲望に駆られているらしくもあった。一七八一年の夏ごろに書かれたと思われる手紙を、次に引用しよう。

そんな弁解が何になる？　「ほかの女を見てごらんなさい」だと？　ほかの女は、亭主が牢屋に入れられているわけじゃない。亭主が牢屋に入れられているのに、そんな服装をするやつがいるとすれば、それこそ軽蔑に値する淫売女だよ。お前は、まさかそんな道化役者か香具師のような服装で、聖体拝受に行くわけじゃあるまいね、え？　流行がどうであろうと、六十歳の婦人は流行を追うわけじゃなかろう。お前も、まだ六十歳にはほど遠いが、そのくらいの年齢になった気でいなければいかんよ。不幸というものは、年齢より以上に、人間を老いこませるものだ。わたしたちには、行動においても服装においても、ちょうど六十歳ぐらいがぴったりなのだ。もしお前が貞節なら、お前はわたしだけの気に入るように行動すべきだろう。そして、わたしの気に入るのは、この上ない慎ましさと、この上ない完全な地味の印象だけなのだよ。わたしの要求とは、つまるところ、次のようなものだ。すなわち、もしお前がわたしを愛しているならば、お前たち女が「部屋着」と呼んでいるような服を着て、わたしに会いに来るがよい。大きな帽子をかぶり、髪は平らに撫でつけ、どんな形の髷《まげ》をも結わず……胸も大きく拡げてはいけない。このあいだのように、だらしなく淫らなのは困る。そして服の色は、できるだけ黒っぽくするがよい。

ルネ夫人が犠牲者としての役割を一つ一つ忠実に果して行くのは、驚くばかりである。いかに不当な非難を浴びせられようとも、不当な要求を押しつけられようとも、あくまで彼女は忍耐強く、条理をつくして相手を納得させようとする。相手に信じてもらおうとする。変らぬ愛の証拠を見せようとする。どんな要求でも素直に受け容れる。彼女の手紙の断片を、次にいくつか引用してみよう。

いとしい方、あたしの手紙をお受けとりくださったかどうか、その手紙があなたのお心を鎮めたかどうか、まだいくらかでもお疑いが残っているかどうか、心配です。あたしにとっては、良心に疚《やま》しいところがないだけでは、まだ十分ではないのです。さらにあなたの幸福と、あなたの御満足とが欲しいのです。あなたがお疑いや心配を隠しておられるよりも、はっきり言ってくださったほうがよいのです。あたしが身の証しを立てるのは、やさしいことなのですから……

あなたのあたしに対する考え方は、あたしを仰天させ、落胆させ、途方に暮れさせます。あなたのためだけで生きている、このあたしですのに！ それが疑われ、卑しめられているんです！ もう言いますまい。でも、あなたはあたしの心に傷口をおつけになりました。この傷口は永遠に閉じないでしょう。弁解の必要なんかないのです。あたしの行動は、だれもが見て知っておりますもの。そうですとも、あたしをよく御存じのはずのあなたが、手紙にお書きになっている通りのことを信じていらっしゃるはずはありませんわ……

あたしの心は変っておりません。あなたを愛しておりますし、これからも永久に愛してゆくことでしょう。あたしが心に考えている唯一の仕返しは、あなたが出獄なさったら、入獄中のあなたの頭の中に浮かんだ一切は、途方もない空想にすぎなかった、ということを事実によってあなたに証明してあげることです。

こんな涙ぐましい、感動的な真実の調子は世にもあるまい。しかし、ルネ夫人が弁解に努めれば努めるほど、ますます囚人の怒りは狂暴になってゆくのだ。――夫人の手紙にもある通り、サドは自分の信じてもいないことを無理に信じているような振りをして、妻を責めることに、加虐的であると同時に被虐的でもある一種の快味を発見していたようである。この分析は、のちにくわしく述べるつもりであるが、――ルネ夫人は、そのためヴィレット夫人の好意ある申し出をも断念せざるを得なかったばかりか、夫の嫉妬心のあらゆる根源を断ち切ってしまうために、ラ・マルシュ街のアパルトマンを引きはらって、どこかの修道院に引きこもって暮らそう、とまで考えるにいたった。

八月十八日、彼女がルーセ嬢に宛てて書いた手紙によると、このころ、夫の手紙は警視総監の手で押えられて、彼女の手には渡されなかったそうである。理由は、その手紙の内容があまりに「ひどいもの」であったからだった。おそらく卑猥な言葉が書きならべてあったのだろう。わざわざ事情を聞きに警視総監に会いに行った彼女は、総監から「ルフェーヴルとは、いったい何者ですか」と逆に質問されて、恥ずかしさで真赧《まっか》になってしまう。

「あたしは修道院に入る決心を固めました」と彼女は、ルーセ嬢に語っている。「シャプロン街の英国尼僧院か、それが駄目なら、サン・トール尼僧院にでも部屋を探したいと思います。あたしは自分の計画をだれにも知らせておりません。」

ルネ夫人は他方、サドに宛てては次のように書いている。「あたし、決してヴィレット夫人のお宅には御厄介になりに行かないと、お約束いたします。この前のように、あなたがお苦しみになることの二度とないように、修道院を探すつもりです。ヴィレット夫人があたしの立場に同情して下さるので、あたしもあの方に好意をいだいたのでした。でも、その友情も、もう終りです。あなたのお気に入らない以上、あの方とお付き合いはいたしません。」

結局、サド夫人が落着いたところは、パリのヌーヴ・サント・ジュヌヴィエーヴ街にあるサン・トール女子修道院の一室であった。ここにはある期間、ルーセ嬢も住んでいたことがある。このように一般の寡婦や若い娘を収容する設備が、女子修道院に付属していたのである。サド夫人は二百リーヴルの宿泊費と三百リーヴルの食費をはらって、このあまり上等でない寄宿寮に住むことになった。

嫉妬の病理学

こうしたルネ夫人のあまりにも従順な自己放棄と貞節ぶりを見るにつけ、わたしたちは、サド夫妻の性生活をもう一度検討してみたい、という素朴な疑問にとらわれないわけにはいかない。加虐者と犠牲者の呼吸があまりにもぴったり合いすぎているのは、かえって奇異な感じをあたえるのである。それに、ルネ夫人の性格をよく知っているわたしたちには、サドが本気になって嫉妬するだけの理由を発見するのも困難であろう。ルネ夫人はカトリック的道徳律に縛られていたであろうし、ベッドの快楽にも積極的ではなかったであろう。その彼女に、どうして浮気や姦通ができたであろうか。

しかし、以上のような考え方も、きわめて一面的であるように思われる。たしかにルネ夫人は結婚当初、貞淑な、慎しみぶかい妻であったであろう。が、一七七四年から一七七七年にかけて、ラ・コストの城にサドが少女たちを集め、集団的な性の狂宴にふけったとき、記録によれば、ルネ夫人もこれに参加しているのである。もちろん、これはサドの強制によるものにはちがいない。しかし、結婚生活十年にして、美徳は悪徳の共犯者となり、その奴隷となったということもあり得るのだ。ルネ夫人は夫と妹との不義を知っていながら、これを母親の目には隠したし、ラ・コストの城に連れてこられた何人かの夫の情婦についても、世間には固く秘密を守った。少なくとも彼女は自分の美徳を損わない範囲において、夫の悪徳に協力していたのである。ということは、犠牲者としての役割に満足を感じていたということであり、マゾヒスティックな想像力によって性の歓びを理解する習慣を、無意識のうちに身につけていたということである。

それに、サドの妻宛ての書簡には、しばしばかなり大胆なエロティックな言い回しがあって、この夫婦のあいだには、彼らの夫婦生活のエロティシズムに関する一種の親密な馴れ合いがあった、とも想像されるのだ。たとえば、「お前の尻にねんごろに接吻するよ。お袋さんには内緒だぞ。彼女は良きヤンセン教徒で、女が恩寵主義者《モリニスト》扱いされるのを好まないようだからな。彼女の信ずるところによれば、御亭主のコルディエ氏（モントルイユ氏のこと）は、《繁殖の壺》よりほかには《突っ込ま》なかったし、この壺から外れる者はすべて地獄へ行かねばならぬのだ。ところで、わたしはイエズス会の坊主に育てられた人間だからな。サンチェス神父の教えの通り、なるべく《空虚のなかに迷わない》ことにきめているのさ。デカルトによれば、《自然は空虚を嫌う》というからな。どうもコルディエの母ちゃんとは意見が合わないねえ。しかし、お前は哲学者だ。お前は大へん美しい《背理》を所有しているし、お前のむっちりした部分は手ざわりもよい。《背理》のなかは狭いし、《直腸》のなかは熱っぽい。だから、わたしはお前とはぴったり一致するのだよ。」（一七八三年七月）――この文章は、当時の神学上の概念に思う存分エロティックな暗喩を籠めて、ほとんどあからさまに妻との肛門性交をあげつらったものであるが、こんな放逸な文章を妻に宛てて楽しげに書いているところを見ると、彼らの夫婦生活が、それほど味気ない、お行儀のよい、美徳一点ばりの堅苦しいものであったとは到底考えられないのである。

したがって、侯爵の理不尽な嫉妬という問題を考えるとき、これを単純な角度からのみ眺めては、おそらく誤りをおかすことになるであろう。たしかに五年近くもヴァンセンヌの獄に閉じこめられていれば、どんな男だって、多少は眼前に嫉妬の幻影がちらつくこともあるであろう。しかしサドは、この嫉妬の感情を洗練させたのであり、そこに妻を参与させることによって成立する姦通のエロティックなイメージに、唯一の快楽を汲んでいたと思われるふしがあるのである。つまり、自分を裏切って相手の男と情交している妻のイメージを、まざまざと脳裡に描き出すことによって、自分の昂奮をいやが上にも高めるという複雑な手続を踏んだのである。これは要するに覗見症者《ヴォワイユール》の心理であり、嫉妬する人間は、多くの場合、激怒しながらもだまされたいという無意識の欲望をかくし切れないものである。スピノザが嫉妬について、「愛する女が他人に身をまかせることを表象するひとは、自分の欲望がさまたげられるから悲しむだけでなく、また愛する女の表象像を、他の男の生殖器および放射精液と結合せざるを得ないところから、ついに愛する女を嫌うにいたる」過程として捉えているのは（『エティカ』）、最後の結論だけをのぞけば、正しい真理をふくんでいるようである。

サドは妻に対する自分の非難が不当であることを十分に知りつつ、しかも、彼女を徹底的に責め抜きたい衝動を抑え切れなかった。妻の姦通など実際には少しも信じていなかったのに、かかる情景を頭のなかに縦横に思い描いては、エロティックな昂奮を得たいと願った。「夢のなかで見るお前は、いつも実際の年齢より老けていて、何かわたしに言いたくない秘密をもっているような様子をしている。しかも、お前は母にそそのかされて、いつもわたしを裏切っているのだ。そんな夢を、わたしはもう五百回も見たろうか」とサドは妻宛ての手紙（最初の面会よりも以前）で告白している。精神分析学者なら、ここにエディプス・コンプレックスに基づいたフロイト的解釈を加えるところであろうが、わたしたちはジルベール・レリーとともに、パラドクサルな嫉妬の病理学を認めたい。すなわち、嫉妬する男のだまされたいという無意識の欲望が、夢のなかに結実したと考えたいのである。

ところで、このような嫉妬の両極性《アンビヴァレンツ》は、いかなる性病理学的な原理に由来しているのであろうか。ジルベール・レリーはこれをホモセクシュアリティ（同性愛的傾向）あるいはバイセクシュアリティ（両性的傾向）と推定している。

サドの同性愛的傾向については、今さら繰り返すまでもあるまい。すでに第四章にも述べた通り、マルセイユ事件では下男ラトゥールとの男色が問題になっている。ラトゥール以外にも、カルトロン（通称「青春」）と呼ばれる下男がイタリア旅行に同行したり、ラ・コストの城で主人の用を弁じたりしているのを御記憶であろう。サドの身辺には、つねに若い美貌の秘書や下男がいた。彼が妻との関係を疑った秘書のルフェーヴルもまた、ある期間、サドと男色的な関係にあったことは間違いなかろう。したがって、彼は妻に嫉妬したと同時に、自分を裏切って女と接触したルフェーヴルに対しても嫉妬したらしいのである。一般に同性愛的傾向（あるいは両性的傾向）を有する夫もしくは恋人は、その競争相手たる男の快楽に対して嫉妬心をいだくと同時に、その妻の快楽に対しても、意識的にか無意識的にか、嫉妬心をいだくものであって、サドもまた、この例に洩れなかったのである。スピノザが言ったように、嫉妬する男は「愛する女の表象像を、他の男の生殖器および放射精液と結合せざるを得ない」のであり、しかも両性的傾向を有する男は、他の男の生殖器を嫌悪しつつ、他方、これに魅惑されなければならないという反対感情に引き裂かれる。サドが妻の裏切りを嫌悪しつつ、しかも、他の男によって味わわされる彼女の快楽に一種のエロティックな昂奮をおぼえなければならなかったのも、この理由である。精神分析学では、このような嫉妬の両極性《アンビヴァレンツ》を「オレステス・コンプレックス」あるいは「マルク王コンプレックス」（トリスタン伝説による）と称することがある。

以上の推論は、決して観念論の遊戯ではない。サドにとって、「他の男の生殖器」は生ま生ましい現実感をもって、たえず眼前にちらちらする幻影であった。驚くべきことに、彼はルネ夫人の手紙（一七八一年八月五日付）の余白に、ルフェーヴルのペニスの大きさを「長さ十八・九センチ、周囲十三・五五センチ」と算出して書きこんでいるのである。計算の根拠がどこにあるかは分らぬ。しかし、彼は以前に男色の相手としてルフェーヴルの生殖器を親しく見ていたはずである。ラ・コストの城における狂宴の最中、もしかしたら、ルネ夫人はサドの命令によって、ルフェーヴルの怒張したペニスを一度ならず自分のヴァギナ（もしくはアヌス）に迎え入れたことがあったかもしれない。『新ジュスティーヌ』のなかの登場人物は次のように言う、「いいかね、ポーリーヌ、おれは自分でお前を何するよりも、こういう立派な他人の陽物によってお前が何されるのを見ていたほうが、はるかに楽しい思いを味わうのだよ。もしおれが結婚していたら、おれの最大の快楽は、こんな陽物によって自分の妻が汚されるのを見ていることだと思うね」と。作中人物の言葉をすべて作者自身の思想の表現と同一視するわけにはいくまいが、この場合、両性的傾向を意識した登場人物の告白は、かなり的確にサドの嫉妬の病理学を解き明かすもののように思われる。

孤独の快楽

サドの嫉妬は周期的に爆発した。

一七八一年十月の終りごろ、夫人が書き送った手紙の一節に、「あたしはとても肥りました。豚になってしまうかと心配なくらいです。あたしをごらんになったらお驚きになるでしょう」という言葉があるのを見ると、サドはてっきり彼女が不貞をはたらいて妊娠したのだと考え、逆上してわめき散らした。その声は牢屋の外にまで聞えるほどだったという。「肥ったと？　いったい、この言葉はどういう意味なのだ？」と彼は妻の手紙の余白に、腹立たしげに書きこんでいる。

サドの狂暴な怒りの発作が、面会にきた夫人の身に危険をおよぼすことになるかもしれないと考慮して、警視総監ルノワールは、夫人の面会を禁止した。「奥さま、もしあなたがそれでも面会したいと仰言るなら、わたしは大臣にこのことをすっかり報告して、禁止命令を出してもらうつもりです。わたしは自分の良心にかけて、このことを隠しておきたくありません」と警視総監はルネ夫人に宛てて書いている。

またしても絶望の底に突き落された夫人は、それでも諦めなかった。「たとえどんなことがあっても、夫に対する愛着は変りようがありません」とルーセ嬢に覚悟を語っている。彼女は自分に代って、かつてサドの少年時代の家庭教師であったアンブレ師に牢獄を訪問してもらおうと考えたが、この願いも許されなかった。親族以外は面会を許さないというのである。

十二月十五日、ルネ夫人は警視総監に宛てて、面会禁止を解いてくれるよう切々たる嘆願書を送った。

警視総監様、どうかこれ以上面会禁止の期間を永びかせることなく、あたしの夫と会うことを許可してくださいますよう、お取りはからいくださいませ。夫の書いたものによって判断なさらず、事実によって判断してくださいませ。この前の面会の時は、夫は少しも乱暴なことなど致しませんでした。典獄と副官にお訊ねくだされればお分りのはずです。もし彼らの言うことが、あたしの言うことと違うとすれば、あの方たちはひどい人です。実のところ、あの短い面会のあいだほど、夫があたしにやさしい心づかいを見せてくれたことはございません。あなた様にも見ていただきたいと存じます。そうすれば、夫に対する考え方はお変りになるのではないかと思いますし、夫に対して、正しい扱いをしてくださるようになるのではないかとも思います。夫は絶望のあまり錯乱しているのです。もう少しやさしく、忍耐強くしてくだされば、彼も落着くはずでございます。夫は絶望的な境遇で、心にもないことを言っているのですから、この境遇を変えていただければ夫も変るはずです。六年もの苦しい監禁状態は、彼を最後の絶望に追いやるのに十分でした。どうか一瞬間でも、あたしたちの怖ろしい運命をお考えになってくださいませ。そうして、この運命を変えてくださいますよう、お骨折りになってくださいませ。もしそうしていただけたら、あたしの感謝の気持は言葉にも尽くせません。

ルネ夫人は「六年の監禁状態」と書いているが、一七七八年九月から正確に数えれば、三年と四カ月ばかりが経過したことになる。それでも長い期間には変りはない。こうして、やがて足かけ五年目の一七八二年を迎えるのだ。ルネ夫人の歎願が功を奏したのか、この年の一月から、面会禁止は一時的に解かれていたらしい。

同年五月、サドが獄中からルーセ嬢に送った手紙の一節を、次に引用しよう。先に引用した、ラウラの幻に関する囚人の熱狂的な報告と同じく、この手紙もまた、ヴァンセンヌにおける囚人の最も抒情的な魂の昂揚を示すものの一つである。

ここでわたしの耳に達する唯一の悲しい楽器は、一個の呪われた鐘の音です。それが地獄の狂躁を打ち鳴らすのです。囚人は、他人のすることを何でも自分に関係あることのように妄想し、他人の言うことを何でも悪意に解するものです。鐘の音は、はっきりこう言っているように聞えました――

みじめなやつ　みじめなやつ
死ななきゃ　出られぬ
死ななきゃ　出られぬ

わたしは何とも名状しがたい怒りに駆られて、立ちあがり、鐘撞《かねつき》人をなぐり殺しに行こうかと思いました。でもその時、悲しいことに、復讐の門はまだ開かれていなかったのです。……そこで、わたしはふたたび腰をおろし、ふたたびペンを執り、「よし、それなら、あいつと同じやり方で報復してやろう」と思いました。それ以外になすべき道がなかったからです。わたしは次のような詩を書きました。

おれの心よ　おれの心よ
悦びからも　楽しみからも
解き放たれよ　解き放たれよ

頭巾をかぶった坊主なら
せんずりかく手に　不自由しない
せんずりかく手に　不自由しない

ここでなら　気楽なものだ
気楽なものだ　ありがたいことに
おれの手がある　おれの手がある

さあおいで　さあおいで
おれの悩みを　おれの悩みを
お前の陰所《ほと》で　慰めておくれ

嬶《かか》のおかげで　嬶のおかげで
おれは　みじめったらしく
タンタロスになった　タンタロスになった

ああ　何たる運命だ　何たる運命だ
おお　まったく　ひどすぎるぜ！
おれは死にそうだ　死にそうだ

いわおうぎの花も　むなしく枯れる
せめてその種子《たね》を　せめてその種子を
拾いに来てくれ　拾いに来てくれ

何たる殉教者だ　何たる殉教者だ
いつまで経っても
苦しみは絶えぬ　苦しみは絶えぬ

読者は、この詩の露骨な表現に辟易《へきえき》されるであろうか。「頭巾をかぶった坊主」（原語では capucin）とは、むろん男根のことである。孤独の快楽、オナニーを歌ったこの詩を、ジルベール・レリーはヴェルレーヌのある種の好色的な抒情詩に比較しているが、わたしも躊躇することなく彼の意見に左袒《さたん》しよう。さらに、わたしはジャン・ジュネを想い出す。ここには、後にこの二十世紀の泥棒作家が歌ったような、囚人の疎外された愛が最も見事に形象化されているように思われる。「孤独と絶望との絶頂におけるジュネの愛とは、彼がオナニズムにあたえる豪奢な名前にすぎない」とサルトルはいみじくも言ったが、ヴァンセンヌの囚人サドもまた、愛なくして愛するオナニズムの秘蹟を知っていたらしい。

ところで、この手紙の宛名人は、かつての恋愛ごっこの相手たる聖女ルーセである。いかに文学を解する女性であるとはいえ、独身の女友達に向って、こんな放縦な詩を書き送るサドの態度に、わたしたちは少なからざる驚きの念を禁じ得ないであろう。しかし、これがサドの常套《じょうとう》手段であったようだ。すでに一七七九年一月一日にも、ルーセ嬢は差配人ゴーフリディに宛てて、次のように溜息まじりに書いている。すなわち、「侯爵さまのお手紙のすべてをあなたに写してお送りするわけには、とてもまいりません。第一、それは長すぎますし、ぞっとするような気味のわるいことが書いてあるかと思うと、すぐその隣りには、突拍子もないことが書いてあるんです」と。サドは、手紙のなかに猥語や卑語を用いることを少しも憚《はばか》らなかった。妻に対しても、しかり。この態度は、彼にとって言葉が自慰行為にほかならなかった、ということを示す。もう一度サルトルを引用すれば、「オナニストは言葉を客体として把握しようとする」のである。サドが詩のなかで読者に向って、「せめてその種子を拾いに来てくれ」と懇願しているのは、オナニズムによって飛散した精液を意味すると同時に、また幻影が完成するとともに空しく消えてしまう言葉の種子とも解することができるだけに、意味ふかい暗合といわねばならない。

執筆と眼病

「鐘撞人をなぐり殺しに行こうかと思った」とサドは語っているが、すべてが意のままにならない牢獄の日常生活で、囚人の怒りは一度ならず爆発した。ミラボーとの喧嘩以来、牢番を怒鳴りつけたり殴ったりしたことも、二度や三度にとどまらなかった。一七八二年七月三十一日には、そのために散歩を禁止されたばかりか、独房の前の廊下に出ることさえ差しとめられた。

さらに八月六日には、囚人の手から一切の書物が取り上げられた。理由は、書物が「彼の頭を昂奮させ、好ましからざることを書かせる」からというのであった。「あなたが手持ち不沙汰で退屈していらっしゃることを考えると、あたしは居ても立ってもいられなくなります」とルネ夫人が書いている、「でも、お願いですから、書くことだけはやめてくださいませ。あなたのために良くありませんわ。それより、あなたの本当のお心にふさわしい、まじめな考え方をなさるように心がけてください。頭のなかから生まれた間違った考えを、喋ったり書いたりなさるので、あなたは誤解されるのです」と。

しかし、サドはこの夫人の忠告に答えるかのように、「自分にとっては非常に楽しい」読書や執筆活動をやめるわけにはいかない、「想像力の赴くに委《まか》せる時こそ、自分の不幸が慰められる」唯一の時なのだ、と書いている。そして、すでにだれの忠告をも聴けなくなってしまった自分を「教育しようなどと考えることは諦めてほしい」と釘をさしているのである。これは、いわばサドの信仰告白であり、ようやく作家として生きる決意を固めた牢獄文学者の、外部世界に対する宣戦布告とも受けとれる。

事実、サドはこのころ、エロティックな残酷な空想の翼を縦横に翔《か》けめぐらせて、みずから楽しみつつ、ひそかに著述の意図をはぐくんでいたようである。『ソドム百二十日』が書かれはじめる時期にはまだ遠いが、すでにいくつかの習作はある。やがて満四年に達しようとしている獄中生活のあいだに、読んだ本の量も尨大《ぼうだい》なものとなった。いずれは、この知識と空想の集積が、熱した頭から堰《せき》を切ってあふれ出るにちがいない。

ヴァンセンヌの獄で、サドが最も欲したものは食物と本であった。彼が夫人の差入れによって、どんな本を好んで読んでいたかといえば、アベ・プレヴォの『マノン・レスコー』、マントノン夫人の伝記、ルクレティウスの『万象論』、ヴォルテールの対話篇、ビュフォンの『博物誌』、モンテーニュの全集、ジョゼフ・ド・ラ・ポルト師の旅行記、デリル、サン・ランベール、ドラの詩、ダルノーの戯曲、そのほかフランスやローマ帝国に関する歴史書、年代記、演劇年鑑などである。フランス座やイタリア座で新しく上演された戯曲についても、知りたがっている。ドルバックの『自然の体系』やルソーの『告白録』などは、獄吏の干渉によって彼の手に渡らなかった書物である。あたかもフランス革命の前夜であった。百科全書家や理神論者の書物は当局に忌避されたのである。サドはジャン・ジャックの本がよほど読みたかったと見えて、この著者の思想を危険視する役人の石頭を歎いている。「お前たちのような偏狭な心の人間には、ルソーは危険な著者かもしれないが、わたしにとっては、世にもすぐれた著者なのだ。ジャン・ジャックはわたしにとって、ちょうどお前たちの『キリストのまねび』のような書物なのだ」と。

本の差入れがきびしく制限されたばかりでなく、九月二十五日には、一月から許可されていた夫人との面会も、ふたたび禁止されることになった。理由は、四人の態度が悪かったためである。夫人宛ての手紙が「猥褻《わいせつ》」だという理由で、彼女の手に渡らなかったことも一度や二度ではなかった。

十月になると、サドはヴァンセンヌからモン・サン・ミシェルの牢獄に移れるように取りはからってほしいと、妻宛てに手紙を書く。サドの言によると、典獄ルージュモンが「自分を毒薬の実験に使っている」というのである。六カ月以来、毒薬をあたえられ続けているので、自分は怖ろしい苦痛を味わっている。その上、自分は独房のなかに閉じこめられて一歩も外へ出られず、食事を運んでくる牢番も「小さな窓から、まるで狂人に物をあたえるように」食物を差し出す。これではとても堪えられない。自分の生命は、モントルイユ夫人の陰謀によって「売られてしまったも同然」だ。医者を呼ぶように頼んでも拒絶された。……サドは同時に警視総監にも訴えの手紙を書くが、むろん、問題にされはしない。囚人の精神状態が疑われるだけのことである。

今や、サドを取り巻く環境は最悪になった。かくてサドは、いよいよ書かねばならない羽目に追いやられた。

一七八二年七月十二日、サドは対話体形式の哲学的小品『司祭と臨終の男との対話』および『随想』をふくむ一冊の手帖を書き了《お》えた。前者は四十二歳のサドの最初の無神論宣言のような作品で、来たるべき目ざましい執筆活動の先駆をなすものである。

この作品は、ふつうサドの処女作と目されているが、厳密には彼の文学的生涯の第一作とは言いがたい。すでに述べた通り、これより以前にも、若き日のイタリア旅行の見聞記（未発表）や、一七八二年一月にルーセ嬢に送った書簡形式の小論文『哲学的贈物』を始めとする、いくつかの断片的な習作がある。さらに一七八一年四月に完成した五幕の喜劇『移り気な男』（後に何度も手を加えられ、『気まぐれ男』と改題される。未発表）も見逃すわけにはいかない。が、この『司祭と臨終の男との対話』において、サドは自己の作家としての思想的立場を初めて闡明《せんめい》したかとも思われるので、この作品は短いながら、彼の文学的生涯に記念碑的な地位を占める。

執筆活動と同時に、サドは眼病を患いはじめた。暗い蠟燭の下で何日も細かい字を書きつづけたためであろう。一七八三年二月十三日の手紙に、彼は次のように書いている。

わたしの眼は相変らず悪くなってゆく。ひりひり痛み、水分がなくなり、このままではやがて完全に失明してしまうかもしれない。眼医者を送るように世話してほしい。もう半月も前から頼んでいるのに、まだこんなことを繰り返して書かねばならないとは、お前もまったく薄情なやつだな。それから、わたしには召使が必要だ。自分一人ではどうしようもないからだ。身のまわりのことなどに追われていた日にゃ、仕事も何もできなくなってしまう。朝の九時から正午まで、晩の六時から十一時まで、わたしのそばにいてくれる人がほしいのだ。お願いだから、何とか手を打ってもらいたい。健康な時でも、わたしはそれほど大した要求をしたことはなかった。現在は、もうわたしの罪ではない。頼まないで済ますわけにはいかないのだ。もしお前が面会にくるつもりなら、わたしの部屋で面会できるように許可を得るがいい。あらかじめ言っておくが、会議室などへ降りて行くのは御免だよ。わたしには、そんな元気はないだろう。次のものを送ってほしい。ランプの笠を二個。蠟燭を完全に包むようなやつだ。それから上等な薔薇香水。カデ薬局で売っているいちばん香りのよい、いちばん高級なやつだ。これだけ書くのに大そう疲れた。お願いだから、同じことを何度も言わせないでくれ。心から接吻する。わたしの苦痛は、何とも言いようがないほどだ。

この短い手紙の字は、まるで手さぐりで書いたように、大きく、ためらいがちに、震えているのである。このころから四月上旬までの手紙の字はすべて、そんな調子である。眼がよく見えなかったのであろう。眼病はおそらく角膜炎であったと思われる。

典獄の要請によって、当時パリで一流と謳《うた》われた王室付眼科医グランジャンがヴァンセンヌに呼ばれ、病人を診察することになった。グランジャンは「イリス根」と呼ばれる、鳶尾《いちはつ》の根から採った粉末香料を患者にあたえた。サドは「こんなものはイカサマ薬だ」と言って怒っている。「最初の結果は、やや良くなったように思われた。目の曇りが徐々に消えてゆくようであった。しかし粉薬をすっかり使い切ってしまうと、たちまち元の状態にもどってしまった」と。

数日後に、サドはふたたび夫人に手紙を書いて、眼鏡を買ってきてくれるように頼んでいる。十八世紀当時、まだ眼鏡は珍しかったのであろう、サドはこれを説明するのに、「顔の半分をかくすマスクのような形をしたガラスの器具」と書いている。「眼を埃から保護するために、これを掛けるのだ。どうもうまく説明できないが、お前はわたしの言わんとすることを分ってくれるだろう」と。

　翌月の三月十八日、サドが妻に送ってくれるように手紙で頼んだ品物を、次に列挙してみよう。――二ダースのメラング（砂糖と卵で作ったクリーム菓子）。同じく二ダースのレモン入りビスケット。新築されたイタリア座の見取図。同劇場のこけら落しの脚本。二個の上等な海綿。六ポンドの蠟燭。大型のランプの芯。絹の縫取りのある緑色の背広。艶《つや》のある褐色のファエンツァ焼の牛乳沸し。「この前送ってもらった水差しでは小さすぎる」とサドは書き加えている。それから、小さな仔犬。（サドはセッター種の猟犬が好きだったようである。ミオラン城に幽閉されていた時も、獄中で小さな犬を二匹飼っていた）――またこの同じ手紙のなかで、サドは自作の戯曲『不公平な裁判官』を下男のカルトロンに清書させてほしい、と頼んでいる。

三月二十六日には、やはり自作の戯曲『ジャンヌ・レネー』および一幕劇『狂気の試練あるいは信じやすい夫』の決定稿を妻に送っている。このころ、相変らず庭の散歩は禁じられていたらしく、何とかして許可してもらうように骨を折ってくれ、と妻に懇願している。

　三月の終りごろ、眼病はいよいよ悪くなり、サドの不安は増大する。「炎症がひどく、内部にも拡がった。悪いほうの目の側の頭半分が、まるで燃えるように熱っぽい。昨日の晩は、そのために気分がわるく偏頭痛がした」と妻宛てに書いている。彼は大病になるのではないかと心配しているのである。そして、もしもの時には女の看護人を付けてくれ、と頼んでいる。「男の看護人はいやだ。もしも男に看病されるなら、それだけで堪え切れずに死んでしまうだろう。男の看護人がどんなものか、お前は知っているかい？　野戦病院で傷病兵を扱い慣れている連中さ。そんなやつらの手に委ねられたら長いことはないよ。三日と持たずに死んでしまうだろう」と。

七月二日、ヴァンセンヌの塔の頂上に避雷針が設置された。その日か、あるいはその翌日に、ちょうど雷雨が起って避雷針に雷が落ちた。パリの町では、まるで世界の終りに際会したように市民たちが怖れ戦《おのの》いたそうである。ルネ夫人も、この出来事に動顚《どうてん》して、ヴァンセンヌにいるサドの安否を手紙で訊ねた。これに対して、サドは苦々しげに次のように答えている、「お前の言う事件とは、いったい何のことだ。ここでは事件など、まるで感じもしなかった。七月二日に塔の上に避雷針が設置された。それが雷を招き寄せて、避雷針の尖端に雷が落ちたにすぎない。当り前のことではないか。それがどうしたと言うのだ。事件なんてものじゃない、ただの実験、簡単な実験だよ。それでもお前の手紙に、わたしは多少の感慨がなくもなかったね。実際、もしわたしが落雷で死ぬとすれば、これほど手軽な死に方はなかろう。あらゆる死に方のうちで、いちばん好ましい死に方ではないかと思うよ。なぜかといえば、それはまったく苦しみの伴わぬ、一瞬の出来事だからだ」と。（サドが『美徳の不幸』の女主人公ジュスティーヌを落雷で殺させたのは、いかなる理由によるのであろうか。苦しみ抜いた生涯の最後に、いちばん楽な死に方をさせてやろうと考えたのか。）

さらにサドは、この同じ手紙で、妻がくだらぬ落雷事件などに気をとられて、もう一年も庭の散歩を禁じられている自分の苦しみを忘れているらしいことを責めている。そういえば散歩の禁じられた一七八二年七月の終りから、やがて一年になろうとしているわけである。独房に閉じこめられたままで、一瞬間も外気が吸えず、サドは七月の暑さに死にそうに苦しむ。

孤独の快楽にも倦《う》み疲れた日、サドの心には不安が芽生える。九月二日にモントルイユ夫人に宛てた手紙は、痛ましくも、彼の心の極度の弱まりを示している。「あなたをうるさがらせるのは本意ではありませんが、奥様、どうしてもお手紙を差し上げずにはいられません」と彼は書きはじめる。「ここに来て以来、わたしはあなたからあらゆる打撃を受けましたが、最近のそれくらい、心にこたえたものはありませんでした。わたしの妻が不貞をはたらいているという噂を、あなたは敢えて否定なさいませんでした。いったい、母親がそんな不名誉な噂を許し、自分の婿にこれを信じこませようとするとは、どういうわけなのでしょう。あなたの怖ろしい策略は明白です。奥様、あなたは、わたしを妻と別れさせたいのですね。わたしがここを出たら、もう妻と一緒になる気にならないようにさせたいのですね。でも、それは見込み違いです。わたしは、たとえどんなことがあっても妻と別れる気にはなりません……」こう言って、彼は自分が今でも妻を熱愛していること、もし牢屋を出たら、妻の前に赦《ゆる》しを乞い、前非を悔いて新たな生活をはじめる覚悟でいることを、綿々と語るのである。そうして、一目でもいいから妻と二人きりで会わせてほしい、と泣かんばかりに訴えるのだ。その自虐的なまでに卑屈な調子は、まるで食物に飢えた者がパンを乞う時のようである。孤独な場所で、エロティックな欲求に飢えた彼は、恥も見栄もなく、せめて妻を抱く快楽を恵んでくれ、と叫んでいるかのようである。

秋になっても、まだ眼の病いは直らなかった。眼科医は、夜の読書はやめたほうがよいと忠告した。そこで、サドは読書をやめて、「秋の夜長のつれづれに」もっぱら書くことに没頭する。もし警視総監が原稿を開封しないと約束してくれれば、自分は回想記を書くつもりだ、とサドは妻に語っている。また回想記のほかに、三つばかり著作の計画があることを楽しそうに告げている。今までに書き溜めた十冊ほどのノートをもとにして、『フランス古今著聞集』という表題のプロヴァンス地方の説話集を編む気だったらしい。

書簡文学者

腰を据えて書き出すとともに、サドの心にも余裕が生じてくる。自己を客観的に見つめることができるようになったのである。一七八三年の秋の手紙は、十一年間におよぶサドの獄中からの手紙のなかで、最も生彩に富んだ、ユーモアと機智と雅致にあふれた数々の文章をふくんでいる。幾度かの絶望の危機を過ぎて、彼は次第に自己の運命について毅然たる確信をいだいてゆくのである。もとより、獄舎の不安や苛立ちが払拭されたわけではないが、その混濁した怨讐と狂躁の熱っぽい泥土の底をつらぬいて、地下水のごとく滾々《こんこん》と流れる清冽な決意が読みとれるのである。それこそ、作家としての決意でなくて何であろう。彼はようやく、外部の現実の攻撃に対して、完全に自己の人間的尊厳を守り抜く術を会得したもののようである。

時には泣きごとを言ったり卑屈になったりしたことはあったが、彼は自分の性格、自分のモラル、自分の作家的信念をみずから裏切るようなことは、一度も書いたことがなかった。彼は自分の性格を、じつによく知っていた。「傲慢で、気短かで、怒りっぽく、何事につけ極端で、想像力の放埒、不品行ぶりにかけては肩をならべる者もなく、また狂信的なまでの無神論者である。つまり、これがわたしという人間だ。もう一度言っておこう、わたしを殺すか、しからずんば、あるがままのわたしを受け容れてもらいたい。わたしは永久に変りはしないだろうから」――これは一七八三年十一月の妻宛ての手紙の末尾の一節であるが、このほかにも、この牢獄文学者の火のような信仰宣言を随所に挿入した手紙は、なお二十通あまりも数えることができる。

わたしの考え方は、わたしの熟慮の結果なのだ。それはわたしの生存、わたしの体質と切っても切れない関係にある。わたしが勝手に変えたりするわけにはいかないものなのだ。かりに変えられるとしても、変えようとは思うまい。諸君が非難するこの考え方こそ、わたしの人生の唯一の慰めなのだ。それこそわたしの獄中の苦悩のすべてを和らげ、わたしの地上の快楽のすべてを構成するものであって、人生よりもっとわたしが執着しているものだ。わたしの不幸をつくったのは、わたしの考え方では毛頭なく、むしろ他人の考え方だろう。馬鹿者の偏見を軽蔑する理性的な人間は、どうしたって馬鹿者の敵にならないわけにはいかない。それは予期したことであり、そんなことに頓着する必要は少しもないのだ。――旅人が旅をしている。他人が罠をしかける。旅人が罠に落ちる。これは旅人の罪だろうか、それとも、罠をしかけた悪人の罪だろうか？　わたしは、自分の道徳や趣味を犠牲にすれば自由になれるのだとしても、そんな自由はお断わりだと申しあげたいね。生命や自由を犠牲にしたほうが、まだましだ。わたしの道徳や趣味は、わたしの内部で狂信的といえるほど、発達してしまったのだ。この狂信は、わたしの迫害者たちの圧迫の結果だ。彼らが迫害をつづければつづけるほど、わたしの道徳は、わたしの心の内部に根強く育つ。だから、この道徳を捨てることを条件として、わたしを自由にしてくれるというのなら、そんな自由は要らないとはっきり申しあげるほかはないのだよ。（一七八三年十一月）

前にわたしは、フロイトの定義によるユーモアの機能について述べたが、サドがこのような精神態度を身につけるにいたったのも、このヴァンセンヌの牢獄における長い試練の結果であろう。「ユーモアとは」とフロイトが言う、「何かしらわれわれの心を解放するようなものを有《も》っているのみならず、何かしら崇高なもの、何かしら魂を昂揚させるようなところを有っている。明らかにそれは、ナルシシズムの勝利、自我の不可侵性の貫徹に存する。この場合、自我は、現実の側からの誘因によってみずからを傷つけること、苦悩を押しつけられることを拒み、外界からの外傷《トラウマ》を絶対に近づけぬようにするばかりでなく、その外傷も自分にとっては快楽のよすがとしかならないことを誇示するのである」と。

すでにわたしたちは、膿汁《うみ》でふくらんだ裸のモントルイユ夫人の戯画を描いて見せた、サドの悪意にみちたユーモアを知っており、また、オナニズムの詩やエロティックな暗喩に籠められた、一種の「デペイズマン」に似たサドの軽快なユーモアを知っている。周知のように、ロートレアモン伯の詩作上の主要な発見の一つは、文学作品のなかに医学や自然科学の書物から借りた多くの用語を散りばめること――すなわち、語を本来のあるべき場所から追放する（デペイゼする）こと――であった。この手法は、詩においても絵画においても、後にシュルレアリストの最も重要な方法の一つとなり、マックス・エルンストによって「デペイズマン」と呼ばれることになったが、――わたしたちは、サドの書簡において、すでにこの二十世紀的な手法がかなり頻繁に使われているのに気がつくのである。

前にわたしは、神学上の用語の暗喩によって巧みに肛門性交を論じた、まことに痛快なサドの文章を引用したが、さらに、もう一つの例をここに提示しようと思う。

わたしが容器《ケース》を註文したので、あなた（ルネ夫人）は気に病んでいるというのだね。しかし、もし容器がすでに出来あがっているのなら、あなたは気になりもしようが、まだ作らせるという話しかしていない現在、ただ註文するという行為だけであなたの神経が刺戟され、魂が苦痛の感覚を告知されるとは、わたしの小脳の狭い容積では、とても考えられないのだよ。そんなことをしたら変に思われる、とあなたはいうのだね。どうもそこがわたしには理解できないな。つまり、小さい女が大きな容器を註文したからといって、われわれ無神論的哲学者が理性の座と見なしている松果腺《しょうかせん》に、何らかの混乱が惹き起されるだろうとは、わたしには到底信じがたいのでね。（一七八三年十一月？）

ここで問題になっている容器《ケース》が、どんな品物を納めるためのものであったのか、わたしたちにはまったく分らない。もしかしたら葉巻入れだったかもしれない。十八世紀当時には、壊れやすい物や、針や鋏《はさみ》や糸や化粧道具など、小さな品物を納めるための細長い銅製の容器が、貴族のあいだにさかんに用いられていたようである。その多くは、細長い円筒型をしていた。ところで、このサドの手紙の文面から明らかに読みとれるのは、彼が常々こうした円筒型の容器を、ある目的のためにひそかに愛用していたにちがいない、ということである。ある目的とは、はっきり書けば、もう一つの孤独の快楽、肛門オナニーをさす。この文章のすぐあとに、彼は「お尻の持病のために必要なクッション」を送ってくれ、と妻に要求さえしているのだ。彼はこの場合も、一種の露悪趣味によって、ルネ夫人を困惑させて面白がっているように見受けられる。（サドが円筒型の容器を肛門オナニーのために愛用していたことは、後に採りあげるバスティユからの手紙『ヴァニラとマニラ』においても、明らかに認め得るところである。）

この手紙は、いわば生理学用語を用いた「デペイズマン」であろう。申すまでもあるまいが、脳髄の中央にある松果腺をば、精神の直接に作用する唯一の場所と見なした哲学者は、かのルネ・デカルトである。

サドの獄中書簡は、荒れ狂う心情の描出と、赤裸々な自己の性の暴露と、暗鬱なユーモアの点綴《てんてい》とにおいて、ロマン主義以前のいかなる作家の告白録よりも、つきせぬ興趣にみちみちた人間情念の大記録である。ジャン・ジャックといえども、大胆きわまるサドの筆使いの前には、臆病な取り澄ましたポーズをかくすことができない。サドが牢獄という特殊な情況で、かかる高度の段階に達した主体性の勝利、自我の不可侵性を誇らかに宣言し得たということは、驚くべきことであり、文学の歴史において一偉観たるを失わないであろう。

一七八四年一月から、ルネ夫人は足しげくヴァンセンヌの夫のもとを訪問することができるようになった。これは、新任の宮内大臣ブルトゥイユが囚人に対して寛大な処置をとったためである。ブルトゥイユは、フランス革命史の第一ページにその名が現われる国王派の政治家で、ネッケルの罷免による彼の内閣復帰（一七八九年）は、大革命勃発の契機となった事件である。

二月の終りごろ、サドは例の数字による判断から、自分がフランスを遠く離れた国に大使として送られるのではないか、という妄想に悩まされはじめた。しかし、その間にも彼は新作の戯曲を書いていて、手紙で妻に批評を求めたりしている。この『タンクレード』という一幕の音楽入り韻文劇は、タッソーの悲劇から題材を得たものであったらしいが、現在は残っていない。

ところで、彼の空想に反してフランス政府が決定したのは、囚人を別の牢獄へ移すことであった。遠い国へやられるのではなく、すぐ近くの、パリのどまん中の、もっと怖ろしい牢獄が彼を待っていたのであった。

ヴァンセンヌの牢獄は二月いっぱいで封鎖され、城の建物は、そのころ、別の用途に使われることに決定していたのである。これは政府の秘密であったから、二月二十九日の晩まで、サドはそのことを少しも知らなかった。その日の晩に、彼は突如として、六年間住み慣れたヴァンセンヌの部屋から引っぱり出され、そのままバスティユに連行されたのである。

監獄日誌によれば、彼をバスティユに連行したのは警部シュルボワ、到着は午後九時、収容された独房は、「自由の塔」と呼ばれる塔楼の三階の一室であった。

こうしてサドのバスティユ時代がはじまるのである。

第七章　自由の塔　(一七八四―一七八九年)

バスティユ概観

バスティユという言葉は、もともと普通名詞で、中世のころ、移動城塞と呼ばれた防塞のことであった。ローマ人はこれを攻城法に用いたもので、昔けは牢獄とは何の関係もなかった。パリの町人頭ユーグ・オブリオの手によって最初の礎が置かれたのは、一三七〇年四月二十二日のことで、それから二世紀のあいだバスティユは、主としてイギリス兵の侵入に備えたパリの要塞の役割を演じた。ときには王侯の迎賓館としても利用され、ルイ十一世やフランソワ一世はここで盛大な宴を張ったこともある。このバスティユが、国事犯や外国のスパイ、毒殺や贋札事件の罪人の獄舎になったのは、ルイ十四世の時代以降であった。有名な「鉄仮面」が聖マルグリット要塞に送られる前、一時ここに幽閉されていたのも、この太陽王時代の出来事である。その後ヴォルテールや、マルモンテルや、スタール夫人などの文人も、危険思想の持主としてここに収監される憂目に遭った。

といっても、バスティユは特権階級のための、いわば特殊監獄であった。『ルイ十四世の時代』に関してヴォルテールと渡り合った文人ラ・ボーメルのごときは、バスティユに収監されたとき六百冊からの蔵書を運び込ませ、しかも書棚は国費で作らせたという。むろん、従者を置くことも許された。スタール夫人はまだ娘時代、半年ばかりここに収容されたが、同囚の若い騎士と恋愛にふけり、釈放の日がきてもかえって喜ばなかったという。また、バスティユは生きた人間だけを幽閉する場所とはかぎらず、危険と見なされたものは書物といわず、印刷機といわず、勅命拘引状一つで有無をいわせず、ここに護送された。有名な禁断の書「百科全書」全三十五巻は、要塞の片隅に長いあいだ監禁されていた。

記録によると、バスティユは円い八つの塔楼から成っており、その高さは約二十四メートル、五階ないし六階層で、天井裏の部分を「球帽《カロット》」と称し、冬寒く、夏は蒸される暑さであった。「球帽《カロット》」は文字通り天井が丸く、低く、立って歩けないくらいで、兇暴性のある囚人をここに閉じこめた。地下の土牢は全部で八つあり、じめじめした不健康な場所で、囚人の処罰に使われたが、一七七二年以後は廃止された。八つの塔はそれぞれ「隅の塔」「礼拝堂の塔」「井戸の塔」「ベルトーディエールの塔」「バジニエールの塔」「国庫の塔」「伯爵領の塔」、そして最後の八番目を「自由の塔」と呼んだ。獄舎を「自由の塔」と名づけるとは、おそろしい皮肉といわねばなるまいが、じつは、ここは比較的優遇された囚人の住居だったのである。サドが収監された当時、この「自由の塔」の頂上の物見台には、

バスティユの牢獄

十三門の大砲が据えつけられていて、国家的な祝祭のあるごとに空砲を射《う》ったという。

各塔の各階には、それぞれ部屋が一つしかなかったというから、塔の内部はそれほど広くなかったようである。部屋は全部で三十七室あり、おおむね八角形をなしていて、直径がほぼ五メートル、天井までの高さもほぼ五、六メートルであった。天井と壁は石灰の白塗り、床は煉瓦《れんが》で、三段の階段をのぼると、三重格子の窓に近づくことができた。もちろん、窓はそれ一つだけである。壁の厚さは一メートル半から二メートルあった。備え付けの家具は、緑色のサージの垂幕のついたベッド、テーブル、数脚の椅子、煖炉の薪架、石炭をすくう小さなシャベル、火箸などであったが、囚人が外部から家具を運び入れることもできた。ファンク・ブレンターノの『バスティユの伝説および記録』によると、「バスティユの部屋は時としてきわめて優雅に飾られていた。サド侯爵はむき出しの壁に、きらびやかな長い綴織《つづれおり》の壁布を張りめぐらしていた……」とある。

ランゲの『バスティユ回想録』（一七八三年）によると、「バスティユの城門はサン・タントワヌ街のはずれの右手にあった。第一の門の楼上には各種の武器や甲冑《かっちゅう》が置かれ、その入口の側に番兵詰所があり、毎夜二名の哨兵が張番をしていた。この入口は第一の外丸に通じていた。そこには廃兵の営舎、要塞官の厩舎、物置などがあり、また隣接の兵器廠《アルスナル》にも通じていた。この外庭は入口を隔てて、第二の外庭に通じていた。そこには護衛の兵舎と、空溝と、吊橋がかかっていた。この外庭の右手に要塞官の官舎がそびえていた」――バスティユの外観は、見るからに陰惨で威圧的な感じであった。ことに周囲が場末のサン・タントワヌ街で、ごみごみした小さな家々がひしめいていたので、黒々とそびえ立つ銃眼のついた八つの塔楼は一層不吉な印象をあたえた。

囚人の食事は、多すぎるくらいであったらしい。朝の七時と、昼の十一時と、晩の六時の三回で、それでも足りなければ勝手に註文することもできた。もっとも、食費は囚人の社会的地位によってそれぞれ違っていて、下層民一日三リーヴル、ブルジョワ五リーヴル、財界人、文人、法官十リーヴル、最高法官十五リーヴル、元帥三十五リーヴルという内訳であった。ロアン枢機卿のような大貴族が下獄した場合は、食費は何と一日百二十リーヴルという巨額にのぼった。サドのように家族の要請によって監禁された者は、食費も国家負担ではなく、自費で賄《まかな》われた。サドの食費は三カ月で八百リーヴルであった。

四人の散歩には、物見台の上と中庭と二種類のそれがあった。一七八八年十一月二十四日から、侯爵は夕刻一時間の中庭の散歩のほかに、朝一時間塔の上で外気を吸うことを許された。しかし、これは例外的な特典で、ふつうは中庭の散歩だけに制限されることが多かった。「狭苦しい中庭には、兵舎と炊事場の臭いがむんむんしている」とサドは、収監されて一週間後の手紙に不平をもらしている。ランゲの説明によると、中庭は「二十五メートル平方の四角い場所で、周囲の城壁は高さ三十メートル以上もあり、窓一つないので、まるで広い井戸の底のようである。北風が渦巻いているので、冬は寒さが堪えがたい。夏は空気の流通がわるく、太陽にじりじり灼かれるので、釜のなかの暑さである」と。散歩は一人ずつ順番に、番兵に付き添われて行われた。したがって、収容人員の多い時はなかなか順番がまわってこなかった。四人の数は、そのころ一年平均十六人であった。

当時フランスの国庫は火の車で、国中にいくつもある国家の監獄を維持してゆくのは容易ではなかった。バスティユの別館ともいうべきヴァンセンヌが閉鎖されたのも、経済的な理由による。進歩的な大蔵大臣ネッケルも、バスティユという前時代の遺物のような存在には手を焼いたらしく、「何の役にも立たないバスティユは、国費の節約のため廃止にかぎる」と言明していたほどであった。為政者たちは、何とかして囚人の数を減らそうと考えた。囚人の数は、一七八八年五月には二十七人、同年十二月には九人、そして翌年七月十四日には七人となっていた。サドが収監された当時は、それでもまだ十三人を数えた。

牢獄文学の秘密

「自由の塔」の三階で、サドが初めて妻宛てに手紙を書いたのは、ここに移されてから一週間ほど経った一七八四年三月八日のことである。突然、何の予告もなく、強制的にヴァンセンヌからバスティユに移されたことに対して、サドははげしい忿懣《ふんまん》をぶちまけている。例によって、この処置をモントルイユ夫人の陰謀と信じていた模様である。さらにサドは、新たな環境の変化に不平をぶちまける。

お前も知っているように、わたしにとって必要なのは食事よりも身体の運動だ。それなのに、部屋の広さはヴァンセンヌの半分ほどしかない。部屋の中をぐるぐる歩きまわることもできない。たまに数分間、狭苦しい中庭に出してもらえるかと思えば、そこは兵舎と炊事場の臭いがむんむんしている。銃剣を突きつけられて、そこに連れて行かれるのだ。まるでルイ十六世の王座を転覆させようとした犯人みたいに！……それに、わたしは寝台の始末も部屋の掃除もしなければならない。寝台の始末をするのは結構だ。

他人に下手に手をつけられるよりは、自分でしたほうが楽しいからな。しかし部屋の掃除は、わたしにはまったく心得がない。わたしの両親が、そんな才能を子供にあたえるような教育を施してくれなかったのだから、悪いのは両親のほうだ。彼らに先見の明がなかったのだ……もし彼らに先見の明があったら、わたしはどこの宿屋の女中よりもうまく掃除をすることができたろう。さしあたって、だれかわたしに掃除の仕方を教えてくれる者をよこすように手配してほしい。そうすれば、わたしは彼を見習って、やがて彼と同じくらい上手に掃除をすることもできるようになるだろう。

わたしは着のみ着のままだ。そのうち母親の腹から出た時のようになってしまう。ヴァンセンヌを出るとき、一切のものを置いて行くように命ぜられたのだ。一枚のシャツも、一個の帽子も持って来なかった。お願いだから、最初にここを訪れるとき、二枚のシャツ、二枚のハンカチ、六枚の手拭、三足の布靴、四足の木綿の靴下、二つの木綿の帽子、二本のナイトキャップを締めるリボン、黒いタフタの帽子、二本のモスリンのネクタイ、ガウン、眼を洗うための四枚の布切れ、それに何冊かの本を持ってきてくれ。もちろん、ヴァンセンヌに残してきた荷箱や家具一式も、半月以内に受けとれるようにしてほしい。

そのほか、サドは眼薬や香水や、クッションや枕など、細々とした必需品のリストを書き送っている。

三月十六日、ルネ夫人は初めてバスティユを訪問し、午後四時から七時まで夫との面会を許された。彼女はこのとき蠟燭の差入れをしている。この日以後、一ヵ月に二度ずつ正式に面会が許されるようになった。

四月十四日、食事のたびに丸いナイフを使うことが囚人に許可された。牢番が食事を下げにくると、ナイフは彼に渡さなければならなかった。

四月二十九日、ヴァンセンヌから送られてきた荷物がサドの手もとに届いた。そのリストを見ると、おびただしい家具や衣類のほかに、百三十四冊の本の名前が載っている。めぼしいものを拾ってみると、マルモンテルの『詩法』、ラ・アルプの著作集、フェヌロンの著作集、『ブーガンヴィル旅行記』、ルクレティウスの詩、マリヴォーの『マリアンヌ』、ニコルの『論理学』、『千一夜物語』、『イーリアス』、タッソーの『解放されたエルサレム』、フィールディングの『ジョナサン・ワイルド』などがある。(アルスナル図書館に残っているサドのバスティユ時代の蔵書目録によると、さらに多くの歴史書や、文学書や、戯曲作品の名前が出ており、サドがいかに旺盛な読書家であったかが分る。)

手紙では相変らず不平をならべているが、結局、バスティユにおけるサドの生活は、ヴァンセンヌ時代よりは、はるかに楽でもあり自由でもあったようである。夫人との面会も順調につづいたし、紙やペンやインクなど、執筆に必要なものも彼女の手から、その都度渡されていた。七月十六日には、眼科医のグランジャンが、眼の治療のため獄内に入ることを許可された。そのころ、サドの眼は分泌液が多く、「まるでハンカチをかぶせられたように」霞んで、物がよく見えなかったという。眼科医の訪問は、その後も定期的につづけられた。

典獄のド・ローネーは粗野な軍人で、規則一点張りの形式主義者ではあったが、偽善者でないという点だけが取柄で、あの傲慢なヴァンセンヌの典獄ルージュモンにくらべれば、はるかに増《ま》しな人物であったらしい。そういう次第で、眼を悪くしていたにもかかわらず、サドの文筆活動はここで大いに進んだ。

もっとも、獄中の囚人が、必ずしも執筆に専念していられる状態ばかりが続いたわけではない。囚人の唯一の楽しみである散歩や面会も、ヴァンセンヌにおけるように、幾度か禁止された。夫人に対する暴行や、番兵に対する悪罵がその理由である。一七八七年十月七日には、ある囚人の入獄によって散歩時間が禁止されたことに腹を立て、典獄を罵倒して、夫人との面会を十カ月以上も禁止された。一七八八年六月五日には、典獄ミレーに対して非礼の行為があったという廉《かど》で、散歩を停止する旨申し渡されたが、肯《き》き入れなかったので、銃剣をもった獄卒に阻止されねばならなかった。

それより前、一七八五年八月十五日にも、いわゆる「首飾り事件」に連坐したド・ロアン枢機卿が、バスティユに下ったので、囚人の面会が一時禁止されたことがある。――フランス王家のスキャンダルである「首飾り事件」には、王妃マリー・アントワネット、ド・ロアン枢機卿のほか、そのころヨーロッパの上流社会に神出鬼没の怪人物カリオストロなども関係していたので、騒ぎは大きく、フランス革命の序曲とさえ言われている。枢機卿はバスティユでは二部屋も占領し、三人の召使を使って豪勢に暮らしていた。ちょうどこの「首飾り事件」でヨーロッパ中が騒いでいたころ、「自由の塔」の囚人は、ひとり異様な昂奮のうちに、大作『ソドム百二十日』の完成を黙々と急いでいたのである。

一七八五年十月二十二日に浄書しはじめ、三十七日を要して稿を整えたというサドの大作『ソドム百二十日あるいは淫蕩学校』は、たぶん、彼がヴァンセンヌにいたあいだに着想を得、バスティユに移る少し前か、あるいは移ってきてから、ただちに筆をとりはじめた作品であろう。あの大作が、短時日のうちに完成したとは信じられないからである。少なくとも一七八四年いっぱいと、一七八五年十月までの期間とを、それ一作のために十分に活用して、推敲に推敲を重ねたものであろう。もっとも、四部に分れたこの小説の、物語が肉づけされて展開するのは「序章」と「第一部」のみで、他の三部は箇条書きの粗《そ》描《びょう》のままで終っている状態であるから、後日にさらに大幅に手を加える予定であったにちがいない。

ともあれ、一七八五年の秋も深まるころ、サドは薄暗い蠟燭の光を頼りに、夜七時から十時まで、幅十二センチの小さな紙片を丹念に貼り合わせて作った、全長十二メートルにおよぶ巻紙の片面に、不自由な眼で、蟻《あり》のような細かな文字をびっしり書きこんだのである。二十日間で片面がいっぱいになると、次いで裏面に移った。三十七日間、こうして彼は一心に長い巻紙を文字で埋めていった。「首飾り事件」の噂も、王家のスキャンダルも、彼の耳には届かなかった。ようやく浄書し終ったのは、冬も近づいた十一月二十八日である。この巻紙が、二十世紀になって初めて陽の目をみた『ソドム百二十日』の貴重な原稿であった。

驚くべきことに、彼は『ソドム百二十日』を巻紙に清書し終ると、一年ばかりの準備期間を置いて、ただちに次の大作『アリーヌとヴァルクール』に着手すべく構想を練っていたらしい。これは前作よりもさらに長く、複雑な筋と構成とを持った書簡体の小説で、ラクロあるいはリチャードソンの影響を受けて書かれたものと思われる。完成したのは、この小説の副題にも明記されている通り「フランス革命の一年前」であったが（革命後に一部加筆された）、すでに一七八六年の十一月ごろから、サドが小説のための資料を集めていたという証拠があるのだ。すなわち、彼はスペインとポルトガルに関する何箇条かの質問書を妻に託して、十一月二十五日の手紙に、早くその解答を送ってほしいと催促しているのである。「いちばん簡単な方法は、その国に生まれた語学の教師を見つけて、その男に質問書を渡し、解答を紙に書いてもらうことだ。頼むから一刻も早く送ってくれ」と彼は苛立たしげに催促している。『アリーヌとヴァルクール』のなかの多くのエピソードは、スペインおよびポルトガルの地で展開されるので、これが同小説のための資料であったことは間違いなかろう。

ところで、さらに驚くべきことは、サドがこの『アリーヌとヴァルクール』を執筆している最中、後年の長篇小説『ジュスティーヌ』の原形となるべき短篇『美徳の不運』を、わずか十五日を費して一気に書き上げたという事実である。短篇とはいえ、この小説は百三十八ページ（邦訳にして四百字詰原稿用紙四百枚近く）の堂々たる内容のものであり、彼はこれを一七八七年六月二十三日から七月八日までのあいだに、ほとんど一気呵成《かせい》に仕上げたのである。この旺盛な筆力と、憑かれたような創作欲の秘密を解く鍵は、牢獄という特殊な状況に求めるしかあるまい。

短篇『美徳の不運』を書きあげると、サドはその翌年（一七八八年）から、同じテーマで、さらに尨大な長篇の構想に取りかかった。すなわち、百三十八ページの内容を加筆修正して、これを二倍以上の長さの長篇に引きのばそうと考えたのである。たぶん、この長篇は同年中に完成を見たにちがいない。同年十月一日に作成された自著の『解説つき作品目録』にも、この長篇の名前は載っているからである。これが革命後の一七九一年に初めて出版された『ジュスティーヌあるいは美徳の不幸』である。（この小説については、後にふたたび触れる予定である。）

このように眺めると、バスティユにおけるサドの創作活動は、まことに驚嘆すべき量におよんでいることが分る。一七八四年から一七八八年までの五年間に、長篇小説が矢つぎ早に三つも書かれており、しかもそれらは、ほとんど平行して同時期に構想され、執筆されているのだ。三つのうち、『アリーヌとヴァルクール』は四巻で、いちばん長い。完成されたのは『ソドム百二十日』がいちばん早いが、あとの二つは、どちらが先に脱稿したか正確な日付は不明である。執筆の速さもまた怖るべきもので、後に短篇集『恋の罪』におさめられることになった中篇『ユージェニー・ド・フランヴァル、悲惨物語』なども、その分量は邦訳にして尤《ゆう》に二百枚を超えるが、一七八八年三月一日から書きはじめられ、六日間で一気に脱稿している。

書き溜めた原稿の一部は、面会に来たルネ夫人の手にひそかに託され、他の一部は独房の内部に隠して置かれた。彼がいかに原稿の保存に慎重を期したかは、あの『ソドム百二十日』をわざわざ細長い巻紙に筆写したことによっても、窺い知ることができよう。人目にさらしても危険がないと判断された作品は、大きなノートに普通に浄書されているのである。

一七八八年の自著の『解説つき作品目録』によると、サドはこの年までに二巻の戯曲と、五巻の長篇小説（『アリーヌとヴァルクール』四巻および『美徳の不幸』一巻）と、四巻の短篇小説と、四巻の雑文集（『ある文人の草稿』。大部分は散佚《さんいつ》した）とを書いたことになっている。このリストには、『司祭と臨終の男との対話』や『ソドム百二十日』のような、非公然の書物はふくまれていないので、実際には、彼の書いた量はもっと多いはずである。

「サドは作家として完全に革命期に属していた」とモーリス・エーヌは書いているが、厳密に考えるならば、この「作家として」という言葉は、「出版された作品の作家として」という意味に解すべきであろう。なぜかというに、今も見てきた通り、長篇短篇をふくめてサドの傑作の多くは、すでに七月十四日のバスティユ襲撃より十カ月も以前に、ほとんど完全なかたちで出揃っていたからである。あとは革命後に書かれて出版された『閨房哲学』『新ジュスティーヌ』および『ジュリエット』の三大作を待つのみだ。四十歳（一七八〇年）までほとんど何ひとつ作品を書かなかった作家は、その後、ヴァンセンヌおよびバスティユの十年間に、尨大な量の著作をもつ作家に成長していた。これこそ牢獄文学の奇蹟でなくて何であろう。書くことが、彼にとっては救いだったのである。王の専制主義は、彼を厚い牢獄の壁の内部に閉じこめることによって、たしかに一家庭の道徳的安泰を守り抜くことができたかもしれない。が、思いもよらない結果によって、囚人は最も仕事のしやすい場所をあたえられ、単に一家庭に対してのみならず、専制主義そのものと社会全体とに対して、最も怖ろしい復讐の武器を磨くことになったのである。かつて人間の智慧が編み出した武器のなかで、哲学作品より以上に、人間の全面的解放のための有効な武器はなかったからである。

「あたしが眠っている時ですら、何らかの混乱の原因でない時は一瞬もなく、この混乱が全人類の堕落と錯乱を惹き起すまでに拡がり、あたしが死んだ後も、その効果が消えずに残っているような、そんな怖ろしい永遠の効果をもった罪悪を見つけ出したいのよ」と言うイギリス婦人クレアウィル（『悪徳の栄え』の登場人物）に対して、ジュリエットは次のごとく断言する、「書くことによって達成される精神的殺人以外には、そんな途方もない願いを叶えてくれるものはないわ」と。――サドもまた、孤独の無間《むけん》地獄のなかで、もっぱら書くことによって、あらゆる地上の権威に対して有効な精神的殺人を企てたのであった。

『ヴァニラとマニラ』

一七八七年五月二十五日のルネ夫人の手紙（ゴーフリディ宛て）に、「侯爵はとても元気です。でも、彼はひどく肥りました」とある。獄中で、サドは猛烈な食欲に悩まされ、しばしばルネ夫人に命じて、大きな籠に食料をいっぱい詰めて届けさせたりした。お菓子や、ボンボンや、ビスケットの註文が、よく手紙に出てくる。下男のカルトロンの手紙にも、獄中の侯爵は「海賊船長のようにパイプをふかし、がつがつ食事をした」とある。運動不足と暴食のため、彼はみるみる脂肪がついた。腹が出てきた。髪の毛が薄くなり、額が禿《は》げあがり、でっぷり肥った五十歳近い男のすがたを想像していただきたい。二十歳当時のあの柔弱な伊達者ぶりも、三十歳当時のあの「端麗な顔」（マルセイユ事件記録）も、すでに彼は失っていたのである。

この彼の病的な暴食症を、単に獄中生活の無為だけに帰せしめることはできないであろう。たしかに食欲は「孤独の快楽」ではない。しかし、物を食べるということは、胃腸の機能と性的機能とを同等のものと見なす小児の性器前的体制のもとにおいては、エロティックな活動の代替物となり得るのである。わたしたちは、すでにサドの性欲が肛門愛的であることを認めた。性器前的体制の第二段階は肛門愛的であり、第一段階は口唇愛的もしくは食人者的である。サドのうちに、この小児的な段階が二つながら永続していたことを認めるのは、さして困難なことではなかろう。その作品においても、彼は食欲の饗宴とエロティックな饗宴とを緊密に結びつけて考察している。「鯨飲馬食《げいいんばしょく》ほど淫蕩に近しい道楽はない」と彼は、その作中人物にしばしば語らせている。そして、この二つの欲望の同一化は、人肉嗜食《ししょく》の幻想にいたって完結する。人肉嗜食の幻想は、フロイトも確言している通り、わたしたちの小児期において、分析的研究によって確認し得るものであり、それが食人者的体制と呼ばれるものであった。

サドはみずから告白しているように、「何事につけ極端」であった。嫉妬においても、執筆活動においても、食卓の快楽においても、質的な極端とともに、また量的な極端をつねに求めた。

性的昂奮においては、どうであったろうか。これについて、とくに興味ぶかいデータとなるのは、一七八四年終りごろに書かれたバスティユからの妻宛ての手紙である。この手紙は、サド研究者たちのあいだで一般に『ヴァニラとマニラ』と呼ばれている。サドの性的極致、オルガスムが、どのような種類のものであったか、わたしたちはこの手紙によって、つぶさに知り得るであろう。

『ヴァニラとマニラ』は、謎のような象徴的な言回しにみちていて、読む者に少なからざる戸惑いをおぼえさせる。サドが用いた個々の言葉の意味を正確に解さなければ、手紙全体の文意を明らかにすることはできない。幸いにして、ジルベール・レリーがこれらの言葉の鍵を提供してくれているから、まず、それらを次に示しておこう。鍵になる言葉は三つある。すなわち、「弓」はペニスをあらわし、「矢」は精液をあらわし、「マニラ（葉巻）」は、サドがしばしば夫人に要求していた円筒型の容器をあらわす。円筒型の容器が肛門オナニーのためのものであることは、前に述べた。「ヴァニラ」には深い意味はないらしく、文字通りに解して差支えないと思われる。

では、問題の手紙の文章を次に引用しよう。

ヴァニラが興奮性の植物であり、またマニラという葉巻が、適度に用いるべきものであることは、わたしも承知している。しかし、それしか手段がない時には、どうしたらよいのだ。度を過さないように、適当に用いるしかあるまい。朝はたっぷり一時間かけて、太巻のマニラを順次に五本用い、夕方は半時間かけて、細巻のマニラを三本用いることにしている。文句を言う筋はあるまい。ちゃんと道理にかなったことだし、それが習慣になってしまえば、身体にわるいこともないのだ……弓がぴんと張られても、矢が飛び出そうとしない。それが辛いのだ。飛び出させようと思っても、道具がないと、気ばかり逸《はや》る。こいつは我慢がならない。だからわたしは、牢屋は身体によくないと言うのだ。孤独は空想に力をあたえるが、この力の結果として起る錯乱は、それによってさらに激しくなり、さらに確実になるからだ。

この飛び出そうとしない矢の頑固さについては、しかし、わたしは完全に諦めの気持をいだいている。なかなか飛び出そうとしないからこそ、いざ飛び出したとなると、すごい勢いになるのだ。それはまるで癲癇の発作だよ……痙攣《けいれん》と、スパスムと、苦痛と……お前もラ・コストで、その片鱗を見たことがあるだろう。ここでは、それがさらに激しくなっている……

わたしは、この発作の原因を分析しようと思った。そして、その原因が極端な濃さにあると信じた。頸《くび》の細い瓶からクリームを出そうとするようなものだ。クリームが濃ければ容器はいっぱいになり、破裂してしまう。だから、矢をたびたび飛び出させるようにしていればよいのだ。それが必要なことは、わたしにもよく分っている。だが、矢はなかなか言うことをきかない。無理に飛び出させようとすれば、逆上のあまり苦しくなる。もしわたしがマニラ以外の手段（というのは、マニラには矢を速く飛び出させる効果はないので）——わたしが自由であったところに用いていたような他の手段を、用いていたら、矢はもっと頑固でなくなり、もっと容易に飛び出すかもしれない。飛び出す時の発作も、それほど激しくはなく、それほど危険ではなくなるだろう。危険なのは、なかなか飛び出さないからなのだ。部屋に入ろうとするとき、扉が容易にあけば、大した努力をしないでも済む。なかなか扉があかなければ、それに応じて努力をしなければならない。それと同じことだ。矢が澱みなく流れて、すぐに飛び出すようならば、別に努力はいらない。いろいろと骨を折る必要もない。ところが、矢が長いあいだ溜りすぎて、あんまり濃くなりすぎると、これを飛び出させるのに大へんな骨折り、はなはだしい努力を必要とするのだ……

もし信用できる医者がいたら、わたしが今言ったことをすっかり話して、相談してみてくれると有難い。こんな発作を感じるような人間は、たぶん世の中に一人もいないのではないかと思う。自由になったら、わたしは早速医者のところへ行って、この発作の状態を彼に見てもらうつもりだ。わたしには、他の人間にはない体質上の欠陥があるにちがいない。若いうちは、それがよく分らなかったが、年をとるにつれて、だんだんはっきり現われるようになった。それを考えると、わたしは絶望的になる……

矢がなかなか飛び出さなければ、それだけ頭の調子が変になる。どのみち不都合は免れないらしい。無理に飛び出させようとすれば、ひどく逆上する。やっと成功すれば、ものすごい発作だ。成功しなければ、たえずいらいらする。


この貴重な性の告白を読んで、はっきり言い得ることは、サドが四十代半ばにして勃起にも射精にも非常な困難を感じていた、ということである。何らかの補助的な手段を用いなければ射精を完遂することができなかったのである。手紙のなかでサドが暗示している「他の手段」とは、おそらく、鞭で打ったり打たれたりするサド＝マゾヒズム的な行為を指しているのであろう。オルガスムは、サドにおいて、もっぱら残虐性のイメージと結びついていた。残虐性のイメージを喚起するのが困難な場合は、マニラのような円筒型を用いることによって、みずから慰めなければならない。それは姑息《こそく》な手段であるが、やむを得なかった。実際、相手がいない牢屋のなかでは、この残虐性のイメージを喚起するのに多大の努力を必要としたのである。そのために、彼は空しく逆上したり、いらいらしたりしている。

若いうちの過度の放蕩が祟《たた》って、このような射精困難を惹き起すという例は、さして珍しいことではないのかもしれない。サドが描いた遊蕩児の大多数もまた、多かれ少なかれ、そのような傾向の人物ばかりである。「過度の放蕩で涸れつきた精力を回復するのに、鞭打より以上に大きな効果のあるものはない」と彼らはひとしく断言する。しかしサドの場合、とくに注目すべきは、その困難な射精が完遂された時の、痙攣と発作の言語に絶する激しさであろう。彼の言によれば、それは「癲癇の発作」のようであり、そのまま失神してしまうほどの猛烈なものであった。ローズ・ケレルを鞭打った時も、当時サドは二十八歳であったが、最後に「甲高《かんだか》い絶叫とともに射精した」のである。しかも、女の身体には指一本ふれずに。——

いずれにせよ、サドが空想によってオルガスムに達することに非常な困難をおぼえたという証言は、サディスト的欲望が反省的な特徴をまったく有していないという、ハヴェロック・エリスの報告を正しく裏書している。サドは、たとえ女に手をふれないにせよ、彼女の肉体が道具として現前していることをつねに欲していた。サドのサディズムは、明らかに相手を必要とする自己主張のあらわれだった。その意味で、彼の性的孤絶主義は、逆説的に社会的であったと言えよう。「牢屋は身体によくない」と彼は、はっきり言っているのである。ディオゲネスだったら、牢屋のなかでも十分満足したであろう。彼がオナニズムにふけらなければならなかったのは、あくまで強いられた環境による結果でしかなかった。たとえ彼が孤独の快楽に慣れ親しんだとしても、サドはボードレールのような本質的なオナニストではないのである。

時代の移り変り

サドの狂おしい夢をはらんだバスティユの外では、彼の親しかった人たちのあいだに、少しずつ冷厳な変化が起っていた。

すでに叔父の僧院長が一七七八年、検察官のマレーが一七八〇年、義妹のアンヌ・プロスペル・ド・ローネーが一七八一年、そして文通の相手ド・ルーセ嬢が一七八四年に、それぞれ他界しているが、ここにまた、彼の気に入りの下男カルトロンの死を迎えることになる。病名ははっきりしないが、口蓋の切開手術をした後に、その甲斐もなく死んだらしい。サドが入獄すると、彼はパリのルネ夫人のもとに住みこんで、彼女によく仕えた。彼女のために手紙の代筆をしたりもした。病気になってからは、ルネ夫人に親しく看病してもらった。死んだのは一七八五年五月二十四日である。

生き残ったのはモントルイユ夫妻と、侯爵夫人ルネのみである。

モントルイユ夫人の確信は依然として変らなかった。すなわち、彼女は婿の性格は絶対に改まらず、釈放すればふたたび醜聞を起すにちがいないと信じていたのである。「もう手を出すべきではないと思います。今まで婿の懇望に負けて、何度も手を出し、彼を自由にしてやりましたが、そのたびに後悔しなければなりませんでした。あなたも御存じの通りです」と彼女は、ゴーフリディ宛ての手紙（一七八五年三月十七日）に書いている。

その上、モントルイユ夫人はサド家の財産管理権を婿の手から奪おうと、何度も公証人をバスティユに遣わして、サドの署名を取ろうとした。むろん、サドはその都度、この要求を断固として撥《は》ねつけていた。しかし一七八七年六月二十一日に、パリ裁判所の民事裁判官は、十年間家を留守にしているサドの財産管理を執行することをついに決定したのである。この裁判所の判決に署名したのは、サド家の親族とモントルイユ氏とであった。管理権はゴーフリディに委任されたが、実際上の権限は、地方行政官とモントルイユ氏とで分担した。子供たちの後見は、母親と行政官に任されることになった。サドは家長としての権限を一切失ったのである。

三人の子供たちも、それぞれ成長していた。父が獄に下ると同時に、彼らは三人とも祖母モントルイユ夫人の手もとに引き取られていたが、まず長男のルイ・マリーが一七八四年、ロアン・スビーズ歩兵聯隊に入隊することになった。当時サドはヴァンセンヌにいたが、息子の手紙によって、この入隊の知らせを受けると、いきり立って、妻に厳命を下した。息子も自分と同じ騎兵隊に入隊させなければいけない、自分の監督のもとで一年間過ごさせた後でなければ、学校も家も離れさせてはいけない、と言うのである。けれども、十七歳のルイ・マリーは父の意志に背いてスビーズ歩兵聯隊に入隊した。彼は父親に対して恥と嫌悪の情をいだいていたようである。呪わしいサド侯爵の名前はあまりにも有名だった。汚らわしい罪状のもとに獄に下った男、そうした父の全貌を知るにおよんで、多感な若者がいかに人生を懐疑したかは容易に察せられる。軍隊でもルイ・マリーは「サド・ド・マザン」という仮名を用いていた。一七八七年には、陸軍少尉としてアメリカの駐屯地にいたらしい。

一方、次男のクロード・アルマンは、一七八四年十月、十五歳でマルタ騎士団に入団を許され、一七八七年五月、新入団者としてマルタ島に到着している。マルタ騎士団はヨハネ騎士団とも呼ばれ、第一回十字軍の折、傷病兵看護を目的として設立された軍隊組織の古い宗教団体である。

娘のマドレーヌ・ロールは、十歳を過ぎても読み書きができず、少し頭が遅れていたらしい。一七八五年六月十六日のゴーフリディ宛ての手紙に、ルネ夫人は「あたしは病気です。手紙を書いてもらうにも、もうカルトロンもおりません。娘はお馬鹿さんで、字も書けません。あたしと一緒に暮らすようになってから、少しは満足になりましたが、彼女の教育には大分暇がかかりそうです。生まれつき頭がわるいのです」と書いている。

サドと一つ違いのルネ夫人も、すでに五十に近い年齢にさしかかっていた。記録によると、彼女はじつにしばしばバスティユの夫のもとに通っている。前後六年間、この苦しい試練によくも堪え抜いたものである。しかし、すでに彼女は体力的にも気力的にも、疲れをおぼえはじめていたようだ。もう果すべき義務は果したという意識が、彼女にはあったのかもしれない。夫に対する愛情よりも、今では息子たちに対する愛情のほうが大きかったとしても、ふしぎはなかった。食料品の籠やジャムの壺をとどけに来ないからという理由で、いかに侯爵が子供のように苛立たしげに怒っても、もはや夫人は肩をすくめて見せる以外に、何の反応をも示す気にはならなかったろう。彼女は年をとったし、時代も変りつつあった。息子は二人とも、彼女の手もとを離れていった。獄中の侯爵に宛てて書いた彼女の手紙を引用しよう。

あたしの可愛い騎士さんから便りが来ましたか？　あたしのところにも来ないんです。いま航海中だそうで、あたしはいつも海を心配しております。でも約束通り、きっとトゥーロンかマルセイユから手紙をくれることでしょう……あたしの健康はどうやら回復しました。けれど足がすっかり駄目になってしまったようです。たぶんあんまり無理をしすぎたせいでしょう。じきに良くなると人は言いますが、あたしにはとても信じられません。（日付不明）

かつて歎願書をもって幾度となく役所の階段をのぼった彼女の足は、もう言うことをきかなくなっていた。時代の推移には勝てなかった。

動乱の前夜

一七八八年九月二十二日、サドは部屋替えを要求して許可され、同じ「自由の塔」の七階に移ることになった。

同年十月初めには、獄中の雑用をまかせるために、廃兵の下男を置くことを許された。サドは新しい部屋の設備のために妻に多額の金を送らせ、綴織の壁布やベッドを運びこませている。

同年十月三十日、警視総監クローヌ（ル・ノワールの後任）はサド夫人の要請を容れて、囚人に新聞の購読を許可した。さらに十一月二十四日には、夕方一時間の中庭の散歩に加えて、午前中一時間の屋上の散歩が囚人に認められた。最初のころにくらべて、はるかに待遇はよくなっていた。

こうして、いよいよ一七八九年を迎えるわけである。この年は、申すまでもなくフランス大革命の勃発した年である。

足が不自由になっても、サド夫人のバスティユ訪問は依然として定期的につづけられた。一七八九年の一月には三回、二月には四回、三月には六回、四月には四回、五月には四回、六月には三回と彼女は通いつづけている。

このころ、すでにパリの街は物情騒然としていた。三部会の召集と並行して、三月末にはエックス、マルセイユ、トゥーロンなどで民衆の暴動や集団掠奪が起っていたが、四月末になると、こうした気運がパリにも飛火《とびひ》した。バスティユのすぐそばのサン・タントワヌ街で、レヴェイヨン壁紙工場の労働者たちの暴動が起ったのである。サド夫人はゴーフリディ宛ての手紙に、六月二十日の「テニス・コートの宣誓」の噂を書き送っている。さらに六月三十日には、アベイ事件として知られる軍隊の蜂起があった。数名のフランス近衛兵が上官に抗命したという廉《かど》で、アベイ監獄に収容されたが、パレー・ロワイヤル広場に集まった四千の群衆がアベイに闖入《ちんにゅう》して、囚われの兵士たちを奪還したのである。

獄中のサドが、こうしたパリの街の不穏な空気をどの程度正確に察知していたかは分らない。しかし、新聞にも目を通していたのであるから、社会の動きにまったく無知であったとは考えられない。いや、むしろ、彼には、自分が今いかなる立場に置かれているかということについて、はっきりした認識があったにちがいない。彼は専制主義の犠牲者だったのである。そしてバスティユは専制主義の象徴だったのである。

七月二日、サドはバスティユで騒ぎを起した。この奇妙な事件については、いろんな説があって、いずれが事実に最も近いか、わたしたちには判断の手がかりがない。ともあれ、ここではピエール・マニュエルの『暴露されたバスティユ』(一七八九—一七九〇年)によって、事件のあらましをお伝えしよう。マニュエルは、バスティユの看守ロッシノートの口から直接に話を聞いたと称している。……

パリの擾乱《じょうらん》が日増しに高まってくると、バスティユの典獄は警戒を厳重にし、非常事態に備えて大砲に弾丸をこめ、塔の上の散歩をすべての囚人に禁止した。サドはこの処置を不満として、もし散歩を許してくれなければ騒ぎを起してやる、と息まいた。看守のロッシノートがその意を典獄に伝えたが、典獄ド・ローネーは頑として聴き容れない。すると、サドはやにわに、下水を流すために使われていた漏斗《ろうと》型のブリキの管を引き抜き、メガフォンのようにこれを口に当てて、サン・タントワヌ街に面した窓から、下を通る市民に向って叫び出したのである。みるみるうちに人が集まってきた。サドは典獄の悪口をさんざんわめき散らすと、「われわれは迫害されている。救いにきてくれ」と大声で訴えた。

典獄ド・ローネーが国務大臣ヴィルドゥイユに宛てて送った報告書によると、「彼は何度も叫び、何度も騒がしく訴えました。もはやこの男をここに置いておくのははなはだ危険であり、公務執行の妨害になると考えます。この囚人はシャラントンの精神病院か、もしくはそれに類する病院に護送すべきでありましょう。もはや悔悛の見込みのまったくない男を、これ以上わたしどもが預かっていなければならない法はありません。塔の上の散歩を許可するわけにはまいりませんし、大砲には弾丸がこめてあります。これ以上の危険はないと申せましょう。サド氏をすみやかに護送せしむべき許可を、当司令部にお与え下さいますれば有難き仕合わせと存じます……」

後にサドは、「穏健主義者」の嫌疑を受けて革命政府の獄に送られる前、この報告書の写しを内務大臣に求めている。裁判所でこれを見せて、身の証しを立てるつもりだったのだろう。

一七九〇年五月にゴーフリディに宛てた手紙では、サドはこの事件について次のごとく説明している。「七月四日に、待遇の不満のことから、わたしがバスティユでちょっとした騒ぎを起したところ、典獄は大臣にこれを陳情したのです。つまり、わたしが窓から民心を刺戟し、窓の下に群衆を集め、あの恐怖の建物を打壊しにくるように彼らを煽動した、というわけです……たしかにその通りでした。おかげで、わたしはシャラントンの慈善修道院に送られ、あのモントルイユ家の悪人どものために、九カ月間も狂人や癲癇患者と一緒に、やり切れない思いを味わわなければなりませんでした」と。

また一七九二年四月十九日、ラ・コスト地方の憲法友の会会長に宛てた手紙では、サドは次のように書いている。「御照会になれば、お分りになるはずですが、わたしはバスティユの獄窓の下に民衆を集めたので、危険人物として、ただちに移動を命ぜられた男です。この集会が発端となって、やがてあの恐怖の建物は覆されました。このことは、公式の印刷物となって発表されておりますし、また一般にも認められている事実です。バスティユの典獄が大臣に宛てた手紙を手にお入れください。そこには、こう書いてあるはずです。『今夜サド氏をバスティユから移動させなければ、国王の地位は保証いたしかねます』と。いったい、このように言われている人物が、迫害されなければならないのでしょうか」と。

さらに一七九四年六月二十四日、人民委員会の委員に宛てた手紙では、サドは過去の自分の行為に、多分に粉飾をほどこしている。すなわち、「一七八九年七月三日、わたしはまだバスティユにおりました。わたしはそこで守備隊員の教化に努めておりました。また、パリの住民に向っては、この城のなかで彼らに対して準備されつつあった残虐な計画を、暴露してやりました。ローネーはわたしを危険人物と信じたようです。ローネーが城塞からわたしを遠ざけるよう大臣ヴィルドゥイユに勧告した手紙を、わたしは持っております。わたしとしては、どうあってもバスティユの裏切りを阻止するつもりでした。守備隊員に向って、お前たちは人民に発砲するほど恥知らずな人間なのか、と質問してやりました。彼らの答えに満足できなかったので、機先を制してやらねばならぬと思いました。そこで、ブリキの管を用いて、窓からサン・タントワヌ街に警告を発したのです」と。

この手紙では、サドの行動がまるで英雄的な行為のように美化されているが、そんなはずはあるまい。彼はただ、楽しみの散歩を禁じられたので、単純に怒って騒いだだけのことであろう。この七月二日の騒ぎが、サドの手紙にあるように、十二日後のバスティユ占領の直接の原因になったのかどうかも疑問である。当時、ここに収容されていた囚人は、サドを除いてわずかに七人で、いずれも旧制度の犠牲者というにはあまりに非政治的な人物ばかりであった。

七月四日午前一時、国務大臣ヴィルドゥイユの命により、拳銃をもった六人の警官が、秘密裡に寝ているサドをたたき起しに来た。サドは着替えをする間もなく、裸同然のすがたで箱馬車に押しこまれ、そのままシャラントンの精神病院に連れて行かれた。バスティユからは一物も持ち出すことを許されなかった。サドの出ていったあとの部屋は、シュノン警部の手によって封印された。のちにサドが回想しているところによると、このとき獄中に残していった品物は、「家具や衣類や下着など百ルイ以上、それに貴重な六百冊の書籍」があったそうである。しかし、何よりサドが残念がったのは、すでに「印刷屋に渡すだけの状態になっていた十五巻の書物の原稿」であった。

サドはシャラントンに移るとすぐ、夫人の立会いのもとに封印された部屋をあける権限をシュノン警部にあたえ、他の品物はともかく、とくに自分の原稿だけは、絶対に夫人の手に渡すようにくれぐれも頼んでおいたのであるが、この要求は果されなかった。この要求がまだ実行されないうちに、早くも七月十四日を迎えたのである。革命の火の手は、予想を裏切って速く燃えひろがった。

第八章　革命とともに　（一七八九―一七九二年）

七月十四日

一七八九年七月八日、かつてヴァンセンヌの獄でサドと罵《のの》り合いの喧嘩をしたミラボーは、第三身分の議員として、ラ・ファイエットやシェイエスの支持のもとに、宮廷の軍隊集中に抗議し、しきりに市民軍の組織を国民議会に動議していた。

七月十一日、民衆から人気のあった大蔵大臣ネッケルが罷免され、かつてサド夫人のヴァンセンヌ訪問を援助してくれた宮廷派のブルトゥイユが、起用されて新任の大臣となった。この知らせに、パリの市民たちは憤激した。その夜、劇場はネッケルの失脚に弔意を表して休演し、株式仲買人は取引所を閉鎖した。

七月十二日、若いカミーユ・デムーランがパレー・ロワイヤル広場に集まった民衆に向って叫んでいた、「坐して愛国主義者の聖バルテルミーを待つより、民衆よ、武器をとれ」と。緑の葉を身につけた数千の民衆は、ネッケルとオルレアン公の半身像をかついで市中を練り歩き、夜になると、暴動化して軍隊と衝突した。

七月十四日の早朝、パリの民衆は武器の狩り出しに狂奔した。たまたま竜騎兵の一隊がサン・タントワヌ街を通り、バスティユ方面に向って行進すると、これを見た民衆は、バスティユ牢獄が軍隊集合の拠点になるのだと早合点した。民衆はシャルトルーの修道院に乱入し、廃兵院に押しかけ、兵器庫から二万八千の小銃と五門の大砲を分捕り、ラ・フォルス牢獄を破って、犯罪者を解放した。「バスティユへ、バスティユへ！」の呼び声は市民の口から口へ、合言葉のように伝わった。

真夏の暑い日で、太陽はぎらぎら輝いていた。群衆がバスティユを取り囲んだのは、正午に近かった。市庁に陣取ったパリ市民の常任委員会は、バスティユ要塞司令官ド・ローネーに対して、再三、武器の引渡しと砲門の撤去を要求した。が、怒濤のような群衆に怖《おじ》気《け》づいた要塞司令官は、にわかに発砲を命じた。包囲戦が展開された。攻撃側は数百名の死者を出した。やがて刻々と押迫《おしせま》る民衆の圧力の前に、スイス傭兵三十人と老兵八十四人の兵力しかない要塞側は、降伏せざるを得なかった。跳橋《はねばし》がおろされ、群衆はなだれを打って城内に殺到した。司令官ド・ローネーと要塞副官のローム・サルブレー、同じく副官補のミレーは、三人ともグレーヴ広場に引きずり出され、寸々《ずたずた》試しにされて殺された。首級は槍の先に突き立てられた。

晴れて自由の身となってバスティユから出てきた囚人は、たった七人で、その一人は若い放蕩者のソラージュ伯爵、四名は贋札使いで、他の二名は狂人であった。政治犯や思想犯などは、ひとりもいなかった。それでも、この七名の「旧制度の犠牲者」たちは、街頭を練り歩かされ、いたるところで感激した群衆に迎えられた。サドは残念ながら、すんでのことで、この街頭の英雄になる機会を失したのである。

この日——七月十四日——、ルネ夫人はまだサドに依頼された用件を果していなかった。すなわち、獄中の原稿を取りもどしていなかったのである。彼女はシュノン警部に、獄中に残された私物は適当に処分してほしい、と依頼したまま、難を避けてあわただしくパリを出立したのである。暴民は封印された扉を打ち壊し、サドの部屋に侵入し、家具や衣類や書物を滅茶苦茶に荒らした。原稿は大部分、引き裂かれ焼かれて四散してしまったらしい。このなかに、百年後に発見されて陽の目を見た、あの『ソドム百二十日』の巻紙のほか、ついに永久に紛失してしまった『ある文人の草稿』や『日記』などもあったのである。彼が何よりも大事にした『ソドム』の原稿は、こうして彼が生きているうちには、二度と彼自身の手に返らないことになった。

この原稿の喪失が、彼にとってはよほどの痛恨事であったと見えて、のちにサドは次のように語っている。

かつて、わたしは印刷にまわすべき十五巻の書物の原稿を持っておりました。ところが、牢獄を出た今、原稿はやっと四分の一しか残っていないのです。サド夫人の許すべからざる怠慢により、一部分は失われ、一部分は持ち去られました。十三年間の苦心も水の泡です！　原稿の四分の三は、バスティユのわたしの部屋に残してありました。七月四日に、わたしはシャラントンに移されました。そして十四日に、バスティユは占領され、破壊され……わたしの原稿は六百冊の蔵書とともに、引き裂かれ、焼かれ、持ち去られ、略奪されて、もはやその一片も取りもどすことが不可能になったのです。これすべて、サド夫人の純然たる手抜かりのせいです。わたしの財産を取りもどすのに、彼女には十日も余裕があったはずです。十日間も武器や弾薬や兵士を詰めこんでいたバスティユの要塞が、民衆の攻撃目標になるだろうということぐらい、彼女にも当然察しがついたはずです。それなのに、いったいなぜ彼女は、わたしの財産を、わたしの原稿を、急いで運び出してはくれなかったのでしょう？　失われたわたしの原稿に、わたしは血の涙を注いでいます！……寝台やテーブルや箪笥はふたたび求めることもできましょう。しかし、思想は二度と取り返し得ないのです……（一七九〇年五月初め、ゴーフリディ宛て）

さらに、もう一つの手紙を引用しよう。

バスティユの書類の移管された地方で、それでもいくつかの原稿は見つけ出されました。しかし大事なものは何ひとつ見つからない……つまらないものばかりです。多少なりとも首尾の整った作品は何ひとつ見つかりません。ああ、わたしは匙を投げました！　何ということだろう、これこそ天がわたしに与えた最大の不幸です！　ところで、この痛手をやわらげてくれるために、あの心やさしき貞節なるサド夫人が、何をしたと思います？　彼女もわたしの原稿をたくさん持っておりました……面会のたびに、ひそかに手渡された原稿です。彼女はそれを返そうともせず、わたしに向ってこう言うんです、あの原稿は（あまりに大胆なことが書いてあるので）革命の時に災いになるといけないから、人に預けたところ、一部分焼かれてしまいました、と！　こんな返事を聞かされて、わたしの血は煮えくり返るようです……（一七九〇年五月末、ゴーフリディ宛て）

釈　放

七月四日にサドが護送されたシャラントンの精神病院は、パリの近郊にあって、カトリックの「慈善の兄弟」修道会に管理されていた。その歴史は古く、ルイ十四世のころ、王の顧問であったセバスティアン・ルブランという者が、土地や財産を同修道会に遺贈して建設させたという。貧民のための慈善病院であった。サドはこの病院に、釈放されるまで、狂人と一緒に九カ月間暮らさねばならないことになる。

革命の火の手は燃えさかる一方であった。七月十四日に一時パリを退いたルネ夫人は、数日後にふたたびサン・トール修道院に帰っているが、七月十九日にはシュノン警部に手紙を送って、「個人的理由から、今後バスティユにある夫の所有物には責任が持てない」ことを通告した。フランス全土にひろがった革命の動乱に、彼女は気も顚倒していたようである。夫が大事にしている原稿や書物も、彼女にとってはどうでもよいものだった。ルネ夫人がパリの窮状をゴーフリディに伝えた手紙を、次に引用しよう。

ここでは、四六時中パンが欠乏しています。てんやわんやの大騒ぎです。みんなが我勝ちに争っています。まるで大河の氾濫か、ぜんまいの壊れた時計のような有様です。イギリスへ渡った者も大勢います。巻添えを食わないように、たえず心を緊張させていなければなりません。会う人はすべて疑ってかからねばなりません。耳に入るのは、暴力沙汰の噂ばかりです。まさにこの世の地獄です。……あたしはできるだけ、街で売られているパンフレットの類を読まないようにしよう、他人が読んでいるのも、聴かないようにしようと覚悟をきめました。貧民の数がどんどん殖えています。商業は停滞し、税金の徴収はほとんど行われておりません。(九月十七日)

九月から、パリの生活難はいよいよ深刻になった。パリにはパンがなくなった。十月五日の有名な「ヴェルサイユ大行進」の日には、ルネ夫人はふたたび娘を連れてパリを脱出している。この日、前夜からサン・タントワヌ門の付近に集まっていた職人の女房たちや、魚市場の女たちは、鉦《かね》や太鼓をたたいて「パンよこせ、パンよこせ！」と叫びながら、隊を組んで市庁に向って大行進をはじめたのである。次いで彼女たちは、王の一家の住んでいるヴェルサイユに方向を転じた。ルネ夫人は書いている。

あたしは娘と女中をひとり連れて、男手なしにパリを脱出しました。貸馬車に乗って人波のあとに続きました。そうしなければ、庶民の女たちに力ずくで家から引っぱり出され、ヴェルサイユに王を連れもどしに行くために、無理やり雨のなかを歩かせられることになったからです。幸いにして、あたしは無事に脱出することができました……現在、王はパリにおられます。市内に連れてこられたのです。槍に刺された二つの近侍の生首を先頭に、ヴェルサイユからルーヴルへ……パリでは、民衆が歓喜に酔っております。王がいさえすればパンがあたえられる、と彼らは信じているようです。地方では、どんな形勢ですか。（十月八日、ゴーフリディ宛て）

翌年の一月から、農民の蜂起はふたたび激化し、亡命者は依然として跡を絶たなかった。三月十一日に、ルネ夫人はまたゴーフリディに手紙を書いている。

商人は物を売ってくれません。両替するために物を買おうとする人がいるからです。モーでは怖ろしい殺戮《さつりく》が行われ、町長は絞首刑に処せられ、司教は逃亡したという噂です。悲惨はその極に達しました。それ以外に何とも言いようがありません。悪をなすための合言葉は、「こいつは貴族だ。王を奪い返そうとしている」です。それだけで裁判もなしに絞首刑に処せられるのです！

まさに恐怖《テロル》と無秩序《アナルシー》の時代であった。三月十三日に、憲法制定議会はカステラーヌの動議により、勅命逮捕状を無効とし、六週間以内に、収監されている全被疑者および狂人を解放すべき訓令を発した。これでサドも天下晴れて自由になれる法的根拠を得たわけである。

それから二日後に、サドの二人の息子が父親に会いにシャラントンにやってきた。じつに十五年ぶりの再会である。二人は父親に、憲法制定議会の訓令のことを話して聴かせた。病院の修道士の許可を得て、サドは息子たちと一緒に監視なしに庭を散歩し、息子たちと一緒に食事をした。（息子たちはそれぞれ、革命の勃発とともに除隊していたのである。）

一方、モントルイユ夫人は憲法制定議会の訓令を知ると、ゴーフリディに宛てて次のような諦めの手紙を書いた。

現在の状態で、あたしが事件について沈黙を守っているとしても、あなたを驚かすことにはなりますまい。あなたもプロヴァンスにいて、次々と発令される国民議会の命令や、とりわけ今月二十日に発令された勅命拘引状に関する命令を、お知りになったことと思います。法案の作りかた如何《いかん》によっては、あるいは例外が認められるかもしれません。ある事情においては、家族が例外を認めさせることができるかどうかが問題です。いずれにしても、家族が中立の立場を守り、政府あるいは検事局に好きなことをやらせ、彼らの適当とする判断に従って、解決しなければならない場合があると思います。それだけが、どんな非難をも蒙《こうむ》らずに済むための唯一の方法でしょう……（一七九〇年三月二十三日、ゴーフリディ宛て）

旧制度下に羽振りを利かしていた者はすべて、貴族であるとブルジョワであるとを問わず、国民議会の制定に一喜一憂していなければならなかったのである。「貴族は街灯に吊るせ」という唄が流行した時代であった。当らずさわらずの態度が、最も無難な保身の道だった。

一七九〇年四月二日、サドはついに自由を取りもどし、シャラントンの精神病院を出所することができた。

黒い羅紗《ラシャ》の上着を着て外へ出たサドは、今や、貴族のように半ズボンをはいてさえいなかった。無一文だった。彼はまっすぐブロワール街に行き、パリ裁判所検事ド・ミリーの家を訪れ、彼から寝所と六ルイの金の提供を受けている。ド・ミリーはパリにおけるサドの業務執行人である。

マルキ・ド・サドの生涯は、一七九〇年にシャラントンを出所したところで終ったのだ、と見るべきであろう。その後、身の置きどころを知らぬ肥満した老体を持ち扱いながら、ふたたびパリの舗道をおぼつかない足どりで歩き出した五十歳の人物は、もはやサドではない別の人間である。「一言をもってすれば、わたしは（牢獄で）眼と肺とを失いました」とサド自身が語っている、「そして運動不足のため、ほとんど身動きもできないほどの肥満した体軀になりました。わたしの感覚はすべて消えてしまったようです。もはや何物にも興味がなく、何物にも愛着をいだくことはありますまい。かつて、あんなに狂気のように憧れた世界は、今ではわたしには、退屈な、鬱陶しい世界のようにしか思われません。トラピスト修道院にでも入ってしまおうか、と思う時さえあります。ある日、だれも知らないうちに、ふっと消えてしまいたくならないとも限りません。娑婆にもどって以来、これほど人間嫌いになったことはないのです」（一七九〇年五月初め、ゴーフリディ宛て）と。悲しい告白である。が、これほど文学というものの秘密を見事に解き明かす文章も、まれであろう。牢獄の孤独のさなかで、外の世界に「狂気のように憧れ」ながら、彼は、あらゆる文学の窮極目標である自由の火を、ことごとく燃やしつくしてしまったらしいのだ。今や、現実の自由を贖《あがな》ったとたん、彼の「感覚はすべて消えて」しまい、紙の上でしか存在しなかった彼自身は、一つの廃墟になってしまった。書く時の自由な瞬間だけで生きていた彼、書くことが窮極の行為であると確信していた彼は、足場を失って、よろよろしている。それは闇に慣れた夜行性の動物が、白昼の光のもとに連れ出された時の困惑に似ている。キリストに呼び出されて、腐臭にみちた暗い墓穴から復活したラザロの困惑に似ている。救われ蘇生したラザロは、悪臭と夜の混沌のなかにいたラザロとは、別の人間である。神を見る者は死ぬ。復活したラザロは、神の言葉のなかでかえって死んだのだ。

サドにとって、この神の言葉にあたるものは、フランス大革命の呼び声であった。恐怖の神が、彼に向って「出《い》で来たれ！」と叫んだ。しかし、すでに彼は牢獄という怖ろしい孤絶的な状況のなかで、絶対的自由の肯定、すなわち彼自身の恐怖時代を実現していたのである。歴史上の恐怖時代は、サドの恐怖時代よりほんの少し遅れてやってきた。紙の上に書かれるべき自由が、突如、歴史上の事件となるにおよんで、作家は拠って立つべき足場を失い、沈黙せざるを得なかった。ボーヴォワール女史によれば、「ギロチンがエロティシズムの暗黒の詩を扼殺《やくさつ》してしまった」のである。サドにとって革命とは、せいぜい自分の文学の検証のための鏡のようなものにすぎなかったにちがいない。社会的な事件にまったく無関心であった彼が、最も見事に革命と一体化した文学を築き上げたのは、一に「自由の塔」のおかげであったろう。

「自由の塔」とは、まことに象徴的な名前である。彼はここで、自由というものをだれよりも完全に理解した。そして書くことによって、自分自身の可能性である絶対的な自由のすべてを祭壇に供したのである。あとは、作品という彼自身の燃え殻を小出しに売ることによって、生活の資を得、作家という虚名を得るだけのことだ。

妻との離別

自由になった囚人の第一歩とともに、旧世界との最後の関係が断ち切られた。すなわち、サン・トール修道院に身を寄せていたサド夫人は、彼が出所した翌日訪ねて行くと、意外にも、夫にふたたび会うことを冷たく拒絶したのである。彼女は離別の意志を明らかにした。

あれほど長年月にわたって忠実に夫に仕えてきたルネ夫人が、いったい、どうしてこの時になって、夫と別れようという気になったのか。サド自身の言葉によると、すでにバスティユにいた当時から、夫人が自分と別れたいという意思をもっていることは薄々感づいていたそうである。しかし、獄中のサドにとって夫人は絶対に必要な存在だったので、彼女にそのことを敢えて問い質《ただ》そうとはしなかった。ただ、自分が釈放された時には彼女と別れなければなるまい、と漠然と思っていたそうである。

　おそらく、ルネ夫人の気持を別居に踏み切らせたものは、第一に宗教的な理由であろう。サン・トールの女子修道院で、病気勝ちになり、年を取るとともに、彼女はますます熱心に宗教上のお勤めに励むようになっていた。サド自身が皮肉に言っているように、彼の大事な原稿がバスティユで荒らされていたころ、ルネ夫人は修道院で「食ったり寝たり、便所へ行ったり懺悔をしたりしていた」のである。もはや夫の存在は彼女にとって必要ではなく、煩わしいものでさえあったのだろう。自由になった夫にとっても、もう自分は用はあるまい。子供もそれぞれ成長したし、もう母親としての役目も終っていた。彼女は一人になりたかった。……

　しかしサドにとって、長年連れ添ってきた妻と別れることは、やはり相当なショックだったようである。第一に、ルネ夫人はサドのわがままを許してくれる唯一の人だった。彼が自分の変りやすい気まぐれな感情、怒りや嫉妬や、悲しみや甘えの感情を、そのままぶつけることのできる相手は、妻を措《お》いてほかにはいなかったからである。サドは、残酷な仕打をしてくれた妻に対して、深い怨みをいだく。「おお、何という心変りだろう！　何という残酷な仕打だろう！　考えてもごらんなさい、この女がわたしに加えた侮辱を……わたしは眼に涙をためて書いています。それ以上は言葉もありません。」（一七九〇年初め、ゴーフリディ宛て）

一七九〇年四月六日、妻に会うことを諦めたサドは、それまで厄介になっていたブロワール街のド・ミリーの家を辞して、同じ街のホテルに一部屋を借りる。長男のルイ・マリーが、シャラントンの修道士の家に預けてあった家具や衣類を運び出してくれた。四月十二日、無一文のサドは当座の生活費を借りるため、義母モントルイユ夫人の家を訪れた。夫人は数ルイの金を貸してはくれたが、できるだけ早くゴーフリディに手紙を書いて資金を送らせ、自活の道を講ずるようにしなければいけない、と婿に意見を垂れた。サドはこの義母の態度から、妻を別居に踏み切らせた背後には、彼女が糸をひいているにちがいないと確信した。

事実、四月下旬になると、ルネ夫人はパリ裁判所に夫婦別居の申請を出し、同時に、持参金としてサド家に受納されていた十六万八百四十二リーヴルの金の返却をも要請しているのである。カトリック信徒のあいだでは離婚は禁止されているから、夫婦別居という形式をとるしかない。いずれにせよ、この莫大な持参金の返却の要請は、狡猾《こうかつ》なモントルイユ夫人の入れ智恵なくしては考えられないだろう。そのころ、サドは親類の叔母に宛てて、この義母の一家の腹黒さについて、つくづく閉口したように語っている。

あの一家の連中は化けものです。ほんとうですよ、叔母さま、わたしの人生の最大の不幸は、あの一家と縁を結んだことです……悪党どもは、わたしを破滅させようとしているのです。もうわたしを監禁することができないので、今度はわたしから妻を引き離そうとしています。そして結婚した当初のように、わざと持参金を取り上げるのに容易な状態に置こうとしたのです。今、わたしの財産から持参金を返却すれば、わたしは破滅です。手もとには、ほとんど生きるための資力も残っておりません。結婚したとき、わたしは年老いた自分が家族に取り囲まれることを夢見ていましたが、現在、わたしは寄るべなく打ち捨てられ、一人ぼっちで、ちょうどわたしの不幸な父が息を引きとった時と同じような悲しい運命に追いやられてしまいました。これこそ、わたしがいちばん怖れていた老境です。

牢獄から出てきたとき、わたしの息子たちを除いては、この悪党たちのだれひとりとして、わたしに手を差しのべてくれた者はありませんでした。ポケットに一ルイ持って、パリのまんなかに投げ出されたわたしは、どこへ行ったらよいのやら、どうして食ったらよいのやら、見当もつかず、金がなくなったらだれのところへ行けばよいのかも、まったくわかりませんでした。仕方なしに、あの不愉快な連中のところへ頼って行くと、けんもほろろの挨拶でした。とくに妻のところで門前ばらいを食わされたのには、何ともやり切れない思いでした。そうですとも、叔母さま、こんなやり方があるものですか。想像もつかないことです。（一七九〇年四月二十二日、カヴァイヨンの聖ブノワ尼僧院長ガブリエル・エレオノール・ド・サド宛て）

ルネ夫人が別居を希望する理由は、アルクイユ事件およびマルセイユ事件でサドが惹き起した醜聞によるものであった。すでに一七七八年の裁判で決着のついている、こんな昔の話をふたたび蒸し返すのは、明らかにモントルイユ家の側に、夫婦離別を正当化する相応の理由がなかったためであろう。「この別居申請書というやつを、あなたに読ませてやりたいものですよ」とサドが語っている。「居酒屋や兵営で幾度となく語られ、年鑑や新聞にこまごまと寄せ集められた、わたしに対するすべての誹謗《ひぼう》が、この見事な申請書の中心をなしているのですからね。じつにひどい下品な言葉が汚ならしく捏造《ねつぞう》され……中傷的に並べられています。要するに卑劣で陰険な、醜悪と嘘と愚劣の塊りのような文書です。」（一七九〇年五月末、ゴーフリディ宛て）

裁判所からの呼び出しに対して、サドは頑固に返事をしなかったらしい。しかし結局、別居の申請は六月十九日に裁判所に受理され、サドは夫人との離別を承認させられた上、年々四千リーヴルずつ持参金を返済して行かなければならないことになった。その後もモントルイユ家とのあいだに、金銭上のごたごたは続くが、煩瑣《はんさ》になるから省略する。

演劇への情熱

夫婦間の離別という深刻な問題が裁判所に提出されているあいだも、サド自身の関心は、むしろそれよりも、自分の戯曲の上演のほうに大きく傾いていた。芝居に対する青年時代からの情熱は、五十歳の現在にいたっても、まだ少しも衰えずに残っていた。獄中でも、新作の戯曲にはつねに注意を払っていたし、プログラムや演劇年鑑を夫人に届けさせたりしていた。自由になると早速、劇場の廊下や楽屋をうろつくようになったが、若いころのように女優の尻を追いまわすのが目的ではなく、今度は脚本の売り込みが目的だった。一七九〇年五月二日には、サドは招かれてコメディ・フランセーズの俳優フランソワ・ルネ・モレの家を訪れている。モレは個性の強い、当時の人気俳優だったらしい。

同時にこのころから、彼は一人の女と交渉をもつようになる。サドの手紙によると、その女はもとグルノーブル裁判所長官の妻で、フルリュー夫人と呼ばれ、当年四十歳、「才気にみちた魅力的な性格で、自分と同様、配偶者と別れた不幸な境遇の女」であるという。彼女はオノレ・シュヴァリエ街にアパルトマンを所有していて、自分の部屋の真向いの部屋をサドに貸していたのである。ゴーフリディ宛ての手紙に、サドは彼女との交渉の模様を次のごとく報告している。

わたしは時々、彼女の田舎の別荘へ遊びに行きます。お断わりしておきますが、わたしたちの関係には、もちろん友情以外の他の感情は入っておりません。彼女と一緒にいれば、わたしはつねに自分の不幸を忘れていられるのです……彼女は四十歳で、わたしは五十歳ですから、二人の年齢を合わせれば九十歳になります。もう危険なこともありません……平和と、落着きと、この上なくストイックな諦観とをもって、わたしは暮らしています。不潔な快楽とか、乱交とかは一切やっていません。そういうものはすべて、現在のわたしを嫌悪させます。昔はあれほど昂奮したものでしたが……このことには、どうやら体質が関係しているようです。わたしの肉体には、わたしの罹《かか》ったいろんな病気に応じるだけの力がありませんでした。咳、眼病、胃病、頭痛、リューマチ、それに不明の病気もあります。こうしたあらゆる病気によって、わたしの力は使いつくされ、ありがたいことに、もう他に気が散るようなこともなくなってしまったのです。ですから今では、わたしは以前より四倍も幸福です。今お話した婦人の家で、一年百エキュの小さな部屋にわたしは住んでいます。ほとんど身動きもできないほど小さな部屋です。それでもわたしは、きちんと清潔に暮らしています。（一七九〇年五月末）

この年の七月十四日、革命一周年を記念する聯盟（フェデラシオン）祭が行われた。シャン・ド・マルス広場の中央には、パリ全市民の奉仕による宏大な雛段が設けられ、二十万の観衆と一万四千の地方代表がここに参列し、オータンの司教タレーランのミサも厳《おごそ》かに、栄えある式典が行われた。あいにく、この日は雨であったが、サドは特別席で式典の一部始終を観覧したという。

八月三日には、サドの送った一幕の韻文劇『誘惑者』が、イタリア座の脚本審査会を通った。また同じ月の十七日に、サドはみずからコメディ・フランセーズの脚本審査会で、自作の韻文劇『閨房、あるいは信じやすい亭主』を朗読して聴かせたが、これは結局、不採用となった。モーリス・エーヌの考証によると、サドは当時のコメディ・フランセーズの座付作者兼俳優ブーテ・ド・モンヴェルとも親交があったらしい。モンヴェルを介して、脚本の持ち込みをやったのであろう。九月十六日には、五幕の脚本『ソフィーとデフラン、あるいは恋ゆえの人間嫌い』が、コメディ・フランセーズの審査会で満場一致で受理されたが、上演の運びにはいたらなかった。その他、『背徳漢』がイタリア座で、『懲らしめられた嫉妬深い男、あるいは浮気の学校』(『信じやすい亭主』の改作)が同じくイタリア座で、『美徳の罪びと』がパレー・ロワイヤル座で、『アゼリス』がボンディ座で、それぞれ受理されたが、いずれも上演の機会には恵まれなかった。

初めて舞台にのせられて、しかも大成功をおさめたのは、三幕の散文劇『オクスティエルン伯爵あるいは放蕩の報い』である。第一回公演は一七九一年十月二十二日、場所はサン・マルタン街のモリエール座であった。

バスティユで書かれたこの芝居は、スエーデンを舞台にした復讐物語で、その筋を簡単に記せば、――まず放蕩貴族オクスティエルン伯爵が、ファルケンハイム大佐の娘エルネスティーヌを凌辱し、彼女の恋人エルナンを誹謗して牢に入れさせてしまう。オクスティエルンは、不幸な娘をさらって、ストックホルムから一里ばかりの場所にある宿屋に彼女を閉じこめるが、娘の父親がこれを救い出す。しかし彼女は処女を奪われたことに絶望し、凌辱者に対して復讐の計画を練る。すなわち、彼をおびき寄せて刺し殺すつもりで、誘いの手紙を書くのである。ちょうど同じころ、娘の父親からの決闘状も、オクスティエルンの手もとに届く。すると、娘の計画を見破ったオクスティエルンは、ほくそ笑んで、娘と父親とを庭でぶつからせ、それと知らずに二人を闘わせてやろうと考える。この計略は図に当って、父と娘は互いに相手をオクスティエルンだと思い込み、剣を交じえて必死に闘うのである。そこへ若い男が駈けつけてきて、割って入る。この青年は、宿屋の主人ファブリスに救われて、牢屋を脱出してきた娘の恋人エルナンである。すんでのところで、父と娘は剣をおさめる。青年はオクスティエルンを殺し、めでたく復讐をとげて、娘と結婚する。……

『オクスティエルン』の第二回の公演は、十一月四日に行われた。この時も大成功であった。幕が下りてから、観衆の拍手にこたえて、サドは舞台から挨拶をしている。当時の「モニトゥール紙」にも、その晩の成功の模様がかなりくわしく伝えられている。サドは得意の絶頂にあったにちがいない。

同じ年の十一月二十四日には、またコメディ・フランセーズの審査会で、悲劇作品『ジャンヌ・レネーあるいはボーヴェの包囲』をみずから朗読している。これは賛成五票、反対八票で不採用となった。

サドの書いた戯曲のなかで、『オクスティエルン』とともに上演の運びにいたったものは、わずかにイタリア座で採用された『誘惑者』のみである。これは一七九二年の一月から稽古をはじめられ、三月五日に本舞台にかけられた。ところが、幕があくと同時に、平土間に陣どった赤いとんがり帽子をかぶったジャコバン党員どもが、大勢で騒いで芝居を妨害し、ついに興行を中止せざるを得なくしてしまった。だから、事実上この芝居は上演されなかったのと同じである。作者たるサドにとっては、さぞ無念なことであったろう。

ジャコバン党が騒いだ理由は、この芝居が「貴族的」だからというのであった。当時は、こういう種類の暴力沙汰も、決して珍しくはなかったようである。劇場で、過激派と保守派とが二つに分れて、殴り合いや怒鳴り合いを演じることもよくあった。一方が革命歌「サ・イラ」を歌えば、他方は「王様万歳！」と叫ぶ。いちばん困るのは、劇場経営者たちである。

この時から以後、サドの演劇への野心は絶たれることになる。そのため彼がいかに落胆したかは、察するにあまりある。フランス座の当局者に宛てた一連の手紙が残っているが、そのなかで彼は、あらゆる言葉をつくして自分の政治的立場を弁護しているのだ。彼がその生涯を通じて、上演の当てもなく書き溜めた戯曲原稿は、悲劇喜劇とり混ぜて、五十篇ないし六十篇の多数にのぼっている。

若い恋人

フルリュー夫人との同棲生活は、長いことは続かなかった。一七九〇年八月から、別の女性が彼の前にあらわれたのである。マリー・コンスタンス・ルネルと呼ばれる、まだ三十にもならない若い女優であった。サドが劇場に出入りしているうちに識《し》り合った相手であろう。サドは当時五十歳であるから、二人の年齢は二十も離れていたことになる。彼女は商人バルタザール・ケネーの妻であったが、夫は、彼女を捨て一子を残したままアメリカに渡ってしまっていた。

新しい女と付き合うようになると、フルリュー夫人との仲はだんだん冷たくなっていった。ついに彼女と完全に手を切り、サドがオノレ・シュヴァリエ街のアパルトマンを引き払って、ヌーヴ・デ・マテュラン街に小さな庭付きの家を借りて住むようになったのは、その年の十一月からであった。新しい家に、最初サドは家政婦と料理女と下男とを置いて、ひとりで住んでいた。ゴーフリディへの手紙で、サドは自分の現在の生活ぶりを説明して、「肥った田舎司祭」のようだと言っている。ラ・コストの城から家具や書物や原稿などを送ってくれるようにと、再三、ゴーフリディに督促の手紙を出してもいる。いよいよ新家庭の準備が整って、この家に若い恋人ケネー夫人を迎え入れたのは翌年の一月ごろであった。

サドは弁護士のレイノーに、劇場で彼女と出会った経緯を語っている。それによると、彼女は芝居の役がもらいたくて、作者であるサドのところに訪ねてきたのだそうである。それ以来、二人の微笑ましい関係がはじまった。レイノーは冗談半分に、芝居者には気をつけたほうがよい、とサドに忠告している。若いころ、サドがボーヴォワザンその他の女優と関係して、ひどい目にあわされたことを暗示しているのであろう。これに対して、サドは次のように誇らしげに答えている、「芝居者に気をつけろ、ですって？　もちろん気をつけていますよ。こういう手合いを少しでも識っていれば、軽蔑せずにはいられませんからね。でも、わたしたちの間柄は、そんなものじゃありません。わたしたちの家庭ほど慎しみぶかい家庭はどこにもありますまい。惚れたはれたの問題じゃないんです。わたしの小さな家を切りまわしてくれる女性は、ひたすら善良で、正直で、愛らしく、やさしく、てきぱきした女です。別れた夫からのわずかな扶助料で、彼女はわたしと一緒に暮らしております。わたしは彼女に住むべき家をあたえ、食べさせてやっているにすぎません。現在、これが彼女の唯一の楽しみなのです」と。

このマリー・コンスタンス・ケネー夫人との親しい関係は、サドがシャラントンの精神病院で死ぬまで二十五年間もつづく。すべての身寄りを失ったサドの晩年を、彼女はやさしい思いやりと、こまやかな愛情とをもって慰め、はげましたのである。サドもまた、この娘のような年齢の女に「深情け《サンシブル》」という渾名《あだな》をつけて、最後まで可愛がっていた。二人の結びつきには、肉体的なものは何もなかったと思われる。牢獄を出ると同時に、あれほど激しかったサドの性欲は眠りはじめたのだ。いわば、ケネー夫人はサドの後半生に新しいルネ夫人の役割を果した、彼の精神的庇護者ともいえるであろう。

ケネー夫人はあまり教育がなかったらしく、字なども上手とはいえない。（もっとも、字の下手な点にかけては、ルネ夫人も決して彼女にひけをとらないだろう。）しかしケネー夫人の心の暖かさと素直さは、こうした欠点を補ってあまりあるものがあった。サドはすすんで彼女を、小説を書く上の相談相手としていたようである。一七九一年の初版の『ジュスティーヌ』は、光栄にも彼女に捧げられている。小説を一章書き上げるごとに、彼女に読んで聞かせて、批判を仰いでもいたらしい。彼女の意見はしばしば手帖に書きとめられている。

やがて数年後にサドは貧窮のどん底に沈むことになるが、その困難な辛い時期にも、ケネー夫人は、少しも変らぬ献身的な愛情を見せる。「まさしく彼女こそ、天がわたしのために送ってくれた天使なのです」とサドは一七九九年二月、ゴーフリディ宛ての手紙に感動して書くであろう。彼女との交情は、サドの生涯の最後に咲いた美しい花である。それは若いころの燃えるような、ロマンティックな冒険的な恋ではないが、人生に疲れた者の、静かな、ほのぼのとした、心に滲《し》みるような愛情である。おそらくルネ夫人を除けば、彼女だけがサドを真に理解した女性といえるのではなかろうか。サドは、この「深情け」マリー・コンスタンスを知ってからは、もうどんな女にも目を向けなくなるのである。

一七九一年六月、パリではアシニャ紙幣がいよいよ暴落し、現金とアシニャ紙幣の二つの相場が建つほどになっていた。インフレーションが進行し、商人は掛売りをしなくなった。このころから、サドの生活は貧窮の一途をたどりはじめる。

彼の最初の著書となるべき『ジュスティーヌあるいは美徳の不幸』の原稿が印刷屋にまわされたのも、この一七九一年の六月ごろであり、バスティユで書かれたこの小説は、同年中に上梓されている。版元はオランダ、作者は死んだものとされたが、じつはパリのジルアールという印刷業者によって印刷されていたのである。この犢皮《とくひ》装釘の二巻本は当時のベストセラーとなり、作者は（死んだはずであったが）大いに面目をほどこした。経済的にも潤ったであろう。

六月十二日、サドはレイノーに宛てて次のように書いている。

今、わたしの小説を印刷中です。しかし、これは不道徳な小説なので、あなたのように慎ましい、信心ぶかい、上品な方には送る気にはなりません。わたしは金が必要だったので、出版者の求めるままに、悪魔も鼻をつまんで逃げ出すような、不潔な作品をでっちあげたのです。『ジュスティーヌあるいは美徳の不幸』という題名です。もし偶然あなたが手にとるようなことがあったら、どうか読まないで焼き捨ててください。わたしも、自分の作品とは思っていません。そのうち哲学小説を出す予定ですが、これは必ずあなたにお送りするつもりです。

サドは後にジャーナリズムの論敵を相手にも、自分は絶対に『ジュスティーヌ』の作者ではない、と頑固に言い張るのである。生涯、彼は『ジュスティーヌ』を書いたことを否認しつづける。――しかし、わたしたちは彼の処世術や韜晦《とうかい》を容易に見破ることができるし、また、『ジュスティーヌ』が異論の余地なく傑作であることも、知っている。後世の読者のためには、何も否定する必要はなかったのだ。彼は時代の良識と称するものに対して、遠慮をしているにすぎない。この弁護士に宛てた手紙など、したがって、文学的真実とは何ら関係がない、と思って差支えあるまい。

元侯爵の革命観

一七九一年四月二日に、ミラボー伯爵が謎の病気で急死した。一説には陰茎強直症《プリアピスム》という奇病で死んだといわれるが、これは彼のふしだらな放蕩生活を諷した噂であろう。そのほか、急進派のラメット兄弟の暗殺説などもあるが、横隔膜性の肋膜炎《ろくまくえん》というのが真相らしい。とにかく、民衆のあいだに異常な人気のあった彼の死は、嵐の時代を乗り切るための舵輪《だりん》を失ったかのような感さえあたえた。彼の屍体は解剖に付され、パリ中の市民に哀惜されて、四月四日にサント・ジュヌヴィエーヴの墓地に葬られた。「偉大なる解放者の屍体に毒が発見されなかったので、どうやらパリの民衆は、貴族を殺すことを諦めた模様です」とサドは、ゴーフリディ宛ての手紙（四月五日）に皮肉な調子で書いている。

六月二十日、ルイ十六世はパリを脱出する決心をした。ミラボーの急死が、彼を絶望的な気持に追いやったのかもしれない。というのは、じつはミラボーは王党派に買収されていて、もう一年半も前から、国王と国民議会との調停のために蔭で糸を引いていたのである。逃亡計画の劃策《かくさく》に当ったのは、王妃マリー・アントワネットの後見役ともいうべきオーストリア大使メルシー・ダルジャントゥ、スエーデン人の武官フェルセン伯爵、ナンシー事件の立役者ブイエ侯爵、亡命中のブルトゥイユ男爵などであった。

午後十時、国王の家族はフェルセン伯と家庭教師を混じえ総勢七人で、大型のベルリン馬車に乗りこみ、ひそかにベルギー国境方面へ逃げのびようとした。シャロンを過ぎるまでは無事だった。ところが、サント・メヌールド〔メヌー〕で駅伝長に見破られ、国王の一行が真夜中ヴァレンヌに着いた時には、すでに警鐘が乱打され、住民が殺気立っているという有様であった。明くる朝七時、王権停止の政令をもった急使がパリから飛んできた。あとは罪人の護送のようなものである。ヴァレンヌからパリまで、道中あらゆる罵声と怒号の連続だった。

国王の馬車がパリに帰り着いたのは、六月二十四日である。——この日、後になってサド自身が書いたところを信ずれば、彼は「王の馬車が革命広場を通り過ぎるとき、一通の手紙を馬車のなかへ投げこんだ」という。その手紙は、烈々たる語調で王の非愛国的な行為を非難したものであり、パリ中にひろまって、各地の広場や演壇で読み上げられたものであったという。

このサドが王に宛てて書いたという手紙は、たしかに存在しているし、『ジュスティーヌ』を刊行した印刷業者ジルアールの手によって、パンフレットとして出版されてもいる。しかし、それにもかかわらず、一七九一年六月二十四日に、サドがこの手紙をルイ十六世の馬車のなかに投げ込んだという事実については、疑わしいと申さねばならないのである。その理由は、まず第一にサドがこの事実を明らかにした時の状況である。サドは一七九四年六月二十四日（共和暦第二年収穫月《メシドール》六日）、「穏和主義者」の嫌疑を受けてピクピュス療養所に収容されているあいだに、人民委員会に宛てて、自分の政治的立場を弁明するために、過去の行跡についてかなり誇張した報告書を書いた。その報告書のなかに、三年前のこの日の行動が明らかにされているのである。サドが革命政府の獄にいた当時、恐怖政治の嵐は巷に荒れ狂い、有名な草月《プレリアル》二十二日の法令によって、革命裁判所の運営が一段と強化されるや、被告人の首はまるでキャベツの根元を切るように簡単に斬り落されていた。ロベスピエールの独裁は頂点に達し、ひとたび鬼検事フーキエ・タンヴィルの裁判所にまわされれば、弁護人もつけられず、それはもうギロチン行きときまっていた。サドが告発されたのは、三年前の一七九一年、彼が宮廷派の貴族ブリサック公爵の国王親衛隊に、手紙で入隊を希望したという曖昧な理由によっていた。しかし曖昧であっても、この告発理由は重大であり、十分ギロチンに値していた。ブリサック公爵は反革命の陰謀家と見なされていたのである。そういう人物と係り合いのあった彼は、身の証しを立てねばならぬ必要に迫られていたのであり、生きるか死ぬかの瀬戸際に立たされていたのである。何とかして愛国主義の証拠を人民委員会の眼の前に示して、裁判所にまわされないで済むような策を講じなければならなかったのである。そのことを考え合わせれば、彼がルイ十六世に対する悪意をわざと誇張して、このようなあられもない事実を報告書のなかに記載する気になったのだ、と推測しても不都合はあるまい。

　もう一つ、ここで注意しなければならないのは、サドの革命に対する考え方が、はなはだ曖昧であったということである。果して彼は共和主義思想、とくにジャコビニズムの信奉者であったのか、それとも心の底で王制維持を願っていたのか、その辺の事情がはっきりしないのである。

　なるほど、サドは一七九一年の一月ごろから、自宅の近くのヴァンドーム広場地区（後にピック地区と改称される）にしばしば出かけて、能動的市民《シトワイヤン・アクティヴ》の政治的な集会に参加したりしている。地区《セクション》というのは、一七九〇年の選挙法により分割されたパリの選挙地区のことで、能動的市民とは、フランスの国籍を有する満二十五歳以上の男子で納税資格のある者、すなわち、有権者のことである。各地区は討議によって、国民議会に意見を上申することができ、革命初期には、討議はもっぱらジャコバン派などの急進主義者によって牛耳られていた。この討議にしばしば出席していたというサドは、一見、共和主義思想に憑かれていた急進主義者のようにも見える。しかし一方、彼はサド家の親類で、穏健な改良主義者のスタニスラス・ド・クレルモン・トネール伯爵とも出獄以来親しく付き合っていたし、ジャコバン派に対しては、「山賊」とか「強盗」とかいう言葉で悪しざまにこれを罵り、ゴーフリディ宛ての手紙で、「鉄鎖につながれた王を見るのは堪えがたい」と、彼らの「憎むべき蛮行」にいたく憤慨してもいるのである。少なくとも、彼は革命による流血沙汰に腹を立てており、無力な王を迫害する急進主義者とは、思想的に一線を劃していたようである。そういう彼が、すすんでルイ十六世の馬車のなかに、脅迫的な言辞を書きならべた手紙を投げ入れたとは、考えられないのだ。それでなくても、もともと彼は臆病な性格であり、国王であれだれであれ、他人を断罪するほど冷酷には決してなれない性情の男なのである。のちに触れるが、彼は不倶戴天《ふぐたいてん》の仇敵であったモントルイユ夫妻に対してさえ、温情的な態度で臨んでいるほどである。

いったい、彼は革命に対して心の底で、どのような意見をいだいていたのか。

これについては、サドが自分で自分の政治的立場を語ろうと試みた、一七九一年十二月二十八日付のゴーフリディ宛ての手紙を引用するのが適当であろう。彼は次のように書いている。

あなたは、わたしの考え方を理解しようとして、それが果してどんなものであるかをお尋ねになるのですね。あなたの手紙のこの項目ほど、デリケートな問題は先《ま》ずありますまい。まったく、この御質問に正確にお答えすることほど、むずかしいことはないのです。まず文学者という肩書でお答えしますと、ここで毎日、あるいは一つの党派のために、あるいは別の党派の気に入るようにと、仕事をしなければならない関係上、どうしてもわたしの意見には融通性というものができ上ってしまうので、わたしの内心の考え方まで、それに左右されてしまうことになり勝ちです。ひとつ、わたしの内心を探ってみましょうか。わたしの考え方は、いかなる党派に与《くみ》するものでもなく、あらゆる党派の折衷です。わたしは反ジャコバン主義者で、彼らを骨の髄まで憎んでおり、国王を崇《あが》めていますが、古い王制の弊害には我慢がなりません。憲法の条項の大部分には賛成ですが、一部には反撥を感じます。貴族には彼らの栄光を返してやるべきだと思います。それを彼らから取り上げたところで何にもならないからです。また、国家の元首として国王があったほうがよいと思います。国民議会はなくもがなの存在です。むしろ英国のように両院制にすべきでしょう。そうすれば、どうしても国が二つの階級に分れることになり、国王の権力が緩和され、弱められる結果になるからです。第三の階級（僧侶階級のこと）は不要です。それは何としても許せません。以上が、わたしの信仰告白です。いったい、現在のところ、わたしは何者でしょうか。貴族主義者でしょうか、それとも民主主義者でしょうか。できればあなたから答えてほしいものです。それというのも、わたし自身には、皆目分らないからです。

この手紙の文章を逐一読んでも、サドの政治的な立場について、はっきりした結論を導き出すことは到底できない。僧侶階級に対する憎悪を別とすれば、サドの信仰告白は、みずから語っているように「折衷」的だからである。あえて言えば、一昔前の知識人の大部分がそうであったような、穏健な立憲君主主義者ということになるであろう。

だが、はたしてそう言い切ってしまってよいものか。ピエール・クロソウスキーは、サドの『閨房哲学』に含まれた「フランス人よ、共和主義者たらんとせば、いま一息だ」という奇妙な標題の、有名なパンフレットを引用して、サドの潜在的な共和主義思想を証明しようと試みている。革命家の共和国は、神権説による王の殺害の上に樹立されていたので、神に対する死刑執行をあれほど執拗に繰り返したサドの精神の奥深いところには、当然、それのアナロジーとしての、王に対する死刑執行の理念もまた、反映していなければならないはずだ、というのである。たしかに、この意見は傾聴に値しよう。フランス革命の精神分析学的基盤ともいうべき、神権説による王の殺害の肯定には、後にニーチェが行ったような、世界の一元的な支配に対するプロテスト、存在の解体を肯定するディオニュソス的精神とも相通じるものがあるだろうからである。しかし、よしんば潜在意識においてであろうと、サドがこのようなエディプス的、弁証法的な感情の論理に支配されていたかどうかは、はなはだ疑問であると申さねばなるまい。共和主義国家はあらゆる犯罪の禁圧を廃止し、あらゆる道徳に掟《おきて》を設けるべきではないというサドの結論も、単に彼の超歴史的な願望の現われにすぎず、たまたま実現された、時の政府の精神的基盤に、このような道徳の絶対的自由を正当化するにふさわしい、論拠を見出したにすぎないようにも思われるからである。彼は共和主義者であったかもしれないが、彼が文学のなかで要求したのは、自由な制度ではなく、あらゆる制度を覆す本能の自由であった。サドが革命と一体化した作家であったとしても、文学と現実のあいだには、なお越えがたい距離があったことを認めねばなるまい。

息子たちの亡命

一七九一年九月には、二カ月前にポルニックの歩兵聯隊の少尉の地位を辞職したサドの長男ルイ・マリーが、国外に亡命している。「この青年（ルイ・マリー）は、なにか人知れず悩みをいだいている様子です」と父親サドが語っている、「不安げで、落着きのない性格なのです。地の果てまでも逃げて行きたいのでしょう。祖国を嫌悪しているらしいのです。実際、何を考えているのか分りませんが、普通の状態ではないようです。騎士（次男のドナチアン・クロード・アルマン）のほうがむしろ落着いていて、立派に行動しています」（ゴーフリディ宛て、一七九一年十月四日）と。

しかし、その次男もまた、ルイ十六世が議会で宣戦布告をした翌月、すなわち一七九二年の五月には、トゥーロンジョン侯爵の副官たる職を抛棄《ほうき》して、軍隊を逃亡しているのである。二人の兄弟は、同じ年ごろの若者たちを狂奔させていた革命と愛国主義の理想には、いずれも無関心だったようである。

娘のロールは頭が遅れていて、父親が十数年ぶりで牢獄を出てきた時にも、ほとんど顔もおぼえていないような状態であった。この年の八月、サドはゴーフリディ宛ての手紙に、「娘は前に、わたしがあなたに描いて見せたように、まったく醜いのです。あれから三、四回会って、よく観察しましたが、たしかに彼女は精神においても顔においても、肥った百姓の娘そのままです。母親と一緒に暮らしておりますが、母親は彼女に行儀作法をも才能をも教えなかったようです」と書いている。

すでにこのころ（一七九二年）には、ジロンダン派政府の戦争突入と革命宣伝が利いて、アジテーションが日増しに高まっていた。フランス全土に革命の空気が漲《みなぎ》っていた。革命の情熱と愛国主義の躍動とは、不可分なものになっていた。若い工兵士官のルジェ・

ド・リールが、ストラスブールで有名な「ラ・マルセイエーズ」をつくり、出征軍を鼓舞したのは四月二十五日のことである。サドの次男ドナチアン・クロード・アルマンも、このストラスブールから軍隊を脱走したものらしい。この息子の非愛国的な行動を、父親サドが不甲斐なく思ったのも無理はなかろう。

名高い八月十日の暴動の後、サドはモントルイユ法院長、サド夫人ルネ、および二人の息子に直接宛てて、彼らの国外亡命をはげしく難じる手紙を書き送っている。「あなたは、あなたの息子や甥たちを貴族の陣営に走らせることによって、あなたの一家の貴族主義を証明なさるおつもりだったのですか」と書いて、サドはモントルイユ氏にきびしく迫っている、「わたしはといえば、そんな愚劣な考えは毛頭もっておりませんでしたし、自分の息子たちに対しても、彼らの愛国心と誠実をしか期待してはおりませんでした……あなたがわたしの息子たちに無理に選ばせた行動に、わたしは腹を立てております。もし半月以内に息子たちがパリに帰り、父と同じく祖国防衛の任につくように、あなたが彼らを説得してくださらないならば（わたしにはそれができないのです。彼らの住所を知らされていないからです）、わたしは躊躇することなく、あなたを息子の亡命の煽動者として国民議会に告発する用意があります」と。――もちろん、これは単なる言葉の上の脅迫であり、一種のレトリックであるにすぎなかった。サドはその生涯に、ひそかに他人を告発するというような卑劣な行為は、一ぺんもこれを行ったことがないのである。

二人の息子に対しては、サドは次のように書いている、すなわち、「王は裏切者であり、悪党であり、この詐欺師の配下にとどまっている者は、唾棄すべき連中のみである。それに、国民議会は父親を息子の行動の責任者と見なしている。お前たちは、自分の父親に逆らうような立場に、これ以上長くとどまっているつもりなのか。一刻も早く帰ってくるがよい。一日でも遅れれば、わたしはお前たちを憎悪し呪わなければならなくなるだろう」と。

しかし、ひるがえって考えてみるならば、息子たちに対するこのような厳しい態度も、彼の政治的なポーズの一種にすぎなかったのかもしれない。長男ルイ・マリーが逃亡すると、早速この父親は、ひそかに外国にいる息子のために為替手形を送ってやったりしているのである。……

破壊されたラ・コストの城

地方の農民一揆は、依然として続いていた。それはパンの欠乏のためというよりも、アシニャ紙幣の低落に起因していた。農民は地代や租税を納めようとせず、小作料は新紙幣で支払った。各地で貴族の城館が荒らされたり、富裕な者が虐殺されたりするという事件が相継いで起った。四月には、サドの領地に近い南仏のアプト、アルルで暴動が起った。また同じ月に、ラ・コストの自治団体《コンミューン》に所属する憲法友の会が、サド家の城の銃眼を取り壊す決議をしたが、サドが長文の手紙を送って抗議したので、結局、この処置は沙汰止みになった。

八月十日には、ついにパリで暴動が起った。国民と宮廷側の正面衝突は、すでに両者のあいだに数週間前から計画されていたものだけに、激烈をきわめた。戦闘は、まずチュイルリー宮のカルーゼル庭園ではじまった。後にサド自身が書いているところを信ずれば、この日、彼は朝早くから友達と一緒にカルーゼル庭園に赴き、マルセイユの義勇兵たちの一隊に加わって、白兵戦にのぞんだということである。あの「ラ・マルセイエーズ」の歌声を、彼も耳にしたことであろう。この戦闘で、スイス傭兵の大部分と宮廷人は虐殺され、民衆側の死傷者も千名を超えた。サドの保護者であったクレルモン・トネール伯爵も、激昂した民衆の手にかかって殺された。

この暴動の結果、国王一家はタンプルの塔に幽閉され、ここで事実上、宮廷側は粉砕され、王権は停止したことになるのである。一七九二年八月十日の暴動を契機として、革命は第二段階に入る。

しかし、血で血を洗う国内の紛争は、なおも続いた。ブルンスウィック大公の指揮するプロシア軍が、フランス亡命者の一軍を率いて八月下旬、パリ東方二百キロのヴェルダンに迫ると、敗戦の不安におびえる民衆のあいだに、奇怪な風説が流されたのである。すなわち、アベイ、ラ・フォルス、レ・カルムなどの監獄に収容されていた王党派、僧侶などが互いに連絡をとり、軍隊の出動を機会に一斉に脱獄して、パリを暴動化しようという陰謀が企まれている、というのであった。激昂した各地区は先手を打ち、収監中のすべての容疑者を即時殺害すべし、という決議をした。

九月二日、ついに惨劇が起った。世にこれを「九月の虐殺」と称する。惨劇は六日まで、五日間つづいた。それは後にダントンも告白しているように、「手のつけられぬ暴状」であった。血に狂った暴徒たちは、パリ中の監獄をねらって殺到した。貴族、僧侶から女や子供まで、手当り次第に殺された者の数は、千百名から千四百名と算定されている。神秘主義の小説家ジャック・カゾットも、この血なまぐさい九月のあいだに反革命者として断頭台で処刑されている。

サドが初めてヴァンドーム地区の書記になったのも、この「九月の虐殺」の最中であった。九月六日、彼はゴーフリディ宛てに次のように書いている。

……何千人という囚人が、九月三日のうちに殺されました。犯された殺戮の残酷さは、古今に比類がありません。(でもそれは正しいことでした。)ランバル公爵夫人も犠牲者の一人でした。槍の先に突き立てられた彼女の首は、王と王妃の目の前に差し出され、彼女のあわれな肉体は、あらゆる種類の卑猥きわまりない辱しめを受けた末に、八時間も街中を引きずりまわされたということです。宣誓を拒否した僧侶はすべて、収容されていた教会のなかで惨殺されました。彼らのなかには、最も尊敬すべき有徳の人物であるアルルの大司教もいたのです。

この手紙の文章のなかの、(でもそれは正しいことでした) という括弧のなかの言葉は、行間に後から書き入れられたものである。開封され検閲されることを怖れて、サド自身が加筆したものであろう。穏健主義者の烙印を押されないように、恐怖時代に身を処するには、それほどまでの用心深さが必要だったのである。

ランバル公爵夫人は王妃マリー・アントワネットの幼友達であったが、亡命先のロンドンから王室の危急に際して帰国しての、この悲運であった。彼女を殺した暴民の一人は、裸にして彼女の恥毛を切りとり、それを自分の鼻の下に髭のように貼りつけて、暴徒たちの大喝采を博したそうである。狂った革命劇のグロテスクぶりをまざまざと見る思いがするであろう。

「九月の虐殺」の余波は、地方にもただちに波及した。十三日には、アプトの町に住んでいたラ・コストの城の管理人ゴーフリディが、危険を察して息子とともにリヨンに逃亡している。それから四日後に、女や子供を混えた約八十人の村民が、ラ・コストのサド家の城に侵入し、滅茶苦茶にここを荒らしまわったのである。国民衛軍は見て見ぬふりをしていた。

掠奪は午前十時から始まった。城の家具はどんどん窓から外へほうり出された。持ち運びのできぬものは粉々に叩き壊された。ガラスは破れ、羽目板は引っぺがされ、扉や鎧《よろい》戸《ど》は蝶番《ちょうつがい》を外されて、へし折られた。一時間足らずで、持ち出せるものはすっかり持ち出され、地下倉の酒も、ことごとく飲み干されてしまった。

さらに二日後の十九日にも、約五十人の村民が城に押し寄せたが、この時は幸いにも当局の阻止によって、城は床や屋根の破壊を免れた。町役場は法的な強制措置によって、城の門を厳重に塞ぎ、持ち去られた家具や衣類の一部をようやく回収することができた。回収された物品は、ラ・コストの司祭館に運ばれて保管された。しかしこれも、同月二十八日には、ブーシュ・デュ・ローヌ県委員の手によって勝手に運び出されて、どこへ行ったか分らなくなってしまった。

ともあれ、こうしてサドが少年のころから住み慣れた懐かしいラ・コストの城は、無残なすがたに一変してしまったのである。――かつて青年サドのリベルタンの夢想は、この城の内部で、大きくふくれ上ったものであった。獄中にいてさえ、彼は数々の憶《おも》い出《で》にみちたこの城を、一瞬間も忘れることがなかった。彼の生涯に大きな役割を果した女性たち、ボーヴォワザン、ド・ローネー嬢、女中ナノン、ルーセ嬢などの名前は、すべて、この城の憶い出と緊密に結びついていた。

だから、城が破壊されたという知らせを受けると、サドは打ちのめされて、茫然となった。「自殺してしまおうかと思った」とゴーフリディ宛てに告白している。そしてリヨンに避難している管理人に、「できるだけ早くラ・コストに帰ってきてほしい」と頼んでいるのだ。忌わしい事件の詳細を知らせる手紙が届いたとき、彼は「震えながら」手紙を開いたそうである。「わたしにはもうラ・コストはないのだ！」とサドは悲痛な歎きを洩らしている、「何という損失だろう！　言葉ではとても言いつくせません。わたしは絶望しています」と。

十月十七日、サドはピック地区（以前のヴァンドーム広場地区）第八中隊所属、騎兵隊組織委員の資格で、内務大臣ローランに文書を送り、ラ・コストの城の掠奪の煽動者と、彼の家具調度を司祭館から盗み出した県委員に対して抗議をしている。しかし、たびたびの訴えにもかかわらず、持ち出された貴重な財産の多くは、彼の手に二度ともどらなかったようである。

今日、ラ・コストの村の丘の上にそそり立つ、かつてのサド侯爵の城は、写真で見ると、壁が崩れ落ち、天井が抜け、葛《かずら》や蔓草《つるくさ》にびっしり覆われて、瓦礫《がれき》のあいだに無残なすがたをさらしている。四百年の風雪に傷めつけられた、完全な廃墟のすがたである。かつての美しかった庭園も、茫々と夏草の生い茂るに任せたままの状態である。城のある丘の上に立てば、遠くカラヴォン河の谿谷《けいこく》とリュベロン山脈の連峰を見渡すことができる。それはいかにも南仏的な、明るい美しい光景だという。ジルベール・レリーの記述によると、城の廃墟の石の階段の残骸のあいだには、五月になると小さな雛罌粟《ひなげし》の花が咲くそうである。——しかし、現在の城の所有者が、近くこの残骸を取り壊すという噂もあるので、やがてこの聖侯爵の城は、わたしたちの目から永遠に消えてしまうことになるかもしれない。

第九章　恐怖時代に生きる　（一七九二—一八〇〇年）

ピック地区委員長

すでに一七九二年九月二十一日に、新たに憲法修正議会が発足して、ただちに王制の廃止が議決されていた。ここに、フランスは共和制となったのである。

サドの革命運動は、このころからいよいよ本格的な段階に入る。しばらく年代記風な叙述によって、彼の政治的な活動のあとを追ってみよう。

一七九二年十月二十五日、サドはピック地区の病院管理会委員に任命されている。市内の病院をまわって、不備の点を報告し、患者の待遇改善を図る役目である。

同年十一月二日には、ピック地区の総会で『法律の認可方法についての意見』というパンフレットを朗読し、会員の賛同を得て、これを各地区に印刷配布することに決定する。この論文は、七篇を数えるサドの政治的なパンフレットのなかで、最も調子の高いすぐれたものであり、新しい共和政体に対する著者の素朴な信頼の念が、生き生きと流露《りゅうろ》している。サドは得意の文筆によって、ピック地区の市民たちの絶人な信用を得ることになった。

十一月四日、サドはピック地区から選ばれて、翌々日の午前九時から二十四時間、憲法修正議会の警備の任につくことになった。当時、議会ではマラーとロベスピエールに対して攻撃が集中し、ジロンダン派内部の底流もやがて表面に現われようとしていた。ダントンやマラーのような錚々《そうそう》たる連中と、サドは議会でしばしば顔を合わせていたにちがいない。

一七九三年一月二十一日は、国王ルイ・カペーの処刑の日である。三十九歳の国王ルイ十六世は、午前十時二十二分、革命広場でギロチンにかけられた。——この日、サドはパリ市会の「平等の間」に赴き、病院管理会委員の討議に出席している。

同年二月二十六日、サドは同僚のカレおよびデゾルモーと協力して、パリ市内の多くの病院、療養所を視察し、その結果を報告書にまとめて提出している。ラモン博士の回想録によると、この報告書が提出されてから、病院の待遇はいちじるしく改善され、それまで一つのベッドに二、三人の病人が一緒に寝ていたのが、各人それぞれ一つのベッドを占有することができるようになった、ということである。

四月六日、義父のモントルイユ元長官が、ピック地区の集会所にひょっこりサドを訪ねてきた。十五年ぶりの再会である。彼らは一時間ばかり話しこんだ。

革命によって、彼ら二人の立場は逆転していた。今では、サドは羽振りのよい新時代の政治活動家であり、モントルイユは、反動と見なされ粛清のリストに載せられた、憐《あわれ》むべき時代の落伍者である。かつてサドをさんざん苦しめたモントルイユ家の当主は、尾羽打枯らしたすがたで、婿に一家の助命を歎願しに来たのである。サドはこのころ、アシニャ紙幣偽造事件の告発審査委員に任命されていた。すっかり変ったモントルイユの態度を見て、彼の内心の愉悦はいかばかりであったことか。

「あなたをびっくりさせるようなことを二つお知らせしましょう」とサドはゴーフリディ宛てに書いている、「モントルイユ長官がわたしに会いに来たのです。――もう一つは何だと思います？　当てたら大したものだ！……裁判官になったのですよ、ええ、このわたしがね！　告発審査委員です。いったい、十五年前にだれがこのことを予想し得たでしょう？　わたしが円熟した、分別ある人間になったことが、あなたにもお分りでしょう……あなたの地方にも、この噂をひろめてください。そうすれば、彼らはわたしを立派な愛国者と認めてくれるかもしれませんから……」（一七九三年四月十三日）

サドは、義父母モントルイユ夫妻の助命のために努力した。自分の生涯を滅茶滅茶にした、憎んでもあまりあるモントルイユ夫人の生命を救ってやろうとしたのである。「もしわたしが一言でも喋ったら、彼らはひどい目にあっていたはずです。わたしは黙っていました。わたしの復讐とは、こんなものです」と彼はゴーフリディ宛てに書いている。

六月十五日、サドはパリの地区委員会の書記として、パリ市内に兵力を置かんとする法令に反対する上申書を議会に提出しに行くための、四人の代表のうちの一人に指名される。この法令は、一日四十ソルの給料で、パリに六万人の常備軍を徴募しようとするものであった。すでにヴァンデの乱がはじまり、リヨンでは王党派の反革命が成功し、パリは異常な不安のうちにあったのである。

七月二十七日、サドはヴェルサイユにあったセーヌ・エ・オワズ重罪裁判所に出頭し、ある市民の裁判の弁護側証人として供述している。――ゴーフリディ宛ての手紙によると、この七月、サドはついにピック地区の委員長に昇格していたらしい。「また昇進しました！」と嬉しそうに報告している。

しかし八月二日、ピック地区の集会が荒れ、委員長サドは反対派に攻撃されて、その地位を副委員長に譲らねばならなくなる。「彼らはわたしに非人道的な、苛酷な動議を採決することを迫りました。でもわたしは、そんなことは金輪際したくなかったのです。そこでわたしは解任されました」とゴーフリディに語っている。わずか一カ月の在任期間であった。

サドがピック地区の委員長としての権威を利用して、密告された者や告発された者の生命を、しばしば救ってやっていたということは、ありそうなことである。このような被疑者に対する寛大な態度は、当然、同じ地区の同僚の猜疑心や憎悪を喚び起さないでは済まなかっただろう。当時の風潮としては、ひたすら厳格であることが、愛国者の証拠とされたのである。サドが委員長の椅子を譲らねばならなかったのも、やがて来るべき十二月八日、身におぼえのない反革命者の嫌疑で逮捕されねばならなかったのも、この度はずれな寛容の精神が招いた禍《わざわ》いであったと思われる。

ジャン・デボルドの評伝によると、サドはこの同じ年の十二月、亡命者の逃亡を援助した廉《かど》で拘留されていた、陸軍少佐ラマンという者に、三百リーヴルの金と旅券とをあたえて、パリを脱走するための便宜を図ってやったという。この逸話は、いかにもサドの寛大な性格を示すエピソードのようにも思われるが、はっきりした証拠はない。第一、ピック地区は裁判所ではなかったし、委員長サドが自分の一存で刑事被告人を逃亡させてやることができたかどうかも、疑わしいと申さねばなるまい。が、とにかくサドの革命家としての行動には、嫌疑を受けないわけにはいかないような、反革命派との闇取引に類する行動があったということは、覆いがたい事実のようである。そして、このような胡散《うさん》くさい目で見られがちな行動を彼に強いたのも、生来の優柔不断や臆病な性格のためというよりは、むしろ、抽象的な法律の名によって殺人が行われることを許しがたいとする、その徹底した寛容主義のためであった、と考えたほうが正しいだろう。彼はその作品のなかで、数知れない残酷な拷問や殺人を描いたが、社会が法律の名において殺人を許すとき、怖ろしさに顔をしかめ、身を引かないわけにはいかなかったのである。サドは前からジャコビニズムの暴力を嫌悪しており、恐怖政治を許すことができなかった。殺人が法律に適ったものとなるとき、それはもはや抽象的原理のグロテスクな表現というほかなかろう。「恐怖政治の行き過ぎが犯罪の感覚を鈍らせてしまった」とサン・ジュストも書いている。何よりも繊細の精神を愛するサドには、これが堪えられなかったのだ。怨み重なるモントルイユ夫妻の生命を掌中に握っていた時でさえ、法律の名において彼らを断罪することを、サドは潔しとしなかった。

かつて彼は古い社会の法律の犠牲者となって、牢獄に閉じこめられたのである。今また、彼は新しい社会の法律を憎悪しなければならない状況に追いつめられつつあった。彼を牢獄から解放し、彼に市民としての資格をあたえてくれたばかりの新しい社会に、彼は裏切られようとしていた。あんなに情熱を燃やしていた芝居さえ、ジャコバン党の干渉によって断念しなければならなかった。彼が誠意をもって順応しようとした社会は、やはり抽象的な法律に支配された世界であり、彼がそこで生きてゆくためには、あまりにも現実的な冷たい風の吹き荒れる世界であったらしいのだ。

政治活動の終り

一七九三年七月十三日、穏和派攻撃の先頭に立っていたマラーが、浴槽のなかで、カーンの処女シャルロット・コルデーに刺殺され、あえない最期をとげた。その心臓は瑪瑙《めのう》の壺に納められて、コルドリエ・クラブの円天井に吊るされ、革命主義者たちの霊位となった。彼は民衆のあいだに非常な人気があったのである。

同年九月二十九日、ピック地区総会は、市民サドの起草する『マラーとルペルティエの霊に捧ぐる演説』の印刷および配布を決定した。マラーを記念するために行われたピック地区の祭礼の日、サドは広場の銅像の台石の上にのぼって、この追悼文を読み上げたのである。市民たちは感激して、サドの演説に拍手喝采した。(ちなみに、ルペルティエ・ド・サン・ファルジョーは一七九三年一月、王に死の一票を投じたため暗殺された革命家である。)

サドはこの演説のなかで、筆をきわめて「人民の友」マラーを哀惜し、暗殺者シャルロット・コルデーを鬼畜のごとく痛罵している。それは当時の民衆の気分を反映したものであったろう。しかし、もしマラーがシャルロットの手で息の根をとめられていなかったら、サド自身、テルミドールの政変以前に断頭台の露と消えていなかったとも限らないのである。ジルベール・レリーの考証するところによると、マラーは当時刊行されていたJ・A・デュロールの『貴族人名録』という誹謗文書によって、芳《かんば》しくないサドの前歴を知り、折あらば彼を断罪してやろうと考えていた。そして、ド・ラ・サール侯爵という人物をサドと間違えて(発音が似ていたので)、自分の主宰する新聞に告発しているのである。後にマラーはこの間違いに気づき、告発を取り消しているが、もし彼がもっと長生きしていたら、どんな機会を利用して、あの昔のマルセイユ事件の犯人をギロチンの血祭りにあげていたことか、知れたものではなかった。サドはおそらく、こうした事情を少しも知らなかったものと見える。知らなかったからこそ、自分を葬り去ろうとしていた怖るべき敵マラーのために、憧憬にみちた追悼文など書く気にもなったのであろう。こう考えてみると、シャルロット・コルデーの短刀の一撃は、運命の神の導きにより、サドの生命を危ういところで救ったことになる。むしろサドは彼女に感謝こそすべきだったのである。

美しく若く、輝やかしい貴女のすがたは、死刑執行人の目に
あたかも結婚式の車に乗ってきた女人のように見えた。
貴女の額はなごやかに、貴女の視線は晴々としていた。
断頭台の上で従容《しょうよう》として、貴女は民衆の狂気を蔑《さげす》んだ。
しかもそのとき、卑しく、浅ましく、血に酔った民衆は
みずから自由であり主権者であると信じていた。

この詩は、やはりテルミドールの政変に断頭台で殺された、大革命当時の唯一の抒情詩人、アンドレ・シェニエの「シャルロット・コルデー頌《しょう》」の一節であるが、血で血を洗う当時の民衆の狂気を冷静な目で見据えた、感動的な傑作である。シェニエも、ロベスピエ

ールも、シャルロット・コルデーも、現代の時点から眺めるならば、それぞれ理想に燃えた革命の闘士であって、主義主張の差から血みどろの殺し合いを演じたとはいえ、正邪がいずれの側にあったかは軽々に断定しがたいところである。反対派から悪魔のように罵られたシャルロット・コルデーといえども、国家的テロリズムを終焉させるためにこそ、すすんで個人的テロリストとなったのであって、その行為は最初から死を覚悟した殉教者の行為であった。シェニエの詩に歌われている通りである。が、みずから「人民の友」と称し「博愛主義者」と称したマラーという人物は、ロベスピエールやサン・ジュストと比較した場合、政治家としても人間としてもはるかに劣っていたようである。カミュによれば、「マラーは最後に計算して、二十七万三千人の首を要求した。しかも人を殺しながら『焼《やき》鏝《ごて》で烙印をつけろ、拇指《おやゆび》を切れ、舌を抜け』と叫んで、この手術の治療面まで危くした。この博愛主義者は、このように最も単調な言葉で、創造に殺人の必要なことを日夜書き記した。九月の毎夜、その地下室の奥で、彼は蠟燭の灯の下で書きつづけていた。一方、下手人どもは牢獄の庭に見物人席をつくり、男は右側、女は左側と区別して、博愛の慈悲深い見せしめとして、貴族の絞首刑を見物させようと考えていた。サン・ジュストの威風堂々たる人物と、ミシュレがルソーの猿真似と適評した、みすぼらしいマラーとを、ちょっとでも混同してはならない」（『反抗的人間』）と。

サドの寛容の精神の立場から見るならば、マラーこそ、最も赦《ゆる》しがたい破廉恥漢であり、崇高な革命の精神を汚す者であるべきはずなのである。にもかかわらず、サドが「シャルロット・コルデー頌」を書かずに、「マラー頌」を書いたということは、彼の伝記中の覆いがたい一つの矛盾であり、拭い去りがたい一つの汚点である、とも言い得るであろう。詩人の直観のほうが正しかったのである。

マラーの死から三カ月後、一七九三年十月十六日に、王妃マリー・アントワネットが革命広場で処刑された。彼女はまだ三十八歳であったが、七十日間のコンシエルジュリー幽囚のあいだ、髪はすっかり白くなり、出血症に悩まされて、さながら老婆を思わせた。死刑執行人の手で高く差上げられた、血のしたたる王妃の首を見て、群衆は「共和国万歳」と狂気の叫びをあげた。

一七九三年十一月十五日、サドは七人の代表とともに議会に赴き、自作のパンフレット『ピック地区よりフランス国民代表各位への請願』を読み上げる。ちょうどノートルダム寺院で反キリスト教の道徳運動、「理性の信仰」の盛大な式典が行われたばかりのところであった。サドが起草したこのパンフレットは、その「理性の信仰」に基づいて、キリスト教の贋《にせ》道徳ではない、個人の幸福と全体の繁栄をめざした自然の道徳を民衆のあいだに確立すべきことを、政府に向って進言したものであった。議会はこの論文を嘉《よみ》して、公報に掲載することに決定し、公民教育委員会に委託した。

サドの政治活動家としての主要な仕事は、これをもって終る。この年の十二月以後、サドはふたたび革命政府下の獄に繋がれねばならなくなったのである。華々しい成功も束の間であった。

革命政権下の監獄めぐり

一七九三年十二月八日（共和暦第二年霜月《フリメール》十八日）、サドはケネー夫人とともにヌーヴ・デ・マテュラン街の自宅にいたところを、突如、パリ・コンミューン警察の手によって逮捕された。予期せざることであった。逮捕の理由も説明されず、ただちにマドロネット修道院に送られて監禁された。家は捜索されて、封印された。

マドロネット修道院に送られるとすぐ、サドは自分でも理解しがたい不当な扱いについて、ピック地区の同僚たちに不安げに訴えている。「わたしは逮捕されましたが、拘留の理由は明らかにされておりません。わたしの愛国心は周知のことで、わたしの同国人がわたしを牢のなかで苦しめるとは、考えられないことです。わたしは十年間、暴君の専制主義の犠牲者でしたし、革命を自分の解放者として熱愛してもおりました。三年前、わたしの鎖を断ち切ってくれた国家が、今日、ふたたびわたしを鎖に繋ぐとは、いったい、どうしたわけなのでしょう。そうです、そんな馬鹿なことを、あなた方が許すはずはありません。わたしは自分が罪人ではないと信じていればこそ、あなた方に訴えざるを得ません。

もしわたしが罪人ならば、罰されるのも当然でしょう。が、誓って申しますが、わたしは罪人ではないのです」と。

しかしピック地区の同僚たちは、不幸なサドのために弁護の労を取ろうともしなかったし、そればかりか、時の権力者たちに尻《し》っぽを振って見せるために、彼を中傷さえしたのである。

拘留の理由は、前章にも触れたように、サドが一七九一年、反革命派の巨頭と見なされていた宮廷派の貴族ブリサック公爵の親衛隊に、手紙で入隊を希望したという事実によっていた。しかし、後にサド自身が保安委員会宛ての手紙で弁明しているところによれば、彼はそのころ、このブリサック公麾下《きか》の軍隊の性格をよく知らず、自分では「ひたすら国家のために尽くすつもり」で、入隊を希望したのであった。ところがブリサックのほうで、貴君は王に対して不満があるようだから、という理由で、彼の入隊を断わってきたのである。「軍隊の性格を初めて知ったとき、わたしは、こんな連中と一緒になれるような自分ではないことを先刻見抜いてくれたブリサックに対して、むしろ感謝したい気持でした」（一七九四年三月十八日）とサドは語っている。

しかし、とにかく告訴理由は重大であり、下手をすれば断頭台に送られかねない情況に、サドは落ちこんでいたのである。十二月二十九日には、保安委員会宛てに第一回の歎願書を送ったが、もとよりそれは聴き届けられなかった。

一七二〇年、サン・ミシェル女子修道会によって設立されたマドロネット修道院は、王政時代には、主として不品行の罪を償わねばならない尼僧や、回心して修道の誓いを立てた売春婦や、家族の依頼によって預けられた素行の悪い娘などを収容する施設であった。いわば身持の悪い女子のための更生の施設である。それが監獄として使用されるようになったのは一七九三年初頭、革命政権の手に移ってからである。その後も長く監獄の役目をはたし、一八六六年にいたって、建物が解体された。現在では残っていない。——ともあれ、この建物の一室に一カ月ほど過した『ジュスティーヌ』の作者は、淫蕩の罪を犯した昔の艶冶《えんや》な女たちのまぼろしを、眠られぬ夜の間に、しばしば夢に見たことでもあったろう。

年が明けて一七九四年一月十二日、サドはマドロネット監獄から引き出され、ヌーヴ・デ・マテュラン街の自宅に連れてこられて、警察の家宅捜索に立会わされた。警官が封印を破り、十数通の手紙や書類を室内から押収して、捜索は夜の十二時ごろ打ち切りになった。そしてそのまま、サドは警官に伴われて翌日の朝まだき、ヴォジラール街のレ・カルム僧院に移されたのである。

この僧院もまた、聖テレジアの改革を実施するために古く十七世紀初めに設立された、旧カルメル修道会の僧院であったのが、革命期間中に監獄となったものであった。例の「九月の虐殺」の際には、ここに押しこめられた百五十人の僧侶が、ダントン派の暴徒によって、槍や斧や棒で惨殺されている。

このレ・カルム僧院には八日間しかいなかったが、ここでサドは、悪性の熱病にかかった六人の囚人と同居させられ、そのうちの二人は、彼の見ている前で死んだのである。

八日後の一月二十二日、サドはサン・ラザール監獄に移されることになった。まるで盥《たらい》まわしである。このサン・ラザールは、最初、聖ヴァンサン・ド・ポールの管理する癩病院であったのが、やがて施療院となり、養老院となり、感化院となったものであり、政治犯の監獄になったのは、サドが収監されるつい数日前のことであった。アンドレ・シェニエも断頭台にのぼる前に、ここに幽閉されていた。

サドはこのサン・ラザール監獄から、三月八日、ふたたび保安委員会宛てに長文の手紙を送り、自分の前歴ならびに問題の逮捕理由について、弁明にこれ努めている。何とかして急場を切り抜けるため、少しでも釈放に有利な条件をつくらんがため、サドは自分が貴族の出であることを隠し、「自分の祖先は代々農夫あるいは商人であった」とまで言い切っている。そのほか、自分が革命以後に果した愛国的な業績を誇大に吹聴したり、王に対する憎悪をわざと露骨に表現したり、亡命している息子たちとは完全に縁を切っていると断言したり、さまざまな誇張や嘘や、当時の世論に対する盲目的な追従をさえ交じえて文章を綴っている。それは考えようによっては、たしかに卑屈な文章であり、保身のために汲々《きゅうきゅう》とした、日和見《ひよりみ》主義者の文章であるといえるかもしれない。しかし、それならば次のような文章はどうであろうか。

わたしはフランス国民の天才を、その自由に対する愛を、その知謀を、その気骨をよく承知しております。同国人のすべてが、わたしと同じ心の持主であると信じております。わたしの心のなかには、今日われわれの崇拝の的である自由の女神御自身の手によって、次のような言葉が刻み込まれております、すなわち、「サドよ、専制君主がお前にあたえた不幸を忘れるな。専制君主をふたたび生き返らせることに同意するような、政府のもとで生きるくらいなら、むしろ千度も死んだほうがましだぞ」と。

二重の意味に解することのできる、この最後の一行に、サドの乾坤一擲《けんこんいってき》のミスティフィカシオンが籠められているとは考えられないだろうか。専制君主の亡霊がジャコバン派と名を変え、赤い三角帽子をかぶって、革命広場をうろついているかのような昨今の浅ましい光景を、サドは自分の不幸に事寄せて諷したのであろう。政体は変っても、裁判所と牢獄と、無辜《むこ》の罪に苦しむ者とがつねに存在しているのだという、この欺かわしい現実を、彼は、愛国主義の名にかくれた微妙な言い回しによって、糾弾しているのであろう。

恐怖時代から釈放まで

世はまさに憲法なき革命政府の時代であった。残忍な検事フーキエ・タンヴィルの牛耳る革命裁判所は、十四カ月間休みなく開廷され、連日、処刑に次ぐ処刑であった。ギロチンにかけられた者はパリで約二千八百人、地方では一万四千人である。

三月二十四日には、サン・ジュストの告発で逮捕された、エベール一派の極左分子が粛清された。四月五日には、同じくサン・ジュストの告発で逮捕されたダントン、カミーユ・デムーラン、ファーブル・デグランティーヌら温情派の分子が処刑された。エベールとダントンが死ぬと、ロベスピエールがフランスの支配者となった。それから一週間のうちに、キリスト教廃棄運動の首謀者ショーメット、パリの元司教ゴベル、化学者ラヴォワジエ、ルイ十六世の法律顧問マルゼルブ、詩人アンドレ・シェニエ、王妹エリザベートらが、それぞれ断頭台の錆《さび》と消えた。

こういう険悪な時期に、サドは反革命派の嫌疑を受けて下獄したのである。彼の恐怖、狼狽はいかばかりであったか、察するに難《かた》くない。

三月二十七日に、サドは病気の理由により、サン・ラザール監獄からピクピュス療養所に移された。ピクピュス療養所は、パリ市の東郊トローヌ門に近く、通称コワニャル館と呼ばれ、かつて聖アウグスティヌス修道尼会の僧院であったのが、革命後に療養所として使われるようになった。サドの入所と時を同じくして、あの『危険な関係』の作者コデルロス・ド・ラクロも、このコワニャル館に収容されているので、二人のあいだには個人的接触もあったと想像される。しかしサドの書いた手紙や日記の類には、ラクロの名は一度も出てこないので、具体的には二人がどういう接触をしたか、一切不明である。処世術に長けたラクロは、当時ジャコバン派に与し、軍人として旅団長の職についていたが、以前オルレアン家の陰謀に加わった廉《かど》で投獄されたのである。動乱の時代における、二人の暗黒小説作者の獄中での邂逅《かいこう》には、ロマネスクな興味を呼ぶものがあるであろう。

六月二十四日、サドは人民委員会に宛てて、ふたたび自分の政治的経歴に関する報告書を送っている。前にも述べたが、この報告書のなかで、彼は一七八九年七月二日のバスティユにおける煽動的行動を多分に粉飾して、自分がいかに革命を待望していたかを縷《る》々《る》説明におよんでいる。

しかし、こうした何回かの涙ぐましい被疑者の弁明にもかかわらず、ピック地区の委員会によって作成された「元貴族サド」に対する告発状は、ついに公安委員会から革命裁判所に回されたのである。サド自身はその経緯を知らなかった模様であるが、国立記録保管所に残っている資料によると、一件書類が革命裁判所に移されたのは、一七九四年七月二十四日（共和暦第二年熱月《テルミドール》六日）のことであった。サドの元の同僚たちによって書かれた、その分厚い告発状の見返しのページには、表題として「共和国に対する陰謀によって告発された、文学者兼騎兵士官、元貴族ならびに伯爵アルドンズ・リド」と明記してある。

前にも書いたが、革命裁判所に回されるということが、いかに怖ろしい立場を意味していたかは、サド自身もよく承知していた。有名な草月法案《プレリアル》(一七九四年六月十日)によって、すでに弁護人制度は廃止されており、陪審員には実証がなくとも、精神的根拠があればよいということになっていた。そして犯人と確認されたら、処刑は即時行われねばならない。この法案に関するクートンの意見によれば、「弁護人に弁論を許すということは、王党主義者と敵に発言の機会をあたえることである。かくては陰謀家を処罰するために設けられた裁判所は、革命を冒瀆するためと、民衆の前に鳴物入りの反革命の宣伝をするための場所となる。」それに、「弁護人の被告に要求する報酬は法外であるから、貧乏人だけは弁護されぬことになる。」――草月法案によって、革命裁判所の運営に、真に恐怖の名にふさわしい大改革が行われたのである。

七月二十六日(熱月八日)に、革命裁判所の検事フーキエ・タンヴィルは、サドの名をふくむ二十八名の被告に対する論告を起草している。それに基づいて、翌二十七日、召喚状を持った裁判所の執行吏が監獄に足を運び、各被告人の身柄を逮捕連行しようとしたが、どうしたわけか、サドその他四名の被告人の居場所が分らず、結局、二十三名の被告だけが法廷に連行されることになった。この二十三名は、二人を除いてすべて死刑を宣告されている。

サドもこのとき、もし執行吏に発見され、法廷に連行されていたならば、たぶん死刑を宣告されていたことであろう。幸運な偶然が、危機一髪のところで彼の生命を救ったのである。おそらく、裁判所の執行吏はマドロネット、レ・カルム、サン・ラザールとサドを尋ねて歩きまわり、そこで捜査を打ち切ってしまったのではないかと思われる。事務上の手続の不備によって、執行吏はサドがピクピュス療養所に移されていることを知らなかったのであろう。毎日のように殖《ふ》えて行く囚人の数によって、裁判所の事務は繁雑になり、監獄では囚人名簿の記載も疎《おろそ》かになっていたであろうし、囚人移動の調書も整理されていなかったのかもしれない。ともあれ、こうしてサドは奇蹟的に、ギロチンによる死を免れたのである。

ところで、七月二十七日（熱月九日）といえば、ロベスピエール、クートン、ルバ、サン・ジュストらの一党が逮捕され、彼らの独裁的な権力がついに挫折した歴史上に名高い日である。それは同時にジャコビニズムの終り、恐怖時代の終りでもあったが、その日に死刑宣告を受けた二十三名は、やはり荷馬車に詰めこまれ、ヴァンセンヌ門に運ばれて、型通りギロチンで処刑されたといわれる。独裁者の死を知ったパリの民衆は、死刑囚護送の行列を阻止し、彼らを解放しようとしたが、泥酔した国民衛軍司令官アンリオの軍隊が駆けつけて、民衆を蹴散らし、阻止された荷馬車をふたたび刑場に向って出発せしめた。かくて処刑が行われたとき、そこからつい五百メートルほどの近い場所にいたサドは、自分が危うく九死に一生を得たことを少しも知らなかったわけである。
後にサドは、釈放されてから一カ月ばかり経て、ゴーフリディ宛てに次のように書き送り、獄中で過した恐怖の日々を回想している。

十カ月のあいだに四つの監獄をまわりました。最初の獄では六週間安楽に寝起きしました。二番目の獄では、悪性の熱病にかかった六人の男と八日間一緒に暮らしましたが、そのうち二人がわたしのそばで死にました。三番目の獄では、出来るかぎりの注意によって毒殺の危険をやっと免れておりました。最後に収容された四番目の獄は、まるで地上の天国でした。きれいな建物、立派な庭、選ばれた環境、愛すべき女たち……しかし突然、処刑場が窓の下に設けられ、庭のまんなかに受刑者の墓地が作られました。そしてわたしたちは三十五日にわたって、千八百人の受刑者たちを庭に埋めましたが、その数はこの不吉な家に収容された人間の三分の一におよんでおりました。（一七九四年十一月十九日）

また彼は、同じ差配人宛てに次のようにも書いて、獄中で味わった極度の死の恐怖を告白している、すなわち、「眼の前にギロチンを置いた、わたしに対する国家の監禁は、およそ想像し得るあらゆるバスティユよりも百倍もの苦痛をあたえました」（一七九五年一月きだろう。十数年の牢獄生活を経験した人にして初めて、この真実の言ありというべきだろう。

一七九四年七月二十八日、午後七時半、ロベスピエールら二十二名のテロリストが革命広場で処刑された。群衆は歓呼して、「暴君ども、くたばれ！　共和国万歳！」と叫んだ。一夜のうちに、パリが変貌したかの観があった。処刑を見物に集まった王党派の洒落者や青年貴族たちは、有頂天になって踊り狂い、昨日までの支配者であったジャコバン党員を追いまわした。世にこれを「テルミドールの政変」と称する。革命は終り、反動が勝利したのである。

それから一カ月半ほど経った十月十五日、ようやくサドは保安委員会と監視委員会の決定により、ピクピュス療養所から釈放されることになった。革命政府下の獄にあること約十カ月である。

前にサドを誹謗して、長いこと彼の拘留される原因をつくったピック地区の同僚たちは、世間が反動化するとともに、手の裏を返すように態度を改め、今度はサドの愛国心を称揚し、彼の釈放運動に乗り出したのである。そのおかげで、彼は出所することができたのであった。

さらに彼の釈放のために寄与したものに、ケネー夫人の請願運動があった。かつてのルネ夫人の場合と同じく、今度の場合も、彼のために献身的に力をつくす女性の協力者がいたわけである。サドはこの時の彼女の好意をよくおぼえていて、後にシャラントンで遺言状を書いた時にも、そのことに触れ、彼女に遺産の一部を贈るための理由にしているほどである。

自由になったサドは、ふたたびヌーヴ・デ・マテュラン街の自宅に住むことを許され、ケネー夫人との同棲生活をつづけることになった。

生活の苦闘

革命政府の獄から出ると、元侯爵サドは、ただちに小市民の貧窮生活を送ることを余儀なくされた。借財が二千エキュで、現金は一銭もない。生活の資はプロヴァンスの土地から来るはずであったが、差配人のゴーフリディは、付近の農民の反感を買っており、身の危険を感じてラ・コストの城を留守にすることが多く、パリへの送金はとかく滞りがちであった。

すでに一七九三年五月のゴーフリディ宛ての手紙にも、「わたしがあなたに頼んでいるのは、金なんです。ほしいのは、金なんです。必要なのは、金なんです……とにかく、何とかしてください。土地を切売りしてもよい、質に入れてもよい、売払ってもよい。何でもいいから金をつくって、わたしのほうに送ってください。すぐ必要なんです。もうぎりぎりの土壇場にきているんです」とある。

債権者に責め立てられても、質に入れるべき品物さえなく、おまけに獄中で健康を害して、サドはこのころから惨澹《さんたん》たる生活の苦労を味わいはじめる。「これ以上送金が遅れれば、わたしはピストル自殺しなければなりません」ともゴーフリディ宛て（一七九四年十一月三十日）に書いている。

この年（一七九四年）の冬は記録にも残っているほどの厳しい寒さであり、オクターヴ・オーブリの『フランス革命史』によると、「民衆の貧困は増大する一方であった。英国の経済封鎖と、アシニヤ紙幣の大暴落と、農民が小麦を売ろうとしないことのために、すべての生活必需品が欠乏した。薪も、石炭も、油も、野菜も不足し、パン屋や肉屋の前には、長蛇の列がつらなった。セーヌ河は何週間も凍り、パリは糧道を断たれた。一家全員が凍死したという例もあったし、自殺者は数え切れないほどだった」と。

サドの手紙にも、「今年の寒さはひどいもので、わたしのインクが凍るほどです。湯のなかで瓶を煖《あたた》めなければ使えません」（一七九五年一月二十一日）とある。

この厳寒のあいだに、サドの義父モントルイユ長官が歿した。恐怖時代のあいだ妻とともに監獄に入っていたが、そこを出て六カ月後に死んだという。モントルイユ夫人のほうはその後も数年間、健康に生きていたらしく、死んだ年は不明である。

年が明けると、サドは貧窮生活に堪えられなくなり、代議士の知人を介して職を探そうとする。その生涯にはじめて、サドはみずからパンの資を得る方法を講じねばならなくなったのである。外交交渉とか、出版物の編集とか、会計帳簿の整理とか、図書館員とかの役目なら自分にもできる、と彼は控え目に書いている。しかし処世術の極端に下手な五十五歳の老人には、適当な職もなかなか見つかるものではない。

三月になると、以前から買手を求めていたソーマーヌの土地の一部が、ようやくゴーフリディの義父によって、六万フランで買われることになった。が、その年の八月にも、サドはゴーフリディ宛てに売上金の残りを催促しているところを見ると、代金は完全には支払われなかったようである。

手許《てもと》不如意の状態で、サドはバスティユ時代から書きはじめて半ば完成していた長篇書簡体小説『アリーヌとヴァルクール』に補筆し、全八巻を印刷刊行（一七九五年八月）する。この年には、また「『ジュスティーヌ』の作者の遺作」と銘打たれた『閨房哲学』二巻も出ているが、金の必要に迫られて書いたという向きもあるだろう。

亡命していた長男ルイ・マリーがパリに帰ってきたのも、この年である。彼は弟と同様、亡命者のリストには載っていなかったので、ただ植物学と彫版術を修めるためにフランス国内を旅行していた、と届け出れば、何の咎《とが》めも受けずに済んだのである。（一方、次男のドナチアン・クロード・アルマンはその当時、マルタ騎士団員として、同盟外国軍の配下に従軍していた。）

この年の庶民の生活の深刻さを示す資料として、次のサドの手紙を引用しておこう。ロベスピエールが死に、いわゆる最高額制が撤廃されると、物価は急激に上昇した。

軍国主義政府がその美名にかくれて、革命政府の恐怖を再現しないようにと切に祈るばかりです。憲法も平和も確立されたといいますが、わたしたちはまだ幸福な生活に近づいたとは義理にもいえないような気がします……六フランの品物が、今日では六十フランです。この比率を凌駕している品物だって、たくさんあります。たとえば、あなたに註文したジャム、油、蠟燭などは、それを買占めている人がいるために、三十倍の値上りです。贅沢品にいたっては、比較を絶しております。犬は六百フラン、馬は三万ないし四万から、五万フランもします。ちょっと乗合馬車に乗るだけでも、二十五ソルから百フランも取られます。羅紗の服は千エキュです。ですから要するに、わたしの送っている生活は、最低生活です。細切れのスープ肉、一切れのパン、一週間に五日の野菜……芝居にも娯楽にも、ふっつり遠ざかっています。（八月五日、ゴーフリディ宛て）

翌年（一七九六年）三月になると、サドとケネー夫人はヌーヴ・デ・マテュラン街の家を引払って、レユニオン街クリシー・ラ・ガレンヌの小さな貸家に移る。一年三百リーヴルの家賃であった。

十月、サドは元代議士のジョゼフ・スタニスラス・ロヴェールという男に、ラ・コストの城（動産、不動産を含めた）を五万八千四百リーヴルで譲渡することを契約する。サドはこの金で、新たにグランヴィリエ（ユール・エ・ロワール県）およびマルメゾン（セーヌ・エ・オワズ県）に土地を買い、これを有利に賃貸しする計画であった。が、この契約も完全には履行されず、サドは大いに不満として何度も手紙を書くが、埒《らち》があかない。それに、妻のルネ夫人がラ・コストの城の権利を主張して、ゴーフリディ宛てに抗議を申しこんできたので、事情は一層面倒になる。彼女は息子のために、田舎の財産を勝手に処分しないでくれと書いてきたのである。

こうして、早くも一七九七年を迎えるが、生活は少しも楽にならず、いよいよ悪くなる一方であった。農民と革命利得者以外は、すべての民衆がインフレーションに苦しんでいたが、サドのように処世術の下手な生活無能力者には、それだけ苦しみが痛切だったろう。四月には、さらにサン・トゥアンのリベルテ広場にケネー夫人とともに転居している。

この年の後半は、六月中旬から十月下旬までプロヴァンス旅行に費され、ほとんど家に落着いている暇もなかった。ケネー夫人を伴った金策のための旅行である。アプト、ラ・コスト、ボンニュー、マザン、ソーマーヌ、アルルの地を彼は歴訪している。その昔、美貌の下男や情婦などを連れて、大金をばらまきながら、浮かれて歩いた懐かしい土地である。今、五十七歳のサドは、かつて恩顧を施した差配人の家に厄介になりながら、いかにして土地を有利に売ろうかと頭を悩ましている、病み疲れた老人である。

ちなみに、「ジュスティーヌ＝ジュリエット物語」の三度目の決定版、『新ジュスティーヌあるいは美徳の不幸、ならびにその姉ジュリエットの物語』全十巻が刊行されたのも、この一七九七年である。版元はオランダということになっていたが、じつはパリのマッセ書店で、作者は死んだことになっていた。

貧窮の果て

とかくするうち、一七九七年九月四日（実月《フリュクチドール》十八日）、バラス、ルーベル、ラ・レヴェイエールらの執政官によるクーデタが起った。五百人議会と元老院に軍隊が侵入し、王党派総裁バルテルミーをはじめ、多くの同調者が逮捕され、鉄の檻に入れられてギアナに送られ、処刑された。この政府の急激な左旋回が、ただちにサドの身に累をおよぼすことになる。

十一月十一日、サドはヴォークリューズ県の亡命貴族リストに自分の名前が載っていることを知らされて、仰天する。クーデタの翌日、すなわち実月十九日の法令により、このリストに登録された者は財産を差押えられ、国外旅行を禁止されることになったのである。

ところで、亡命貴族リストに彼の名が誤って記載されたのは、これが最初ではなかった。すでに一七九二年十二月にも、ブーシュ・デュ・ローヌ県のリストに「ルイ・アルフォンス・ドナチアン・サド」の名は登録されたことがある。しかしこれは、後にサドの要望によって調査が行われ、誤りが判明して、彼の名は名簿から抹消されたはずなのである。誤解の原因は、一つにはサドが「ルイ」とか「アルドンズ」とかいった、戸籍に記載されていない名前をしばしば勝手に使うからであった。

いま、ふたたび忌わしい知らせを受けて、サドは愕然とする。生命の安全が脅かされるわけではないが、残り少ない財産が差押えられれば、サドとその家族は生活の道を断たれ、どのみち餓死しなければならなくなるのだ。そう考えれば、どうしてもリストから自分の名前を消してもらわねばならない。彼はただちに治安大臣ドゥドローに手紙を送り、不当な処置を撤回してくれるよう懇願する。また翌年の六月には、当時の最高権力者である執政官バラスに直接宛てて請願書を送り、誤解が原因で起った事務上の手違いを訂正してくれるよう要望する。

しかし、このサドの期待も空しく、財産差押えの処分は実行され、一七九八年五月には、彼が新たに手に入れたボース地方の土地の収益ばかりか、パリの家の家財道具まで寄託に付されることになった。「わたしの絶望は、地獄の責苦に遭っている人たちのそれよりも、はるかに以上のものです」とサドはゴーフリディに宛てて（五月三日）書いている。

因循《いんじゅん》姑息《こそく》なゴーフリディは、サドの苦境を知りながらも、係り合いになることを怖れて援助の手を打たなかった。ひとり彼のために奔走したのは、ケネー夫人である。一七九八年七月には治安大臣ルカルティエに歎願書を送り、同年九月には、ふたたび執政官バラスに手紙を書いた。病身のサドはパリを離れるわけにはいかず、このままでは餓死するほかないから、政府当局の早急な保護を懇請する、といった内容の手紙である。

それでも政府筋からは、はかばかしい回答を得られなかった。九月十日には、ついに万策つきてサン・トゥアンの家を引払い、ケネー夫人は友達の家に、サドはボース地方の、昔使っていた小作人の家にころがり込んだ。二人は別れて暮らさねばならなくなったのである。だが、そこも一ヵ月足らずで追い出されることになった。小作人が、いつまでも家に食客を置いておくわけにはいかない、と言い出したので、サドは寝床と食べ物を提供してくれる人を求めて、あてもなく町を歩き出さねばならなくなったのである。

すでに乞食も同然であった。加うるに、ヴァンセンヌ時代にわずらった眼病が悪化し、ふたたび苦痛が激しくなった。悲惨の上に悲惨が重なった。

十二月一日、ケネー夫人の度重なる請願がようやく治安大臣に聞き届けられ、サドはそれ以後、コンミューン警察当局の保護のもとに置かれることになる。といっても、ふたたびサン・トゥアンの家にケネー夫人とともに住むだけの余裕はないので、仮病を使って、病気が直るまで市の施設に置いてもらうことを希望する。

この年の冬は、サドの生涯の多くの悲惨な冬のなかでも、最も悲惨な冬であった。サドはケネー夫人の連れ子シャルルとともに、パリ郊外ヴェルサイユの、とある屋根裏部屋に住み、文字通り極貧のうちに厳寒の季節を過したのである。

「屋根裏部屋の奥で、わたしの女友達の息子と、女中と、三人で暮らしています」とサドはゴーフリディ宛て（一七九九年一月二十四日）に書いている、「食べものといえば、少量の人蔘《にんじん》と蚕豆《そらまめ》です。燃やすものといえば、掛《かけ》で買った少量の柴の束です。（毎日はとても燃やせません。できる時だけの話です。）わたしたちの貧乏があまりにひどいので、ケネー夫人はわたしたちに会いに来るとき、友達の家から食べるものをポケットに入れて持ってきてくれます」と。

ケネー夫人の息子シャルルは当時いくつであったか、詳《つまびら》かにしないが、サドはこの血の繋がりのない少年を親身に愛していたようである。これに反して、実の息子のルイ・マリーに対しては、この頑固な父親はあくまで猜疑心をいだいていた。同じ手紙のなかに、次のような文章がある。

あの悪党（長男ルイ・マリー）がわたしに対して示した冷酷な行為ほど、醜いものは世にもありますまい。彼はわたしの立場を知っており、わたしの貧乏を目のあたりに見てもいます。それなのに、彼は何ひとつ援助をしてくれなかったばかりか、ケネー夫人の運動を妨害さえしたのです。いったい、彼が何をしたと思います？　パリで最も名高い弁護士の一人、元代議士のボニエール氏が、サド夫人の気持を動かして、彼女とケネー夫人とを自宅で会わせる手筈《てはず》を整えたのです。わたしの境遇の悲惨さを、ケネー夫人がありのままサド夫人に話して聞かせる予定でした。会合の日も、時間も、すっかり決まっておりました。ところが、わたしの息子と称するあの悪党が、仲介者の家に出かけて行って、この妥当な計画にさんざんけちをつけたのです。それからすぐ、彼は母の家に赴いて、彼女にもいろんな怪《け》しからぬことを話して聞かせ、とうとう彼女の熱意を冷まして、この会合の計画をぶちこわしてしまいました。

ルイ・マリーが父親サドに親しみの情をおぼえず、むしろ母親のみを大切に思っていたとしても不思議はあるまい。彼は父親の愛情というものを、ほとんど知らずに育った人間なのである。青年期の彼の感情教育に与《あずか》った者は、母と祖母だけだった。現在、三十二歳になっている息子の行動が、よしんば父親の目から陰険な策謀に見えたとしても、息子の立場に立ってみれば、また別の理由があったであろう。蔑《ないがし》ろにされた父の怒りが無理もなかったにせよ、一概にルイ・マリーを非難する気にはなれない。

二月四日、サドに好意を寄せるアヴィニョンの市民ブルグの配慮によって、ヴォークリューズ県当局は、同県内に関するかぎり彼の財産の差押えを解除することになる。ただし、不動産を売ったり、動産の代価をもって債権者に対する保証としたり、徴収された土地の産物を要求したりしてはいけないことを条件とする。これでは結局、サドの貧乏を改善するためには、少しも役に立たない有名無実の処置というべきであった。
冬はまだ終らない。この二月、彼はヴェルサイユの芝居小屋に傭《やと》われて、日給四十ソルを得、その乏しい金でケネー夫人の息子を養っていた。

わたしたちの家族は、去年の九月十日以来ばらばらになりました。ケネー夫人は友達の家で、できるだけのことをして生きておりますし、わたしはヴェルサイユの芝居小屋に傭われて、やはり一生懸命、一日四十ソルを稼いでおります。その給料で、わたしは子供を養い育てているのです。たしかに辛いことですが、あの苦しい時代に、わたしのために毎日のように駈けずりまわって、債権者たちをなだめるのに散々苦労してくれた、不幸な母親(ケネー夫人)のことを思えば、それも大したことではありません。まさしく彼女こそ、天がわたしのために送ってくれた天使なのです。彼女があればこそ、敵がわたしの身に投げつける数々の不幸のただなかで、わたしはへこたれずにいられるのです……(一七九九年二月十三日、ゴーフリディ宛て)

かつての贅沢三昧に遊び暮らしていた道楽貴族、侯爵サドには夢にも考えられなかった、悲惨のどん底生活である。革命を機として、あまりにも大きく揺れ動いた境遇の変化である。同じ文学者のラクロなどとくらべて、市民サドの政治的な立ちまわりの拙劣さには、格段の相違がある。あれほど生真面目に新しい社会に順応しようとした彼、あれほど用心ぶかく過去の貴族的行動を隠し通そうとした彼が、それでも、その行動の一歩ごとに躓《つまず》き、一歩ごとに裏切られねばならなかった。一七九九年六月二十八日、元貴族は亡命者リストから抹消されることができないという法令が出ると、サドは、次のような絶望の言葉を洩らしている、「共和国への永遠の愛着に対して、わたしの受けた報いが死と貧困であるとは……」と。

八月五日、委員カザドの副署を得て、クリシー郡警察当局より居住証明ならびに愛国者たることの証明を受ける。警察からサドの監視役を命ぜられていたカザドは、不幸な老人の面倒をよく見てくれたらしい。

十二月十三日、ヴェルサイユの演劇協会劇場で『オクスティエルンあるいは放蕩の不幸』（改題名）が再演される。このとき、作者はみずからファブリス役で舞台を踏んでいる。五十九歳の身で、ようやく長年の夢を実現したわけだ。子供のように喜び勇んで俳優修業にはげむサドのすがたが、目に見えるようである。この同じ年に、戯曲は本になって出版された。発行所はヴェルサイユのブレゾ書房である。演劇への野心は容易に捨て切れなかったらしく、同じ年の十月にも、前にフランス座の審査会で不採用になった自作の悲劇『ジャンヌ・レネー』の上演のために、関係者にはたらきかけている。

しかし、舞台を踏んだ喜びも束の間、一カ月後の一八〇〇年初頭には、「着るものもなく、嚢中《のうちゅう》一文もなく」、「飢えと寒さに死なんばかり」になって、ついにヴェルサイユの慈善病院に入らなければならなくなった。ケネー夫人はサドを食べさせるために、自分の着物を最後の一枚まで売りつくし、やがて職につくことになった。

打ちつづく窮境に困《こう》じ果て、サドはプロヴァンスの財産管理人、ゴーフリディ宛てに、矢のように送金の催促状を書くが、相手は言を左右にして送金を遅らせるばかりである。そのころは、ゴーフリディの息子のシャルルが父に代って管理の任に当っていたが、この息子も父に劣らず怠慢で、主人を頭から馬鹿にしているようなふしがあった。

「ここで、わたしの窮境を見ている人はすべて、あなた方のやり方に憤激しております」とサドは父親のゴーフリディ宛て（一月二十六日）に書いている、「みんながみんな、怒りで身をふるわせております。わたしがシャルルの手紙を見せますと、こんな狂人の掌中に陥っているわたしを、みんなで気の毒がってくれました。要するに、わたしはもう待っていられないのです。わたしの金を送ってください。強欲で無情なあなた方の手から金を引き出すために、わたしはありとあらゆる手段を用いました。雨月六日。三カ月このかたヴェルサイユの慈善病院で、飢えと寒さに死なんばかりです。今日は日曜です。せめておミサへ行って、三年以来わたしをさんざん苦しめてきたことを、神さまに謝罪してください。」

一八〇〇年二月二十日、税金未払いのため、サン・トゥアンのサドの家に督促人が張りこんでいるという知らせを委員カザドから受ける。また、この同じ日に、裁判所の執行吏がヴェルサイユにやってきて、サドの身柄を逮捕しようとした。理由は、一年間サドに飲み食いさせていたヴェルサイユの料理店主が、サドから不渡手形を受けとったことを怒って、その筋に訴えたからである。幸いにも、サドに好意を寄せる親切な委員カザドが、自分の責任のもとに逮捕令を一時延期し、もし二月二十八日の期限までにサドが手形を支払わなければ、自分がサドを逮捕するという条件で、執行吏を帰らせた。

この不渡手形の件は、その後どうなったか不明であるが、四月五日には、サドもサン・トゥアンの自宅に戻ってきている。依然として、税金未払いや借金のため逮捕の不安におびえていた。委員カザドは見かねて管理人ゴーフリディ宛てに手紙を送り、その不誠実をなじっている。

五月になると、ゴーフリディは突然、財産管理人の職を辞してしまった。指定の金額を期日までに送らなければ、裁判沙汰にすると言って脅したところ、無責任にも、とうとう職務をほうり出してしまったのである。

その翌月、サドは代理人とともに、ケネー夫人をプロヴァンスに出発させた。土地を調査し、正確な計算書を突きつけて、不正な管理人の油をしぼってやろうという肚《はら》である。すでに二月に書いたゴーフリディ宛ての手紙に、「やがてあなたのところへ代理人を送るつもりだが、そうすれば、あなたは否応なしに不正な利得を吐き出さざるを得まい。おぼえておくがいい、強力な吐剤を用いて、ポケットの中のものをすっかり吐き出させてやるから……」とある。

十月二十二日、このころ出版されたばかりのサドの中篇小説集『恋の罪』に対して、きわめて悪意ある批評記事がパリの「芸術・科学・文学新聞」紙上にあらわれた。『恋の罪』は作者サドの名を明記して、公然と出版された作品であるが、この批評文の筆者たるヴィルテルクという男は、サドを『ジュスティーヌ』の作者（死んだことになっていた）と同一視していたのである。サドは翌年、『三文記者ヴィルテルクに与う』と題して反駁《はんばく》文を寄せ、自分が断じて『ジュスティーヌ』の作者ではないことを力説しているが、――この事件は、ようやく強まってきたブルジョワ社会の反動化とともに、サドの身辺にも徐々に美徳の守護者たちの手が伸びてきたことを示す、不吉な先触れのような事件であった。

実際、サドが貧乏に追われ悪戦苦闘している時代にも、パリには奇怪な噂が流れていた。彼が娼婦を集めてどんちゃん騒ぎをしたとか、政府の高官や軍人たちに豪華な晩餐を饗応したとかいう、まったく根も葉もない噂である。ギロチンで処刑された女の皮膚で、彼が『ジュスティーヌ』の一部を装幀させている、というグロテスクな伝説も取沙汰されていた。アルクイユ事件やマルセイユ事件の神話が、執政官時代のたるんだ社会に、ふたたび返り咲いたのである。サドを極端にきらっていたらしい作家のレティフ・ド・ラ・ブルトンヌのごときは、その小説『パリの夜』のなかに、ベネヴァンという、明らかにサドを思わせる人物を登場させている。ベネヴァンは、パレー・ロワイヤルの自宅に三人の娘を連れこみ、檻に入れて拷問し、機械仕掛の肱掛椅子に坐らせて、締めつけたまま彼女らを凌辱するのである。――パレー・ロワイヤルどころか、そのころサドはヴェルサイユの屋根裏部屋で、飢えと寒さに慄《ふる》えていたというのに！

第十章　精神病院の晩年　（一八〇一―一八一三年）

最後の逮捕

一七九七年に刊行された『新ジュスティーヌあるいは美徳の不幸、ならびにその姉ジュリエットの物語』には、サド自身が書いたものと思われる「刊行者のまえがき」と称する短い文章が付いていて、ほぼ次のような趣旨のことが述べられている。すなわち、死んだ作者は一人の友人に原稿を預けたのであるが、この友人が信用のおけない男で、原作の下手な抜萃《ばっすい》をつくって勝手に出版してしまった。（六年前の二度目の『ジュスティーヌ』を指しているのであろう。）この短い抜萃では到底、原作の雄勁《ゆうけい》な筆致をうかがうことはできないから、このたび、新たに当方で完全な版を出すことにしたのである、と。――もちろん、この「まえがき」は六年前のベストセラーをふたたび狙おうという、商業上の宣伝文に類するものであって、べつに作者自身が前作を貶《おとし》めているわけではあるまい。

当時、執政政府時代のフランスは風俗が乱れ、華美な服装が流行し、好色本が大いにもてはやされた時代であったことを頭に入れていただきたい。六年前の作品では筆にするのを憚《はばか》られたようなことが、この時代になると、あからさまに書けるようになったのである。革命直後の一七九一年とは、おのずから事情が違っていたのである。作者が前作に大幅に手を加え、さらに尨大な続篇を追加して、ふたたびこれを世に問おうという気になったのも、あながち、この社会情勢の変化と無関係ではあるまい。

パレー・ロワイヤルの書店で公然と売られていた、この全十巻の『ジュスティーヌ＝ジュリエット物語』には、扉絵が一枚と、エロティックな木版の挿絵が百枚も含まれていたという。レティフ・ド・ラ・ブルトンヌやセバスティアン・メルシエの伝えるところによれば、その売行きは非常に盛んだったそうである。『ジュスティーヌ』と『ジュリエット』を分けて買うこともできたらしい。

この本が最初に押収されたのは、たぶん、発行後一年ほど経ってからのことである。しかし、サドも出版者も、最初のうちは難を免れていた。何度か版を重ねるうち、当局はだんだんと追いつめていったものらしい。ヴィルテルクのように、あからさまにサドの名を挙げて道徳的非難を加える文筆家もあらわれた。霧月《ブリュメール》十八日のクーデタ（一七九九年）が成功し、ナポレオンが第一統領となり、フランスに軍事独裁政権が確立するとともに、それまでの華美な服装や淫逸《いんいつ》な風俗は、急速に廃《すた》れていった。フランス社会が徐々に秩序を取りもどすにつれて、民衆はふたたびスキャンダルに対して敏感になっていったのである。パリ国立図書館に、政府の命令で公開禁止の「危険書庫」が創設されたのも、ナポレオンの第一統領の時代である。ボナパルティズムの反動政権は、強力な言論統制と風紀条令をもって、まずエロティシズムの領域に攻撃の手を加えてきたのである。

こうして、ついにサドが逮捕されたのは、『新ジュスティーヌ』の発行後四年目の一八〇一年であった。この逮捕こそ、サドの生涯における最後の、決定的な逮捕であり、もうこれ以後、六十歳を越した老人は二度と娑婆の空気を吸えなくなるのである。

十九世紀が華々しく幕をあけると同時に、サドは歴史の舞台からすがたを消すことを余儀なくされた。あたかも新しいブルジョワの時代が、古い悪徳と汚辱の染みついた貴族の作家を、永遠に抹殺しようと欲したかのごとくであった。

かくてサドは、生きながら精神病院に葬られる。それでも、夢想家の死はなかなか到らない。なお死ぬまでに十三年半、サドは苦悩の晩年に堪えていかねばならぬだろう。彼が死んだのは一八一四年であるが、しかし、そもそも、十九世紀が始まって十四年も経ったころ、まだサド侯爵がパリの近郊に余命を保っていようなどと、この時代のだれが、想像し得たであろうか。すでに彼の名は、彼自身が生きているうちから、一つの神話的な名前となっていたのである。

では次に、新しい世界から完全に忘れ去られて、ふたたび監獄から監獄へと移されてゆく老作家の孤独な晩年について述べよう。

一八〇一年三月六日、『新ジュスティーヌ』の出版元であるパリのニコラ・マッセ書店が、突然、警官隊の捜索を受けた。捜索の結果、サドの自筆原稿や、著者の手で書き込みや訂正の加えられている『新ジュスティーヌ』の一冊、また『ジュリエット』の最終巻などが発見され、押収された。書店が捜索を受けた際、折悪しくサドは所用があって、そこに居合わせたのである。当時の状況を、サドは次のように語っている、「風月《ヴァントーズ》十五日、わたしはマッセ氏の家で逮捕された。ちょうど『恋の罪』の用事のために、彼の家に居合わせたのである。押収の現場も見ていた。押収が終ると、警官はわたしに拘引状を示した。わたしはまずトロワ・フレール街へ行って、サン・トゥアンの自宅の鍵を受けとった。ケネー夫人は大そう心配し、落着かない様子であった。彼女はわたしを決して捨てないと約束してくれた。それから、わたしはサン・トゥアンの自宅に連れて行かれた。ここでも捜索は非常に厳重だった。いくつかのパンフレットと、わたしの描いた三枚の絵と、わたしの寝室の壁紙が押収された。」（『私記』より）――警察の調書によると、サドの自宅には、「汚らわしい小説『ジュスティーヌ』から大部分の主題を得た、この上もなく卑猥な絵」の描かれている壁紙を貼りめぐらした、秘密の小部屋があったという。

サドはそのまま警察に留置され、翌三月七日、出版者マッセとともに訊問を受けた。自白すれば釈放するという約束で、マッセは『ジュリエット』の残部の隠匿してある倉庫の場所を明かしてしまった。サドは、見せられた原稿が自分の字であることは認めたが、あくまでも自分は作者ではない、単なる筆耕者にすぎない、と言い張った。

しかし、これは苦しい逃げ口上である。すでに新聞にも何度か素っぱ抜かれて、「七月十四日の革命とともにバスティユから出てきた」サドという人物が『ジュスティーヌ』の作者であるという噂は、パリ中のだれ知らぬ者もないような有様だったのだ。警察もそのことはよく知っていたから、ただ物的証拠さえ揃えばよかったのである。ジルベール・レリーの意見では、出版者のマッセが警察に買収されたのではなかろうか、という。マッセ自身も二十四時間留置されたが、どうやら警察側と気脈を通じた狂言らしいのだ。むろん、マッセはただちに釈放されている。

ところで、これまで行われてきた定説によると、一八〇一年のサドの決定的な逮捕の原因となったのは、彼が執政政府の要人ボナパルト、タリアン、バラス、またボナパルトの妻ジョゼフィーヌ、タリアン夫人、ヴィスコンティ夫人などを諷した匿名パンフレット『ゾロエと二人の侍女』(一八〇〇年七月刊)を書いて、彼らを攻撃したためであった。そのためにナポレオンの恨みを買い、ついに死ぬまで精神病院に監禁されることになった、というのである。しかし現在では、この説は否定されており、それればかりか『ゾロエ』はサドの作ではない、ということになっている。

根拠のない説を流布させたのは、『ゾロエ』の出版後約五十年ほどして世上にあらわれた、ミショーおよびブリュネという二人の作者の手になる二種類の伝記本である。それ以来、多くのサドの伝記作者は深く確かめもしないで、この誤った先人の記述をそのまま受け売りしてきた。ジャン・ジャック・ポーヴェール版の全集にも、最初のうちは『ゾロエ』が含まれていたが、後には監修者の手によって除外されている。定説が完全に覆されたのは、ごく最近のことなのである。

ジルベール・レリーの確かめたところによると、国立記録保管所の尨大な資料をあさってみても、『ゾロエ』について言及したサド関係の文書は一つも残っていないそうである。また警視総監デュボワの署名のある警察の調書をしらべても、彼がサドの逮捕を第一統領ナポレオンに報告したという形跡はない。ナポレオンはこの事件に何の関係もなかったのである。押収および逮捕の原因は、もっぱら『新ジュスティーヌ』をめぐって起った醜聞であった。

『ゾロエ』は文学的にも価値が低く、文章の構成法やヴォキャブラリーの選び方なども、サドの他の作品とは明らかに違っているので、少しでもサドの作品に原文で親しんだことのある人なら、当然、別の作者のものではなかろうかという疑いが湧くはずである。これは、フランス革命時代に多く現われた、職業的パンフレット作者の手になる駄文にすぎない。

サント・ペラジーおよびビセートルの監獄

四月二日、警視総監デュボワは治安大臣と何度も協議した末、次のことを決定した。すなわち、「裁判はかえってスキャンダルの種になりやすい」から、裁判なしに「行政上の罪」として、サドをサント・ペラジー監獄に留置することに決めたのである。

こうして、サドはただちにパリのピュイ・ド・レルミット街にあるサント・ペラジー監獄に送られた。四月三日には、ケネー夫人が面会にきた。彼女は十日間に三回、彼に会いに来る許可を得たのである。しかし下獄してから最初の年のことは、この四月以後ほとんど何も分っていない。資料が乏しいのである。

サント・ペラジー監獄は、一六六二年ミラミオン夫人によって創立された女子修道院であったが、大革命のあいだ、政治犯を収容するための牢獄となった。アンドレ・シェニエ、ローラン夫人、ナポレオンの妻ボーアルネなどが、一時ここに収監されたことがある。後には性格が変って、主として筆禍を招いた作家やジャーナリストのための懲役場となった。その建物は破壊されて、現在では残っていない。

翌年(一八〇二年)五月二十日、サドは司法大臣に書状を送り、「釈放してくれるか、それとも裁判を受けさせてくれるか、いずれかに決着してほしい」と訴える。また、その同じ手紙のなかで、自分は断じて『ジュスティーヌ』の作者ではないと誓っており、出版者のマッセが釈放されているのに、自分だけ牢獄のなかで苦しんでいなければならないのは不当だ、と叫んでいる。「わたしは、わたしの作だとされている書物の著者であるか、そうでないかのいずれかです。もしわたしの有罪が証明されるなら、わたしは喜んで裁きを受けたいと思います。そうでない場合には、釈放していただきたい。」

この手紙には、奇妙に自暴自棄の調子が見てとれる。自分が『ジュスティーヌ』の作者ではないという断定にも、何か空々しい響きがある。自分の無罪を積極的に主張するよりも、どちらでもいいから早く決着をつけてくれ、もし有罪なら有罪でも構わない、むしろこのまま、牢獄のなかで安泰な生活を保障してくれるなら願ってもないことだ、といったような諦めの調子がある。要するに、めっきり気が弱くなった老人の繰り言の印象だ。革命後の貧窮生活や死の恐怖が、あまりにも彼の神経をすりへらしたのであろう。

サドがサント・ペラジーに入獄していた当時の資料は極端に少ないので、一八〇二年五月から翌年の三月まで、約一年間の空白を跳び越して、筆を進めねばならない。すなわち、一八〇三年の春、彼は獄中で、あるスキャンダルを起して、三月十四日にビセートルの監獄に移されたのである。スキャンダルとは、彼が同囚の若い青年たちに、男色行為を迫ったという事件であったらしい。

当時やはりサント・ペラジーに収監されていた小説家のシャルル・ノディエが、このころのサドの風貌を、まことに生き生きとした筆で捉えているので、次に引用しよう。「これらの紳士方のひとりが、ある朝、非常に早く起きあがった。彼は別の監獄に送られようとしていたので、そのために早く起きたのである。わたしは先ずこの男のうちに、身動きも容易にできないくらいの異常な肥満を認めて、一驚せざるを得なかった。それは彼の物腰の全体のうちに跡をとどめている優雅さの名残りを誇示することをさえ、さまたげるほどの肥満ぶりであった。とはいえ彼の疲れた眼には、いまだに何かしら熱っぽいものがあって、消えかけた炭火の最後の輝きのように、それが時々ぱっと燃えあがるのだった……この囚人はわたしの目の前を通り過ぎただけだった。わたしは、ただ彼が卑屈なまでに腰が低く、巧言令色といえるほど愛想がよかったこと、そして世人が尊敬しているものに対しては、すべて尊敬の念をもって話していたことを思い出すのである。」(『王制復古・帝政時代の想い出』一八三一年刊)

ノディエの描写によると、晩年のサドは、ますます異常に肥っていたようである。老齢とともに腰が低くなり、愛想がよくなった。若い時分のような激怒の発作も、まれになった。禿げあがった額、皺をきざんだ目もとには、苦渋にみちた諦念の色があったであろう。——このノディエの描写には、ジャン・デボルドによると、晩年のオスカー・ワイルドを思わせるものがあるという。果してそうだろうか。老いたる男色家という観念が、ともすると貧弱な、類型的なイメージしか生まないのではないか。

もう一つ、やはりサント・ペラジーで、奇しくもサドと遭遇している男の証言を引用しておこう。大デュマの歴史小説の主人公にもなった小唄作者のアンジュ・ピトゥである。彼は王党派を讃美する小唄をつくって街頭で歌ったため、しばしば獄に投ぜられ、後にはその迫害の思い出を本に書いた人物である。彼は次のように言っている、「わたしは有名なサド侯爵と同じ並びの部屋にいた……この男は死のことを考えては色蒼《あお》ざめ、自分の白髪を眺めては失神せんばかりになった。ときどき後悔の発作にとらわれて泣きわめくのだった。」(『二十六年間にわたる我が不幸と迫害の分析』一八一六年刊)

しかし、この大言壮語癖のある小唄作者の証言は、あまり当てにはなるまい。ピトゥは相手を観察するよりも、自分の自慢話をするのに忙がしい男である。獄中での自分の放胆な楽天家ぶりを強調するために、わざとサドの気の弱さ、臆病さを誇張しているようなふしもある。シャルル・ノディエの客観的な記述とくらべれば、はるかに冗漫な、信憑性の薄い、自己宣伝臭の強い文章なのである。

ビセートル監獄に移されたサドは、さらに家族の懇願により、同年四月二十七日、シャラントン・サン・モーリスの精神病院に送られた。かつて大革命が勃発したころ、彼は一度、危険人物としてバスティユからここへ移されたことがある。十数年前の不吉な思い出のある病院の門を、彼はふたたびくぐったのであった。(サント・ペラジーおよびビセートルにおける拘留期間は、約二年である。)

こうして、以後死ぬまで彼はシャラントンに留まることになる。(十一年八ヵ月)

シャラントンに移される

シャラントン精神病院は、実のところ、監獄よりもはるかに住みよい場所であった。サドの健康を案じた家族が、囚人をここへ移してほしいと請願したのも、そのためであったと思われる。一七九〇年にサドがここを出所してから、しばらく建物は別の用途に使われていたが、執政政府の時代になって、ふたたび精神病の患者を収容する施設となった。患者には男女の一般市民のほか、現役の兵隊や水兵、それに廃兵なども含まれていた。病院は内務省の管轄下に置かれていた。

元プレモントレ会修道士であった院長のクールミエは、サドとほぼ同年輩の男で、病院内では一種の独裁的権力をふるっていたが、患者や吏員に対しては寛大な、暖かい思いやりのある院長で、病院中の者から慕われていた。サド個人に対しても、やがて蔭になり日向になって援助の手をさしのべてくれたり、不当にサドを非難する者に対しては、敢然と保護者の立場に立ってくれたりするのである。

こうした立派な院長の管理のもとに、シャラントン精神病院の患者たちは、それぞれ自由な生活を楽しんでいた。食事もよかったし、環境もよかった。院内にはサロンや、図書館や、美しい庭園もあった。娯楽設備も整っていた。その上サドは、例外的な恩典として、いつごろからか、隣室にケネー夫人を呼び寄せて住まわせることを許されていたらしい。

一八〇四年六月二十日、サドは新たに設立された元老院の人権擁護委員会に宛てて、不法拘留にはげしく抗議している。また八月十二日には、治安大臣ジョゼフ・フーシェに宛てて、次のような陳情書を送っている、「約四年以来、わたしは不当に自由を剝奪されております。あられもない愚かしい口実のもとに、わたしが受けてきたさまざまな迫害を、今日まで堪え忍んでくることができたのは、ひとえに、ある種の諦念によるものです。個人の自由に関する法律が、わたしの場合におけるほど、公々然と侵されている場合は世にもありますまい。と申しますのは、わたしは裁判も何らかの法律的な手続もなしに、いわゆる猥褻《わいせつ》文書頒布《はんぷ》の理由により、監禁されている状態なのです。この理由は、勝手に捏造された不当なもので、まったく根拠がありません。」

　しかし同年九月八日、警視総監デュボワが治安大臣に送った報告書には、サド氏は「永久に淫乱症の狂人であり、矯正不可能な人物で、しかも服従ということに敵意をもつ性格である」から、「家族も体面上それを望んでいるように、いつまでもシャラントンに置いておくべきであろう」と結論している。サドの家族、すなわち息子たちは、シャラントンにおける父の入院料を毎月支払っていたのである。

　警視総監はサドを目の敵にしていたが、シャラントンの院長クールミエは自己の信念を枉《ま》げず、あくまでも患者に対しては寛大な態度で臨んでいた。サドがフーシェに送った陳情書にも、自分は囚人としての取扱いを受けてはいない、とはっきり書いてある。一八〇五年の復活祭には、院長はとくにサドの外出を認め、シャラントン聖堂区所属の教会で聖餐に列席したり、寄進したりすることを許している。この噂を聞いて、早速、警視総監は次のような戒告状をクールミエに送った。

この人物（サド）はビセートル監獄で終身禁錮になるべきはずだったところ、とくに家族の側の用務上の便宜をはかるために、貴下の手に委ねられることになったのです。したがって、彼は囚人であり、貴下はいかなる場合にも、いかなる理由があろうとも、当方からの特別な許可がないかぎり、彼に外出を許すべきではありません。いったい、貴下には、このような人物の存在が社会に恐怖を醸成し、不安を惹起することになろうとは、考えおよばなかったのでしょうか。サド氏に対する貴下の極端な好意には、わたしも驚かざるを得ません。（五月十七日）

宗教のバックボーンに支えられた院長クールミエの人道主義に対して、官僚的なデュボワがいかに苦々しい思いをしていたか、目に見えるようである。しかし、クールミエの庇護のもとにあるかぎり、院内でのサドは安んじて安楽な日々を送っていられた。院長は、サドに執筆の自由もあたえてくれたし、後に触れるように、患者たちに対する娯楽として、院内で上演すべきバレエや芝居の台本を彼に書かせてくれたりもした。

一八〇六年三月から、サドは小説『エミリーの物語』を浄書しはじめ、同年七月に、その第一巻を書き了えている。全四巻を書き了えたのは、翌年の四月である。しかし、一年と一カ月を費して浄書したこの『エミリーの物語』は、さらに尨大な量を含むべき長篇小説の一部（最後の四巻）をなすものにすぎなかった。その草稿のままの長篇小説は、総題を『フロルベルの日々あるいは暴かれた自然、および続篇モドーズ法師の手記とエミリー・ド・ヴォルナンジュの恋物語』と称し、浄書すれば全十巻になる予定であったらしい。百十二人の人物が登場する超大作である。サドの今までの生涯においても、これほどの量の作品は書かれたことがなかった。作の構想がいつごろから出来ていたものか、彼がいつごろから筆をとり出したものかは、一切不明だが、七十歳に近くなって、なお作家的執念が燃え残っていたことは驚異である。おそらく、サドはバスティユで『ソドム百二十日』を失ったのが残念でたまらず、これに匹敵する作品を何とかして死ぬまでに書き残しておきたい、という気持ではなかったろうか。

しかし現在では、わたしたちは遺憾ながら、この未整理のままに終った長篇小説の内容をくわしく窺い知ることはできない。わずかに覚え書のノートが残っているのみだからである。『エミリーの物語』を浄書して二カ月後、治安大臣の命により、シャラントンのサドの私室が捜査され、そこにあった草稿は残らず警察の手に押収されてしまったのである。そればかりではない、この貴重な草稿（もちろん浄書された分も含む）は、サドの死後、息子ドナチアン・クロード・アルマンの要請により、当時の警視総監ドラヴォの命によって焼却されてしまったのだ。返す返すも残念なことであり、官憲の無理解さと、サドの息子の父に対する裏切りとに、わたしたちは黯然《あんぜん》とせざるを得ないのである。

この父を裏切った次男のクロード・アルマンは、一八〇八年の九月十五日に結婚している。相手は彼の従姉妹にあたる親類のルイ・ガブリエル・ロール・ド・サド・デギエール嬢である。サドは最初、この結婚に猛烈に反対した。結婚が成立すれば、親類縁者の要求で、パリからもっと遠いところに自分が移されるのではないか、と疑ったのである。しかし娘の父親サド・デギエール伯爵が、警視総監に手紙を書き、サドが結婚反対を取り消すように説得してくれと頼んだらしく、サドも結局、最後には折れて承認したようである。

一方、長男のルイ・マリーはふたたび軍職につき、一八〇六年十月十四日、ボーモン大将の幕僚としてイエナの戦闘に参加している。そして翌年六月十四日には、マルコニエ大将麾下《きか》のポーランド第二歩兵聯隊大尉として、フリードランドの戦いで名誉の負傷をしている。これらの戦闘は、いずれも皇帝ナポレオンの軍隊が破竹の勢いでプロイセン、ロシアを破った記念すべき戦争で、フランス国民の士気が最も昂揚していた時代のものである。

サドは息子が武功を立てたのを知ると、早速、ナポレオンに親書して、自分の肉体的な衰弱を理由に保釈を歎願している。「ライン同盟の保護者たる皇帝陛下へ」と題されたその手紙は、卑屈なまでに鄭重《ていちょう》をきわめた、大げさな表現で埋めつくされている。

陛下、

私儀、息子が武功を立てたことを知って喜んでおります家庭の父サドは、二十余年このかた、三つの牢獄を転々とめぐり、この上なく不幸な生活を送っております。すでに七十歳に近く、ほとんど目も見えず、胸部と胃に痛風とリューマチを患い、おそろしい苦しみに堪えております。現在住んでおりますシャラントン病院の医師の診断書が、これらの事実を証明し、自由を要求する正当な理由を私にあたえてくれるものと存じます。なおかつ、私に自由をおあたえくださっても、決して後悔なさる謂《いわ》れはないはずであると確言いたします。陛下よ、深甚なる敬意をこめて、あえて申し上げます、私こそ陛下の賤《いや》しき従順なる僕《しもべ》であり、臣下であると。ド・サド。（一八〇八年六月十七日）

従来の説によると、サドは死ぬまで独裁者ナポレオンに反抗してきた、ということになっている。が、事実と伝説とは、大分違っているようである。

独裁者に阿諛《あゆ》追従する老いたるサドのすがたは、できることなら、わたしたちの目から隠しておきたい。が、前にも述べたように、革命とともにふたたびパリの街頭を歩き出した肥満したサドは、もはや以前のサドではない別の人間なのである。この点を頭に入れておいていただきたい。ルイ十六世に悪態をつき、マラーを讃美し、ナポレオンにへつらうサド、信念も節操もなく時の権力者に迎合するサドは、あのバスティユの孤独のさなかで、書く時の至高な瞬間だけを信じて生きていた、狂気のような自由の使徒サドではないのである。

むろん、文学者の土性骨《どしょうぼね》と、生活上の現実主義とは、おのずから別の次元のものでもあろう。オポチュニストで偉大な文学者であった者の例もないわけではない。しかし、水際立った生活上のマキアヴェリズムを発揮するのならばともかく、サドのような処世術の下手な生活無能力者が示すマキアヴェリズムの真似事は笑止であり、醜態である。

それに、革命後の恐怖と貧窮生活に疲れ果てていたサドにとって、精神病院のなかの孤独と安泰は、それほど厭わしいものではなかったはずだ、と想像されるのである。あえていえば、彼は自分に敵意をもつ世界を逃れて、すすんで牢獄の孤独のなかに自分を放逐することを選んだのではないか、という疑いすら抱かしめる。サント・ペラジーの獄中から司法大臣に宛てた手紙にも、苦い諦めの気持が読みとれることを前に指摘しておいたが、向う見ずな『新ジュスティーヌ』の出版ということ自体が、すでに彼のいくらか投げやりな気持を説明しているといえるかもしれない。七十年を生きたサドは、闘うことに疲れていたのである。若き日の彼を駆り立てた情欲の衝動も、すでに厚い脂肪の奥に眠りこみ、日常生活のなかで、彼はもはや平穏無事しか望まなくなっていた。現在の生活が少しでも楽になるなら、彼はナポレオンにでもだれにでも尻っぽを振って見せたであろう。……

長男ルイ・マリーのその後について述べておこう。彼は一八〇九年六月九日、イゼンブルク聯隊第二大隊中尉として南イタリアに転戦中、メルクグリアノ〔メルコリアーノ〕付近で、ナポリの暴徒の手にかかって射殺された。駐屯地に向ってオトラント街道を行軍中の不慮の出来事であった。彼は一七六七年生まれであるから、死んだ時は四十二歳の壮年であったはずである。二年前にポーランド聯隊の大尉であった彼が、功績があったにもかかわらず、どうして死んだとき、イゼンブルク聯隊の中尉に位が下がっていたのか、伝記作者のポール・ジニスティも疑問としている。一説によると、サド侯爵を憎んでいたナポレオンが、その息子であるルイ・マリーの功績を無視して、南イタリアの僻地に彼を左遷したのだともいう。父の悪評に悩まされつづけた、不幸な男の一生であった。彼には『フランス国民史』（死の四年前に第一巻のみ刊行された）という著述もあり、父に似て読書好きな、文人気質の男であったらしい。

ルイ・マリーが死んで一年後に、母サド侯爵夫人が、後を追うようにして逝ったことを付け加えておこう。彼女は遺産として受け継いだエショフールのモントルイユ家の城に、娘マドレーヌ・ロールとともに住んでいたが、一八一〇年七月七日、しずかに息を引きとった。死ぬ前には盲目となり、でぶでぶに肥っていたといわれる。享年六十九歳。彼女の遺骸はエショフールの村に、娘の遺骸とならべて葬られている。

サドのゴーフリディ宛ての最後の手紙を引用しよう。この手紙は非常に長いものであるが、一八〇六年というだけで、日付はない。いま引用するのは、その最後の部分である。

貞淑なゴーフリディ夫人はお元気ですか。そして貴兄、わたしの懐かしい弁護士、ともに同じ時代を生きた、少年時代のお友達よ、貴兄は、いかがお暮らしですか。……ラ・コストのことや、わたしが愛した人たちのことや、ポール家のことや、その他いろんなことについて、何かくわしく教えてください。城がロヴェール夫人のものになったというのは、本当ですか。どんな風に変ってしまったでしょう、あの城は？　それから、わたしのささやかな庭園、あそこには、まだわたしの時代の名残りがありましょうか？　アプトにいるわたしの親類は、どうしております？　たぶん現在のわたしについて、貴兄は一言お知りになりたい気がおありでしょう？　そう、わたしはいま幸福ではありませんが、健康はまず上々です。これだけが貴兄の友情に対してお答えし得るすべてです。またお便りください。

この手紙には、追伸として、さらに次のようなことが書いてある。すなわち、

わたしたちの返事が遅れたとしても、筆不精のためだと思わないで下さい。返事が遅

れたのは、貴兄の手紙がこちらへ着くまでにかなりの時日を要したからです。五年以来、わたしたちは何度も住所を変え、そして三年以来、わたしたちは田舎に住んでおります。わたしたちの現住所は、セーヌ県シャラントン・サン・モーリス、郡長レジョン・ドヌール勲章団員クールミエ氏方です。

「わたしたちの返事」とか「わたしたちの住所」とかいった表現は、当時、サドがすでにシャラントンの病院で、ケネー夫人と一緒に暮らしていたことを暗示している。前にも述べたごとく、院長クールミエは特別な恩典として、病院内に彼の愛する女を起居させることを許したのである。しかし、それよりも哀れをそそるのは、サドが現住所を「クールミエ氏方」と書き、自分が精神病院に監禁されているという事実を、幼友達ゴーフリディに隠そうとしていることである。生きることの闘いに疲れ、少なからず投げやりな気分になっていた老文学者にも、まだ昔の自分を知っている友達に対してだけは、体面を取り繕わずにはいられないような、一種の自尊心が残っていたのであった。

最後の病院生活

一八〇六年一月十三日、前任者が死んで欠員となっていたシャラントン精神病院付医師長の地位に、有名な医者のアントワヌ・アタナス・ロワイエ・コラールが就任した。ロワイエ・コラールは、今まで院長がサドにあたえてきた数々の自由な特典を、苦々しい思いで眺めるようになった。サドをめぐる処置に関して、事ごとに院長と意見が対立するのである。この厳格主義の医者は、シャラントンに赴任してきたばっかりに、いわばサドの生涯の最後にあらわれた不吉な迫害者としての名前を、その伝記のなかに残さねばならないことになったのである。

ロワイエ・コラールは一七六八年生まれ、ブルジョワジーの自由主義を代表する哲学者として名高いピエール・ポール・ロワイエ・コラールの弟であり、サドが死んで二年後には、ソルボンヌ大学医学部法医学教授となり、さらに後には軍医総監、医学アカデミー会員、ルイ十八世の侍医などを歴任した。医者として最高の出世をした人物である。ロワイエ・コラールの一族は、政治家としても勢力のあったピエール・ポールを中心に、法曹界や医学界に学閥を形成し、十九世紀のあいだ大いに羽振りをきかせた一族である。いわば新興のブルジョワ思想を代表する正統派のエリートであり、サドのような没落階級のリベルタンとは、その考え方においても生き方においても、真向から対立する立場の人間であった。だから、ロワイエ・コラールが終始一貫サドに対して不寛容の態度をもって臨んだとしても、それはそれとして、理解できないことはないのである。

一八〇八年八月二日、ロワイエ・コラールは治安大臣に宛てて、次のような手紙を送った。

シャラントンには、その厚顔無恥な背徳行為によって一躍名を挙げた、一人の男がおります。そして当病院に、その男が存在しているということによって、この上もなく重大な不都合が生じます。わたしが言っているのは、つまり、汚らわしい小説『ジュスティーヌ』の作者のことです。あの男は精神病者ではありません。彼の唯一の狂気は、悪徳の狂気です。そして精神病の医学的な治療を目的とする病院では、その種の狂気は抑圧することができません。その種の狂気に取り憑かれた人間は、きびしい隔離のもとに置くべきです。そして他人に迷惑が及ぼされないようにすべきですし、彼自身をも、その醜い情欲を刺戟したり育成したりするようなすべての対象から、孤立させておくべきです。ところで、シャラントン精神病院では、その二つの条件がいずれも満たされておりません。サド氏はあまりに大きな自由を楽しんでおります。かなり大勢の男女の患者と親しく交際しておりますし、彼らを自室に招いたり、また彼らの私室を訪れたりしております。庭を散歩して、同じ特典をあたえられた患者たちと会うこともあります。その怖ろしい思想をだれかに語ったり、他人に本を貸したりすることもできます。その上、病院内の噂によれば、彼は一人の女を娘と称して院内に引き入れております。そればかりではありません。無分別にも、患者たちに芝居を演じさせるという口実のもとに、この病院内に劇団が組織されました。このような派手なお祭騒ぎが、患者たちの精神にどんな有害な結果を及ぼすことになるかは、推して知るべきです。サド氏がその劇団の指導者なのです。脚本を指定するのも、配役をきめるのも、舞台稽古を監督するのも、サド氏の役割です。俳優や女優の朗読を指導し、舞台に立って演技をつけるのも彼です。公演の日には、彼はいつも入場券を何枚か持っていて、自分の意のままに使います。会場を飾ってお客を歓迎します。場合によっては自分が作者になることさえあります。たとえば院長の誕生日には、彼はいつも院長のために寓意的な芝居を書いたり、院長を賞《ほ》めたたえる歌をつくったりします。

けだし、このような生活がいかに危険きわまりないものであるかを、わざわざ閣下に御説明申しあげる必要はございますまい。もしこのような事実が細大洩らさず世間に知れたら、世間の人たちは、こんな奇怪なだらしないことが公然と許されている病院を何と思うでしょう。……願わくは、サド氏をシャラントン精神病院以外の他の場所へ移すべく、何らかの御処置を講ぜられんことを。

この医者のくわしい報告によって、わたしたちは、シャラントンにおけるサドの生活ぶりを窺い知ることができる。彼は気ままに庭を散歩したり、患者たちと交際したり、自分が指導者になって、楽しげに素人芝居に興じたりしていたのである。院長クールミエとサドとは、打ち融けた友情によって結ばれていたらしい。誕生日には詩をつくって、院長に贈っているのだ。院長は患者に娯楽をあたえることを、むしろ必要と見なしていたようである。これは、ロワイエ・コラールの精神病者に対する医学的な見地と、正反対である。現代の精神医学の治療法に照らして、どちらの見解が正しいかは論を俟《ま》たないであろう。ロワイエ・コラールに悪意があるとは思えないが、彼のあまりにもブルジョワ的な道徳主義は、クールミエのキリスト教的な人道主義とも、またサドの生来のインファンティリズム（小児型性格）とも、互いに反撥し合う性質のものだった。いわば両者のイデオロギーが完全に食い違っていたのである。

ロワイエ・コラールの報告に基づいて、治安大臣は警視総監と連絡をとり、病院内におけるサドの行状を調査させた。院長の弁明によると、「自分は芝居を精神病の治療法と見なしているので、患者たちを舞台に立たせることのできる人間が、当病院内にいることを幸運だと思っている。したがって、自分はサド氏に大へん感謝している」というのであった。しかし警視総監デュボワは、相変らずサドを「淫乱症の狂人」と見なしていたので、そのような人物をシャラントンに置いておくのは「一種のスキャンダル」であり、早急にアン城砦（フランス北部、ソンム県）に移すべきである、と進言した。そこで治安大臣ジョゼフ・フーシェは、一八〇八年九月二日、サドをアン城砦に護送することに決定したのである。

しかし、この計画の実行には、いろいろな方面から次々と横槍が入った。まず警視総監がサドの家族に護送の通知を出すと、家族のほうから、それだけは中止してほしい、と申し入れてきたのである。護送の費用は家族の負担になるのであった。それに、囚人の年齢と健康状態を考え合わせると、パリから遠くへ移すのは苛酷であろう、という子供たちの意見であった。次に、院長クールミエが反対した。それによると、家族によって支払われるべき入院料の延滞金が五千四百七十フランに達している、これが完全に決済されるまでは、移転の計画は見合わせてほしい、というのである。しかし、これらの反対意見にもかかわらず、治安大臣は来春（一八〇九年）の四月上旬には、どうしても囚人を移転させるという方針を打ち出した。四月上旬なら陽気も暖かいので、病身の老人にも無理ではなかろう、というわけである。ところが、その期限の近づいた一八〇九年の三月にいたって、さらに思いがけない方面から反対者があらわれたのである。それはサドの姪にあたるデルフィーヌ・ド・タラリュ侯爵夫人で、彼女は治安大臣フーシェに宛てて直接、陳情書を送ったのである。陳情書には、サドの健康状態を証明する医師の診断書も添付してあった。たぶん院長クールミエの差金《さしがね》であろう。彼女の夫タラリュ侯爵はフランス華冑《かちゅう》界の名望家で、後には政界の重任についた実力者である。結局、この陳情書が物を言ったのであろう、四月上旬に決定していたサドの移転の訓令は、治安大臣の新たな命令があるまで無期限沙汰《さた》止《や》みということになった。

こうした病院の内外における、囚人の処置をめぐる交渉の経過を、サド自身はたぶん知らなかったであろう。その後一八一〇年まで、サドの病院生活は相変らず自由かつ安楽だったようである。医師長ロワイエ・コラールのきびしい眼は光っていても、サドの気質を理解する院長の援助のあるかぎり、彼は劇団の座長として気ままに振舞うことができた。

このサドが主宰する病院内の劇団活動は、かなり大規模なものであったらしく、付近の町のおえら方ばかりでなく、パリから文学者や、劇壇関係の知名人や、俳優や女優などを招待することもあった。舞踏会の時には、当代の振付師として有名なトレニスが呼ばれてきた。サドが自分の部屋にパリの役者たちを招いて、共に食卓を囲むこともあった。招待された役者たちのなかには、当時の人気女優サン・トーバン嬢のすがたなども見えた。サドは彼女を讃える四行詩をつくって、食卓の彼女の席のナプキンの下に、そっと滑りこませておいたりした。——これらの逸話は、シャラントンの医師たちの口から語られたものであり、アルフレッド・ベジの『サド侯爵の想い出』（一八七五年、未発表原稿）に収録されているものである。サドはその生涯の最後に、若いころからの夢であった演劇への情熱を思う存分発揮することができて、さぞかし満足だったであろう。

もっとも、次のような香ばしからぬエピソードもある。すなわち、シャラントンの雇人であるティエリという男が院長に宛てて訴えた手紙によると、芝居の稽古中、彼がサドに背中を向けたという理由で、肩をつかまれ、ひどく罵られたというのである。ティエリの主張によれば、自分はサドに頼まれた品物を取りに行こうと思って、彼にうしろを見せたまでであって、決して失礼な振舞いをしたわけではない、というのだ。——こんな風に、芝居の稽古をめぐって、サドはしばらく忘れていた癇癪《かんしゃく》を破裂させることもあったようである。しかし、サドの態度に反感をもったこのティエリという男も、結局は、サドから芝居の役がもらえなくなることを心配しているらしいのだ。演劇活動に関するかぎり、いかにサドがワンマンぶりを発揮していたかが知れるだろう。

一八一〇年五月、サドは院内における芝居の招待状（五月二十八日公演）を、オランダ王ならびにその宮廷の女官たちに贈っている。また一八一二年十月六日、パリの大司教モーリ枢機卿猊下《げいか》がシャラントンを訪問した際には、サドの作詩になる即興の歌が、大勢の患者たちによって歌われている。——これらのエピソードは、サドが病院内で多くの者から尊敬され、その文学的才能を重宝がられ、比較的のびのびと暮らしていたことを物語っている。囚人というよりも、院長の賓客であり協力者であった。

しかるに、一八一〇年の後半から、ふたたびサドの身辺に険悪な空気が漂いはじめた。十月十八日、時の内務大臣モンタリヴェが院長クールミエに宛てて、次のごとき訓令を発したのである。すなわち、サド氏は「最も危険な狂気に冒されている」ゆえ、厳重に隔離して院内のだれとも交渉をもたせないようにすべきこと、「ペン、インク、紙の使用を一切禁ずるよう最大の注意」をはらうべきこと、院長の個人的な責任において、これらの処置を実行に移し、その結果を内務大臣まで報告すべきこと、等である。

これに対して、院長クールミエは十月二十四日、内務大臣にほぼ次のような返事を認《したた》めた。すなわち、当病院は精神病者の保護を目的としたものなので、隔離室などというものは用意していない。サド氏は個室に住んでおり、鍵は別の者が保管しているので、外部との交渉は一応遮断されている。彼が「その種の」作品を頒布しているという噂もあったが、しらべてみると、噂はまったく事実無根であった。わたしは「たとえ罪人であろうとも、すでに前非を悔いていることを身をもって示しているらしく思われる人間」を、今さら虐待するのは好ましくないと考える。わたしは「慈善病院の院長たることに誇りをもっている」ので、「獄吏になる屈辱」には堪えられない。サド氏は「無一文で息子に見棄てられ、不幸の上にも不幸な身の上」である。当病院にも入院料の九千フランが滞っている。どうかサド氏の息子と代訟人とを当病院に呼び寄せて、延滞金を清算せしめるような手段をとるべく許可をあたえてほしい、と。

この手紙には、頑固一徹なヒューマニストとしての院長の気概が窺われて、興味ぶかい。ブルジョワの時代の偽善や似而非《えせ》道徳主義に対して、このサドと同年輩の老人は、果敢な抵抗を示したのであった。

しかし、この院長の精いっぱいの抵抗も、やがて一歩一歩崩れ去る時がきた。サドの生活は、徐々に不自由になっていった。

一八一〇年十二月、サドは院長に宛てて五カ条の要求を書き送っている。その一は、夜の十時から朝の七時までを除いて、部屋の鍵を自分の自由に使わせてほしいということ。その二は、好きな時間に監視なしで庭を散歩させてほしいということ。その三は、隣室のブロフィエール夫人、親類のサヴィーヌ氏、およびレオン氏の三人と自由に話をさせてほしいということ。（この条件を認めてくれれば、他のだれとも話をしないことを約束する、とサドは書いている。）その四は、取り上げられた紙とペンを返してほしいということ、であった。――これを見ると、院内におけるサドの日常生活が、当初にくらべて、はるかに不自由になっていたことが分るであろう。

翌年（一八一一年）になると、さらに面倒な問題が起ってきた。『新ジュスティーヌ』と『ジュリエット』の挿絵の銅版百点を所持していたクレマンド書店が、これをふたたび印刷に付し、パリおよび地方に流布したのである。二月六日の警察の調書によると、クレマンド書店とバルバ書店が頒布の事実を認めた。そのため、三月三十一日、十一月十四日、翌々年（一八一三年）の三月三十一日と都合三回にわたり、サドはシャラントンで警察官の訊問を受けることになった。ふたたび犯罪者のような扱いを受けねばならなくなったのである。

不愉快な知らせは、このほかにもまだあった。一八一二年六月九日、警視総監が院長宛てに通告してきたところによると、去る四月十九日および五月三日に開かれた枢密院会議の席上、皇帝ナポレオンはサドの拘禁を持続させることを主張した、というのである。国立記録保管所の資料によると、すでにナポレオンは一八一一年の七月九日および十日にも、同じ会議の席上で同じ発言をしている。明らかに、この美術や文学を毛嫌いした専制主義者は、サドの『ジュスティーヌ』を読んでいたのである。(『セント・ヘレナの日記』にも、そのような事実が明らかにされている。) サドがいかに独裁者に尻っぽを振って見せるようなポーズを示しても、この先入見をもった相手に、その願いは聴き届けられるべくもなかったろう。

一八一三年五月六日、シャラントンにおける芝居の上演が一切禁止された。医師長ロワイエ・コラールの主張が、ついに勝を制したのである。こうして、サドは病院生活における唯一の楽しみを取り上げられた。

病院生活が不自由になり、芝居の上演が困難になってくると、サドはふたたび部屋に閉じこもって、執筆に日を送るようになった。といっても、すでに七十二歳の老人が、新たに空想的な小説の構想を練るというわけにはいかなかった。彼が生涯の最後に手がけた二つの作品は、いずれも重厚な趣きをおびた一種の史伝である。

その一つ、『ザクセン王女アデライド・ド・ブランスウィック』は、一八一二年九月一日に書きはじめられ、十月四日に脱稿している。そして八日間を費して加筆修正が行われ、十月十三日から十一月二十一日までを要して浄書を完成した。もう一つの作品、『フランス王妃イザベル・ド・バヴィエール秘史』は、彼が二十歳代のころから胸底ふかく暖めていた気に入りの主題で、ヴァンセンヌに下獄中も、この残忍な美しい中世の女王の伝記のための資料を、あれこれ物色していたことが知られている。おそらく、彼は生涯の終りに、この気に入りの主題をぜひとも史伝の形でまとめておこう、と発心したのにちがいない。執筆の時期ははっきりしないが、一八一三年五月十三日から浄書をはじめたことが記録に残っている。たぶん、サドの絶筆と見なして差支えあるまい。

サドの存命中に出版された最後の作品は『ガンジュ侯爵夫人』二巻（一八一三年）であった。発行所はパリのベシエ書店で、やはり匿名である。これは実在の毒殺事件を扱ったモデル小説で、執筆の時期は、ジルベール・レリーの推定によると、『アデライド・ド・ブランスウィック』に着手する前、すなわち一八〇七年の春から一八一二年の秋までの期間である。これら三つの作品の成立の時期を考えると、あの惜しむべき大作『フロルベルの日々』を押収（一八〇七年）された後も、彼が決して筆を休めていなかったことが知れる。落胆のあまり筆を擲《なげう》つようなことはなかったのだ。執筆こそ彼の歓びであった。

しかし、彼が最後まで劇作家としての成功の野心を棄て切れなかったことは、むしろ痛ましい感をあたえるだろう。精神病患者の素人芝居だけでは満足できなかったのだ。革命直後の一時的な成功も、すでに劇壇からは忘れられているはずなのに、なおも彼は、折あるごとに、パリの劇場に自作の脚本を送ることをやめないのである。死の一年前、一八一三年の終りには、前にフランス座の脚本審査で二度も落された『ジャンヌ・レネー』を、性懲《しょうこ》りもなくふたたび同劇場に送っている。しかも、彼は作品に添えた手紙に、この脚本が「一七九一年に、一部修正を条件として受理された」と、明らかな嘘を書いているのである。これに対する劇場側の回答は冷淡なもので、脚本は審査会にさえ回してもらえなかったらしい。突っ返されてきた原稿を、サドは無念の思いで眺めやったことであろう。

第十一章　死　（一八一四年）

死を前にした文学者

こうして、ようやくサドの死の年、一八一四年を迎える。

この年の四月十一日には、聯合軍に敗れたナポレオンが不承不承フォンテーヌブローで退位した。五月三日には、ルイ十八世がパリに入城した。独裁者はエルバ島に流され、フランスにブルボン家の王政が再来したのである。九月には、列国の代表を集めて華々しくウィーン会議がはじまった。……

パリ郊外のシャラントン精神病院でも、人事の移動が起っていた。五月三十一日、今まであれほどサドに好意をもってくれた院長のクールミエがついに辞職し、代りに元弁護士のルラック・デュ・モーパが新院長の地位についたのである。むろん、この措置は、医師長ロワイエ・コラールが内務大臣に強く要望した結果であった。サドは病院内に有力な庇護者を失って、いよいよ孤独になった。

九月七日、新院長ルラック・デュ・モーパは内務大臣モンテスキューに宛てて、長文の手紙を書いている。それによると、当精神病院では監督が十分に行届きかねるから、サド氏はここを退院させて、警視総監の手に引渡す必要がある。警視総監は囚人の年齢と健康状態を考慮して、公安に害をおよぼさないような適当な処置をとってほしい。また、サド氏の息子は母親の持参金を父から受け継いでいるにもかかわらず、契約を違《たが》えて入院料の未納金八千九百三十四フランを支払おうとしない、等々。

この同じ手紙によると、七十四歳のサドはそのころ、「いつも食事のあとで胃に激痛をおぼえていた」という。またケネー夫人の部屋に親しい患者を迎え入れて、新聞を読んでもらったり、戯曲の原稿を清書してもらったりしていたらしい。そして院長は、このようにサドが患者たちと親しく交際することを、院内に不道徳な空気を醸成するものとして、極端に怖れていたようである。まるで体中から危険な毒液を発散する、特殊な獣でも見るような目つきである。ロワイエ・コラールの影響もあったであろうが、この院長自身も最初から、明らかな偏見の色眼鏡でサドを眺めていたのであった。

死の一ヵ月前、サドは原稿の清書を人に頼むことを禁じられたことに対して、院長に抗議の手紙を書いている。「わたしは、規則を破ろうなどという大それた考えはもっておりません。ただ、あの親切な男が、目の悪いわたしのために戯曲の原稿を筆写してくれただけのことです。その戯曲はいくつかの劇場で受理され、警察でも認可してくれたものです……」（十一月五日）と。

サドはその生涯におびただしい量の手紙を書いているが、彼の書いた最後の手紙は、死の三週間前、ソーマーヌの小作人ペパンという者に宛てた手紙（十一月十一日付）である。彼はその手紙のなかで、六週間以上も前に公証人ローズ氏に委任しておいた、領地の森の伐採が実行されたかどうか、知らせてほしいと不安げに訴えている。そして、もし伐採した材木が売れて金になったら、その一部をソーマーヌの城の修理に宛て、残りは早急に自分のほうに送ってくれるように手配してほしい、と頼んでいるのである。ソーマーヌは、サドがまだ他人の手に譲り渡していない唯一の土地であり、唯一の城であった。サドの最後の手紙が送金の催促状であるとは、憐れというもおろかであろう。

サドの死後、公証人の手で作成されたくわしい財産目録を見ると、彼が死の直前、どんな部屋で、どんな本を読み、どんな家具に囲まれて生活していたかをまざまざと偲《しの》ぶことができる。

サドの部屋は、病院の建物の右側翼面部の三階にあった。居間兼寝室のほかに、小さな書斎と物置部屋がついていて、窓からは、マルヌ河畔につづく広い庭を見おろすことができた。家具はみな古ぼけて、みすぼらしかった。居間兼寝室には、日に焼けた白と赤の更紗のカーテンのついた、脚の低いベッド、黄色いビロード張りの安楽椅子、粗末な藁《わら》をつめた椅子が二脚、黒っぽい木の仕事机、大理石の板のついた戸棚などが置いてあった。羽目板には鏡が掛かっており、煖炉の左手には衣裳箪笥もあった。衣裳箪笥のなかには、四着の上着、五着の胴着、五着のズボンがあり、それぞれ布地も色も違っていた。壁には、祖父ガスパール・フランソワ侯爵を描いた、額縁のない肖像画が一枚かけてあった。また母や、息子ルイ・マリーや、義妹アンヌ・プロスペル・ド・ローネー嬢を描いた細密画の肖像もあった。

書斎には、テーブルと肱掛椅子と、三つの書架と、造りつけの白木の本棚とがあって、約二百五十冊の書物が並んでいた。すぐ目につくのは、ケール版ヴォルテール全集の立派な七十巻揃いであった。その他にめぼしいものは、スエトニウス、タキトゥス、キケロの諸著作、『セネカの精神』、『ドン・キホーテ』、『クレーヴの奥方』、ラフォンテーヌの『寓話』、レス枢機卿の『回想録』、『異教の擁護』、『ニュートン物理学の基礎的原理』、コンディヤックの諸著作、ルソーの『エミール』、レティフ・ド・ラ・ブルトンヌの『ポルノグラフ』、スタール夫人の『デルフィーヌ』、シャトーブリアンの『キリスト教精髄』、『インド人の歴史』、『初期ローマ史』などであった。公然と刊行されたサドの自著『アリーヌとヴァルクール』、『恋の罪』などもあり、彼の最後の出版『ガンジュ侯爵夫人』は、四部揃って本棚に並んでいた。……

晩年のサドについて、いくつかの逸話が語り伝えられている。たとえば、前に引用したシャルル・ノディエやアンジュ・ピトゥの思い出も、その一つであり、シャラントンの医師から丹念に話を聞いたというアルフレッド・ベジの記録も、その一つである。むろん、わたしたちには、それらがどの程度まで信頼するに足るものであるか、確かめる術とてはない。ここに引用する劇作家ヴィクトリアン・サルドゥの語る逸話も、その点では、ほとんど信憑性のない伝説にひとしいものといえるだろう。第一、サルドゥ自身はサドと直接に会ったことがなく（一八三一年生まれだから当然のことだ）、シャラントンの老園丁から話を聞いたにすぎないのである。まあよろしい、通俗劇作家の語るところを聞こう。

サルドゥの語るところによれば、――年老いたサドは園丁に頼んで、「その付近で発見し得る最も美しい、最も高価な薔薇の花籠を持って来させると、汚水溝のふちの腰掛に坐り、薔薇の花をひとつひとつ捲《むし》り取っては、じっと眺め、心地よさそうに深々と花の香りを吸うのであった……そして、次にはその花を汚水のなかに浸し、泥だらけにしてしまうと、げらげら笑いながら、ぽいと投げ捨てるのだった」と。（『医学通信』一九〇二年十二月十五日号所載）

ここに描かれているサドのすがたは、まるで締りがない年老いた変質者か、あるいは老《ろう》耄《もう》性痴呆の症状を呈した精神衰弱者であろう。そして、このような忌わしいサドのすがたを、やはりわたしたちとしては、容易に信じることができかねるのである。老来、サドはたしかに気力の衰えを見せてはいるものの、なお芝居や小説の筆をとるだけの、曇りのない理性は依然として所有していたのであるし、また、美しい女優にひそかに四行詩を贈ったり、幼友達ゴーフリディ宛ての手紙で、自分が精神病院に監禁されているという事実をかくしたりするほどの、一種の見栄やダンディズムをも捨ててはいなかったのである。サドは死ぬまで明晰《めいせき》な精神をもち続けた、と考えて差支えないのではあるまいか。スウィフトは老耄性痴呆であり、ニーチェ、モーパッサンは進行麻痺であり、ネルヴァルは譫妄《せんもう》性分裂病であり、ドストエフスキーは癲癇であったが、サドはこれらの天才的文学者たちの精神病的疾患のいずれに対しても、生涯、ふしぎなほどに無縁であった。たしかに彼は、生活の落伍者であり、偏執的な夢想家であり、永遠の小児型性格者であり、また性的にはかなり異常体質であったけれども、よく用いられるクレッチュマーの性格類型から判断するに、せいぜい自己中心的、内向的な気質をあらわした軽度の分裂病質者でしかなく、決して真性の精神病者の範疇には入らないのである。サドはいわゆる精神病質者であり、つねに緊張を持続する神経症者であって……幸か不幸か、その理性の混濁を最後まで知らなかったのだ。

サドの死の床を看取ったのは、病院付実習《インターン》の学生としてシャラントンに赴任してきたばかりの、当時十九歳のL・J・ラモンという医者の卵であった。後に彼は医学博士となり、アルフレッド・ベジの求めに応じて、五十三年前の侯爵の想い出を書きつづる。青年ラモンの目に映った、死の直前の侯爵のすがたはどんなであったろうか。

「わたしはしばしば、サド侯爵が一人ぼっちで、重い足をだらしなく引きずるようにして、自分の部屋の近くの廊下を、散歩しているすがたを見かけたものだ」と七十二歳のラモン博士は、往時を回想して書いている、「彼がだれかと話をしているところには、一度もぶつかったことがなかった。彼のそばを通り過ぎながら、こちらが会釈をすると、向うは礼儀正しい冷《ひや》やかな態度で頭を下げるので、とても言葉をかけようという気にはならなかった……これが『ジュスティーヌ』と『ジュリエット』の作者であるとは、わたしにはまったく信じられなかった。傲慢で気むずかしい老貴族、少なくともわたしには、そんな印象しかあたえなかった」と。

おそらく、これが死を前にしたサドの、いちばん客観的な、いちばん正確な描写であろう。これ以上、この老文学者の内面に土足を踏み入れることは、何びとにも許されないのである。伝説の捏造者に呪いあれ！

死

十二月一日金曜日、数日来健康の衰えたサドは、歩行不能に陥り、二間つづきの病室に運ばれる。老人に付き添ったのは、あのやさしいケネー夫人ではなくて、シャラントン精神病院の雇人であった。当然、ケネー夫人が付き添っていなければならないはずなのに、どうしてこのとき、彼女は不在だったのか。たぶん、新院長のルフック・デュ・モーパが、無慈悲に彼女を老人のそばから遠ざけ、病院から追い立てたためであろうと思われる。ケネー夫人は、ついにサドの死目に会えなかったのである。

十二月二日土曜日の午後、サドの息子ドナチアン・クロード・アルマンが、病床の父に会いに来た。彼は医学生のラモンに、夜、父のそばに付き添っていてくれるように頼んだ。一日の勤めが終って、ラモンが病人のそばに行こうとすると、ちょうど病人の部屋から出てきたジョフロワ司祭と顔を合わせた。ジョフロワ司祭はシャラントン精神病院の礼拝堂付司祭である。彼は病人との会見に満足しているように見えた。

ラモンは部屋に入って、病人の枕もとに坐り、煎じ薬や水薬を何度も飲ませた。サドの呼吸は、激しく苦しげになり、やがて次第に乱れはじめた。そして午後十時ごろ、薬を飲んでしばらくして、急に呼吸の音が聞えなくなったので、ラモンが寝台に近づいてみると、すでに老人は息たえていたのである。享年七十四歳。ラモンの診断によれば「喘息《ぜんそく》性肺栓塞」であった。わずか二日間床についただけで、まことにあっけなく死んだ。

翌日、院長ルラック・デュ・モーパは警視総監ブーニョに宛てて、サドの死亡を報ずる次のごとき手紙を送った。

警視総監閣下

去る共和暦十一年花月、治安大臣の命にてビセートルより移されし侯爵サド氏が、昨日午後十時、シャラントン精神病院にて逝去いたしました。しばらく前から健康は目に見えて衰えておりましたのに、死の二日前まで歩くことをやめず、ここに急逝いたしました原因は、壊疽《えそ》性全身衰弱熱の初期ということです。子息アルマン・ド・サド氏が現在当地に来ておりますので、市民法により封印を施す必要はまったくないと存じます。死後の処置および治安につきましては、閣下が適宜に御判断の上、小生まで御下命くださらんことを。思うに、子息サド氏は良識ある方ゆえ、父上の部屋に危険文書あらば、みずから進んでこれを湮滅《いんめつ》せんとすることでしょう。

この手紙のなかでは、サドの死因は「壊疽性衰弱熱」ということになっている。耳慣れない物々しい病名で、衰弱熱とは、要するにどういう病気なのかよく分らない。一方、ラモン医師の「喘息性肺栓塞」とは、ジルベール・レリーの推定によると、高血圧による肺充血の最後の段階にあらわれる、急性の肺の浮腫を指しているのではないかと考えられる。そういえば、たしかにサドは中年を過ぎて肥りはじめて以来、いつも高血圧に悩んでいた。シャラントンの院長の意味不明な抽象的専門用語よりも、どうやら若いラモン医師の診断のほうが、わたしたちには解りやすいようである。

遺言

同じ日（三日）、シャラントン・サン・モーリスの公証人フィノ氏、アルマン、ケネー夫人、およびその子シャルルの立会いのもとに、サドの遺言状が開封されている。

ここで、サドの遺言状について述べよう。今まで触れなかったが、彼がそれを書いたのは死の八年前、一八〇六年一月三十日のことである。従来、その全文は公表されたことがなく、ただ最後の第五条項のみ広く知られていたが、一九五七年、ジルベール・レリーの詳細な伝記が出るにおよんで、ようやくその全文が明るみに出されるにいたった。最初の二ヵ条には、死ぬまでサドに付き添っていたケネー夫人、通称「深情け」に対する愛情にみちた感謝の言葉が並べられており、財産二万四千リーヴルおよび残された家具、動産、衣類、書籍、原稿など一切を彼女の手に譲る旨が、細々《こまごま》と記されている。ケネー夫人ばかりでなく、その息子のシャルルも母親が死んだ場合には、やはり同じ資格で遺産を受け継ぐ権利があることを約束している。「衣食に窮せぬよう十分な収入」を保証したい、と書いている。が、別居したサド夫人ルネ・ペラジーについては、一言も触れていない。いま、第一条の最初の部分を引用してみよう。

すでに死亡したものと思われるバルタザール・ケネー氏の夫人、マリー・コンスタンス・ルネル嬢が、一七九〇年八月二十五日から余の死亡の日まで、余のために示してくれたもろもろの配慮や真摯な友情に対し、余は余の微力の許すかぎりにおいて、深甚なる感謝を表したい。彼女の示してくれた愛情は、単に心遣いの細かい、無私無欲な愛情というだけでなく、また勇気と力強さにあふれたものであった。恐怖政治のもとで、彼女は、余の頭上に迫り来る贋革命家どもの手から、余を救ってくれた。これらの理由により、余は前記マリー・コンスタンス・ルネル嬢に、余の死亡当時フランスに流通すべき貨幣にて、総額二万四千リーヴルの金を遺贈する。(以下略)

「恐怖政治のもとで……贋革命家どもの手から余を救ってくれた」という文句があるのは、申すまでもなく、一七九四年、サドが反革命の嫌疑でジャコバン党政府の獄に投ぜられていたとき、ケネー夫人が釈放運動に挺身してくれたことを指している。悪夢の記憶が怖ろしければ怖ろしいだけ、彼女に対する感謝の念も深まるのであろう。次に、遺言の最後の第五条を引用しよう。

　最後に、いかなる事情があろうとも、余の遺体を解剖に付することを絶対に禁ずる。遺体は木造の棺に納められ、余が死んだ部屋に四十八時間放置されることを希望する。この規定の四十八時間が過ぎた後、はじめて棺に釘が打たれねばならぬ。その間、ヴェルサイユ百一番レガリテ街の材木商ル・ノルマン氏まで急使を送り、余の遺体を引き取りに、荷車とともに氏みずから来ることを依頼してほしい。遺体は前記の荷車にのせられ、氏の護送のもとに、エペルノン近在のエマンセ郡マルメゾンなる余の土地の森に運ばれ、いかなる形の葬式をも藉《か》りず、前記の森の右手に位置する最寄りの叢林《そうりん》に安置してほしい。この叢林につくられる墓穴は、ル・ノルマン氏立会いのもとに、マルメゾンの小作人によって掘られ、氏は余の遺体が前記の墓穴に安置されるまでを見届けてほしい。氏の希望によっては、この葬式に余の親族もしくは友人を列席させても差支えない。華美な仕度はないとしても、彼らはあの最後の愛着のしるしを余に示してくれるであろう。墓穴の蓋を閉めたら、その上に樫《かし》の実を蒔《ま》き、以前のごとく墓穴の場所が叢林に覆われ、余の墓の跡が地表から隠れるようにしてほしい。余は人類の精神から余の記憶が消し去られることを望む。ただし、最後の瞬間まで余を愛してくれた少数の人たちについては、この限りでない。余は彼らのやさしい想い出を墓のなかへ持って行くだろう。シャラントン・サン・モーリスにて、心身壮健のうちにこれを認《したた》む。D・A・F・サド

署名

この遺言は、まさにペシミズムの高貴な詩と称すべきであろう。神への服従を絶えざる努力によって拒否するロマン主義者の苦悩と、ニーチェの運命愛にも比すべき、宿命の肯

定から生ずる兇暴な歓喜とが、行間に脈々と流れているのを読者諸子は見ないだろうか。死の数時間前、サドの臨終の部屋をシャラントンの司祭が訪れているが、――果して、そこでどういう会話が行われたのか、――死を前にしてサドが何らかの宗教的感情、形而上的不安を示したという証拠は、まったく見当らないのである。エロティシズムを詩にまで高めた史上最初の文学者は、むろん、生成の悦びがまた同時に絶滅の悦びでもあるという自然の法則、現象の必然性を知悉《ちしつ》していたにちがいない。晩年の彼は、よし闘うことに疲れていたとはいえ、あのバスティユで得た確信を何ひとつ捨ててはいなかったのである。そのことが、この遺言の第五条項から明瞭に見てとれる。

なるほど、彼は死に対して臆病であり、恐怖時代にはギロチンをこの上もなく怖れ、病気や貧乏に対しては、たわいなく悲鳴をあげた。しかし、ボーヴォワールが正しく指摘しているように、「死は老衰と同じ資格で、自己の個体の解消として、彼を恐怖させた」にすぎないのである。彼岸への恐怖は、彼の生涯にも作品にも、ついぞ現われなかったのであり、彼は目に見える現世の恐怖しか問題にしなかったのである。『ソドム百二十日』のなかの一登場人物は、死の観念と慣れ親しむ最上の方法を「淫蕩《リベルタン》の観念と（死の観念を）結びつけること」のうちに見出している。これは、すでにフロイトの発見を知っているわたしたちには容易に受け容れられる思想であるが、十八世紀の同時代者のあいだでは、きわめて斬新な思想であり、ある程度まで、サドの個人的な体験の裏付けがあると見て差支えないであろう。死の世界と淫蕩の世界とは、その底に流通しているものがある。死は分解させ、解放するから、必然的に淫蕩の世界と同化するのだ。フロイトはこれをニルヴァーナ原則と称した。死と淫蕩とは手を結んで、良風、法律、道徳、進歩、歴史、社会に敵対する。リベルタンが最後に到達する場所は、ここ以外にはないのであり、サドの遺言は、彼がリベルタンとしての自己を陶冶《とうや》することを決して怠っていなかったことの、何よりの証拠であろう。

埋葬

遺言の指定の通り、二万四千フランの遺贈金がケネー夫人の手に渡されたかどうかは、保証のかぎりでない。サドの息子ドナチアン・クロード・アルマンは、まことに偏狭な吝嗇な男で、まだ父が生きているうちから、父の不在をよいことにサド家の財産をほとんど自分一人の手に握ってしまった。シャラントン精神病院に納めるべき父の入院料も、父の死後ずるずるべったりに支払いを引きのばし、病院側と裁判沙汰を惹き起したほどである。そういう男が、寄るべない無力な女に、財産を頒《わ》けてやったかどうかは疑問であろう。サドの蔵書も、彼女の手に渡されたとは思えない。

はっきり分っていることは、かなりの量におよぶサドの残された原稿が、この息子と警察の手に完全に押えられてしまった、ということである。そして、その一部は火中に投ぜられ、他の一部は箱のなかに隠匿されて、サド家で五代のあいだ門外不出の扱いを受けることになった。サド家の子孫は、長いこと先祖の作品を恥じていたのである。(ドナチアン・クロード・アルマンが警視総監に要請して、父の最後の大作『フロルベルの日々』を焼かせたことはすでに述べた。)聖侯爵から六代目の当主グザヴィエ・ド・サド侯爵が、モーリス・エーヌやジルベール・レリーの説得により、ようやく隠匿された原稿の一部を出版することを許可したのである。こうして、聖侯爵の死からほぼ六十年の歳月を隔てて、ヴァンセンヌの書簡集や『イザベル・ド・バヴィエール秘史』が陽の目を見ることになった。その生涯の不明な部分も、いくつか解明されるにいたった。一九二二年生まれのグザヴィエ・ド・サド氏は、すでに先祖の名を恥じてはいない。むろん、未発表の原稿もまだ多く残っているが、それらも追々刊行の運びにいたるであろう。

父の意志を踏みにじった不孝者の息子アルマンが、ひとつだけ、感心なことをしている。遺言の規定通り父の屍体を解剖に付することをやめてほしい、とシャラントンの院長に強く要求しているのだ。シャラントンは国家の病院で、一般に、ここで死んだ患者は必ず解剖される習わしであった。ラモン博士の回想録によると、「一八一四年から一八一七年まで、ここで死んだ患者のうちで解剖されなかったのは、おそらくサドの屍体だけ」だった。

しかし、その他の遺言状の規定は、ことごとく破られた。材木商ル・ノルマン氏のところへ、サドの死を知らせに行く者はいなかった。遺骸はシャラントン病院付属の墓地に、カトリック教会の方式通りに埋葬された。墓の上には十字架が建てられた。棺の代が十リーヴル、祭壇の費用が六リーヴル、蠟燭代が九リーヴル、司祭へのお布施が六リーヴル、棺の運搬代が八リーヴル、墓穴掘りの費用が六リーヴル、十字架の代が二十リーヴルで、総計六十五リーヴルの葬式費用であった。それは、皇妃ジョゼフィーヌが髪結に払う一日分の報酬にも足りなかった。このささやかな葬式がいつ行われたか、どういう人物が会葬者として集まったかは、不明である。

頭蓋骨と肖像画

後日譚めいたエピソードを付け加えておこう。ラモン博士の回想録によると、サドの埋葬式が終ってから数年後、屍体は墓地の整理のために発掘され、発掘に立会ったラモン博士が、その頭蓋骨を入手したという。それは確かにサドの墓から出てきた、サド本人の頭蓋骨であることに間違いなかった。ラモン博士はこれを標本にするつもりでいた。ところが、あるとき、高名なドイツ生まれの骨相学者ガルの弟子で、ラモン博士の友人であるスプルツハイムという男が訪ねてきて、ぜひこの頭蓋骨を自分に貸してくれと言う。ラモン博士は仕方なく、友人にこれを手渡してしまった。スプルツハイムは、石膏で型を取ったら必ず送り返す、と約束して去った。彼は英国とドイツの大学で講座を受け持っていたが、その後しばらくして死んだ。そして、それっきり頭蓋骨はラモン博士の手にもどらなかったのである。

しかし、ラモン博士自身も以前から骨相学に興味をもっていたので、サドの頭蓋骨を手もとに所有しているあいだ、これに関するいくつかのデータを集めておいた。それによると、――頭蓋は良好に発達している（神智学、親切心の徴）――側頭部に目立った隆起はない（残忍性の欠如を示す）――外耳の後部および上部に目立った隆起はない（闘争性の欠如を示す）――小脳は普通の大きさ――乳様突起の間隔が目立って大きくはない（過激な情欲の欠如を示す）――以上のごとき結果であった。一言をもって結論すれば、犯罪者や不徳義漢の徴はまったくない、ということである。「頭の測定だけから判断するならば」とラモン博士は律儀に書いている、「彼が『ジュスティーヌ』や『ジュリエット』の作者であるとは、到底信じられない。彼の頭蓋骨は、あらゆる点において教会の神父のそれに似ているのだ」と。

これは噴飯物である。ラモン博士は善意の人間であったろうが、わたしたちに言わせてもらえるならば、なにもサドを「教会の神父」と比較する必要はない。『ジュスティーヌ』を書いたありのままのサドで結構なのだ。

ロンブローゾ以来、刑事人類学が急激に発達し、頭蓋骨の形状と犯罪との関係も統計学的に綿密に追求されてきたが、まだラモン博士の時代には、それほど確たる統一的理論があったわけではなかろう。それに、そもそも彼の挙げているデータにしてからが、きわめて大ざっぱなもので、これだけではいかな大学者といえども、判断の手がかりすら得られないのではないか、と思われる。

その後の調べによると、この紛失したサドの頭蓋骨は、スプルツハイム教授がまだ生きていたころ、彼とともにアメリカに渡っていたらしい。たぶん現在も、どこかの個人——富豪か好事家か——が秘蔵しているにちがいない。いつかふたたび、幸運な偶然によって、それがサド研究家の手にもどらないものとも限らないのである。


同じような宙ぶらりんの運命にあるものに、やはり紛失したサドの肖像画がある。グザヴィエ・ド・サド氏の語るところによると、コンデ・アン・ブリ（北仏エーヌ県）のサド家の城に、かつてナチスの軍隊が侵入して掠奪をはたらく前まで、聖侯爵の細密画の肖像が伝わっていた。それは小さな口をした、青い眼の美貌の青年の肖像であったという。ドイツの軍人によって、それが果してどこへ持ち去られたか……独仏戦後二十余年の今となっては、知るよしもない。

サド侯爵はロートレアモン伯爵とともに、晩近《ばんきん》三百年ないし四百年のヨーロッパ文学史上に、肖像画をもたぬ作家としての稀有な特権的な地位を占めているが、——このたった一枚の紛失した肖像画が、もし幸運な偶然によって発見されたら、さて、どういうことになるであろうか。サドの真実の容貌を知りたいと思う気持とともに、また、それを知ることをかえって憚りたい気持も、わたしたちの心の中にないとは言い切れない。というのは、詩人ポール・エリュアールの明言するごとく、「おそろしいほど孤独であった」侯爵（サド）と伯爵（ロートレアモン）は、「負わされた悲惨な世界を奪いとることによって、世界に復讐をとげた」真の貴族、いわば精神の貴族なのであり、その真実の顔を小さな限定された額縁のなかに定着するには、あまりにペシミスティックな、痙攣的な美の光輝を背後に担っているにちがいないと思われるからである。

さらば、不幸なひと、ドナチアン・アルフォンス・フランソワ・ド・サドよ！　しかし君は現在では、かつて君がそうであったほど不幸ではあるまい。かつて君がそうであったほど、孤独ではあるまい……天国の君の椅子のまわりには、すでにアポリネール、モーリス・エーヌ、ジョルジュ・バタイユら故人の椅子も用意された。純潔な哲学的な星々よ、もしその気があるならば、君たちの永遠のエロティックな形而上学的対話を、わたしたちの堕落せる地球まで送ってくれ！

補遺(1)　死後の評価

フランスにおけるロマン主義の運動は、文学史上の定説によると、ほぼ一八三〇年から始まったということになっている。つまり、サドが死んでから約十五年後のことである。ラマルティーヌ、ユゴー、ゴーティエ、ヴィニー、ミュッセ、バルザックらの華々しい世代を一括して、「一八三〇年代の作家」と呼ぶ人もいる。

この一八三〇年代の詩人や小説家たちが、彼らの師表と仰いだロマン主義思想の先駆者のなかでは、十八世紀のゲーテ、ジャン・ジャック・ルソー、バイロン、M・G・ルイスなどの名が知られているが、サドの名前は、ほとんど文学史の表面には出てこない。その当時、だれも彼の名前を公然と口にする者はいなかったからである。しかしロマン主義の革命は、現在では疑いもなく、サド侯爵の暗い影のさす地盤から出発した、と考えられている。著名な文学史家のマリオ・プラーツ教授は、十九世紀の全ヨーロッパ文学をサドの影響下にあるものとして分析している。(『ロマン主義的苦悶』一九五一年)

すでに一八三〇年代にも、批評家のジュール・ジャナンは次のような事実を認めている、「間違ってはいけない。サド侯爵はいたるところにいる。どんな人の蔵書のなかにも、隠された秘密の書棚に、必ずそれは発見される。それは普通、パスカルの『パンセ』などといった本のうしろに隠して置かれる書物の一つなのだ」と。(「パリ評論」誌より、一八三四年)

また批評界の大御所として知られたサント・ブーヴも、「最も名声あるわが国の小説家の二、三人のうちには、明らかにサドから影響を受けたと思われる者がある」と断じている、「その影響は隠されているが、見分けがたいものでは決してない……あえて断言すれば、バイロンとサド(この比較を許されたい)こそ、おそらく最も偉大な近代の鼓吹者《こすい》であった。前者は公然と人の口にのぼっているが、後者はだれもが隠して喋らない。わが国の流行作家の何人かのものを読んで、もしその下敷《したじき》を知りたいと思ったら、この今挙げた作者の名を絶対に見逃してはならない」と。(「両世界評論」誌より、一八四三年)

サドの影響がいかに広汎に及んでいるかを知ってはいても、これを声高に口にするのは憚られる、といった空気が、当時、文壇の良識家たちのあいだに支配していたらしく思われる。一八三〇年代の文学者のうちで、最も早くサドを声高に賞揚した作家は、おそらく、みずから「狼人《リカントローブ》」と称した反王党、反ブルジョワの狂詩人ペトリュス・ボレルのみであったろう。

「わたしが、このフランスの栄光という言葉によって表わそうとしていたのは、君たちみんなが汚らわしいと非難する本、そのくせ君たちみんながポケットのなかに忍ばせている本の、有名な作者のことだった。読者よ、お気にさわったら御免なさい。つまり、わたしが言わんとしていたのは、至高にして全能なる貴族サド伯爵《ママ》殿のことであった。」（『ピュティファル夫人』一八三九年）

ロマン派につづく文学上の世代は、一八五〇年代の批評的、客観主義的傾向の作家たちである。このころになると、自己のうちにサドの影響をはっきり自覚し、自信をもってサドの偉大さを認める作家たちが現われる、すなわち、ボードレールとフローベールの両巨頭である。

『悪の華』の詩人は、『ジュリエット』の作者に対する親近感を次のように表明した、「悪を解き明かすにはつねにサド、すなわち、この自然人に還らねばならぬ」（『内心の日記』）と。また彼は、十八世紀の悪徳小説と同時代の文学の精神とを対照させて、次のようにも言っている、「現実に悪魔主義が勝利した。魔王が無邪気になってしまった。みずからを知る悪はみずからを知らぬ悪ほどに醜悪ではなく、治癒により近い。ジョルジュ・サンドはサドに劣る」と。

ゴンクールの日記には、フローベールがしばしば好んでサドを話題にしたことが証言されている。ゴンクールによれば、フローベールは「サドに憑かれた精神」（一八五八年十一月）である。フローベールの書簡集にしばしば出てくるVieux（老人）という呼称は、サドのことである。また彼は「大サド」とも呼んだ。泥棒詩人ラスネールを称《たた》えた文章のなかで、フローベールは次のように書いている。

「わたしはネロのような、サド侯爵のような人間を知ることを大そう好む。これらの怪物たちは、わたしのために歴史を説明してくれる。彼らは歴史の補足であり、最高峰であり、モラルであり、デザートである。わたしの言うことを信じたまえ、彼らは偉大かつ不朽の人物なのだ。魔王《サタン》はキリストと同様に永く生きるだろう……おお、もし君がこの誠実な作家サド侯爵の小説を何冊か見つけ出してくれたら、わたしはどんな高い金を払っても、それを君から買いとるだろう。」（書簡集、一八三九年七月十五日エルネスト・シュヴァリエ宛て）

サドのうちにカトリック的な「異端糾問の精神、拷問の精神、中世の教会の精神、自然に対する恐怖心」（ゴンクールの日記より）を読みとったのは、フローベールとともに、あの一八五〇年代における教父ユイスマンスであった。彼らによれば、サディズムはカトリシズムの私生児であり、宗教は侵犯されるべきものとして予想される。

「サディズムの力、およびサディズムがあらわす魅力は、ひとが神に対して捧げるべき敬信の念や祈りを魔王《サタン》に引渡すという、禁断の享楽のうちにすべて存する」とユイスマンスは言う、「したがってまた、それはカトリック教会の掟の違反であり、キリストを最も手ひどく嘲弄するために、キリストが最も憎んだ罪、すなわち礼拝の冒瀆や肉の饗宴を実行することによって、カトリックの戒律をまさに逆転させることでもあるのである。じつを言えば、サド侯爵の名前から由来したこの症例は、教会と同じくらい古くから存在していた。そんなに昔に遡《さかのぼ》らなくても、たとえば十八世紀には、中世の夜宴《サバト》の淫靡な儀式が単純な隔世遺伝現象によって復活して、サディズムは猖獗《しょうけつ》をきわめたのである。」（『さかしま』一八八四年）

十九世紀末のデカダン詩人たちのなかにも、サドを熱狂的に称讃する者がいた。彼らの筆頭に、まず英国のチャールス・スウィンバーンを挙げねばならぬ。「いずれ星移り月変れば、どの町にもサドの彫像が建てられ、どの台石の下にも彼のために供物が捧げられるような時代がくるだろう」（ワッツへの手紙）と述べたスウィンバーンは、その他の場所でも、サドに対する熱烈な讃辞をおびただしく書き残している。「わたしの詩法が源を仰ぐその大詩人、思想家、そして練達の士は、バイロンよりもはるかに偉大な人物です。彼こそは、じつに神々と人間の奥底までも究めたのです。」（ハウトン卿ミルズへの手紙、一八六五年八月）

詩人ヴェルレーヌの『悪の華』に寄せるエピグラムには、次のように書かれている。

こんな不思議な詩句に較べられるのは
たぶん天使の言葉を知っていた

あの慎しみ深いサド侯爵のような人の
作る詩句のみではないかと思われる

オスカー・ワイルドの晩年の『獄中記』には、「君の席はさしあたり幼児サムエルの隣りにある。ところで僕は、マーレボルジェの泥沼の底で、ジル・ド・レーとマルキ・ド・サドとの間に坐っているというわけだ。それがいちばんいいのだ、と僕はあえて言う。不平を言おうなどとはさらさら思わない。ひとが獄中に学ぶ数々の教訓の一つは、物事はあるがままであり、また今後ともあるがままであろうということだ。それに僕は『サンフォードとマートン』よりは中世趣味の癲病患者や『ジュスティーヌ』の作者の方がたしかにいい仲間にちがいない、とかたく信じている」とある。……

さて、サド研究が批評と科学の時代に入ったのは、一八八七年、後にソルボンヌ大学の知覚生理学実験所長となったチャールス・ヘンリーの匿名パンフレット『サド侯爵の真実』が発表された時からである。約十年遅れて、C・トゥールニエ博士がマルシアの筆名のもとに、リヨンで『サド侯爵とサディズム』を発表したのが、医学的研究の先駆となった。そして今世紀初頭からはベルリンの精神病医イワン・ブロッホが、オイゲン・デューレンの筆名によって『サド侯爵とその時代』(一八九九年十二月)、『サド侯爵新研究』(一九〇四年)等を続けて発表して、医学的研究とともに文献的研究に大きな貢献をなした。

同じくイワン・ブロッホ博士の手によって、『ソドム百二十日』の全テキストが公開されたのは、やはり一九〇四年である。そのテキストの序文のなかで、博士は「当作品の科学的重要性」と、「サドによって引用された症例とクラフト・エビングのそれとの驚くべき類似性」とを指摘している。

ようやくサドがフランス文学史のなかに地位をあたえられるようになるには、二十世紀の新文学の旗頭アポリネールを俟たねばならなかった。一九〇九年、アポリネールの努力によってサドの『作品集』が編まれたのは、新たな哲学的研究の時代への第一歩であった。「今こそ、図書館の危険書庫の汚らわしい空気のなかで熟したこの思想をば、世に知らしむべき時がきたように思われる。全十九世紀を通じて黙殺されてきたかのごときこの人物こそ、二十世紀を支配することができるだろう」とアポリネールは予言した。

この予言は事実となって、第一次大戦後の尖鋭な文学運動であるシュルレアリスムは、サドをその守護神に祭り上げた。アンドレ・ブルトン、ポール・エリュアール、ジャン・ポーラン、ロベール・デスノス、ルネ・シャールなどのシュルレアリスト詩人が、それぞれ熱烈なサド頌を書いている。とくに、その生涯をサドの伝記と文献の研究のために捧げた、モーリス・エーヌの忍耐ぶかい努力に注目しなければならない。一九二六年、モーリス・エーヌの序文と註を付して『小咄《こばなし》、昔噺《むかしばなし》、おどけ話』および『司祭と臨終の男との対話』が世に出てから、初めてサド研究は本格的な段階に入ったといえる。

このようなサド復活の気運に乗って、第二次大戦後には、主として実存主義系の作家や批評家たちが、サドを思想的、哲学的考察の対象として取り上げはじめた。ピエール・クロソウスキー、モーリス・ブランショ、シモーヌ・ド・ボーヴォワール、アルベール・カミュ、ジョルジュ・バタイユなどのすぐれた論文が出揃った現在、サドはすでに文学史のなかに、公式にその地位をあたえられてもよいようにさえ思われる。モーリス・エーヌの亡きあと、そのサド研究を受け継いで、これをさらに完全に近づけつつあるのは、篤学のジルベール・レリーである。レリーの厖大な『サド伝』(上巻、一九五二年。下巻、一九五七年)は、全二巻千二百ページにおよぶ労作である。こうして徐々に、しかも確実に、サドの評価はフランスのみならず、諸外国においても固められてきている状態である。

補遺(2)　その生涯の最後の恋

今から二年前の一九七〇年、サド研究家のジョルジュ・ドーマによって初めて刊行された、シャラントン精神病院における晩年の侯爵の未発表日記は、これまでまったく知られていなかった、死の直前の侯爵の病院生活に一条の光を投げかける貴重な資料として、読書界に大きくクローズ・アップされたものである。

信頼すべき資料のないところには、必ず伝説が出来あがる。サドの場合も、その例に洩れなかった。ジルベール・レリーの綿密周到な調査にもかかわらず、サドの伝記の或る部分には空白が多く、とくに晩年のシャラントン生活に関するそれは、病院側の記録や役所の公文書以外には、ほとんど見るべき資料とてない状態だったのである。いきおい、そこには伝記作者の予断による神話が形成された。たとえば、これまでの通説では、サドは一七九〇年、マリー・コンスタンス・ルネル（ケネー夫人）愛称「深情け《サンシブル》」なる三十歳の未亡人を知ってから、もうほかの女には目もくれず、死ぬまでひたすら彼女に愛情を捧げた、ということになっていた。少なくともこの神話は、未発表日記の公刊された今日、完膚なきまでに破壊されたといってよかろう。死を目前にした七十四歳の老人は、五十六歳も年の違うロリータのような小妖精《ニンフェット》に、消えなんとする最後の情火を燃やしていたのであった！

といっても、この未発表日記には、乞食女を別宅に誘いこんでは鞭で打ったり、マルセイユの娼家に娘たちを集めては性の饗宴を行ったりするといったような、かつての日の颯《さっ》爽《そう》とした大貴族、リベルタンたる侯爵のすがたはすでにない。また、ヴァンセンヌやバスティユの牢獄で、怒り狂った獣のように獄吏を罵ったり、革命前夜の民衆を窓から煽動したり、さては憑かれたように紙の上に、満たされぬ欲望から生じたところの血みどろの幻影を定着させようと躍起になったりしていたころの、天に向って咆哮《ほうこう》する魔王のような侯爵のすがたもすでにない。さよう、ここに発見されるのは、波瀾万丈の時代を生き永らえた老人の、きわめて散文的な日常なのである。ナポレオン体制下の権力により、精神病院の一室に閉じこめられ、庭の散歩や、ペンや紙の使用さえ禁じられようとしていた老侯爵の、たわいない愚痴の連続である。金の心配、入院患者たちとの些細な喧嘩、ケネー夫人の病気、自分の健康状態、自分はいつ釈放されるだろうかという疑心暗鬼の推測、――そんなことばかりが書きならべてある。閉ざされた小さな世界の、小さな日常である。問題の最後の恋にしても、それは義理にも華々しいものとはいえず、同じ病院内に住みこんでいた（娘という名目で）ケネー夫人の目をかすめて、ほぼ一週間ごとに相手と短い逢瀬を重ねるといった、いささか意地のわるい見方をすれば、あわれにも衰弱した老人性欲の発露でしかない。文字通り、ちっぽけなアヴァンチュールでしかないのである。

ただ、ここで私たちが注意すべきは、この日記が決して公刊を目標にしたものではない、ということであろう。日記だから当り前といえば当り前の話であるが、現代の私たちは、死後に公開された著名な文学者の日記というものに慣れ親しみすぎている。荷風の日記、ジイドの日記を眺めるのと同じ目で、サドの日記を眺めてはいけない。第一に、サドは生前、著名な文学者ではなかったし、その当時、いわゆる「秘められた日記」を片っぱしから活字にして、公衆の目にさらすというジャーナリズムの風習はまだ行われていなかったからである。サドは単なる備忘録のために日記を書いていたにすぎないのであり、これを一個の「作品」だなどとは、少しも思っていなかったにちがいないのである。それが証拠に、この日記には、極端に省略された表現や、読みにくい字や、解読しなければならない謎のような表記法がいっぱいある。仮名や暗示を用いて、わざと記述を曖昧にしているようなところもある。その理由は、サドがしばしば苦杯を喫してきた、警察の押収に対する用心ぶかさのあらわれであろう。要するに、サドは読者を予想せず、自分一個のために日記を書いていたのであって、もし想像力をめぐらして「作品」を書くとすれば、たとえ老いたりとはいえ、内容においても形式においても、これとはまったく違った書き方をしたにちがいない、ということを確認しておくべきであろう。つまらない俗事ばかりだからといって、私たち後世の読者が文句をいう権利はないのである。

日記の草稿は、これまでに発見された多くの未発表書簡と同じく、侯爵から数えて六代目の直系の子孫たるグザヴィエ・ド・サド氏の住んでいる、北仏エーヌ県のコンデ・アン・ブリの城中の文庫から発見された。それは二冊の手帖であり、最初の手帖は一八〇七年六月五日から一八〇八年八月二十六日まで、二番目の手帖は一八一四年七月十八日から同年十一月三十日（死の二日前！）までの記述である。前者は一年二ヵ月、後者は五ヵ月の短い期間だ。

ここで当然起ってもよい疑問は、前者と後者とのあいだの空白期間を埋める手帖が存在したのではあるまいか、という疑問であろう。事実、前者には「第一の手帖」と書いてあり、後者には「第四の手帖」と書いてある。つまり、第二および第三の手帖が存在したにちがいないのである。しかも「第一の手帖」の冒頭には、「この日記は、没収された日記の続きをなすものである」という作者の断り書きがあるのを見れば、「第一の手帖」よりさらに以前にも、すでに何冊かの手帖が存在していたということになる。これらの貴重なドキュメントはどこに紛失してしまったのか。申すまでもあるまい、警察あるいは病院の院長に押収され、火の中に投ぜられてしまったのだ。

おそらく、「第二の手帖」は一八一〇年十月十八日、内務大臣センタリヴェのきびしい勧告により、警察が侯爵の部屋を捜索した際に押収されたのであろうし、「第三の手帖」は一八一四年六月一日、クールミエの後任としてシャラントン精神病院の新院長となったルラック・デュ・モーパの手により、没収湮滅されたのであろう。二冊の手帖が破壊を免れ、私たちの目に触れうるようになったのは、むしろ奇蹟的というべきかもしれないのである。

*

サドの最後の恋の相手は、その名をマドレーヌ・ルクレールという。死ぬまで付き合ったのだから、正真正銘の最後の恋であろう。死の直前の日記のなかに、「彼女は来月の十九日に十八歳になる」と書いてあるから、逆算すれば、この少女は一七九六年十二月十九日に生まれたことになる。なんと、サドとのあいだの年齢のひらきは五十六歳であり、初めてサドが彼女のすがたを見たのは一八〇八年一月九日、ケネー夫人の病気中と推定されるので、当時、彼女はまだ十二歳にも満たない小娘だったはずなのだ！　私がロリータを思い出したとしても無理はあるまい。

周知のように、ウラジーミル・ナボコフのいわゆる「ニンフェット」は、九歳から十四歳までの年齢の少女に限られており、しかも「男がニンフェットの呪縛にとらえられるには、少女と男とのあいだの年齢のひらきが、少なくとも十数年、一般的には三十年から四十年は必要」なのである。サドの場合はそれ以上だった。──一つの神話をこわしておいて、またもや新しい神話を捏造するのは私の本意ではないが、サドとニンフェットとの取り合わせは、まんざら悪い思いつきではあるまいと思うが如何。

サドがきわめて几帳面な性格の持主で、一種の計算マニア（ハインツ・シュマイドラーの意見によると、オナニスト特有の性癖であるが）ではないかと思われるほど、日常の些事をこまごまと正確に記録したり計算したり、あるいはまた、この計算から割り出した数値に好んで神秘的な意味を認めたりするという傾向があったことは、その生涯を一瞥《いちべつ》すればただちに明らかになることである。この晩年の日記においても、こうした彼の偏執狂的傾向は遺憾なく発揮され、いちいちマドレーヌと会った日には、それが何回目かということが克明に記録されている。おもしろいのは、その回数が visite（来訪）と chambre（閨事）の二つに分けてあることで、二人が親密な関係になってからは「閨事」として数えるらしいのである。たとえば、一八一四年八月二十日には、「彼女、通算八十五回目の来訪。六十一回目の閨事」と書いてある。そしてマドレーヌの来訪は、ほぼ一週間おきに規則正しく続けられたものと考えられるので、彼女が初めてサドの部屋を訪ねたのは一八一二年十一月十五日ごろ、二人が初めて親密な関係になったのは一八一三年五月十五日ごろと推定されるのである。サドはやがて七十四歳になろうとし、娘はようやく十六歳になったばかりのころであった。

マドレーヌ・ルクレールの母親は、たぶんシャラントン精神病院に勤める貧しい雑役婦かなにかだったと思われる。驚くべきことには、彼女は娘と老人との関係を黙認している。いや黙認どころか、まるで女衒《ぜげん》のように、すすんで娘を老人のそばへ行かせようとさえしているらしいのだ。若いころから、同じような手段で何人もの娘を物にしている侯爵にとっては、この母親の態度も、べつに驚くべきことではなかったかもしれない。

マドレーヌはおそらく、仕立屋か洗濯屋に見習奉公をしている娘で、一週間に一日だけ休暇をとって、老人の部屋を訪ねることにしていたのであろう。彼女が部屋にいる時間は、いつもほんの一時間か二時間である。彼女が老人に対して、たわいない肉体的な接触を許すことによって、なにがしかの金銭的な報酬を得ていたことは疑いえまい。老来、サドはその男性的機能をとみに低下させていたはずだから、その肉体的な接触なるものも、とても満足な性行為ではありえなかったにちがいない。文字通りの性的玩弄《がんろう》、あるいは性的遊戯のようなものだったろうか。しかしマドレーヌのほうも、まんざら金銭的な報酬のみによってサドと結ばれていたのではなかったようで、この孤独な老人に対して、或る種の愛着をいだいていたのではないかと信じられるふしがある。誕生日のお祝いに「兎の毛の靴下」を贈る、などと可愛らしいことを彼女はいっている。

サドのほうはどうかというと、「第四の手帖」から以後、マドレーヌに関する記述が圧倒的に多くなってくるので、その執念ぶりが思い知らされるというものだ。老人は大そう嫉妬ぶかく、マドレーヌが仲間と一緒に舞踏会に行ったり、水浴びに行ったりしやしないかといつも気に病んでいる。母親に娘の行状をこっそり聞きただして、やれやれと安心したりしている。「マドレーヌは今日、どこの舞踏会にも決して行かないと私に約束してくれた」などと日記に、まるで天下の一大事のように書いているのだから、その惚気《のろけ》ぶりも相当なものといわねばならぬ。晩年のサドがはげしい悪魔的な性情を失い、すっかり好々爺のようになってしまったらしいことは、彼が訪ねてきたマドレーヌに、部屋で読み書きや歌などを教えていることからも察せられよう。あの『閨房哲学』の悪徳の教師は、年とともに美徳の教師に変貌してしまったのであろうか。

それでもサドが少女とともにする快楽は、少なくとも本人にとっては、この上もなく貴重な、禁を犯す秘密の快楽でもあったかのようである。病院内の噂になることを、彼が極度に怖れていたことは当然であったろう。少女と一緒に部屋に閉じこもっているとき、ドアをノックされて、肝を冷やしたようなことも一再ならずあった。愛戯のあいだ、マドレーヌがやさしかったとか、冷淡であったとかいうことも書きとめてあり、彼女のメンスについても、彼はその都度、忘れずに記録している。

サドは日記のなかに、不思議な記号ϕを用いている。ジョルジュ・ドーマの註解によると、これは「エロティックな意味を有する」記号らしい。なるほど、そういわれてみれば、それで初めて納得できるようなコンテキストもいくつかある。計算マニアの男のなかに、オナニーや夢精の回数、あるいはコイトゥスの回数などを、記号によって記録する習癖のある者が多く見出されるのは、心理学上からもよく知られている事実であろう。燃え残った燠火《おきび》のように、サドの性欲はまだくすぶりつづけているのだ。

ところで、シャラントンのサドの部屋の隣りには、一八〇四年七月ごろから、事実上の彼の妻であったケネー夫人が移ってきて住んでいるはずであった。「第一の手帖」によると、彼女は一八〇八年六月ごろ、熱や嘔吐を伴う重い病気にかかり、サドもいたく心配して看病に努めているが、「第四の手帖」では、それもすでに完全に癒えて、しばしば金策のため一人でパリへ出かけたりしている。このケネー夫人が、年甲斐もないサドの情事を黙って見過ごしていたとは信じられない。事実、日記にも、彼女とサドとのあいだが一時険悪になったらしいことが記されているのである。しかし、いつごろからか、二人の仲は丸くおさまったもののようで、サドはもっぱらマドレーヌを相手に、将来自分が釈放されたら、マドレーヌとケネー夫人と自分との三人で新家庭を営みたいという、夢のような希望を楽しげに語り出すようになる。ケネー夫人はともかくとして、マドレーヌも、また彼女の母親も、この計画には異存がなかったはずである。が、このあまりにも夢のような計画は、ついに永久に実現されることがなかった。近づく死の手が、突然、甘い希望を無慈悲に叩きつぶしてしまったからである。

一八一四年十一月二十七日（死の五日前）の項には、次のような記述がある。

「マドレーヌ、九十六回目の来訪。私が自分の身体の痛みをくわしく話して聞かせると、彼女はとても心配そうな様子を見せる。そして、どこの舞踏会にも決して行かないと約束してくれる。それから将来のことを話す。来月十九日には、彼女、十八歳になるという。いつものように、私たちのささやかな遊びにふける。来週の日曜日か月曜日に、彼女はまた来ると約束する。そして私が彼女のためにしてやったことについて、お礼を述べる。私を裏切ってもいないし、裏切るつもりもないことを彼女は示してくれた。彼女は二時間いた。私は非常に満足だった。」

すでに半月ほど前から、老人は身体に原因不明の激痛をおぼえるようになっていたのである。このマドレーヌの最後の来訪となった十一月二十七日から三日後、「十一月三十日、初めて革の脱腸帯をしてもらう」という短い記述によって、侯爵の日記はぷつりと断ち切られている。死んだのは十二月二日、午後十時ごろであった。「来週の日曜日か月曜日（十二月四日）にまた来る」と約束したマドレーヌは、この突然の死によって、思いもかけず、二度とふたたび侯爵と会うことができなくなってしまった。……

これまでサドの死因は、ルラック・デュ・モーパの診断による「壊疽性衰弱熱」とか、あるいはラモン医師の診断による「喘息性肺栓塞」とかいった、近代病理学ではなんとも解釈しがたい、わけの分らぬ病名によってのみ知られていたのに、この日記の最後に出てくる「革の脱腸帯」という記述によって、少なくともサドが、下腹部あるいは睾丸に痛みを感じていたのであろう、ということだけは明らかになった。ジョルジュ・ドーマの推測によると、死因は癌か、嵌頓《かんとん》性のヘルニアか、もしくは腸閉塞ではあるまいか、ということである。この点については、なお専門家の意見を俟たねばならぬであろう。

＊

ジョルジュ・ドーマの刊行したサド侯爵の未発表日記には、もう一つ、補遺として、当時の内務省の秘密調査に関係したイポリット・ド・コランという者の書いた、シャラントン精神病院における精神病治療の方法についての意見書（一八一二年）なるものが併録されている。これも初めて陽の目を見たもので、サド個人の晩年の病院生活を知る上にも、あるいは当時のフランスの代表的な精神病院の実態を知る上にも、きわめて貴重なドキュメントとなっている。

世界的な成功をおさめたペーター・ヴァイスの戯曲によって、サドがシャラントンの病院で精神病患者たちの劇団を組織し、みずからその台本を書き、その演出にあたったということが、あたかも史実であるかのごとくに流布されるにいたった。またジルベール・レリーの伝記においても、精神病治療のための精神療法としての芝居という観点から、進歩的な院長が患者たちの劇団活動を援助した、ということになっていて、レリーはこの演劇活動に積極的な意味を認めているようである。これらはむろん、史実と完全に背反するというわけではないが、細かなニュアンスとしてはやはり違っていることを認めなければならぬであろう。イポリット・ド・コランの証言によると、まず第一に、サドが書いた戯曲は、単なる院長の誕生日のためのお祝いの芝居だったし、それに出演した役者は、素人の精神病患者などではなくて、パリの芝居小屋から駆り集めてきた、売れない俳優が大部分だったのである。患者たちは芝居にはまったく参加していなくて、ただ恢復期にある患者や、おとなしい憂鬱病の患者だけが、観客席に坐ることを許されていた。兇暴性のある患者や白痴などには、芝居見物は許されなかった。観客のほとんどすべては、院長が招待した上流階級の貴婦人で、彼女たちは、観客席の一部に坐っている患者たちを、気味悪そうにじろじろ眺めるのだった。彼らは要するに見世物だったのである。——こうしてみると、精神病治療のための精神療法としての芝居などという観点は、後世人が勝手につくりあげた、実態にそぐわない、まったくの虚像でしかなかったということになる。当時の精神病院には、それだけ進んだ治療法の観念などは、ありうべくもなかったのだろう。

しかしイポリット・ド・コランの報告が私たちを驚かすのは、そんなことよりも、むしろ当時の精神病院の設備の悪さと、患者に対する病院側の態度の、想像を絶した苛酷さであろう。ミシェル・フーコーが多くの著作のなかで、これまで隠蔽されていた、人間文化と狂気との関係を明らかにする仕事を精力的に推し進めているが、この新発見の資料もまた、それらと同じ認識の光のもとに私たちを導き入れる役割を果たすであろう。

「患者たちはほとんどすべて藁の上に、掛蒲団もなしに寝るのだった」とコランは書いている、「いたるところに不潔が支配していた。壁は汚れ、何年も前からの汚物で覆われていた。患者たちの発散する悪臭と、便所からの臭気とで、堪えがたい空気があたりに充満していた……」

浴室では、もっぱら懲罰のために、「不意打のシャワー」と称して、はげしい勢いで冷水のシャワーを患者たちに浴びせかけることが行われていたらしい。「衝撃のために、しばしば呼吸が止まるほどだった」という。本来ならば、病人の精神や神経を慰撫するために行われるべきはずのシャワーが、ここでは、一種の水の拷問として利用されていたわけである。

『精神疾患と心理学』（一九五四年）のなかで、ミシェル・フーコーが次のように述べている。

「これらの病院は医学的使命をまったくもっていない。つまり病院で看護を受けるために入院を許されるのではなく、入院するのは、もはや社会の一員であることができないか、その見込みがないからなのである。古典主義時代において、他の多くの人々とともに狂人がとらえられた監禁という事実においては、狂気と疾患との関係が問題にされているわけではなく、社会とそれ自体、つまり、社会が個人の行為において認めること、および認めないこと、との関係が問題なのである。」

「監禁状態に置かれた狂気は、新しい、奇妙な親戚関係をむすんだ。この排他的空間は、狂人、性病患者、自由思想家、多くの成年あるいは未成年の罪人を一群としてまとめたのであるが、一種曖昧な同一視を惹き起した。つまり、狂気は道徳的、社会的罪悪と、ほとんど断ちがたい親戚関係をむすんだのである。」

十八世紀の末から十九世紀の初頭にかけて、サドは政体が変るごとに、ソーミュール、ピエール・アンシーズ、ミオラン、ヴァンセンヌ、バスティユ、シャラントン、サント・ペラジー、ビセートルなど、十指にあまる牢獄から牢獄を経めぐり、通算して三十年に近い幽囚生活を送ることを余儀なくされたのである。しかしながら、よくよく考えてみると、いったいなぜ、サドがそれほど長い期間を監禁されていなければならなかったのかという理由は、きわめて曖昧になってくる。何人かの情婦をもったためか？　乞食女を鞭打ったためか？　娼婦に媚薬を飲ませたためか？　義妹を誘惑したためか？　馬鹿馬鹿しい話だ。そんなことは、封建時代の道楽者の大貴族たちの日常茶飯事ではないか。もっとはるかに残酷なこと、たとえば、女を狩の獲物のように弓矢で追いつめて、火にかけて炙《あぶ》ることを趣味としていたような道楽者の大貴族だって、この時代には、さして珍しくはなかったのである。第一、サドは人間を一人も殺してはいないのである。

といっても、女を痛めつけることなどは、べつに社会にとって危険なことでもなんでもありはしない。サドにおいて、社会が発見した罪なるものは、おそらく、「仮借ない論理」

という名の罪だったのである。すべてをあからさまにいうことは、いつの時代においても罪だったのである。十八世紀は理性の時代と呼ばれるが、だれがサドのように、その論理を極限まで、止まるところなく徹底的に推し進めたろうか。ヴォルテールは宗教を破壊したが、神を温存した。ルソーは社会を告発したが、自然人と「善良な野蛮人」の神話をでっちあげた。ラ・メトリは人間を機械に還元したが、モラルを棄て切れなかった。こうした弱さに由来する桎梏《しっこく》をことごとく取り払い、仮借ない論理の歯車を極限にまで廻転させたのがサドであった。そして自由の恐怖、自由の目くるめく深淵をのぞいたのである。

むろん、軽佻浮薄な伊達男でしかなかった青年時代のサドが、そういうことをすべて意識していたわけではなかろう。すべてをいう権利を失うくらいならば、むしろ牢獄をえらぼう、という殉教者の気概が青年サドにあったわけではない。しかし結果として、彼は牢獄をえらんでしまったのである。バスティユの重い扉が目の前で閉まったとき、真のサド侯爵が誕生したのだった。おそらく、サドはこのとき、すべてをいう特権、自由の恐怖に酔う特権が、じつは牢獄のなかにしかないことを無意識のうちに覚《さと》ったのである。

こうして、彼は死ぬまで有罪の立場をえらばざるをえないことになった。「すべてをあからさまにいう」という単純なことが、いかに体制にとって恐怖すべきことであったかは、サドの数々の受難の歴史を振り返ってみれば一目瞭然であろう。すなわち、王の体制下では、サドは風俗壊乱罪の犯人であった。革命政権のもとでは、彼は穏健主義者であった。そして執政政治および第一帝政下では、彼は精神病院に閉じこめられるべき狂人であった。自分の身に禍《わざわ》いの降りかかってこないような文章を、じつにサドは一行も書かなかったのである。逆説的にいうならば（いや、決して逆説ではあるまい）、彼はみずからの理性によって監禁されたのである！

理性を突破する理性は狂気と見なされる。「理性の時代」に有罪宣告を受けた理性の人、――それが文学者としてのサドである。このあたりの事情は、彼が殺人の弁護をしながら、しかも死刑に対して断乎たる反対の立場を表明したということからも、あるいは容易に推測されるかもしれない。

補遺(3) ジャンヌ・テスタル事件

前に「サド侯爵の最後の恋」と題して一文を草したことがあったが、これから私が書こうとしている文章も、それに似て、新たに発見された資料により、サドの生涯の空白の部分を埋めようとするものであることを最初にお断わりしておく。ただ、前の文章がシャラントン精神病院における最晩年のサドに関するものだったとすれば、今度のそれは、まだ若い二十三歳当時のサドのものであり、しかも、その二十三歳当時のサドの放蕩事件には、のちのアルクイユ事件やマルセイユ事件には絶えて見られない、性的快楽における瀆神的要素が結びついているという点で、とくに私たちの興味をひくものであるということを強調しておきたい。

一七六三年十月、のちの『ジュリエット』の著者はパリの別宅で放蕩事件を惹き起し、それがためにヴァンセンヌの牢獄に十五日間拘留されるが、それがいかなる性質の放蕩であったかについては、これまでまったく知られるところなく謎につつまれていた。ただ父のサド伯爵が弟の僧院長に宛てた手紙（一七六三年十一月十六日付）に、わずかに断片的な事実が洩らされているにすぎなかった。それによると、サドはパリ市内に「別宅を借り、掛け売りの家具」を揃え、「たったひとりで平然とそこへ赴いて、度はずれな乱行、恐るべき不信心行為」を犯したので、「娼婦たちも、それについて証言しなければならぬと思った」のであり、「警視総監も、厳罰に処するべきだと王に上申した」のであった。ちなみに、この事件によってサドは最初の入獄体験をする。

サド伯爵は「度はずれな乱行、恐るべき不信心行為」と書いているけれども、考えようによっては、当時六十一歳の堅物の老人が、事実以上に大げさな言葉を使っているのではないか、と受けとれないこともなかった。またサドが十一月二日、ヴァンセンヌから警視総監サルティーヌに宛てた手紙のなかに、「どうか私の拘留の本当の理由を家族に知らせないでいただきたい。さもなければ、私の面目は丸つぶれになりますから」と書いているのも、従来は単に不品行を犯した青年の羞恥心の表現で、それほど深い意味はないのではないか、と思われていた。しかし、どうやらそうではなかったのである。新発見のジャンヌ・テスタルの供述が事細かに報告している青年サドの放蕩は、十八世紀当時の司法の目から見れば、きわめて由々しき性質のもので、サドのような地位と姻族関係がなかったら、火あぶりの刑に処せられても当然といったほどのものだった。むしろ当局の寛大な処置に、奇異の念をおぼえてもよいほどのものだった。

それにつけても思い出すのは、一七八〇年十月二十三日、ふとしたことからサドの裁判記録のコピーを目にする機会のあったらしいルーセ嬢が、ゴーフリディに宛てて書いた手紙の一節である。「非常に重い罪状なので、拘留期間は長くなるのではないかと思います」と彼女は書いている、「罪状が正しいにせよ間違っているにせよ、善良なひとびとをだまらせるには大臣の鶴の一声が必要でしょう。モールパ夫妻、二人の公爵夫人、その他のひとたちは、罪状を読んだあとで、こう言いました。『彼が獄中にいるのは当然です。彼の釈放を要求するなんて、彼の奥さんは気違いか、さもなければ彼と同じ犯罪人です』と。」

この文中の罪状というのも、アルクイユ事件やマルセイユ事件よりもはるかに手のこんだ、一七六三年十月十八日から十九日にかけての夜に行われた、ジャンヌ・テスタル事件のそれを指しているのではないか、とジルベール・レリーは推測している。あるいはそうかもしれない。

ジャンヌ・テスタルの供述書は、事件が起ってから正確に二百年後の一九六三年十月、ジャン・ポマレードという或る愛書家によって発見されたらしい。それがジルベール・レリーによって公開されたのは一九六七年のことである。次に、供述を翻訳してお目にかけよう。

ジャンヌ・テスタルの供述

一七六三年十月十九日水曜午後六時、高等法院弁護士、王室評定官、パリ裁判所役員たる本官ことユベール・ミュテルの前に、二十歳半の娘ジャンヌ・テスタルが出頭した。彼女は扇製造の女工で、かたわら売春を業とし、その住所は聖ウスタッシュ小教区クレリ街近くのモンマルトル街である。彼女を連れてきたのは警察官ルイ・マレー氏の代理人ジャン・バティスト・ジュロ氏である。彼女は真実を述べることを宣誓してから、本官の前で次のことを陳述した。すなわち今から約三週間前、彼女はラモーという名の女と知り合った。ラモーは当時サン・トノレ街の家具付きの貸部屋に、十五日からは前記のモンマルトル街カフェ・ド・モンマルトルに住んでいる女街である。昨日午後八時、前記のラモーが出頭人を探しにやると、彼女はただちにラモーの家にやってきた。そこで前記のラモーは彼女に売春の話を持ちかけ、うまく行けば二十四リーヴルのルイ金貨二枚が手に入るだろうと約束した。出頭人がそれを承諾すると、ラモーは出頭人を彼女の知らない一個人の手に引き渡した。この男はほぼ二十二歳、身長は約五フィート三インチ、薄い栗色の髪の毛を髪袋でつつみ、色の白い顔にはやや痘瘡《とうそう》の痕があり、赤い襟と袖に銀のボタンのついた青い羅紗の外套を着ている。男は、門の外で待っていた辻馬車に出頭人を乗せた。馬車のなかには男の召使がいて、ラ・グランジュと名乗ることを彼女は知った。彼女はこうしてムフタール街近くのサン・マルソー地区のはずれにある一軒の家に連れて行かれた。黄色く塗った正門があり、正門の上には鉄矢来がある。

到着すると、男は彼女を二階の一室へ上がらせ、一緒についてきた召使を一階へ追いはらってから、前記の部屋の扉の鍵をしめ閂《かんぬき》をかけた。そして出頭人と二人きりになると、まず彼女に宗教心があるかどうか、神、イエス・キリスト、聖母マリアを信じているかどうかを質問した。彼女は信じている、自分はキリスト教で育てられたので、できるだけキリスト教の教えに従うつもりだと答えた。これに対して男は恐ろしい悪罵と冒瀆的言辞で反駁《はんばく》し、神なんてものは存在しない、おれは試してみたことがある。前に或る礼拝堂で二時間だけ自分の自由になった聖盃に、射精するまで手なぐさみしたことがある。イエス・キリストは薄馬鹿で聖母マリアは淫売だ、などと言った。さらに男は、自分は一緒に聖体を受けた女と関係したことがある、二つの聖体のパンを女の性器に押しこみ、「もしお前が神なら復讐してみろ」と言いながら、この女と肉体的に交わったのだ、とも言った。それから男は出頭人に、前記の部屋に隣接した一室に移ることを促し、向うへ行けば驚くべきものが見られるぞ、と言った。彼女は、自分は妊娠しているので、恐ろしいものは見たくないと答えた。男は、べつに恐ろしいものがあるわけではない、と言うと同時に、彼女を隣りの部屋に入らせ、彼女と二人でそこに閉じこもった。入ってみると、そこには四本の枝笞《えだむち》と、さまざまな形をした五本の鞭とがあったので、彼女は思わずぎょっとした。五本の鞭のうちの三本は縄の鞭、一本は真鍮《しんちゅう》線の鞭、もう一本は鉄線の鞭で、それぞれ壁にかかっていた。また三個の象牙のキリスト磔刑《たっけい》像、二枚の版画のキリスト像、やはり版画のカルヴァリオ風景と聖母マリア像が、壁にかかったり並べてあったりした。そのほかたくさんの絵や版画があったが、それらはいずれもこの上なく淫猥な裸体や姿勢をあらわしていた。

これらのさまざまな物品を彼女に見せてから、男は、お前はこの鉄の鞭を火で真赤に焼いて、おれを打たなければならないのだと言った。お前がおれを打ったら、今度はお前の選んだ別の鞭で、おれがお前を打ってやろう、とも言った。しつこく強要されたにもかかわらず、彼女はこの提案に同意しなかった。それから男は象牙のキリスト像の二つを壁から外して、一つを足で踏みつけ、もう一つの上で射精するまで手なぐさみをした。出頭人が驚きと恐怖の色をあらわすと、男は彼女に、お前も十字架を足で踏みつけなければいけない、と言った。そしてテーブルの上の二梃のピストルを彼女に見せ、剣を手にとって、鞘《さや》から抜こうとし、言うことをきかなければ剣でお前の身体を突き通すぞ、と脅迫した。出頭人は生命の危険を感じて、仕方なく十字架を足で踏みつけた。同時に彼は、「おかま野郎、突っこむぞ」といったような不敬虔な言葉を無理に彼女に言わしめた。さらに彼は出頭人に灌腸をし、キリスト像の上で彼女に排便させようとさえした。しかし彼女が拒否したので、このことは行われなかった。

夜のあいだ、出頭人は食物もあたえられず、眠ることも許されず、男とともに過ごした。男は不信心な言葉にみちみちた、完全に反宗教的な詩作品を何篇も彼女に見せたり、読んで聞かせたりした。男の言うところによると、それらは彼と同じくらい道楽者で、彼と同じように考えたり行動したりしている友達の一人から贈られたものだった。また男は出頭人に、自然に反する方法で交わりたいと持ちかけた。さらに次の日曜日、午前七時に前記の家で落ち合って、一緒に聖メダル小教区へ行って聖体を受けたら、二個の聖体のパンのうちの一個を焼き、もう一個を前に述べた女と一緒に行ったような、不信心と瀆神行為のために利用しようではないかと、彼女に無理やり約束させるほどの不信心ぶりを示した。彼女は本日午前九時、彼女を迎えにきた前記のラモーとともに、前記の家を出た。前記のラモーがくる前に、男は二人のあいだで行われたこと、男が彼女に喋ったことの一切を明かさないことを出頭人に誓わせ、白い紙片に彼女の署名をとった。

前記の家を出ると、彼女はこれらの事実をすべて報告するために、パリ警視総監殿の官邸へ行った。たまたま官邸が留守なので、マレー氏の家へ行ったが、マレー氏も不在のため、彼の代理人ジュロ氏に話をした。ジュロ氏はパリ警視総監殿の命令を仰いでから、必要な処置をとるために彼女を本官の前に連れてきた。この陳述は彼女の要請によるものであり、公正を期するために彼女に提供されたものであって、正本には前記のジュロ氏の副署を添えた。

ごらんの通り、この供述にはサドという名前は一ヵ所も出てこない。女工ジャンヌ・テスタルは、十月十八日から十九日にかけての夜を一緒に過ごした奇妙な客の名を知らないのである。しかしさまざまな証拠から、これがサド本人に間違いないことは、ジルベール・レリーとともに信ずることができるように思う。

まず日時がぴったり合う。放蕩が行われたのは一七六三年十月十八日から十九日にかけての夜であるが、その十日後の十月二十九日に、サドは逮捕されてヴァンセンヌの獄に送られているのだ。こんな事件が頻々と起きるものではない以上、その夜の客がサドである可能性はきわめて大きいと言わねばならぬ。

次に肉体的特徴がある。ジャンヌ・テスタルの観察によれば、見知らぬ男は「ほぼ二十二歳、身長は約五フィート三インチ、薄い栗色の髪の毛を髪袋でつつみ、色の白い顔にはやや痘瘡の痕があった」というが、これは二十三歳当時の侯爵の肉体的特徴にぴったりである。警察の作製した人相書によると、サドの身長は五フィート二インチ十二分の一（つまり約一メートル六十八）だった。マルセイユの娼婦たちの供述には、サドの髪の毛が金色だったとある。金色も薄い栗色も大して変りはない。痘瘡の痕については、一七八〇年十二月十四日、ヴァンセンヌから妻に宛てたサド自身の手紙を参照すればよい。彼は息子の頭を剃ってしまった（たぶん病気の予後のためだろう）サド夫人の処置を賞讃し、自分が幼時、「疱瘡になってから、元のように髪の毛が生える」までは、やはり用心のために頭を剃ったのだと言っている。「私は疱瘡のあと、彼（息子）よりずっと醜かった。アンブレにきいてごらん。私は悪魔をも恐れさせたかもしれない。しかし自慢するわけじゃないが、その後、かなり美貌になったと思っているよ」と。たしかにその通りで、疱瘡の痕は、青年期以後のサドの容貌には、ほとんど何の影響もあたえていなかったようである。

もう一つ、レリーは指摘していないが、この供述のなかに警察官ルイ・マレーの名前が出てくることも注意するべきだろう。サドの前半生と切っても切れない関係にあるのがマレーであり、このころから、おそらく彼は危険人物サドの身辺につきまとい出したのではないかと考えられるからだ。

ジャンヌ・テスタルの供述のなかの男がサドであることを示す有力な証拠は、そのほかの面にも現われている。つまり精神的な面、性病理学的な面だ。聖盃のなかに射精したり、聖体を受けた女と交わったり、聖体のパンを膣のなかへ押しこんだり、象牙のキリスト像を足で踏みつけたり、女に灌腸してキリスト像の上に排便させたりするような男の例は、『悪徳の栄え』や『ソドム百二十日』のなかに、かなり見つかるはずである。むろん、これらは中世のジル・ド・レーや十七世紀のモンテスパン夫人の黒ミサ事件から、十九世紀のユイスマンスの『彼方』にまでつながる、瀆神的エロティシズムにおける一種の紋切型ではあるだろう。しかし、これを集大成したのは何と言ってもサドであり、サドがいなければ、それらの一つ一つは決して紋切型とはならなかったはずなのだ。まだクラフト＝エビングが出現しなかった時代に、これらの紋切型を一晩のうちに総ざらいしてしまう独創は、やはりサドでなければ考えられないのではあるまいか。

アルクイユ事件にもマルセイユ事件にも見られない、このジャンヌ・テスタル事件における瀆神的エロティシズムの集中的な発現は、今さらのように、サドをキリスト教の伝統のなかに位置づけた、あのピエール・クロソウスキーの卓見を思い出させるであろう。キリスト教の根は、思いのほかに深く、サドの心の基底部に達していたので、これを引き抜くのに、青年サドは悪戦苦闘しているといった感じでさえある。

最後につけ加えるならば、サドがあらかじめ女衒に要求して、そういう状態にある女を調達させたのかどうかは分らぬながら、妊娠中の女を脅迫しているところも出色であろう。それでこそサディストの名に恥じないと言うべきであろう。しかも彼は彼女と「自然に反する方法で交わりたい」と希望する。いわゆるアウェルサ・ウェヌスである。ジルベール・レリーによれば、アレクサンドレイア時代のギリシア詩人ディオスコリデスの諷刺詩に、次のような作品があるという。

女が孕んでいるとき、彼女の毛を分けて、
その身体の上に乗りかかるほど味なものはない。

しかし女の身体を裏返しにして、きみの陽根のために
その淫らな穴を提供させるのはさらにすばらしい。

サド年譜

一七四〇年（誕生）
六月二日　パリのコンデ街コンデ館にて生まれる。
六月三日　サン・シュルピス教会にて洗礼式。このとき、父母によって与えられた名アルドンスが、司祭によってアルフォンスに書き改められる。

一七四五年（五歳）
エブルイユの修道院長で父方の叔父に当るジャック・フランソワ・ポール・アルドンスのもとに引き取られ、そこで最初の教育を受ける。

一七五〇年（十歳）
パリに呼びもどされ、イエズス会の中学ルイ・ル・グラン校に入学。かたわら家庭教師アンブレ師につく。

一七五四年（十四歳）
近衛軽騎兵聯隊付属の士官学校に入学。

一七五五年（十五歳）
近衛歩兵聯隊の無給の少尉に任官する。

一七五七年（十七歳）
サン・タンドレ旅団重騎兵聯隊の旗手に任命（一月十四日）され、プロシアとの七年戦役に従軍する。

一七五九年（十九歳）
四月二十一日　ブルゴーニュ騎兵聯隊の大尉に昇進する。

一七六三年（二十三歳）
三月十五日　パリ条約による七年戦役の終結に伴い、騎兵大尉として退役する。
五月十七日　王家の認可を得て、終身税裁判所名誉長官モントルイユの長女ルネ・ペラジー・コルディエ・ド・ローネー（一七四一年生まれ）と、パリのサン・ロック教会にて結婚式を挙げる。
十月二十九日　パリの妾宅における放蕩の廉《かど》でヴァンセンヌの獄に収容される。
十一月十三日　拘留期間十五日にて釈放される。

一七六四年（二十四歳）
五月　ブルゴーニュ高等法院において、父の職を受け継ぎ、ブレッス、ビュジェ、ヴァルロメーおよびジェックス地方の国王代理官となる。
八月　パリにて、一カ月二十五ルイの扶助料でイタリア座の女優コレット嬢を囲う。
十二月　司法警察官マレーはその報告書のなかに、「サド氏には絶対に女を取持たないように、とラ・ブリソ（当時の著名な娼家主）に勧告した」と書いている。

一七六五年（二十五歳）
五月　女優ボーヴォワザンを領地のラ・コストに伴い、妻と称し、叔父の司祭を招いて日夜遊興する。

一七六七年（二十七歳）

一月二十四日　父伯爵ヴェルサイユの近くにて死去。侯爵は唯一の遺産相続人として、ラ・コスト、マザン、ソーマーヌ等の領主となる。

四月二十日　妊娠五カ月の妻をパリに残したまま、ボーヴォワザンと落ち合うべくリヨンに出発する。

八月二十七日　パリにて、サドの不在中、長男ルイ・マリーが誕生する。

十月十六日　司法警察官マレーの報告書によれば、サドはオペラ座の女優リヴィエール嬢に対し、月々二十五ルイの報酬で、アルクイユの別宅に同棲することを迫り、断わられた、と。

一七六八年（二十八歳）

四月三日　午前九時、ヴィクトワル広場で、女乞食ローズ・ケレルに逢い、語らって馬車に乗せ、そのままアルクイユの別宅に伴うと、衣服を脱がせ笞打ち監禁する。夜になって、女は窓から脱出し、憲兵分隊に赴いて暴行を受けたことを訴える。

四月七日　ローズ・ケレル、二千四百リーヴルの慰藉料で出訴を取り消す。

四月十二日　ソーミュールの城に留置される。（拘留期間十八日）

四月三十日　警察官マレーに付き添われて、ソーミュールからリヨンの近くのピエール・アンシーズ要塞に送られる。（拘留期間約一カ月）

六月八日　パリのコンシエルジュリー監獄に移される。

六月十日　パリ高等法院判事ジャック・ド・シャヴァンヌにより、被告サドに対する訊問が行われる。判決は罰金百リーヴル。サドは王の免刑状を示し、翌日ふたたびピエール・アンシーズ要塞に連行される。

十一月　プロヴァンスの領地を離れないことを条件として、ようやく釈放される。

一七六九年（二十九歳）

六月二十七日　パリにて次男ドナチアン・クロード・アルマン誕生。

一七七〇年（三十歳）

八月　中隊長の資格をもって、ふたたびコンピエーニュの騎兵聯隊に復帰する。

一七七一年（三十一歳）

三月十三日　騎兵聯隊長（大佐）に任命される。

四月十七日　パリにて長女マドレーヌ・ロール誕生。

九月　妻および妻の妹アンヌ・プロスペル・ド・ローネーとともにラ・コストに滞在。

一七七二年（三十二歳）

この年の初め、ラ・コストの城内で芝居を上演したり宴会を開いたりする。

六月二十七日　午前十時ごろ、下男のラトゥールとともに、マルセイユ市オーバーニュ街の私娼窟を訪れ、四人の女を集めて饗応した上、斑猫《はんみょう》入りのボンボンを飲ませたり、鞭打したりして乱行を重ねる。夜には、ひとりで別の女の家に赴く。翌朝早くラ・コストに帰る。

六月三十日　娼婦マルグリット・コストの供述によると、彼女はサドにもらったボンボンを食べ、腹痛を起した、と。

七月一日　四人の娼婦も腹痛を起したことを訴え、サド主従が鶏姦を行ったことを証言する。

七月四日　サドとラトゥールに逮捕令状が発せられる。
七月十一日　ラ・コストの城館が捜査される。しかし、サドはすでに義妹ローネー嬢とともに姿をくらましていた。
九月三日　欠席裁判の判決。それによれば、サドおよびラトゥールは毒殺未遂と鶏姦の罪により、サン・ルイ広場でサドは斬首、ラトゥールは絞首刑にそれぞれ処せられることになる。
九月十二日　エックスのプレシュール広場において、サドとラトゥールの肖像が火刑に処せられた。
十月二日　ローネー嬢、ラ・コストの姉のもとに帰る。
十月二十七日　サド、シャンベリー（当時のサルデニア王国領）に着く。
十二月八日　義母モントルイユ夫人の依頼を受けたサルデニア王、シャンベリーにおいてサドを捕縛せしめる。
十二月九日　サヴォワ州のミオラン要塞に送られる。やや遅れて、ラトゥールもここに収監される。
一七七三年（三十三歳）
四月三十日　数日前から付近の町に忍んで機を窺っていたサド夫人の助力により、サドはラトゥールおよび同囚ラレ・ド・ソンジ男爵とともに、ミオラン要塞からの脱出を試みて成功する。（ミオランにおける拘留期間四カ月と二十日）
十二月　モントルイユ夫人の要請により、サドの身柄を逮捕するための勅命拘引状が発せられる。

一七七四年（三十四歳）

一月六日　パリ警察の警官隊が夜、ラ・コストの城を捜査したが、サドは発見されなかった。警官隊は城中を隈なく探しまわり、サドの書斎を荒らし、原稿や手紙を押収した。

この年、サドはプロヴァンス地方を転々と逃げまわっていたのであった。サド夫人は夫の有罪判決を破棄し、再審理を要求するため、何度もパリその他へ旅行をしていた。冬には、夫妻ともラ・コストの城に閉じこもって暮らした。

一七七五年（三十五歳）

この年の初め、ヴィエンヌおよびリヨンからラ・コストのサド家に奉公に来ていた三人の娘の親たちが、娘が誘拐されたと称してサドを訴える。

五月十一日　城の女中アンヌ・サブロニエールがクールテゾンで女児を分娩したが、もっぱらサドの胤《たね》を宿したという評判であった。生まれた子は三カ月で死んだ。

八月　サドはマザン伯爵という偽名を用いて、ひそかにイタリアに逃亡する。

一七七六年（三十六歳）

一月末　ナポリ着。古美術品を買いこみ、公金横領犯人と間違えられる。

十一月四日　イタリア諸都市をめぐって、ラ・コストに帰る。

一七七七年（三十七歳）

一月十四日　パリにて生母サド伯爵未亡人の死去。

一月十七日　城の女中カトリーヌ・トリレの父が、娘を返せと城に怒鳴りこみ、サドに向ってピストルを放つ。弾丸は当らなかった。

二月八日　サド夫妻パリに着き、母の死を知る。

二月十三日　ジャコブ街のダヌマルク旅館で、サドは警察官マレーに逮捕され、その日のうちにヴァンセンヌの獄に連れて行かれる。

一七七八年（三十八歳）

一月三日　叔父のポール・アルドンス神父、ソーマーヌにて死去。

五月二十七日　マルセイユ事件判決の破棄を上告するため、エックスの法廷に出頭することを許可される。

六月二十日　警察官マレーに伴われてエックスに着く。（ヴァンセンヌにおける拘留期間一年と四ヵ月）

六月三十日　プロヴァンス高等法院に出廷する。マルセイユ事件の判決が破棄される。

七月十四日　最終判決。鶏姦および風俗壊乱罪により、サドは罰金五十リーヴルを科せられ、向う三ヵ年マルセイユ滞在を禁じられる。

七月十五日　前記の判決にもかかわらず、サドはふたたびマレー警官に付き添われてヴァンセンヌへ送り返されることになった。

七月十六日　ヴァランスに宿泊中、警官の目をかすめて旅館を脱走。

七月十八日　ラ・コストに帰る。以後一ヵ月ばかり、家政婦として城に住んでいたマリー・ドロテ・ド・ルーセ嬢とともに暮らす。

八月二十六日　ラ・コストの城でマレーに逮捕される。

九月七日　ヴァンセンヌの獄に収容される。

十二月　紙とインクの差入れを許可され、一週間に二度、散歩が許されるようになる。

一七七九年（三十九歳）

この年の初めから、ルーセ嬢と文通するようになる。

七月　庭の散歩が一週間に五回まで許されるようになる。
十二月　ルーセ嬢、喀血《かっけつ》し、病床につく身となる。

一七八〇年（四十歳）
四月二十五日　ヴァンセンヌのサド、毎日の散歩を許可される。
六月二十六日　獄吏と争い、散歩を禁止される。
六月二十八日　典獄ルージュモンの報告によれば、サドは獄中で大騒ぎを演じ、庭を散歩中のミラボーに向って窓から悪態を吐《つ》いた。

一七八一年（四十一歳）
五月十三日　アンヌ・プロスペル・ド・ローネー嬢、天然痘で死ぬ。
七月十三日　サド夫人、初めて獄中の夫と面会する。
十月　囚人の嫉妬による暴行を理由に、警視総監ル・ノワール、夫人の面会を禁ず。夫人は夫の疑いを晴らすために、サン・トールの修道院に入る。

一七八二年（四十二歳）
七月十二日『司祭と臨終の男との対話』を含む手帖を書き了える。

一七八三年（四十三歳）
二月　このころからサド、眼病をわずらいはじめる。

一七八四年（四十四歳）
一月二十五日　マリー・ドロテ・ド・ルーセ嬢、ラ・コストの城で四十歳の生涯を閉じる。
二月二十九日　サド、バスティユの獄に移される。独房は「自由の塔」の三階。（一七七八年九月

七日以来ヴァンセンヌにおける拘留期間は五年五カ月と三週間）
三月十六日　サド夫人、バスティユ初訪問。以後、一カ月に二度ずつ面会を許された。
一七八五年（四十五歳）
十月二十二日　『ソドム百二十日』を浄書しはじめる。浄書には三十七日間を要した。
一七八七年（四十七歳）
五月二十三日　毎日一時間の散歩を許可される。
七月八日　十五日を費して『美徳の不運』を書き上げる。
一七八八年（四十八歳）
三月七日　三月一日から書きはじめた短篇『ユージェニー・ド・フランヴァル』を完成する。
九月二十二日　「自由の塔」の七階の独房に移る。
十月一日　自著の『解説つき作品目録』を作成する。
一七八九年（四十九歳）
七月二日　下水を流す漏斗をメガフォンの代りに用いて、獄窓から民衆を煽動する。
七月四日　危険人物と目され、シャラントン精神病院に護送される。バスティユの独房は封印されたが、大事な原稿や書物は持ち出すことを許されなかった。（バスティユにおける拘留期間は五年五カ月）
七月十四日　革命勃発。バスティユ襲撃される。サドの部屋は暴民に荒らされ、原稿は多く四散した。
一七九〇年（五十歳）

四月二日　憲法制定審議会の訓令により、サド、シャラントンを出て自由の身となる。（シャラントンにおける拘留期間九カ月）
四月三日　サン・トール修道院にあったサド夫人、夫との面会を拒否し、別居の意志を示す。
五月末　このころから、オノレ・シュヴァリエ街のフルリュー夫人（もとグルノーブル裁判所長官の妻であった）の家に同棲するようになる。
六月九日　サド夫人、別居および財産の分割をパリ裁判所に申請して、認可される。
八月十七日　友人であったコメディ・フランセーズの座付作者兼俳優ブーテ・ド・モンヴェルの仲介により、同座にて自作の芝居『閨房あるいは信じやすい亭主』を朗読する。
また、このころから若い女優マリー・コンスタンス・ルネル通称「深情け」との交渉がはじまる。彼女は三十歳、もと商人バルタザール・ケネーの妻で、男の子シャルルを連れていた。
十一月　ヌーヴ・デ・マテュラン街の庭付きの家に彼女とともに住む。

一七九一年（五十一歳）

この年、『ジュスティーヌあるいは美徳の不幸』が出版される。
十月二十二日　バスティユで書いた三幕の戯曲『オクスティエルン』が、サン・マルタン街のモリエール座で初演される。
十一月四日　『オクスティエルン』の再演。

一七九二年（五十二歳）

三月五日　ジャコバン党の干渉により、『誘惑者』と題された戯曲、イタリア座で上演中止となる。
八月　息子たちの国外亡命を難じる。

九月　ピック地区の書記となる。
十月二十五日　病院管理会委員に任命される。
十一月二日　ピック地区の総会で、自作のパンフレット『法律の認可方法についての意見』を朗読する。

一七九三年（五十三歳）
二月二十六日　市民カレおよびデゾルモーとの協力により、パリ市内の多くの病院、療養所を視察し、その結果を報告する。
四月　告発審査委員に任命される。
七月　ピック地区の委員長となる。
八月二日　ピック地区の集会荒れる。サド、非人道的な動議を採決することを拒否して、委員長の椅子を譲る。
九月二十九日　ピック地区総会、市民サドの起草する『マラーとルペルティエの霊に捧ぐる演説』の印刷および配布を決定する。
十一月十五日　サド、七人の代表とともに議会に赴き、自作のパンフレット『ピック地区よりフランス国民代表への請願』を読み上げる。
十二月八日　反革命の嫌疑により、ヌーヴ・デ・マテュラン街の自宅で逮捕され、マドロネット修道院に監禁される。

一七九四年（五十四歳）
一月十三日　レ・カルム僧院に送られる。

一月二十二日　サン・ラザール監獄に移される。
三月二十七日　病気の理由により、ピクピュス療養所、通称コワニャル館に移される。
十月十五日　保安委員会の命により、市民サド釈放される。（革命政府の獄にあること十カ月六日）
一七九五年（五十五歳）
八月　哲学小説『アリーヌとヴァルクール』刊行。
またこの年、『閨房哲学』も出版された。亡命していた長男ルイ・マリー、フランスに帰国する。
一七九六年（五十六歳）
十月十三日　サド、ボンニュー選出代議士ロヴェールに、ラ・コストの城および土地を五万八千四百リーヴルで売ることを契約する。
一七九七年（五十七歳）
『新ジュスティーヌ』および続篇『ジュリエット物語』が刊行される。
四月　サン・トゥアンのリベルテ広場にケネー夫人とともに転居する。
六月から十月まで　所用あってケネー夫人とともにプロヴァンス旅行。
一七九八年（五十八歳）
九月十日　窮乏生活にやむなくサン・トゥアンの家を引払い、夫人は友人の家に、サドはボース地方の小作人の家に、それぞれ別れて住まねばならなくなる。
一七九九年（五十九歳）
一月　ケネー夫人の連れ子シャルルとともにヴェルサイユの屋根裏部屋に住み、極貧のうちに冬を過ごす。

二月　ヴェルサイユの芝居小屋に傭《やと》われて、一日四十ソルの給料を得る。
十二月十三日　ヴェルサイユの演劇協会劇場にて『オクスティエルン』再演される。サドみずからファブリス役にて出演する。
一八〇〇年（六十歳）
一月三日　窮乏のどん底に陥り、ヴェルサイユの慈善病院に入る。
五月　ゴーフリディ、プロヴァンス地方の財産管理人を辞す。
十月『恋の罪』出版。
一八〇一年（六十一歳）
三月六日『新ジュスティーヌ』の出版元であるマッセ書店が警察の捜索を受ける。同書店に居合わせたサドは、その場で逮捕された。
三月七日　訊問が行われる。
四月二日　サド、サント・ペラジーの獄に送られる。
一八〇三年（六十三歳）
三月十四日　ビセートルの監獄に移される。
四月二十七日　家族の歎願により、さらにシャラントン精神病院に移される（サント・ペラジーおよびビセートルにおける拘留期間は二年と二十日）。その後、サドは死ぬまで（十一年八カ月）シャラントンに留まることになる。
一八〇五年（六十五歳）
院長クールミエの好意により、病院内に劇団を組織して、しばしば芝居を上演する。

一八〇六年（六十六歳）

一月十三日　遺言状を認《したた》める。

三月五日　『エミリーの物語』を浄書しはじめる。

一八〇七年（六十七歳）

四月二十五日　『フロルベルの日々あるいは暴かれた自然』全巻の浄書を了える。

六月五日　シャラントンのサドの部屋、捜査される。

六月十四日　長男ルイ・マリー、ポーランド第二歩兵聯隊大尉として、フリードランドの戦いで負傷する。

一八〇八年（六十八歳）

六月十七日　息子が武功を立てたのを知ると、サドは皇帝ナポレオンに親書して、健康の衰弱を理由に保釈を歎願する。

八月二日　シャラントン病院付医師長ロワイエ・コラール、治安大臣に手紙を送り、「汚らわしい小説『ジュスティーヌ』の作者」が当病院にいるのは好ましくないから、どこか他の場所に移して監禁すべきである、と訴える。

九月十一日　ロワイエ・コラールの手紙に基づいて、治安大臣フーシェはサドをアン城砦に移すことを決定する。しかし、タラリュ夫人や院長クールミエの反対により、この処置は沙汰止みになった。

一八〇九年（六十九歳）

九月十五日　次男ドナチアン・クロード・アルマン結婚。

六月九日　長男ルイ・マリー、南イタリアで戦死する。享年四十二歳。

一八一〇年（七十歳）

七月七日　エショフールにてサド侯爵夫人死去。享年六十九歳。

十月十八日　内務大臣モンタリヴェ、サドの監禁をもっと厳重にすべきことを院長に勧告する。

一八一一年（七十一歳）

この年、『新ジュスティーヌ』の新版がふたたびパリや地方に流布され、そのため、サドはシャラントンで何回か訊問を受ける。

一八一二年（七十二歳）

四月十九日および五月三日に開かれた枢密院会議の席上、ナポレオンはサドの留置を主張する。

一八一三年（七十三歳）

この年、『ガンジュ侯爵夫人』が刊行される。

五月六日　シャラントンにおける演劇活動一切禁じられる。

一八一四年（七十四歳）

五月三十一日　院長クールミエが辞任し、代りにルラック・デュ・モーパが新院長となる。

十二月一日　数日来健康の衰えたサド、歩行不能に陥る。

十二月二日　次男アルマン、病床の父に会いに来、病院付実習の医学生のラモンに看病を依頼する。

同日午後十時ごろ、老人はラモンに看取られながら死んだ。ラモンの診断によれば喘息性肺栓塞。

十二月三日　シャラントン・サン・モーリスの公証人フィノ氏、息子アルマン、ケネー夫人、および夫人の子シャルルの立会いのもとに、サドの遺言状が開封される。

十二月四日あるいは五日　サドの埋葬式。遺言の規定はほとんど無視され、サドの遺骸は教会の方式通り、シャラントンの墓地に埋葬された。

文庫版あとがき

ここに中公文庫の一冊として刊行する『サド侯爵の生涯』は、今から約二十年前すなわち昭和三十九年九月、桃源社版サド選集の別巻として著者の書き下ろしにより上梓され、のちに桃源選書の一冊として昭和四十年八月に同社から再刊されたものである。昭和四十五年四月には、さらに同社の「澁澤龍彥集成」第二巻にも収録されている。

本書の内容について、くだくだしく説明する必要はあるまい。十八世紀の後半から十九世紀の初めにかけて、数々の性的なスキャンダルを惹起したがために、ソーミュール、ピエール・アンシーズ、ミオラン、ヴァンセンヌ、バスティユ、シャラントン、サント・ペラジー、ビセートルなどといった、フランス国内の十指にあまる牢獄を経めぐり、その二十七年間にわたる幽囚生活のあいだに、大小とりまぜて五十巻ばかりの厖大な量におよぶ長篇小説、短篇小説、戯曲、政治パンフレットなどを書き、最後はまったくの孤独のうちに精神病院で死んだ、ひとりの破天荒な文学者の生涯の記録である。

この文学者の生涯は、いわばスキャンダルの連続のようなものだったから、その死後も時代の悪を一手に引受けたようなかたちで、二十世紀の後半にいたるまで、その作品の禁圧される状態がつづいたものであるが、今では事情が違ってきている。それについては私も多くの場所で述べてきたから、ここでは繰り返さない。ただ、つくづく思うのは、ラマルティーヌにはじまってボードレール、ロートレアモンにいたる十九世紀のロマン主義者や呪われた詩人は、要するにサドの純粋な、コンパクトな思想を通俗化し、薄めて表現したにすぎないのではないか、ということだ。彼らの元祖たる、サドの毒がいちばん濃いのである。

フランスにおける新しいサド研究は、補遺にも述べておいたように、第一次大戦後のモーリス・エーヌと第二次大戦後のジルベール・レリーによって着手された。私は、彼らの厳密に客観主義的な方法にならって、確認された資料に可能なかぎり忠実に、その誕生から死までサドの生涯を追ったつもりである。したがって、伝記的な諸事実に関する記述はほとんどすべて、この二人のすぐれた先達の著作に負っているといっても過言ではない。ロマネスクな粉飾や不正確な臆断は、できるだけこれを排した。

この伝記のなかに、とくに私は自分なりの見解として、博物学やコレクションの愛好家たるサドの精神の一面を提示しておいたが、のちにロラン・バルトが『サド、フーリエ、ロヨラ』（一九七一年）のなかで、やはり同じような点を指摘しているのを読んだ時には、わが意を得たものであった。

主としてサド夫人に宛てられた侯爵の獄中書簡は本書中にも、その断片をかなり数多く引用しておいたが、もし読者がさらに多くを知りたいとお望みなら、昭和五十五年十二月に筑摩書房から刊行された『サド侯爵の手紙』につかれんことをおすすめしたい。これは、いわば本書と姉妹篇をなす私の著作だからである。

またサドの著作目録を見たいと思う読者は、やはり筑摩書房から昭和四十五年九月に刊行された、ジルベール・レリー『サド侯爵　その生涯と作品の研究』の巻末を見られんことを希望する。可能なかぎり詳細なビブリオグラフィーが見られるはずである。

日進月歩するサド研究に少しでも追いつかんがために、このたびの文庫版には、新たに補遺(2)および補遺(3)を増補した。補遺(2)は雑誌「ユリイカ」昭和四十七年四月（のち昭和四十七年十月『悪魔のいる文学史』〈昭和五十七年三月、中公文庫〉に収録）に、補遺(3)は「現代思想」昭和五十三年二月にそれぞれ発表されたものである。

最後に一筆しておきたいのは、今は亡き作者によっても明記されているように、本書が三島由紀夫の戯曲『サド侯爵夫人』の生まれてくるための母胎となったということだ。著者はこれを光栄に思うだけに特記しておきたい。

昭和五十八年二月

澁澤龍彦

巻末エッセイ

恐しいほど明晰な伝記

三島由紀夫

　サド侯爵の伝記のまとまったものとしては、戦前出版された式場隆三郎氏の著書が、日本語で読める唯一のものであったがその本ではなお伝記よりも伝説が勝を占め、われわれのサドに対する夢におもねる部分があったのに、今度澁澤龍彦氏の大著『サド侯爵の生涯』を読むと、その後のフランスにおける新研究の成果とも相俟《あいま》って、サドの生涯はほぼ天日の下にあきらかになったという感じがする。

　そして、まず第一に気づくのは、サドが実生活においては、ほんの子供らしい、問題にするに足りない犯罪しか犯していないということである。サドの実践的罪悪は、むしろ児戯に類するほどのもので、当時の諸侯の間ではもっと怖ろしい罪が平気で犯されていたことは容易に想像できる。十九世紀以後の一市民としての芸術家ではなくて、権力も地位も金もあるサドは、われわれが心の中で考えるだけの罪をも、実行に移す力があったし、それならもっとうまく立ち回って、もっと仕たい放題をして、口を拭っていることもできたのに、サドはその点で要領もわるく、度胸もなかった。

生涯を醜聞に包まれて送ったこの男が、貞淑な妻との間には美しい精神的なつながりを保ち、妻も亦《また》、献身的に牢内の良人《おっと》のために尽してきたという事実は注目に値いする。サドの内心の小児性の愛らしさを、彼女だけは直感的に理解していたのであろう。それこそは女性のもっとも大きな能力で、サド夫人はその上、良人が獄中にあることで、もっとも怖ろしい嫉妬を免かれたのである。

サドの獄中生活は、しかし甚だ貴族的なもので、いつも愛犬を飼うことを許されていた、などというのは面白い記述である。獄中生活はその禁慾によってサドの想像力を助け、中世の僧侶が禁慾によって地獄の残忍非道なイメージを得たように、彼をやむをえず芸術家にし、革命の嵐の実践行為の世代から、彼はやむをえず自分を守った。こうしてやむをえず芸術家の誕生してゆく過程が、明晰に辿《たど》られていることが、伝記作者としての澁澤氏の腕前であり、また、芸術家の伝記に例外的な面白さの原因である。

サドの人生には事件は山ほどあるが、その意味でのドラマはない。一個の強烈な思想はあるが、その意味での意志悲劇はない。ツワイクが描いたバルザックのようなドラマの代りに、ここには書斎と牢獄が同義語をなし、究理慾と創作活動とが同義語をなした十八世紀というふしぎな時代が現前している。実にこの伝記を通読すると、すべては呆れるほどノーマルなのにおどろかされる。

人間解放の意欲と牢獄とは、多くの社会運動家の生涯の、矛盾した二要素をなしていて、珍らしくもないが、サドがサドたるゆえんは、この二つのものを統一する原理が、芸術を措《お》いては存在しないような境地へ、自分を追い込んだことであろう。イデオロギーは解放と牢獄とを一直線上に浄化する。サドはそのように浄化されないもう一つのファクター（性慾）を追究し、性と解放と牢獄との三つのパラドックスを総合するには芸術しかない、という結論に、やむをえず達したのであろう。

その意味におけるサドの使徒、澁澤氏の書いたこの本は、おそろしいほど真面目な、おそろしいほど明晰な本である。これを教科書として採用する高校があったら、それは人間性について最もまじめな見地を持った学校として推賞できるのである。

（みしま・ゆきお　作家）

初出　『日本読書新聞』一九六四年十月二十六日

解説

出口裕弘

三島由紀夫氏の『サド侯爵夫人』が、澁澤龍彦著『サド侯爵の生涯』に依拠したものであることは、周知のとおりである。三島氏が他界してからすでに十三年、澁澤氏のサド伝そのものがはじめて世に出てからでも、十九年の歳月が流れている。裁判を挟んで、一つの時代がたしかに存在し、また、終った。

私は澁澤氏が、ろくに出版のあてもなく、サドの小説や評論を翻訳していた、その現場に立ち会っている。そもそも、サドの完本を手に入れること自体、大仕事だったころのことである。本国フランスでも、全集の出版元が司法当局と衝突して、裁判になった。何度注文しても、猥本だから送付できない、という返事が、向うから届くばかりだったらしい。そうしたある日、澁澤氏が、頬を紅潮させて、「サドの全集が手に入ったよ！」と叫ぶようにしていった。輸出入業務のなんらかの手違いで、無削除のサド全集が入手できたというのだった。一九五〇年代の後半のことと記憶する。

そういう時代でも、先を見る人の眼というのは、鋭く、また明るいものである。三島由紀夫氏は、澁澤氏がようやく出版に漕ぎつけたはじめてのサド選集に、卓抜な序文を寄せ、サドの文学を日本に移植するための、実力ある推輓《すいばん》者となった。

サド文学の紹介は、たしかに戦前から行われてはいた。しかしそれは、きわめて特殊な性文学として、好事家たちのあいだで、いわば回し読みされていた程度のことだった。サドをひとりの自立した思想家として扱うなどとは、おそらく考えもつかぬことだったにちがいない。

澁澤氏が、いつ、どんな風にしてサドを発見したのか、その詳細までは残念ながら私は知らない。おそらく、アンドレ・ブルトンを経由して、サドに取りついたのだろうと推測しているが、澁澤氏のことだから、ブルトンに傾倒するよりも前に、少なくとも氏一流の好奇心の対象としては、サドを射程に入れていたのかもしれない。ただ、本気で研究する気になったのは、ブルトンの眼を通してのことだったろうと考えている。

両次大戦間のフランス文学は、敗戦後のハイ・ティーンだった私たちには、どこの国のどんな時代の文学よりも魅力的だった。私などは、ブルトンよりも、ジュリアン・グリーンとか、マルセル・アルランなどに魅了されたが、澁澤氏はいちはやく、シュルレアリスムに深入りしていった。総帥ブルトンは、シュルレアリスム運動の組織者であると同時に、正統の文学史が黙殺してきた「異端」の詩人、作家、思想家たちを、明るみへ引き出すという一大事業にも打ちこんだ人である。そしてサド侯爵こそは、ヨーロッパの異端のなかでも、もっとも受容されにくい表現者としてひそかに畏怖される「暗黒星」であった。

ヨーロッパの文芸思想界には、急進主義のジェット気流のごときものが絶えず流れている。地球の自転が引き起すジェット気流は、止めようとしても止らない。ヨーロッパのラディカリズムにも、そうした趣がある。フランスに限って、しかも自分のほうに引きつけていえば、ランボーとか、ロートレアモンとか、ブルトン、ブランショ、バタイユなどの名前がすぐ浮んでくるが、そういってしまっては、傍流好みの澁澤氏が顔をしかめるだろう。ペトリュス・ボレル、アルフレッド・ジャリなどを、すぐ引合いに出さなければなるまいし、すでに大物の域に入ってしまったようだが、やはりジャン・ジュネの名をも連ねずにはすむまい。そういうフランス式ラディカリズムの源流に、ほかならぬサド侯爵が立っている。この人ばかりは、評価の浮き沈みはあろうけれども、風化することだけは絶対になさそうだ。

サドの思想そのものについては、いまあらためて論じようとは思わない。この本自体が、サドの思想ではなく、生涯を叙したものなのだから、私も、正面からのサド論は外させてもらって、別のことを書いておきたい。

澁澤氏は、サドについて、この牢獄文学者には百科全書派的な一面がある、と書いている。サドには、エンサイクロペジストの、博物学愛好家の側面があり、この伝記では、特にその点を強調しておいたという。この言葉は、その後の澁澤氏自身の仕事とじかにつながっている。澁澤氏は、もともと、人間関係を執拗に描く小説というものに、ほとんど関心を示さない。氏が好む作家は、昔から、稲垣足穂であり、小栗蟲太郎であり、久生十蘭であり、正統のほうへ歩み寄ったとしても、せいぜい石川淳、三島由紀夫、花田清輝どまりであった。谷崎潤一郎を読むのにも、『蓼喰《たでく》ふ蟲』ではなく、『乱菊物語』を選ぶ人だし、あの漱石について、『坊っちゃん』が一番いいと公言する人物である。

夫と妻の、兄と弟の、権力者と被抑圧者の葛藤などよりも、一個の紫水晶の生成について考えこむほうが、澁澤氏の資質には合っている。このことは、氏の厖大な著述から、すでに誰しもが読み取っている事実にすぎないが、私はいま、澁澤氏がサドに親近するに当っては、そうした博物学愛好家同士の引力が働いていたにちがいないと考え、いささか感慨を覚えている。サドのようなラディカリストに傾倒する場合、その思想を武器にして反権力の筆を揮《ふる》うということも、物書きの辿る一つの方向として考えられるだろう。澁澤氏が、サド裁判にあれだけの闘志を燃やしながら、その後、反権力のペンを揮いつづけるというよりは、むしろ、博物学愛好家として、固有のミクロコスモスを紡ぎあげるほうへ向ったことに、私は興味がある。サドの極限としての文学は、極限だからこそ、その先がない。サドから出発して、ついには世界を「綺譚」の鉱脈として見、「綺譚」でしか世界とつながらない、というところまで行くのは、むしろ自然なのかもしれない。澁澤氏のその後の歩みは、たしかにそういうものであったと思う。

この著作が出てから、二十年近くの年月が経ち、サドは日本の読書界にしっかりと根を下した。現在なら、卒業論文にサドを取り上げても、別に奇矯のわざとは言われずにすむだろう。現に私は、可憐な女子学生が、卒業論文にサド論を書こうとした実例を知っている。結局はロートレアモンに落着いたようだったが、そういう事態になってみて、実は私たちは、六〇年代よりも、サドを読むのがむずかしくなったのだと考えたほうがよさそうである。禁忌の対象でなくなったサドの文学とは、とんでもない背理のはずだからだ。しかし、サドは、本当に受容されたのであろうか？

年ごとに洒脱の度を加えてきた澁澤氏だが、ひとたびサドについて書くと、おのずから文章の調子が高くなる。熱っぽく、重くさえなる。そのことを私はすでに指摘した憶えがあるが、十八世紀フランスの一侯爵には、やはりそれだけの魔力があるということなのだろう。万事がきれいに消毒されてしまった八〇年代の日本でも、まだまだサドの毒はそんなに薄くなってはいないはずである。かつて、ジョルジュ・バタイユは、サドを論じながら、自分はサドの残酷譚を読んで眉ひとつ動かさない人間たちにではなく、サドのページを繰りつつ気も顚倒し、激甚な恐怖に襲われるような人たちにむかってこそ、物を言うつもりだと書いた。いかにもバタイユらしい逆説だが、真実を射ていると思う。私たちは現在、サドを読みつつ、果して戦慄することができるだろうか？　サドの文学に戦慄する能、力があるかないかで、その人間の生き方の密度が測れるような、そうした時代にまで、私たちは来てしまったのかもしれない。

（でぐち・ゆうこう　作家、仏文学者）

巻末付録　三島由紀夫『サド侯爵夫人』序跋

序

澁澤龍彦

一

サド侯爵には多くの顔がある。それは実存主義系の批評家や、シュルレアリスムの詩人や、カトリック系の哲学者などが、それぞれ独自のサド観を描き出していることによっても知られる。しかし、わたしがここで言う「多くの顔」という意味は、このこととは少しばかり違う。サドの肉体を遊離した思想の検証は、しばらく別の評家にまかせよう。わたしは、いわばエロティックの力学における男性としてのサドの素顔を問題にしているのだ。

ここ一、二年、わたしはサド侯爵の伝記を書き進めながら、彼の素顔をいかにして鏡に映し出そうかと考えた。そしてその結果、彼をイノサンス（無垢）の人として眺めることが、最も妥当な方法であろうと信じた。残酷さとやさしさとが交換可能なものであることを知っていたサド、不可能を求め、女の裸を鞭打つことによって、つねに自己の孤独を確認していたサド、およそ頽廃《たいはい》などというものとは縁のなかった、子供のような究理欲や好奇心にあふれていたサド、――それは要するに、最も男らしい男としてのサドであり、悲劇というものが男性の領分に属するものであることを知っていたサドである。美しい金髪と白い手のサドである。

ふしぎなことに、その生涯のどの局面においても、サドには父親的な原理がまったく欠如していた。それは彼が生まれながらにして十八世紀の貴族であったということ、しかも自己の階級からの脱落者であったということと、無関係ではなかったはずだ。彼は革命家というよりも、自己の属すべき階級を見失った者、と言った方が近いのである。

三島由紀夫氏の戯曲の第一幕には、このようなサドのイノサンスの面が、あますところなく描かれている。このイノサンスの面に関する限り、この戯曲に登場する六人の女性のすべてが、それぞれ程度の差こそあれ、ひとしくサドを理解していたと称して差支えないであろう。

「マルセイユで起った事件は、子供が蝶の羽をむしるような、自然な、ごく自然な事件だった」のであり、彼は汚辱の快楽にふけった後、「子供のようにけがれのない深い眠りに沈」んだのである。そうして売笑婦と罪の快楽にふけりながらも、貞淑な妻ルネと、その奔放な若い妹アンヌ・プロスペル・ド・ローネーとを、ひとしく愛することができたのである。

しかし、イノサンスはそのままモンストリュオジテ（怪物性）に通じる。同じ図柄の模様でも、見る角度によって、形と素地とが逆になり、全く別の意味内容を浮き出させることがある。前者を理解する者が、必ずしも後者を理解するとは言いがたい。「あの人は鳩です。獅子ではありません。あの人は金髪の白い小さな花です。毒草ではありません。鳩や花が鞭を揮うのを見るときに、獣を感じるのはこちらのほうです」とルネは言う。

ある点から言えば、イノサンスの男としてのサドの愛撫や情熱を、最もストレートに受け容れることができたのは、無邪気で利口な若い義妹アンヌであった。それはアンヌが、義兄のモンストリュオジテの面を理解しようなどという、分に過ぎた欲求を持ち合わせない、最も恋人らしい恋人たる役割に先天的に甘んじていられる女だったからである。姉の方は、彼女とは違っていた。妻であったから、それも当然だ。

三島氏が六人の女性のみを登場人物とし、六人の女性の魂の鏡に映じたサドの幾つかの顔によって、男性としてのサドの全体像を浮きあがらせようと試みたのは、賢明であった。サドの姿は一度も舞台の上にあらわれないにもかかわらず、六人の女性ひとりひとりの背後に、大きな翳《かげ》となって立っている。

六人の女性のうち、三人（サド侯爵夫人ルネ、モントルイユ夫人、ルネの妹アンヌ）は実在の人物で、他の三人（サン・フォン伯爵夫人、シミアーヌ男爵夫人、家政婦シャルロット）は、作者の創造になる架空の人物であるが、彼女らのなかで、誰がいちばんサドを理解していたかといえば、やはり妻のルネということになろう。ルネがサドの性愛の秘儀にしばしば参加し、夫と快楽を共にしていたにちがいないというのは、わたしの持論であるが、三島氏も、わたしと見解を同じくしているらしい。第二幕の最後で、夫の乱行に参加していた彼女を非難する母親に向かって、ルネは、「アルフォンスは私だったのです」と誇らかに宣言することができたほど、サド自身が身を置く悪徳の高みに、貞淑という側から、接近していたのである。貞淑も一種の悪徳、みだらな悪徳の共犯になる場合があったのである。

おもしろいのは、作者がこの家庭劇の内部に紛れこませた二人の架空の人物で、彼女たちは、いわば巫女的な役割をおび、一方が「悪徳夫人」、他方が「美徳夫人」と呼ばれてもよいような、純粋なアレゴリックな存在となっていることだ。この二人の女性が、「偽善の棘《とげ》できらきらと鎧《よろ》われ」た、社会的慣習の代表である母親モントルイユ夫人よりも、ともするとルネの味方となるのは当然で、なぜかといえば、彼女たちは、ルネのなかにひそむ潜在的な超越への衝動をグロテスクに拡大した、化けもの的存在にほかならないからであろう。

しかしルネ夫人は、最後まで超越を知らない。知ってはならない。それこそ女性の限界であり、また特権でもあるが、彼女のこの潜在的な願いは、戯曲の第三幕にいたって、夫たるサドによって成就されることになる。すなわち、サドは小説『美徳の不幸』を書くことによって、ルネ夫人を永遠に「一つの物語のなかへ閉じ込めてしまった」のだ。かつて「アルフォンスは私です」と言い切れる自信のあった彼女も、今では、彼女自身のなかから、彼女自身さえ知らない部分を抜き取って、天界の高みへ翔けあがってしまったサドに対して、以前の自分の言葉が、とんでもない思い違いにすぎなかったことに気がつくのである。夫はすでに手の届かないところ、サントテ（聖）の領域に旅立ってしまったことを知るのである。

このルネ夫人を中心とする女たちの魂の鏡に映じた、サドの変身の過程——すなわち、「イノサンス」から「モンストリュオジテ」を通って「サントテ」にいたる弁証法——が、このロジカルな戯曲の底をつらぬく糸であり、なぜルネ夫人が二十年も貞節をつくした夫と別れねばならなかったかの、理由を説明するものでもあるだろう。あえて言えば、彼女は、自分がついにジュスティーヌ以上のものではあり得ないということを悟った日から、サドとふたたび会う必要を認めなかったのだ。

もう一人の登場人物、革命後、釈放されたサドの姿を見た唯一の証人、家政婦シャルロットは、サドのなかに何を見たか。サントテの裏返し、ミゼール（悲惨）にほかなるまい。想像世界と現実とを逆転したサドに、それ以外の何が残されていよう。ルネ夫人の思い出のなかで、光りの騎士となったサドは、現実には乞食同然の身だった。戯曲の大詰めで、作者はおそらく、悲劇というものが本質的に男の領分に属するものであるという、そのイロニーを読者に投げつけて、筆を擱《お》かずにはいられなかったのであろう。

わたしは、三島氏の戯曲のモティーフに、舌足らずな解説を加えて、この作品が読者にあたえるさまざまな意味を、かえって狭く限定してしまったような気がしないでもない。「前がき」のつもりで書き出した文章が、妙な中途半端なものになってしまった。この点については、作者にも読者にも、深くお詫びしなければなるまい。

二

次に、この戯曲の歴史的背景、戯曲の筋と史実との違いなどについて、簡単に述べておきたい。

サドが生きていたのは十八世紀フランスの貴族社会、いわゆるロココ趣味全盛の時代であった。ロココといえば、髪粉を打った鬘《かつら》の貴族や、大きな輪骨入りペチコートをひろげた貴婦人の時代、扇や、絹のハンカチや、レースや、香水や、曲線過多の装飾や、マリー・アントワネットのプチ・トリアノン宮に代表される、繊細典雅な貴族文化の時代である。ルイ太陽王の大世紀は去ったとはいえ、その栄光は贅沢な家具や、織物や、壁掛布や、陶器や銀細工のなかに、まだ残っていた。

ルイ太陽王の死からフランス革命の勃発にいたる、七十四年間の長い秋ともいうべき貴族文化の凋落《ちょうらく》の時代、それがロココである。この期間、アンシャン・レジームは、官能的な遊惰な快楽をひたすら追った。

ただ、注意すべきは、この時代がヴォルテールとディドロの時代、理性信仰の時代でもあったということである。エロティシズムは陶冶《とうや》され、自覚的な作家たちによる理論的、組織的な思考の対象となり、しばしば彼らの作品のなかで、人間を行動に赴かしむる唯一の原動力として扱われるまでになった。つまり、もろもろの人間的情熱が捨象されて、エロティシズムのみが残る。クレビヨン・フィスやラクロの小説がそれで、彼らは、いわばエロティシズムの幾何学模様を描き出すことに情熱を傾けたのである。この人間心理のアラベスクは、ロココの複雑な渦巻や曲線の模様と相呼応するかもしれない。

フィクションの上ばかりでなく、実生活においても、エロティシズムという唯一の力によって動かされる人間群が登場しはじめた。有名なカザノヴァもその一人であり、サドの性の実験も、こうした時代的背景から説明されるだろう。ただカザノヴァと違って、サドは快楽そのものよりも、むしろ快楽の理論に熱中する性質の男であった。

三島由紀夫氏の戯曲の第二幕は、一七七二年六月、サド侯爵がマルセイユの娼家に四人の女たちを集め、鞭や媚薬入りボンボンや鶏姦などの実行によるスキャンダル事件、いわゆる「マルセイユ事件」をひき起すことによって、地方裁判所から逮捕令状が発せられてから、三カ月後のこととなっている。すでに九月三日には、マルセイユ地方裁判所で欠席裁判がひらかれ、同月十一日には、エックス高等法院で審理の最終判決が下され、さらに十二日には、エックスの広場で、サドと下男ラトゥールの肖像が火刑に処せられている。そして張本人のサドは、妻の妹アンヌとともに、イタリアへ逃亡中なのである。

モントルイユ夫人は、サド家の家名と娘の名誉を守るために、高等法院の判決を破棄にまで持って行くべく、悪徳夫人（サン・フォン伯爵夫人）と美徳夫人（シミアーヌ男爵夫人）とに、それぞれ援助を依頼する。じつは、史実によれば、このときモントルイユ夫人はすでにサドと妹娘アンヌとの不倫な関係を知っており、家のためにならない婿は、永久に獄中に置いておかねばならない、という結論に傾いていたらしいのであるが、戯曲では、モントルイユ夫人が美徳夫人および悪徳夫人に援助を依頼したのち、アンヌの不意の帰宅にぶつかり、はじめてアンヌと婿とのイタリア旅行の顛末を知り、おどろきあわてて、それまでのサドに対する態度を一変した、という風に、舞台的に効果あらしめるよう配慮が示されている。そしてサドがサルデニア王国のシャンベリーに身を隠していることを、モントルイユ夫人がアンヌの口から聞き出した、という設定になっている。夫人はかくて、美徳・悪徳両夫人への先刻の依頼をただちに取り消し、サルデニア国王にサドの逮捕を嘆願する手紙を書くことになるのである。

第二幕は、一七七八年九月、すなわち第一幕の六年後である。六年のあいだに、ルネ夫人は、ミオラン要塞から夫を脱出させるために、母には内緒で男まさりの働きぶりを示したり、夫の有罪判決を破棄させるために、せっせとパリの役所に足を運んだりした。そしてサドの実母の死（一七七七年）を知り、二人でラ・コストからパリにやってきたとき、ふたたび義母の奸計に落ち、サドは逮捕されてヴァンセンヌの獄に送られていたのである。

その間、ようやくモントルイユ夫人が積極的にマルセイユ事件判決の再審理要求に乗り出し、戯曲にもあるように、一七七八年七月十四日には、すでにサドに対する事実上の無罪判決が下されていた。しかし、これもまた義母の罠であって、要するに彼女の狙いは、サド家の汚名をすすぐとともに、不埒な婿の身柄を永遠に法の監視のもとに置いておきたい、ということにあったので、無罪判決が下されると同時に、ただちにサドは、以前にモントルイユ夫人が申請していた勅命拘引状の効力によって、ふたたび身柄をヴァンセンヌに送られることになったのである。

ここで説明しておくと、裁判所の権力と王の権力とは別系統であって、勅命拘引状は王の署名さえあれば、裁判所側の意向とは無関係に、その効力を発揮し得たのである。

モントルイユ夫人の厳重な勧告により、ルネ夫人には、この再審理から無罪判決にいたるまでの成行は、最初から一切知らされていなかった。ただ、戯曲では、九月になってはじめて、高等法院判決の文書を妹の手から見せられたことになっているが、事実は、ルネ夫人はもう少し早くから、事の真相を知っていたはずである。（くわしく書けば、サドは判決後、ヴァンセンヌに送られる途中、七月十六日に警官の目をかすめて脱走し、約一カ月後にふたたび逮捕されるまで、ラ・コストの城にひそんでいたのであって、当時パリにいたルネ夫人も、夫がラ・コストで暮らしていることを知っていた。）

いずれにせよ、この一七七八年の再逮捕および三度目の逮捕の頃から、ルネ夫人とその母とは、はげしく争い、感情的に対立することになる。作者は、この場面にもまた例の悪徳夫人をからませて、彼女をしてルネを指嗾《しそう》する役割に仕立てあげ、ドラマティックな母娘の道徳論争を繰りひろげている。

もうひとつ、この第二幕で作者が用いた大胆な虚構は、この年から四年前のクリスマスの折、サド夫妻が若い娘や少年を集めて行った淫蕩な一夜の乱行を、モントルイユ夫人の放った密偵が、ひそかに露台から窺っていたという一件である。乱行の件は、事実であったろう。そして、よしんば夫の強制によるにせよ、そのような乱行に加わることによって、ルネ夫人が「貞淑につきものの傲《おご》り高ぶり」を「きれいに吹き払」ってしまい、進んで悪徳の共犯者になり、マゾヒスティックな想像力によって性の歓びを理解する習慣をもつようになっていたことも、事実であったろう。

さて、終幕の第三幕は、一七九〇年四月、すなわち第二幕の十二年後であって、フランス革命勃発の翌年にあたる。ヴァンセンヌとバスティユと、さらにシャラントンとに十余年の幽囚の生活を送ったサドは、ようやく憲法制定審議会の訓令により、晴れて自由の身となることとなった。戯曲のなかのモントルイユ夫人の言葉を借りれば、革命により、彼女が「永年信じてきた法と正義は死んでしまった。罪人という罪人、狂人という狂人が、日の目を見る」ことになったのである。

この年、サド侯爵は五十歳、ルネ夫人は四十九歳である。戯曲では、サドの義父モントトルイユ長官がすでに死んだことになっているが、事実は、彼は一七九四年まで生きていた。また義妹アンヌが結婚してヴェニスへ行くことになっているが、史実によると、彼女は一七八一年五月、天然痘で死んでいる。サドの子供たちについても、作者は一言の説明もしていないが、これは戯曲の構図を男対女の関係に単純化するための（つまり親子の原理を捨象するための）やむを得ざる処置であったろう。

戯曲の場面は、昔ながらのモントルイユ家の一室で、そこにルネ、アンヌ、モントルイユ夫人と三人すべて揃っているが、じつは、ルネはすでにサドが獄中にいた時から、サン・トールの修道院に入っていて、俗世間との交渉をきっぱり断っていた。サドは四月二日、シャラントン精神病院を出所すると、翌日、さっそく妻をたずねて修道院へ行き、門前払いをくわされ、次いで四月十二日、当座の生活費を借りるためモントルイユ家を訪れて、ここでも冷たくあしらわれるのである。しかし戯曲では、このシテュエーションが一つにまとめられ、サドが直接モントルイユ家にルネ夫人をたずねて行くことになっている。世の中の秩序がひっくり返って、これから羽振りがよくなるにちがいないサド侯爵から、現実主義者のモントルイユ夫人は、あわよくば庇護を受けようという心づもりであるが、これも作者によって意識的に作り変えられたフィクショナルな状況である。サドが共和政府の革命運動家として、モントルイユ一家の助命に力を貸したのは、それより後の一七九三年のことであって、まだこの時には、サドとモントルイユ家とのあいだには、和解は成立していなかった。そればかりか、モントルイユ夫人は娘をサドと別れさせるために、パリ裁判所に申請を出し、同時に莫大な持参金の返却さえ要求しているのである。

　このように、作者は後半に進むとともに、かなり歴史を離れて、大詰めに持って行くべく工夫を凝らしているが、それは前にも説明した通り、この戯曲のあまりにもロジカルな性質上、やむを得ない最小限の処置だったと思われる。「新劇の劇的クライマックスはあくまで対話であるべきである。相容れない二つの思想の、論理的対決が頂点をなすべきである」という作者の持論の、これはみごとな成果というべきであろう。

　最後に、わたしは、この戯曲が三島氏の作としてはめずらしく、男性対女性の親和力ならびに対立の原理を、きわめて鮮明に打ち出した作であることを指摘しておきたい。これを演じる女優さん方には、お気の毒のような気もするが、作者はここで、永遠に女性的なるものを甘やかしたり、讃《ほ》めあげたり、そうかと思うと、大そう意地わるく突き放したりしているのだ。サドの変貌の過程のあいだに、それが透けて見える。結局、ルネ夫人が「ジュスティーヌは私です」と言ったように、作者は「サド侯爵は私である」と言うつもりだったのかもしれない。そういう面から見れば、これは男性の原理、また芸術家の原理をとことんまで主張した作である、と言うことも可能であろう。

初出　『サド侯爵夫人』河出書房新社、一九六五年十一月

跋

三島由紀夫

澁澤龍彦氏の『サド侯爵の生涯』を面白く読んで、私がもっとも作家的興味をそそられたのは、サド侯爵夫人があれほど貞節を貫き、獄中の良人《おっと》に終始一貫尽《つく》していながら、なぜサドが、老年に及んではじめて自由の身になると、とたんに別れてしまうのか、という謎であった。この芝居はこの謎から出発し、その謎の論理的解明を試みたものである。そこには人間性のもっとも不可解、且つ、もっとも真実なものが宿っている筈《はず》であり、私はすべてをその視点に置いて、そこからサドを眺めてみたかった。

いわばこれは「女性によるサド論」であるから、サド夫人を中心に、各役が女だけで固められなければならぬ。サド夫人は貞淑を、夫人の母親モントルイユ夫人は法・社会・道徳を、シミアーヌ夫人は神を、サン・フォン夫人は肉欲を、サド夫人の妹アンヌは女の無邪気さと無節操を、召使シャルロットは民衆を代表して、これらが惑星の運行のように、交錯しつつ廻転してゆかねばならぬ。舞台の末梢的技巧は一切これを排し、セリフだけが舞台を支配し、イデエの衝突だけが劇を形づくり、情念はあくまで理性の着物を着て歩き廻らねばならぬ。目のたのしみは、美しいロココ風の衣裳が引受けてくれるであろう。すべては、サド夫人をめぐる一つの精密な数学的体系でなければならぬ。……

私はこんなことを考えてこの芝居を書きはじめたが、目算どおりに行ったかどうかはわからぬ。しかし、この芝居は、私の芝居に対する永年の考えを、徹底的に押し進めたところに生れたものであることはたしかである。日本人がフランス人の芝居を書くのは、思えば奇妙なことだが、それには、日本の新劇俳優の飜訳劇の演技術を、逆用してみたいという気があったのだ。もっともこれは別に私の発明ではなく、すでに田中千禾夫《ちかお》氏が「教育」で試みて成功している。

実在の人物の生死について、わざと史実を歪《ゆが》めた点が二三ある。これは劇の必要から生れたもので、別に歴史劇ではないから、ゆるされると思うが、サド夫人ルネと、その母モントルイユ夫人と、妹アンヌの三人だけが、実在の人物で、あとの三人は私の創作した人物である。

初出　『サド侯爵夫人』河出書房新社、一九六五年十一月

補跋

三島由紀夫

「サド侯爵夫人」は、一九六五年十一月十四日より、紀伊國屋ホールで、松浦竹夫氏演出によって、左の如き配役で初演された。

ルネ　丹阿弥谷津子
モントルイユ夫人　南美江《よしえ》
アンヌ　村松英子
シミアーヌ　賀原夏子
サン・フォン　真咲美岐
シャルロット　宮内順子

＊

外国版はドナルド・キーン氏の英訳により、紐育《ニューヨーク》グローヴ・プレスから、一九六七年六月二十六日に出版された。日本初演の舞台写真十二葉を収載している。

キーン氏の配慮で、英訳題名を、"Madame de Sade"としたのは、もし、原題どおり、"Marquise de Sade"とするときは、Marquis de Sade とeの字一字がちがうだけで、書店の店頭でまちがえられる惧《おそ》れがあるからであり、あまつさえ Grove Press は、マルキ・ド・サド全集の出版で名高い出版社だからである。

＊

ここに、縁あって、中央公論社から豪華限定版を刊行し得て、戯曲「サド侯爵夫人」は、その素材の出自にふさわしいロココ的栄華を極めることになった。

かねて私は、フランス十七世紀十八世紀文学の抽象的性格は、居宅や衣服の装飾過剰と相関関係にあると睨《にら》んでいたが、従って、もしそれを、日本的簡素や単純と混同したら、大まちがいを演ずると考えていたことは、実際にパリの貴族や富豪の邸内に入ってみて、確かめられた。このことは又、戯曲や書簡文学のような、さらでだに抽象的なジャンルの文学の流行と見合っている。「サド侯爵夫人」は、ここに見られるように、場面も変らず、大道具小道具の活用もなく、ただ言葉・言葉・言葉のやりとりで劇的緊張をかもし出すように書かれた戯曲であるが、読者がこれを味わうには、もし舞台の色彩美を通してでなければ、造本の装飾美が是非とも必要である。造本の装飾過剰と、戯曲の抽象性過剰が、両々相俟《あいま》って、この作品の全体的効果を、はじめて正確に印象づけるであろうからである。

私が日本でいわゆる新劇というものの台本を書きはじめてから、わが戯曲史演劇史と西欧のそれとの、相容れぬ対蹠《たいせき》的な性格はたえず念頭にあった。日本で純粋な対話劇が発達しなかったのには、さまざまな理由が考えられるが、根本的には、日本人の人間観自然観に、主客の対立を厳しくしないものがあるからであろう。主客の対立を惹き起すものこそ言葉であり、言葉のロゴスを介して、感情的対立は、理論的思想的対立になり、そこにはじめて劇的客観性を生じて、これがさらに、観客の主観との対立緊張を生むことになる。これがギリシア以来の西欧の演劇伝統のあらましである。ラシィヌの戯曲は、このようなラテン的伝統の精華であろう。

しかるに、日本に移入された西欧劇（いわゆる新劇）は、その戯曲解釈において、その演出方法において、その演技術において、必ずしも、こうした西欧的伝統を継受するものではなく、表面はわが伝統演劇ときびしく対決したように見えながら、その実、セリフの文学性、論理性、朗誦性、抽象性等々をことごとく没却して、写実的デッサンと心理的トリヴィアリズムと性格表現の重視、あるいはイデオロギーの偏重に災いされ、却《かえ》って偏頗《へんぱ》で特殊な一演劇ジャンルを形成してしまった。それだけそれがみごとな変種であるかというと、そうとばかりは言えぬ。セリフ自体をでなく、セリフの行間のニュアンスを固執する日本伝統演劇の演技術や演出術が、そこかしこに無意識に顔を出している。そのもっとも端的な例が、わが国におけるチェホフの受け入れられ方である。「サド侯爵夫人」は、こういう日本の「新劇」の状況を考慮に入れて、全く非日本的な演劇伝統をわざと強引に継受し、あわせて、新劇のふしぎな財産となった飜訳劇（赤毛物の不自然な演技術を、（それとて実は、わが中世のものまね芸の伝承の一斑に他ならないが）、むしろ積極的に活用しようとして書かれた戯曲である。しかも、そういう作者の意図に反して、このもっとも西洋的である筈の作品にすら、出来上ってみると、一抹、わが能楽の幽玄の模写が感じられるのは、作者も亦《また》、畢竟《ひっきょう》、一日本人であるという、わかりきった結論を導き出すものでしかあるまい。

初出　『サド侯爵夫人』豪華限定版、中央公論社、一九六七年八月

サド侯爵の生涯

『マルキ・ド・サド選集　別巻』桃源社、一九六四年九月
『サド侯爵の生涯――牢獄文学者はいかにして誕生したか』
　桃源選書、一九六五年八月
『澁澤龍彥集成　Ⅱ』桃源社、一九七〇年四月
『サド侯爵の生涯』中公文庫、一九八三年五月

編集付記

一、本書は中公文庫版『サド侯爵の生涯』（一五刷　二〇〇六年十月）を底本とし、新たに「恐しいほど明晰な伝記」および『サド侯爵夫人』序跋三篇を収録したものである。新収録のうち、前者は初出紙を、後者は『サド侯爵夫人』豪華限定版（中央公論社、一九六七年八月）を底本とした。

一、底本中、明らかな誤植と考えられる箇所は訂正し、難読と思われる語には新たにルビを付した。また、河出書房新社版『澁澤龍彥全集　5』（一九九三年十月）解題を参照し、一部、表記を統一した。地名については、現在の一般的な表記を〔　〕で補った箇所がある。

一、本文中、今日の人権意識に照らして不適切な語句や表現が見られるが、著者が故人であること、執筆当時の時代背景と作品の文化的価値に鑑みて、底本のままの表現とした。

中公文庫

サド侯爵《こうしゃく》の生涯《しょうがい》
――新版《しんぱん》

1983年5月10日　初版発行
2020年8月25日　改版発行

著　者　澁《しぶ》澤《さわ》　龍《たつ》彦《ひこ》

発行者　松田陽三

発行所　中央公論新社
〒100-8152　東京都千代田区大手町1-7-1
電話　販売 03-5299-1730　編集 03-5299-1890
URL http://www.chuko.co.jp/

DTP　嵐下英治
印　刷　三晃印刷
製　本　小泉製本

Published by CHUOKORON-SHINSHA, INC.
Printed in Japan　ISBN978-4-12-206918-3 C1198

中公文庫既刊より

各書目の下段の数字はＩＳＢＮコードです。978－4－12が省略してあります。

し-9-7
三島由紀夫おぼえがき
澁澤龍彦
絶対と相対、生と死、精神と肉体――様々な観念を表裏一体とする激しい二元論に生きた天才三島由紀夫。親しくそして本質的な理解者による論考。
201377-3

し-9-9
少女コレクション序説
澁澤龍彦
「可憐な少女をガラス箱にコレクションするのは万人の夢であろう」。多くの人々が「少女」に抱いた情熱にまつわる思索。〈巻末エッセイ〉朝吹真理子
206432-4

し-9-10
エロティシズム
澁澤龍彦
動物のそれと違い「快楽の欲求」に動かされる「人間の性的活動」。芸術や宗教の根柢に横たわる狂気の世界を渉猟し冒険した軌跡。〈解説〉巖谷國士
206454-6

し-9-11
エロス的人間
澁澤龍彦
「太古の闇のなかの恐怖をそのまま現代に持ってきたかのような、社会生活をおびやかす暗い力」即ちエロティシズムへの考察。〈解説〉諏訪哲史
206455-3

よ-60-1
人形作家
四谷シモン
母に翻弄された少年時代、状況劇場での活躍、澁澤龍彦との親交。観る人を甘美な世界に引きずり込む天才人形作家が綴る波瀾万丈の半生記。〈解説〉嵐山光三郎
206435-5

ア-6-1
エロティシズム
F・アルベローニ
泉典子 訳
女は甘美な余韻に浸っていたいが、男は早々に醒めてしまう。セックス後に代表される男と女の違いに焦点をあててエロティシズムを分析した衝撃作。
202777-0

み-9-14
太陽と鉄・私の遍歴時代
三島由紀夫
三島文学の本質を明かす自伝的作品二編に、自死直前のロングインタビュー「三島由紀夫最後の言葉」〈聞き手・古林尚〉を併録した決定版。〈解説〉佐伯彰一
206823-0